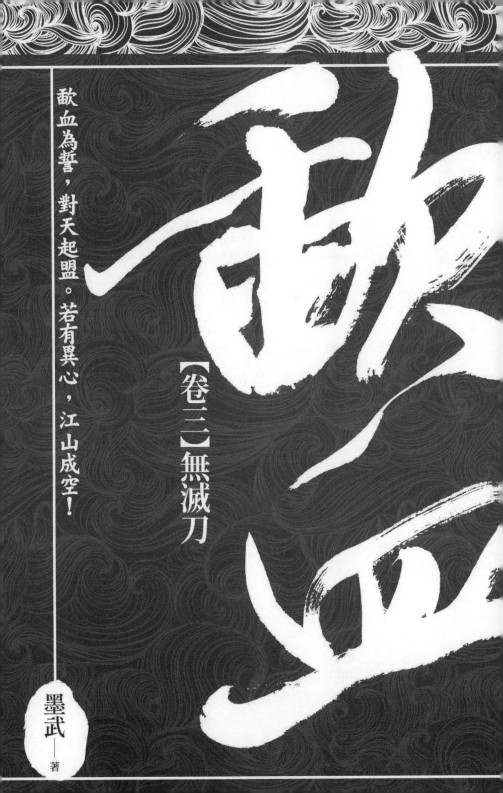

歃血為誓，對天起盟。若有異心，江山成空！

歃血

【卷三】無滅刀

墨武——著

目錄

卷三　無滅刀

誰都聽說過狄青，可見過狄青的卻少之又少。有人說他玉樹臨風，有人說他青面獠牙，有人說他身高丈許……每個人說的版本都大不相同。而傳到野利遇乞面前的狄青版本，也有三、四個之多。

第一章　驚　逝

狄青並沒有聽過包拯之名，聞言倒有些奇怪，暗想包拯既然敢得罪汾州知州，甚至讓知州不惜買凶殺人，怎會是默默無名之輩？轉念一想，天下硬骨頭的多了，自己沒有聽過包拯不足為奇。自己連都部署夏守贇也敢得罪，包拯肯定也沒有聽過他了。

包拯心中果然在想，狄青？這個名字我怎麼從未聽過？此人臉有驍武刺青，難道是汴京八大禁軍中人？但八大禁軍的領軍名姓我多數知曉，應無此人。此人身手高強，做事果敢，絕不會是禁軍中的泛泛之輩！當初在梅樹前，看此人眼有憂傷，容顏憔悴，但俊朗中不失剛毅。他年紀不算大，但滿是滄桑，必有段傷心往事。此人雖自有傷心之事，卻不忘記扶危助困，當是正直的性情中人。

包拯觀人極細，已信得過狄青，說道：「狄兄，我本是朝廷殿中丞，聞汾州知州任弁濫用職權，公器私用，濫殺無辜，這才奉旨前往汾州調查此事。經明察暗訪，取證後祕密回歸。我看他勢大，暫時奈何不了他，只能回京奏請天子定奪。想任弁也知道不妙，這才暗中派人劫殺我，妄想掩蓋罪行。」

狄青知道殿中丞隸屬御史臺，其中人員主要是糾察官邪、肅正綱紀，官職並不高。可看著地上的車管家，狄青忍不住皺眉道：「據我所知，這個車管家本是彌勒教徒，堂堂的一個汾州知州，怎麼會和彌勒教徒扯上關係？」包拯臉色微變，詫異道：「狄兄，你說的可是真的？」

狄青道：「京城的葉知秋捕頭和郭遵郭大人都認得車管家是彌勒教徒，你只要問問這兩人，就可知

曉我說的不假。」

包拯聽過葉知秋和郭遵的名字，也信狄青所言，沉思道：「那任弁就不止我列舉的那些罪名了，可能還要加上勾結彌勒教徒一罪。」心中微凜，又想，任弁身為汾州知州，為何與彌勒教徒有瓜葛？難道說……他想要造反？

包拯一念及此，說道：「狄兄，我要問這人幾句。」

狄青點點頭道：「可以。」

包拯見車管家惡狠狠地盯著他，也不畏懼，只是詢問道：「車管家，最近任弁給了你們一批軍備，你們藏在哪裡？」

車管家咬牙道：「包黑頭，你還沒有斷奶嗎？竟問我這種幼稚的問題！軍備藏在哪裡，我怎麼會對你說？你可以讓狄青殺了我，但想從我口中得知那些東西的下落……絕無可能！」

包拯淡笑道：「我知道了。」

車管家叫道：「你知道個屁！」

包拯平靜道：「我最少知道任弁的確和彌勒教徒有牽扯。我在查任弁的時候，發現他手上有批甲冑兵器不知下落，正不知到了哪裡，這才問你，原來他真的把那些東西送給了你們。這麼說……任弁早有反意了。」

車管家一怔，才省悟包拯問話的用意，後悔不迭。

狄青一旁傾聽，也佩服包拯的機智，陡然間心中微凜，回頭望過去道：「誰？」

只見門口處站有一人，店夥計的裝束，狄青皺了下眉頭，問道：「你來做什麼？」

那夥計臉色微黑，戴個小帽，眼中滿是畏懼，哆嗦道：「到底發生什麼事了？死……人了？老闆讓我……看看。」他見到屋中情形，兩腿打顫。顯然是得老闆吩咐過來查看，不敢不來，卻又極為害怕。

狄青道：「有凶徒犯案，官家緝凶，你們不用擔心。」

那夥計上前了一步，探頭向屋中望來道：「那……」他話未說完，狄青警覺突生，包拯已同時喝道：「你不是店夥計！」

那夥計驀地抬頭，目如電閃，手一揚，兩道寒光倏然飛出，直刺狄青和包拯。

狄青身形一閃，已躍到包拯身前，刀鞘一格，磕飛了射向包拯的飛刀。他一躍一格，動作乾淨俐落。

就在這時，那店夥計暴喝一聲，雙手連揮。狂風呼嘯，北風捲簾，不知有多少雪花狂灌入室，鋪天蓋地地向狄青和包拯打來。

非雪花，而是鐵蒺藜！

那店夥計竟是個罕見的高手，一口氣打出了十數枚鐵蒺藜，封住狄青、包拯的周身各處。狄青怒喝聲中，腳尖一點，地上的桌案霍然豎起，擋在他的身前。

奪奪奪響聲不絕，狄青帶著包拯暴退。身後是牆，黃土牆面。狄青邊然撞在了牆上。那急撞之力，威猛無儔，一撞之下，整個房間晃了下，竟像要塌了下來。

煙塵彌漫。

那夥計算了很多，唯獨沒有算到狄青竟會破牆而走。他發出暗器之時，已拔出一如輪帶齒的兵刃，實，但被狄青全力一撞，轟然現出個大洞。那牆看起來結

準備下一次的攻擊。見狄青破牆而出，那夥計並不放棄，就要順著破洞衝出去。可不等近前，那夥計驀

地大喝一聲，持兵刃擋在胸口，倒飛了出去。

一道刀光破雪飛來，已斬在那夥計的胸口。

雪是狂捲，刀是橫行。

狄青已出刀。

一刀就逼退了那夥計。若非那夥計及時將兵刃擋在胸口，這一刀，早已將他開膛破肚。

狄青才待追進去，可忍不住回頭望了一眼包拯。就在這時，屋頂轟然一聲響，一人破屋頂而出，身

形一閃，已向西逸去。

狄青沒有再追，凝望著刀身上的一抹血滴落，心想：那夥計是誰？他要殺我，還是要殺包拯⋯⋯或

許是⋯⋯一念及此，狄青跺腳叫道：「糟糕。」他再顧不得包拯，又衝進了滿是灰塵的屋中。

煙霧中，狄青見到車管家和那個同夥的情形，心頭一沉。那兩人咽喉都被割斷，已然氣絕。

「刺客應該是和車管家一夥的。他這麼做，無疑是殺人滅口。」包拯也走了進來，見屋中的慘狀，

立即道。

狄青點頭，心中只是想：那夥計雖被我一刀所傷，但武技高明毋庸置疑。彌勒教何時又出來這種

高手？這種人，可和元昊八部有關嗎？

狄青沉吟間，撕開車管家的胸口，裡面現出所刺「福」字的內衣。

包拯見到，凝眉道：「聽聞拜彌勒教的人，都身著福衣，這麼說⋯⋯這人的確是彌勒教徒了。」

狄青搜了兩死者的身上，只找到些銀兩，突然手凝住片刻，從車管家的腰間取下一面令牌。那令牌

是黃銅所製，中間有團銀白色，銀白色中，又畫了三個小圈圈。不過那圈圈並非規整的圓形，倒有些像心臟的圖案。圖案簡單，卻很古怪。

這是什麼意思？狄青思索不解，抬頭向包拯望去，包拯搖頭道：「我也看不出這代表什麼意思。

或許……是彌勒教人內部使用的令牌吧？」

狄青舒了口氣，搖搖頭，和包拯並肩走出了破屋。心中想道：那夥計武技高明，會不會是搜我包裹的人？如果這兩人是同一人，那他是為我而來。包拯說的不錯，這三人本是一夥的。彌勒教徒，殺包拯是為了任弁，但為何要搜我狄青的包袱？

包拯見狄青凝思，有些戚然道：「狄兄，都是在下拖累你了。你若不是要照看我，已留下凶徒。最不濟，現在也追去了，絕不至於沒了線索。」他見狄青做事如此精明果敢，早不把狄青當做尋常的禁軍看待。

狄青回過神來，搖搖頭道：「包兄不必自責。若非你發現那夥計有異，說不定我還要折在他的手上了。對了，包兄如何看出那夥計不妥呢？」

包拯微笑道：「我入店的時候，就知道店老闆吝嗇，只雇了兩個店夥計。兩個店夥計我都見過，適才那人絕非是那兩個店夥計，我一看就覺得那人有圖謀了。」

狄青暗叫慚愧，不想包拯心思如此細密，忍不住問道：「你適才摔了桌子，就是想要讓我過來嗎？」

包拯略有猶豫，轉瞬誠懇道：「狄青，實不相瞞，我從汾州回京，就感覺到殺機重重，這才換服回返，躲避不測。我在梅樹前見到你時，還以為你是來殺我的，是以交談幾句觀察究竟。可見到狄兄的一

雙眼，就知道狄兄是正直之人。我知狄兄會武，因此問狄兄住在哪裡，刻意和狄兄住在同一客棧，心中

也望你能保護在下的。我大聲呼喝時，就知狄兄若知道我有危難，絕不會坐視不理。」

狄青笑了，「包兄，不想你隨意幾句，都是機心。我倒是愚鈍了。」

包拯苦笑道：「狄兄謙虛了。你有武技傍身，何須這些心思？我整日提心吊膽，難免考慮得多些。」

狄青目光灼灼，盯著包拯道：「你明知危險，為何還要執意參倒任弁？你本文人，官職不高，得罪了任知州，難道真的不怕死嗎？」

包拯移開目光，望著雪舞狂風，緩緩道：「包拯身在其位，當盡職盡責，方不負天下人所盼。」他說得斬冰切雪，平淡中滿是決絕。

狄青一字字道：「可我若不來，你死在這裡，沒有任何人會看到，更沒有人知道你做了什麼。」

包拯肅然的臉上有分執著，回望狄青，平靜道：「最少我自己能看到。最少……我知道自己在做什麼。」展顏一笑道：「不過我素來命大，這一年來，幾次死裡逃生，這次又碰到狄兄，想是蒼天也不想我這麼就死了。」

狄青見包拯這般正直，心中滿是敬意，又問道：「原來包兄今年才任殿中丞的職位嗎？」心中有些恍然，怪不得包拯對他很陌生。

包拯點點頭道：「不錯，在下十多年前已中進士，當官還是近幾年的事情。在下有些奇怪，以狄兄之能，只是個尋常的禁軍嗎？為何我從未聽過你的大名？」

狄青笑道：「在下碰巧一年前出西北戍邊，眼下是西北新砦的指揮使，也就怪不得包兄沒有聽過

這次我是奉旨回京，不想碰到了包兄。如此也好，正好一路進京。」

包拯心下感激，知道狄青這麼說，就是想護送他入京，施禮道：「如此有勞狄兄了。」

狄青道：「都是趕路，有什麼勞不勞的。對了，他們為什麼叫你包黑頭呢？我看你也不黑呀！」

包拯哂然一笑，「在下人不算黑，不過心黑罷了。這一年來，我當黑臉許久，得罪了不少人，因此他們叫我包黑頭。」

狄青哈哈一笑，心道，這包拯並不如表面看起來那麼嚴肅，為人又正直。我能幫他這個忙，也是快意。包拯見狄青雖笑，可眼中不改抑鬱之氣，心中卻想，狄青到底有什麼為難的事情呢？此人快意恩仇，看似狠辣，但心細如髮，那種情況還記得救我，真是俠士。我包拯若能幫上他什麼，定當盡力。

二人當下去尋店老闆，才發現店老闆和夥計都被打暈。等店老闆醒來後，見房破人死，難免大呼小叫。狄青把車管家身上的錢盡數給了店老闆，彌補他的損失，包拯將事情經過略寫在一張紙上，蓋上官印，命老闆將命案報官。

狄青二人等到天明，再次迎風雪上路。路過鞏縣的時候，狄青只是略作張望，並不停留。二人急趕了三天路，這才到了汴京。

汴京高大巍峨，滿覆蒼雪。狄青望到汴京的那一刻，忍不住地感慨唏噓。汴京雖在雪中，仍益發地繁華，但有些人無論何時，只有更加地落寞。

一入汴京，二人都奔宮中。包拯去御史臺覆命，狄青要見天子。臨別前，包拯道：「狄兄，今日一別，想你戎馬繁忙，不知何日再見。只盼你……放開心事，萬事小心。」

狄青知道包拯目光敏銳，已看出他有心事，微微一笑道：「不錯，在下恐怕很快就要回轉西北，這

一別，也不知道以後還能不能再見。前途險惡，只盼包兄吉人天相！」

二人拱手告別，狄青到了宮門處，不由又在想，趙禎找他到底何事？有禁軍見狄青近前，喝問道：

「宮中禁地，不得擅闖！」

狄青亮出御賜金牌道：「新砦指揮使狄青，奉旨回返京城見駕，還望通傳。」

那禁軍見到金牌，聽到狄青二字，忙道：「你稍等。」他匆匆入內，不到片刻，已帶出個宮人。那宮人白皮淨面，年紀不大，見到了狄青，上下打量了一眼，又看看那金牌道：「在下閣士良，聖上一直在等著狄指揮，請隨我入宮見駕。」

閣士良態度謙和，在宮中似乎很有些地位，一路暢行無阻，直達帝宮前。

二人舉步入了帝宮，閣士良突然道：「在下聽義父說，狄指揮有不凡際遇，人亦俊朗爽直，今日一見，名不虛傳。」

狄青心中微動，問道：「你是……閣文應大人的義子嗎？」

閣士良點頭道：「狄指揮果然聰明，一猜即中。以後還請多多關照。」

狄青心道，閣文應和我並不和睦，他義子對我還算客氣。羅崇勳等人均死，不用問，閣文應肯定變成宮中第一太監。閣士良在宮中有這般權勢，他讓我關照，是客氣呢……還是另有深意？

閣士良入宮先行稟告，不多時，已急匆匆地出來道：「聖上有旨，宣狄青入見。」

有侍衛要去了狄青的刀，閣士良搖頭制止道：「聖上有旨，准許狄青帶刀入內。」那些侍衛並不認得狄青，滿是驚奇，不知道這個看似落魄的狄青，怎地會有這種身分？

物是人非，狄青見宮中的侍衛多是陌生的面孔，倒有些感慨。

正琢磨間，二人已入殿上。狄青見龍椅上坐著一人，正是趙禎。趙禎見到狄青，霍然站起，竟下了龍椅，向狄青走近道：「狄青，你終於回來了。」他的口氣中，少有地激動。狄青見狀，心中微有暖意，無論如何，趙禎對他，總是不同尋常。

二人畢竟一同逛過青樓，鑽過豬圈，逃過追殺，經過宮變。這種經歷，旁的君臣少能共同經歷過。

趙禎素來寂寞，對這個共患難的狄青，很有些感情。

狄青單膝跪地，行軍中之禮道：「臣狄青……叩見聖上。」趙禎一把拉起了狄青，微笑道：「不必多禮。狄青，你這次回來了，就莫要走了。」

狄青不想趙禎開口就是這句話，很是為難。見趙禎臉上若有期冀，不忍掃他的興致，岔開話題道：「聖上，臣正在西北作戰之際，被聖上旨意召回，不知聖上有何吩咐？」趙禎輕輕歎口氣道：「朕很想念你，不過這次讓你回京，卻是太后想要見你了。」

狄青一震，忍不住道：「太后……為何要見我？」他和太后有的好像只是積怨，難道說……太后還恨他殺了趙允升嗎？

趙禎搖頭道：「朕也不知道。不過太后最近病情加重，她想見你，朕就要完成她的心事。狄青，你就見見太后，好不好？」他的口氣中，竟有商量之意。

狄青慌忙施禮道：「臣遵旨。」

趙禎吁了口氣，望著狄青道：「最近太后的身子一日差過一日……」話未說話，有宮人急匆匆地趕來道：「聖上，太后……好像有點……不妥。」那宮人不敢多說，但神色惶恐，如大難臨頭。

趙禎一驚，失聲道：「怎麼會這樣？擺駕垂拱宮。狄青，你隨駕。」

自從宮變後，八殿遭焚，長春宮重修，改名垂拱，劉太后一直居留在垂拱宮。

眾人聽太后病情有變，都是惶惶跟隨。等到了垂拱宮前，趙禎命狄青、閻士良二人跟隨身側，直入宮中。

垂拱宮內雖多燃火爐，溫暖如春，但其中總有死氣沉沉之意。

趙禎到了太后的寢房前，閻文應匆忙出了珠簾，見到狄青，稍有錯愕。低聲在趙禎耳邊道：「聖上，太后適才昏迷過去了。不過……又醒來了。她一直在和李迪大人交談。」

狄青知道李迪是趙禎的恩師，以前因為請太后還政於天子得罪了劉太后，被貶出京。不想太后病危的時候，居然找李迪交談。

太后為何要找李迪？太后為什麼找他狄青？狄青想不明白，心中卻感覺有些怪異，可到底哪裡不對，一時間又說不出來。他斜睨了趙禎一眼，見趙禎臉上滿是焦急，但卻不進珠簾，不由暗自皺眉。劉太后病危，趙禎為何不急於去見？他到底在想什麼？

趙禎突然道：「太后這些日子，不想見人，就算對我這個兒子，也不想見。」他聲音很低，口氣中有些埋怨，亦有傷感，像是看出了狄青的疑惑，特意給狄青解釋。趙禎頓了片刻，又道：「閻文應，你去稟告太后，說朕請見……」

話未說完，就聽珠簾後，太后虛弱的聲音傳來，「李迪，老身……今日保護天子……至此，你以為如何？」

垂拱宮實在很靜，太后的聲音雖虛弱，但簾內簾外的人，都聽得一清二楚。

趙禎眼簾突然有了濕潤。他那一刻，神色極為複雜，有溫情，有追憶，甚至還有那麼一分……淡淡的歉然。無論如何，當年總是太后為他趙家穩住了江山。太后一直都沒有對他趙禎如何，或許就算那次

宮變，也不過是趙允升擅自做主？趙禎不想再想下去。

珠簾那面，李迪顫巍巍道：「當初不知太后聖德乃至於此，因有得罪，還請太后……莫要責怪。」

劉太后輕吁了一口氣，似是吐出了多年的恩怨，喃喃道：「禎兒呢？我方才好像聽到了他的聲

音……」

趙禎不想劉太后還惦記著他，再也按捺不住，掀開珠簾衝了進去，跪在太后的面前，泣聲道：「母

后……」

劉太后枯槁的臉頰擠出一分笑容，乾瘦的手摸著趙禎的頭頂，喃喃道：「禎兒，吾只怕要去了。以

後……你要自己……照顧自己。」

趙禎一把握住了劉太后枯瘦的手，哽咽道：「母后，你不會有事，你不能離開孩兒的！」

劉太后目光空洞，喃喃道：「傻孩子，人誰不死呢？我這幾天……總是做夢，可夢不到先帝呢……

他說過，會來接我的……」

趙禎倏然打個寒戰，只覺得劉太后說得鬼氣森森。

先帝怎麼可能來接太后？

劉太后眼前微花，彷彿又見到趙恆立在她身前，陰沉沉地對她道：「娥兒，就算你支撐不到朕活

轉，死後……朕也會陪伴在你身邊！你莫要怕，朕此生，只愛你一個！」

劉太后望著那空中的幻影，喃喃道：「你很怕死，可我不怕的。我為何要等你來接我呢？」苦澀地

笑，她心中在說，我其實……並不想和你在一起了。

這句話，她藏在心底很久很久了，塵封多年。她的確對不起趙恆，她沒有將五龍放在永定陵，但她

絲毫沒有什麼愧疚之意。因為她感覺到，身上的體力已一絲絲地離她而去，她要死了，人死了，會不會一了百了呢？活著，又有什麼好？孤孤單單，連個說話的人都沒有。她的親人，都離她遠去了，剩下的人，她和他們無話可說。就算長生不死又能如何呢？孤單單的長生，還不如死！一念及此，劉太后突然想起一事，低聲問道：「狄青……來了嗎？」

趙禎微愕，扭頭望過去，示意狄青前來。只不過他額頭竟有一絲汗水，不細看，無法察覺。狄青沒有注意到趙禎的異常，悄步走到了太后的榻前，單膝跪地，沉聲道：「太后，臣狄青在此。」

太后望向了狄青，眼珠間或一轉，像是望著狄青，又像是追憶著往事。

狄青到現在，還不知道太后要找他做什麼，只能靜靜地等待。他也沒有畏懼，他連死都不怕，現在還會畏懼什麼？

「羽裳去了……我知道。」劉太后喃喃道。

狄青聽到這句話後，就感覺胸口如挨了重重一錘，身軀晃了晃，沉默無言。

劉太后低聲道：「很多事情……命中註定的。」

狄青霍然抬頭，臉上現出少有的激動，一字字道：「太后，就算命中註定的事，狄青也要改變！」

劉太后微震，眼中閃過分光芒，呆呆地望著狄青。她似乎是詫異這人世間，還有狄青這樣堅持的男子？

狄青無懼，只是望著劉太后，良久才道：「太后找臣，難道就想問問臣是否難過？」

劉太后乾癟的嘴唇喏喏動了兩下，像是笑，「我一直在想……是否要告訴你一個祕密？」

狄青心頭一跳，臉色微變。他有預感，劉太后說的事情，肯定和羽裳有關的，甚至——會和香巴拉有關！

「香巴拉……」劉太后開口就是這三個字，狄青已全身顫抖，勉強抑制住激動，側耳傾聽。

劉太后突然劇烈地咳嗽起來，趙禎急道：「來人呀，快服侍太后休息。母后，你改日再說吧！」

劉太后喘息稍平，虛弱道：「不！」雖就是一個字，但說得斬釘截鐵。趙禎不敢忤逆，向狄青使個眼色，示意狄青勸勸太后。狄青只是望著太后，顫聲問道：「太后，香巴拉怎麼了？」

「五龍……本是……香巴拉之物。」太后喃喃道。

狄青一震，失聲道：「什麼？」他那一刻，震驚中帶著喜悅。他一直不敢肯定香巴拉是否存在，也從邵雍的讖語中，曾想過香巴拉和五龍有關，但那畢竟是猜測。

太后親口說出五龍和香巴拉有關，五龍是真實的，不就證明，香巴拉也的確存在？

狄青一想到這裡，只感覺信心湧動，希望大增。

太后喘了幾下，急促道：「可是……你一定要……要……」她嗓子突然有些發啞，無以為繼。這時，有太監端著藥碗過來道：「太后，要吃藥了。」

劉太后目光緩移，向那太監望去。她實在太疲憊，轉動眼珠都像是有氣無力。她的目光掠過趙禎，就要落在那太監的身上。

掠過閻文應，就要落在那太監的身上。

她腦海中閃過幾分殘留的影像，記得適才閻文應正在望著趙禎。

這本是尋常的一件事，她為何記得這般清晰？

遽然間，劉太后身軀一震，竟坐了起來，啞聲道：「你……你……我……明白了……」她一手緊緊地抓著華服，一手前指，像是指向狄青，又像是指向他的身後，嘎聲道：「你……好……好……」

劉太后那一刻，枯槁的臉上竟有著說不出的怪異，眼中又是傷心，又是憤怒。她就那麼木然地指

著，身子僵凝，許久再沒有聲響。

狄青望著劉太后那空洞的眼神，雖是無畏，可背脊也躥起一股寒意。他想回頭望過去，不知為何，脖頸有些僵硬，竟不能移動。

你……好……劉太后想說什麼？

五龍是香巴拉之物，太后讓他狄青一定要什麼？

劉太后為何會憤怒？

所有的一切紛遝繁雜，交錯迷離，讓垂拱宮中，滿是森陰的氣息。

就在這時，閣文應已反應過來，眼中滿是驚怖之意，叫道：「太后……她……去了。」他似乎震驚於太后之死，嗓子都嚇得啞了。

眾人驚惶，紛紛跪倒道：「太后……」就算是趙禎，都跪倒在地，呼喊中，滿是嘶啞驚嚇之意。

俯身叩地，額頭上，滿是汗水，點點滴滴……

第二章　帝　淚

狄青若是回過頭去，就能看到趙禎和閻文應額頭上滿是汗水。

可他沒有回頭。他聽到劉太后去了的那一刻，除震驚外，腦海中一片惘然。他不關心別的事情，心中只是在想：五龍本是香巴拉之物，你一定要……

太后知道尋找香巴拉的關鍵所在？可這個關鍵，並沒有說完！狄青心中滴血，只感覺周圍有人奔走呼號，好像很是混亂。但這些和他有什麼干係？他突然有點恨自己，恨自己為何不早一天趕回來。可早一天趕回來，事情就會改變嗎？狄青不知道。

正心亂如麻時，一隻手按在狄青肩頭。狄青扭過頭去，見到八王爺一雙充滿血絲的眼。狄青嘴唇喏喏蠕動，低聲道：「伯父……」

他內心很有些愧疚。見到八王爺的那一刻，他就知道，八王爺也沒有找到香巴拉，而且肯定一直在尋找。可八王爺怎麼會這麼快就到了宮中？

八王爺很憔悴，不過八王爺眼中有些怪異，同樣低聲道：「狄青……太后是不是要找你說什麼？她說了什麼？」

狄青失落道：「她好像要說香巴拉一事，但沒有說完。她只是說五龍本香巴拉之物，要找到香巴拉，一定要……說到這裡，太后就去了。」

八王爺凝神望了狄青片刻，緩慢道：「太后要說什麼，我知道的。」

狄青驚喜交加，一把抓住八王爺，聲音顫抖，「伯父，你知道？你知道什麼？你怎麼會知道？」

八王爺扭頭向趙禎的方向望了一眼，似在考慮什麼。太后駕崩，宮中凌亂，趙禎只是呆呆地跪在太后的床榻前，淚流滿面。消息已傳了出去，群臣正要早朝，聞言已紛紛趕來。

「這件事一時半會兒說不清楚，我一會兒再跟你說。」八王爺低聲道，「我先去安慰聖上。」狄青一顆心劇烈跳動，卻只能等待。

八王爺走到趙禎的身側，跟著跪下，見趙禎涕淚橫流地喃喃道：「母后，你……你……為何要離開孩兒呢？」

趙禎翻來覆去的只是這幾句話，他心哀之下，也像亂了分寸，完全忘記了接下來要做什麼。八王爺一旁勸道：「聖上，節哀順變。」

趙禎霍然爆發，一把揪住八王爺的衣領，喝道：「節哀？朕的娘親去了，你讓朕怎麼節哀？」

八王爺有些惶恐，低聲道：「聖上，無論如何，群臣都在宮外等候呢！太后駕崩，聖上登基不久，眼下需安撫臣心，以防變故。」

趙禎淚還在流，手已鬆開，失神道：「怎麼安撫呢？」他再望了太后一眼，臉色突然有些改變。

八王爺順著趙禎的目光望過去，神色也有些異樣。

太后直伸前指的那隻手，已被宮女勉強放下，可太后的另外一隻手，還在死死地抓住身上的衰冕，任憑宮女怎麼扳，那隻手都不肯鬆開。

趙禎身軀有些顫抖，向閻文應望去。閻文應也在望著趙禎，眼中也有深深的畏懼。

太后死，閻文應有什麼要畏懼的？太后抓住那衰冕，又有什麼深意？

「太后仙逝前，緊緊抓著袞冕，到底是什麼意思呢？」趙禎喃喃自語，斜睨著八王爺。

八王爺沉吟許久，這才道：「恕臣駑鈍，不解其意。不過群臣已在宮外候駕，或許向他們詢問，集思廣益，可得到答案？」

趙禎緩緩點頭道：「皇叔說的不錯，朕這就去問問。」他出了垂拱宮，只見到群臣黑壓壓地跪倒了一片。群臣聽聖上出宮，齊呼萬歲。

趙禎眼望群臣，哽咽難言，只是擺擺手。閣文應知機上前，宣布道：「太后已……仙逝了。」

風雲悲嚎，群臣泣下。

趙禎又是淚流不止，等到群臣悲傷暫歇後，這才問道：「太后去了，但她好像還有心事。她臨去前，扯著袞冕不肯鬆手，究竟是何緣由呢？」

群臣沉默，寒風呼嘯，充斥著蕭蕭。

趙禎問得大有深意，群臣沒有琢磨清楚天子的心思之前，不敢妄言。

袞冕，本是天子的服飾。要知道，太后能穿上袞冕，可是大有因由。太后以前一直執著地想要登基，趙允升死後，太后欲望雖淡了，可不久前，突然執意要穿袞冕去太廟，參拜大宋趙家的列祖列宗。

群臣都明白，太后要告訴天下所有人，尤其要告訴他們這些宋臣，她劉娥雖是卑賤，最終還是能和君王平起平坐。

太后的這個要求，難倒了大宋群臣。

太后穿著袞冕這一拜，雖不登基，卻宣告以天子的身分參拜。這讓趙家列祖列宗如何面對？這讓得趙家恩惠、一直以衛護大宋江山為己任的大宋文臣情何以堪？

太后始終堅持，群臣無奈之下，終於對太后妥協。宋臣改了袞冕的幾處地方，讓那袞冕看似袞冕，其實不是袞冕，於是趙禎就請太后穿著那重新設計的袞冕參拜太廟。

說不清到底是誰自欺欺人，是太后、天子還是一幫宋臣？太后穿似是而非的袞冕去太廟，這好像是一場鬧劇，曲終人散，卻還沒有落幕。

太后在這之後，就一直穿著那袞冕，死都沒有再脫下。誰都看得出來，太后很喜歡那袞冕。

太后臨死前，扯著袞冕，是不是示意這衣服莫要脫下來，要一直穿到永定陵陪真宗去？很多人都是這麼想，但沒有誰敢說。

雪花飄落，一瓣瓣上寫滿了落寞。

趙禎那一刻，神色比雪還要冷，他在看著一人。那人神色也冷，更多的是沉靜。那人並沒有望著趙禎，只是垂頭不語，那人就是兩府第一人呂夷簡！

呂夷簡沒有上前，參政薛奎跪行上前道：「啟稟聖上，太后仙逝前以手除服，用意明瞭，太后肯定是不想穿袞冕去見先帝。想先帝曾請太后照顧天子，讓太后在天子成人後，還政於天子，太后若穿袞冕見到了先帝，如何回答先帝的質疑呢？」

趙禎舒了口氣，喃喃道：「原來如此。」扭頭望向不遠處老邁的李迪，趙禎問：「恩師，太后臨崩前，一直在與你交談，想必你最明白太后的用心了。依你來看，太后是何心意呢？」

李迪渾身顫抖，眼中有著說不出的憂傷之意，見趙禎目光灼灼，低聲道：「老臣老了……也糊塗了。想薛參政所言……有他的道理吧！」

趙禎心中有些不滿，轉望呂夷簡道：「呂相，你意下如何呢？」

呂夷簡又沉吟了片刻，說道：「李大人說的不錯，薛參政說的是有他的道理。」

群臣有的不解，有的已明白了，呂夷簡、李迪二人看似附和薛奎，話語間卻是含糊其辭，只說薛奎有他的道理，可薛奎的道理對不對，他們是否建議天子採納，呂、李二人均不說。這兩個老油條，當然還在等天子的意思。天子至孝，到底怎麼來決定，誰也不知。

趙禎已道：「既然三位卿家意見一致，決定除去太后的袞冕，還太后本來的服飾，朕也覺得妥當。眾愛卿，你們可還有異議？」

群臣微怔，隨即參差不齊道：「聖上英明。」

趙禎的目光從群臣身上掠過，若有所思地看了一眼呂夷簡，說道：「太后仙逝，朕這幾日暫不理朝。都退下吧！」

說罷，趙禎拂袖回宮，群臣跪送，私下議論，三三兩兩地散了。

趙禎回到宮中，見狄青還立在那裡，像根本沒有移動的樣子。陡然間心中激盪，走過去，一把抓住了狄青手臂，哽咽道：「狄青，太后她……去了。」宮中滿是人手，可他眼中只有狄青。

宮人見狀，都是大吃一驚，不解趙禎如斯傷心下，不找宮人、不找親人、不找皇后，為何只找狄青。狄青也有些吃驚，手足無措，半晌才道：「聖上，逝者已逝，你……節哀。」

趙禎哭泣了許久，好像察覺到失態，緩緩鬆開了雙手，坐下來，低聲道：「狄青，當初朕見你在楊羽裳面前，傷心欲絕，還不理解。可朕此刻才體會到，失去至親至愛的那種悲痛。太后去了，朕再無法盡孝，一想到這裡……」他哽咽難言，用衣袖擦擦眼睛，喃喃又道：「朕……要好好地辦理太后的身後

之事……」

「聖上，眼下並不急於給太后辦理身後事的。」

趙禎勃然大怒，喝道：「你……八王爺，你說什麼？」他本以為方才那句話是狄青所言，忍不住地憤怒，可扭頭望去，才發現說話的竟是趙元儼。

八王爺跪行上前，顫聲道：「聖上，臣冒死有一事相求。」

趙禎雙眉豎起，寒聲道：「你要求什麼？你可知道，就憑你方才說的那句話，朕就可以賜死你嗎？」狄青也有些奇怪，不解八王爺為何在這時候，說這些不合時宜的話。八王爺聲音反倒變得低沉，再沒有了畏懼，「有些話，臣寧死也要說。臣一片忠心，不想聖上此刻擔負不孝的罪名。」

趙禎臉色已變，陰沉道：「皇叔，你可知道自己在說些什麼？」

八王爺挺起了胸膛，一字字道：「臣當然知道。臣要說的是，劉太后並非聖上的生母！而聖上的生母，另有其人！」

趙禎倏然站起，臉色又變，失聲道：「你說什麼？你胡說什麼！」

狄青一旁聽到，心中微驚，也記起了李順容所言，一時間心神不定。八王爺所言不假，可八王爺怎麼知道這件事？這件事應不應該說出來？八王爺為何要說出此事？

八王爺愈發地鎮靜，沉聲道：「聖上，此事千真萬確。當年太后生下一女，聖上本是宮女所生。太后為求皇后一位，這才向先帝謊稱生下了聖上。當初臣在宮中，因此知道此事，聖上若是不信臣所言，可找李迪詢問。這件事先帝知曉，李迪當年在宮中，也是知道的。」

八王爺所言，如雷霆般轟來，擊得趙禎搖搖欲墜。趙禎手扶桌案，良久才道：「宣李迪前來。」

李迪本未離開宮中，聽天子宣召，顫巍巍地趕來。他見到八王爺的那一刻，似乎明白了什麼，眼中藏著深切的悲哀。

趙禎望著李迪，咬牙道：「恩師，八王爺說……太后本非朕的生母，此事可是真的？」

李迪蒼老的臉上，盡是畏懼和悲傷。他緩緩跪倒，良久才道：「此事的確是真的。」

趙禎笑了，笑容淒慘，許久後，怒拍桌案喝道：「一派胡言！你既然早知道朕非太后親生，為何不早些說出來？你難道不知，欺君可是大罪！」

李迪跪在那裡，老淚縱橫道：「聖上，臣罪該萬死。」

「將李迪推出去……」趙禎不待判決，狄青驚醒，暗想李迪若死，那八王爺不也是死罪？他那時還沒有想到自己，毅然上前道：「聖上，李大人絕非有意欺瞞，請聖上明察。」眾人一奇，不想這時候竟是狄青出來為李迪求情。

更奇的是，趙禎竟冷靜下來，問道：「狄青，你怎知李迪絕非有意欺瞞呢？」

狄青一言既出，無法收回，只能硬著頭皮道：「聖上，李大人不說出真情，我想是對聖上的一片衛護之心。他怕說出來後，反倒對聖上不利！」

李迪望向了狄青，滿是訝然，眼中那一刻的表情，複雜千萬。

趙禎沒有再問下去，他當然聽得懂狄青的言下之意。

有太后垂簾，誰說出此事，逼急了太后，不但臣子有過，只怕天子也難保性命。

良久，趙禎才歎道：「狄青，你說的對。朕險些錯怪了恩師。」說罷上前攙扶起李迪，歉然道，

「恩師，朕一時糊塗，誤解了你的好心，你莫要怪朕。」

李迪激動得老淚縱橫，喃喃道：「聖上……老臣不敢。聖上英明，先帝在天之靈，也能放下心事了。先帝當初吩咐老臣照看聖上，可老臣無能，有負聖恩呀！」說罷哽咽抽泣，哭得傷心。

趙禎見李迪真情流露，也是眼簾濕潤，良久才道：「可只憑八王爺和恩師所言，朕總感覺難信此事……」

李迪哽咽道：「聖上，呂相當年曾在宮中，也知道此事。不但呂相知道此事，聖上的身邊，還有另外一人知曉此事。」

狄青心頭一跳，心想李迪總不會知道是我吧？不想李迪道：「殿前侍衛李用和也知道此事。」

趙禎擰起眉頭，詫異問道：「李用和？這等機密大事，他又如何會知道呢？召李用和、呂夷簡入宮見駕。」陡然想到了什麼，趙禎臉色蒼白，盯著李迪道：「朕的生母若非太后，那生母是誰？」

李迪半晌才道：「臣只知道，那女子姓李，是個順容。」

趙禎身軀晃了晃，扶住了桌案，向狄青望過去，那眼神中，有著說不出的悲傷哀思。

聽到李順容的時候，他就想起了永定陵。聽到了李順容三個字，他就明白為何李用和會知道此事。

他眼中已有了了然。

原來那哀痛欲絕、深情款款望著他的女子，就是他的生母！原來那捨身救他、為他擋難赴險的女子，就是他的生母！原來這些年來，孤孤單單獨守永定陵、仰視他輝煌無邊的女子，就是他的生母！

趙禎不再質疑、不再懷疑。當初的一切疑惑都有了解釋，血濃於水，只有生母才會如此待他，又何須理由？

原來他曾見過生母，卻形如陌人……

趙禎那一刻，淚如雨下。

趙禎見趙禎望著他落淚，垂下頭來，已不能語。

「狄青，你也是知道這件事的，對不對？」趙禎的聲音縹緲難測，「不然你方才也不會開口為李迪申辯。朕還沒有信，你卻信了此事，根本沒有懷疑。」

狄青心頭微顫，想起那如雨中飛花的女子，想起她說過，「狄青，我只想求你，以後若是可能的話，和益兒再來永定陵，請益兒到我的墳前說上幾句話，我就足感恩德了。」

「你怎麼不說話？你是不是早知道了？」趙禎衝過來，一把揪住狄青的衣領，嘶聲喊道，「你為何不早些告訴我？為什麼？為什麼所有的人都知道這件事，就朕不知道？為什麼？」趙禎雙目紅赤，悲哀更重於憤怒，傷心更多過責怪。

狄青任由趙禎揪著衣領，抬頭道：「不錯，我是知道。我本來是準備告訴你，但令堂不讓。」

趙禎怔住，一雙手背青筋暴起，一字字道：「你說什麼？我娘不讓你說？」

狄青鎮定下來，語輕意重道：「是的，令堂不讓。她對我說了，只要聖上好，她怎麼樣都無妨了。她把一切告訴我，不過是想讓我如果可以的話，有一日能帶聖上去她的墳前說幾句話，她就心滿意足了。她也是為了你好，我又怎能違背令堂的心意？」

趙禎放下了手，失魂落魄地退後幾步，目光裡歡欣中帶著悲涼，突然伏案大哭，淚如雨泣。眾人默默無語，想勸又是無言。腳步聲響起，一人隨宮人走進來，低著頭。

狄青一眼就認出那人是李用和，可又差點兒以為自己認錯。李用和本是殿前侍衛，身形壯碩，但那

人走進來，竛竛孑立，骨瘦形銷。李用和憔悴得已不像樣子，他身上還有股濃重的酒氣。狄青見狀，心中微沉，已感覺到有些不妙。他扭頭向八王爺望去，見到他望著李用和的眼神，也滿是傷感，不由想起當初李順容曾說，「我生前絕不能對他說出這個祕密。益兒這次回京，肯定不會再回來了，我沒有幾日好活了⋯⋯」狄青明白了什麼，一顆心顫抖起來。

閣文應已低聲道：「聖上，李⋯⋯侍衛來了。」他知道李用和身分非同凡響，口氣也客氣了很多。

趙禎霍然轉身，衝過去一把抱住了李用和，嘶聲道：「舅舅！」他這一生，也沒有流過這麼多的眼淚。他抱著李用和，全身抖得如寒風中的枯葉。

這是他在這世上，寥寥無幾的親人了。

李用和木然地站在那裡，好像被駭住，又像是有些茫然。良久，才拍拍趙禎的背心，低聲道：「聖上⋯⋯你⋯⋯莫要哭了。」他這麼一說，自己反倒落下淚來。

見者無不有些傷心，呂夷簡也已趕到，見到眼前的景象，臉色變了下。

趙禎哽咽道：「舅舅，你讓朕如何不傷心？這二十多年來，朕只和娘親見上過一面！」他突然想起什麼，扳住了李用和的肩頭，急切道：「我娘呢？她是不是還在永定陵？朕要接她回來。」

李用和淚水流淌，眼中有著極深的悲切，他退後了一步，低聲道：「你娘她⋯⋯已經去了。」趙禎有如五雷轟頂，顫聲道：「去了？去⋯⋯了？」他霍然明白，嘎聲道：「不會了，舅舅，你騙我！娘親還年輕，比太后要年輕許多。太后才去，她怎麼反倒先去了？」

李用和望著趙禎良久，這才道：「聖上，我沒有騙你。」他垂下頭來，神色黯然，似乎不想再讓旁人見到他落淚的表情。狄青在一旁看見，心中突然有些古怪。按理說，李用和與趙禎相認是喜事，為何

李用和反倒像和趙禎疏遠了很多呢？他只以為李用和是悲傷姐姐之死，這才如此，也就沒有再想下去。

八王爺一旁慟聲道：「聖上，令堂的確半年前去了。因此臣冒死說明真相，只盼聖上在為太后辦理後事時，記得為生母舉喪。」

趙禎怒道：「你撒謊，我娘娘會無緣無故地去了？」

八王爺回道：「聖上若是不信，可問呂相。」

呂夷簡還是沉冷如舊，但眼中已有慎重之意。見趙禎逼視過來，呂夷簡小心道：「回聖上，八王爺說的不錯。李……娘娘她……早在半年前已過世。眼下貴體正停放在洪福院。」

趙禎上前一步，怒視呂夷簡道：「那你為何今日才說？」

呂夷簡暗自心驚，仍沉靜道：「聖上息怒，臣也不過是奉旨行事。」

「好一個奉旨行事！」趙禎仰天悲笑，兩行淚水肆意流淌。笑聲才畢，趙禎已喝道：「擺駕洪福院，朕要看看娘親的遺容。娘親怎能就這麼死了？閻文應！」

閻文應衝過來道：「臣在！」

趙禎咬牙道：「傳朕旨意，命葛懷敏帶兵，包圍劉美的府邸。朕現在就要去見娘親，若她是被害而死，立即傳令下去，將劉家滿門抄斬！」

李順容若不得好死，那肯定是劉太后所害。趙禎的言下之意是，他不會對太后如何，但太后的家人，悉數不會有好下場。眾人微悚，可見趙禎雙眸滿是殺機，無一人敢勸。

閻文應急匆匆地退下。趙禎已要出宮，不忘記吩咐道：「狄青，隨駕！」

狄青微凜，不想太后才死，宮中轉瞬又要血雨腥風。

趙禎出宮上了玉輅，在禁軍的護衛下，直奔洪福院而去。

天子震怒，群臣悚然。這消息傳了出去，才散開的朝臣紛紛回轉，向洪福院奔去。將近洪福院之時，趙禎突然道：「停車。」眾人不解，趙禎卻已下了玉輅，徒步向洪福院走去，心中只是在想：娘親，孩兒不孝，孩兒來了。

群臣這才知道趙禎要見生母，不以天子身分，只以親子身分拜見，唏噓中又帶有驚怖。均想天子對生母哀思如此，若李順容真的不得善終，只怕天子暴怒之下，不但要誅殺劉家九族，甚至會對當初討好太后的群臣大開殺戒。

太后垂簾這麼多年，滿朝除了范仲淹等寥寥幾個人外，又有誰沒有對太后討好呢？

群臣惶惶之際，趙禎已到了洪福院。

宮人聞聖上前來，早早地前頭帶路，領趙禎到了一間大殿。大殿孤獨如墳墓，少有奢華。殿正中孤零零地放著一具棺槨，有如李順容生前。

趙禎抑制不住哀傷，跪地膝行，到了母親的棺槨旁，扶棺痛哭失聲。

群臣不敢相勸，只能跟隨跪拜。許久，趙禎終於起身，望著那棺槨道：「開棺，朕要再見娘親一面。」

呂夷簡一旁道：「聖上……驚動宸妃之靈，恐怕不妥。」原來李順容死後，劉太后已升李順容的等級為宸妃。趙禎聽到「宸妃」二字，暗想母親臨死前，也不過是個宸妃的身分，更是怒火上湧，「可有娘親不想見兒子的嗎？」

呂夷簡輕皺眉頭，見趙禎怒火高燃，不便再說，沉默下來。

趙禎卻想：呂夷簡當年，也幫了朕許多，可太后去了，他反倒縮手縮腳，礙朕眼目。他沒工夫和呂夷簡多說，一擺手，眾人已有宮人上前，齊力打開了棺槨。

咯吱一聲響，棺蓋開啟，趙禎舉目望過去，臉色有些異樣。棺槨裡躺的正是李順容，可李順容面色栩栩如生，平靜地躺在棺裡，護棺物品全是按照太后的規格處理，就算李順容的身上，亦是穿著皇太后的服飾。無論誰見到李順容的遺容，都覺得李順容之死，並沒有遇到半分殘害。

趙禎木然地立在那裡許久，回頭望了閻文應一眼。閻文應跟隨在趙禎身邊，一直都是神色不安，見趙禎望來，戰戰兢兢道：「聖上，想太后終究沒有虧待……李娘娘了。」

趙禎心中感慨千萬，無邊的怒火散去，難言的幽思湧上心頭。往事翻湧，趙禎這才長歎一聲，一幕幕奔騰不休。群臣只見到趙禎臉色忽陰忽晴，一顆心也跟著跳動不休。不知許久，趙禎若有所思地看了一眼，喃喃說道：「人言豈可盡信？大娘娘並沒有虧待朕的娘親。」扭頭望向閻文應道：「閻文應，傳朕旨意，撤去劉美府邸的兵士……都回去吧！狄青，你留下。」

群臣不由舒了口氣，雖覺得趙禎對狄青太過親近，可這時不便忤逆天子之意，滿懷疑惑地退下。

狄青也是不解趙禎為何單獨留下他。對於李順容之死，他雖傷感，可更急於找八王爺詢問劉太后的遺言。但見趙禎孤單單地立在李順容棺旁，滿是淒涼，狄青還是耐下性子，陪在趙禎身邊。良久，趙禎沒有轉身，只是喃喃道：「狄青，當年朕有難，陪在朕身邊的有我娘，還有你……你為朕捨生忘死，可反倒因為朕的緣故，失去了最愛的女人。當初見你發瘋欲狂的舉動，朕很是不安，朕對你有愧。」

狄青聽趙禎提及往事，心中微酸，一旁低聲道：「聖上……或許這是臣的命。」他突然在想，若

是不給趙禎當侍衛，他不過是個平平常常的禁軍，或許此生就不會有這些苦惱。又或許，他根本沒有從軍，楊羽裳沒有遇上他，也不會遭此浩劫。一想到這裡，狄青又忍不住地心痛。

趙禎不望狄青，只是自語道：「有時候朕在想，若朕不過是個尋常的人，或許……會快樂很多。」

狄青啞然，不想趙禎竟和他有相似的念頭。

趙禎望著棺槨中的李順容，眼簾又有濕潤，低聲道：「但我是天子，我別無選擇，我請你原諒……我知道你一定會原諒我的，是嗎？」

狄青有些訝然，不知趙禎是對誰說話。對他狄青嗎？宮變事發突然，趙禎不必如此自責的。

趙禎渾身已顫抖起來，突然轉身，雙手把住了狄青的雙臂，眼中滿是歡仄內疚，嘶聲道：「狄青，你最瞭解我娘親。你說，她不會怪我的，是不是？她肯定會原諒我這個不孝的兒子，對不對？」見狄青滿是詫異，趙禎嘎聲道：「你說呀！你說呀！」

狄青感覺趙禎有些失常，心下震驚，大聲道：「聖上，令堂絕不會怪你。她一心只為你好，她知道，你不知情。」

趙禎身軀一震，臉上滿是慘然，喃喃道：「是的，我不知情，她就不會怪我。我不知情，她就不會怪我……」他一直重複著這句話，神色恍惚，臉色蒼白，突然反身又撲在棺槨上，放聲痛哭。

白燭清淚，悲泣天下冷暖；寒夜冬雪，漠舞世間離別。一陣風吹進來，帶著雪，飄悠悠的地打著轉兒。

狄青望著那白燭飄雪，不知為何，心中陡然有股悸動戰慄。

那股戰慄和著院外的風雪，讓狄青忍不住地打了個寒顫。雪更冷，天愈寒，原來汴京早已嚴冬……

第三章　誓　言

雪還在下，狄青到了八王爺府邸的時候，夜深沉如墨。

八王爺沒有睡。他靜靜地坐在廳中，望著廳中那濃墨重彩的屏風，滿是孤獨。

狄青第一次來到八王爺的府邸，當年就是這個管家帶著八王爺給狄青作證，才讓狄青免於大難。

狄青認識那是趙府的管家，有些奇怪府中的冷清。開門的是個老頭子，年紀蒼老得如同流逝的歲月。

趙管家見到狄青的時候，並不多話，只是指向遠處廳堂。那裡孤燈寂燃，在雪夜中滿是清寧。狄青靜悄悄地走到了八王爺面前，並沒有多問，只是安靜地等待八王爺說出劉太后的遺言。狄青很多事情不想去猜測，他只要一個答案，足矣。

人不是因為知道少而煩惱，是因為知道得太多。狄青已明白了這個道理，因此他在趙禎痛哭的時候，只是默默地陪伴。趙禎哭累了，回去歇息，狄青心中希望正燃。他覺得八王爺肯定不會睡，他猜得沒錯。

八王爺平靜地望著狄青，只是用手指指對面的椅子，又指指桌上的茶壺。

狄青坐下來，為自己滿了杯茶水，舉起示意。八王爺點點頭，和狄青隔空對飲了一杯。放下茶杯後，八王爺道：「狄青，我們沒有見過幾次面。可我知道，你是個值得信任的人，因此很多事情，我可以對你說了。」

狄青放下茶杯，本想說自己不值得信任，不然羽裳也不會變成今日的樣子，但他終究什麼也沒有

說。八王爺望著狄青蕭瑟的面容，良久後，才歎了聲，「太后說的不錯，五龍乃香巴拉之物。」狄青一顆心已提起來，八王爺平靜道，「五龍在你身上，是不是？」

狄青心中微震，半晌才道：「是。伯父，你需要五龍嗎？」

八王爺搖搖頭道：「現在不需要。可能以後會用得到，但究竟能否用得到，我也不知道。」他說得凌亂，知道狄青不明白，解釋道，「我知道香巴拉是個極為神祕的地方，我也知道五龍是從香巴拉來的，但有五龍，不見得能找得到香巴拉。不然當年先帝持此物多年，也不會還找不到香巴拉。我眼見先帝手持五龍多年，知道它很是奇異。可這種奇異，絕非每個人都能感受得到！」

狄青第一次聽有人這麼清晰地分析五龍，忍不住道：「那先帝感受到五龍的奇異了嗎？」他其實也想問，八王爺有沒有感受到五龍的奇特？

八王爺苦澀道：「他當然感覺到了。若不是因為五龍神奇的感應能力，他如何能那麼瘋狂地癡迷神仙一道？」

「他感受到了什麼？」狄青惴惴不安地問。

八王爺沉默良久，這才思索道：「據我所知，他最少從五龍之上感應過兩次異樣。第一次，他夢到了一座燒焦的山。山上有光，光中有人對他說，要教他千秋萬代、永保基業之法。」

狄青皺眉道：「這世上哪有這種方法？先帝是在夢中所見，做不了準的。」

八王爺望著院外的飄雪，不理狄青的反應，喃喃道：「第二個感應，雖是荒誕，卻真實地發生了。」

「是什麼感應？」狄青急問。

八王爺眼中滿是困惑，甚至還有了分畏懼，良久才說出四個字，「八月十五！」

八月十五？什麼是八月十五？狄青一震，記得郭遵當初就在劉太后面前說過這四個字。郭遵說完這四個字的時候，太后的態度好像就改變了。因為八月十五，所以郭遵、趙元儼、先帝都信香巴拉？八月十五，那到底是一天，還是一個代號？為何會有這般神奇？

八王爺神色和飄雪一樣地飄忽，自語道：「八月十五很簡單，那一晚，月圓之夜，桂花正香，濃濃的香氣總讓人容易迷失本性。」

狄青心中焦急，搞不懂八王爺為何突然談起這些。

八王爺心中卻在想，那一晚，我和太后一夕風情，是因為花香……還是因為情欲？抑或是……他沒有再想下去，嘴角滿是嘲諷的笑。隨後，八王爺悵然道：「那天白日，我被召入宮。先帝對我……很好，他什麼事都喜歡和我商量。他那天是興奮，對我說老天會賜給他一個兒子。先帝在那之前也曾有子，但均早夭折，他一直為帝業繼承發愁，可那天他很自信，說就在那晚，他就會有兒子。」

狄青目瞪口呆，半晌才問：「結果呢？」

「結果那晚五龍突現奇異……具體如何，你其實可以問郭遵的，因為當時郭遵在場。後來我聽說，先帝那晚臨幸了李順容，春風一度……再後來，李順容就有了先帝的骨肉，也就是當今的天子。」

狄青錯愕不已，突然想到當年在永定陵時，李順容曾說：「先帝迷戀上崇道修仙，有一日他服了仙丹……狂性大發，說什麼老天說了，會賜給他一個兒子，他在宮中狂走，找上了我，然後我……就懷了益兒！」

當初狄青聽到那番話，並沒有多想。如今一印證，李順容說的有些出入，但很顯然，八王爺說的

更加詳實可信。他沒有想到過，郭遵也知道此事。怪不得郭遵當初在玄宮，見李順容時的表情就有些異樣。郭遵早知道趙禎的生母是李順容！

往事如飛，狄青恨不得立即去找郭遵問個究竟。但命運就是捉摸不定，他在汴京，而郭遵還在西北。

八王爺輕輕歎口氣，心中在想，那晚劉娥再也忍受不了三哥的冷漠，本要阻擋三哥再信神，結果被三哥重重地打了一記耳光。那是三哥第一次打劉娥，也是最後一次打劉娥，她見到了我，向我哭訴她的委屈。那晚的風很柔、花太香，我聽到她的哭訴，為何就……他想到這裡，哂然地笑，又想，想這些還有什麼用。劉娥死了，我在她死後，馬上揭穿了她的騙局，我是在恨她嗎？她死都死了，我再搞這些有什麼用？我難道真的如她說的那樣，從來沒有愛過她？哼……我不說，遲早也有人會說的。

狄青思索許久，這才道：「因為八月十五這件事情，所以郭大哥、伯父還有先帝，均信了香巴拉一事？」

八王爺緩緩點頭道：「不錯，我本來將信將疑的，可種種奇異讓我不能不信。先帝對我說，五龍本是香巴拉之物，香巴拉是個能滿足人願望的地方。這本是虛妄之談，我也不信的。可後來，我終於信了。先帝一直找不到香巴拉，可身體不行了，他就按照自己的心思，建了永定陵，仿造成香巴拉的樣子，搜集了各種古怪的東西放在永定陵。」

狄青神色恍惚，想到了玄宮中五道奇怪的門，裡面的天書、佛骨、無數面神像……他已隱約想到了什麼，見八王爺古怪地望著自己，不由問：「先帝在玄宮放了那些東西做什麼？」

八王爺嘴角滿是譏誚，淡淡道：「你還猜不到嗎？」

狄青腦海中有如紫電劃過，霍然站起，眼角跳動，叫道：「他希望長生，他還想復活！」一言既

出，狄青只覺得背心都是冷汗。

這實在是太詭異荒誕的事情，狄青在那一刻，回想到太多太多的事情，也明白了很多事情。當初他和趙禎、李順容三人入玄宮，在石桌上看到一個手印。狄青記得李順容的表情不是驚懼，而是難以置信，李順容當初說的是，「不可能，絕對不可能！」狄青當時不明白，可現在想想，李順容的意思當然是，趙恆絕不可能活轉！

因此李順容急急地去了存放趙恆棺槨的地方，就是要驗證趙恆是否出來過。怪不得他當時心有戚戚，總是提心吊膽，他當時也不知道自己為何害怕，現在他明白了。

他怕趙恆從棺材中鑽出來！他十分害怕留下那手印的人是趙恆。怪不得李順容很多事情說得支支吾吾，又說什麼真宗死後肯定很寂寞，他希望李順容經常過去陪陪他。

狄青只覺得嗓子有些發乾，苦澀道：「原來李順容守在永定陵，不只是為守陵，她還在等有朝一日真宗復活，去接真宗出來？李順容當然知道這些事情了？」

八王爺點點頭，嘲諷道：「不錯，她也知道這個大概，但她多半不信的。先帝認為神讓李順容為他生了兒子，就說明李順容和他有緣，亦是和香巴拉有緣，這才將這事情讓李順容來做。不過……太后去了，李順容也去了……天底下知道這祕密的除了你我外，郭遵可能會略有知曉。」八王爺稍頓了一下，然後肯定道，「就因為這些事情，我肯定香巴拉會存在，不然五龍從哪裡來的？但永定陵絕非香巴拉！」

狄青臉如死灰，良久才道：「以先帝之能，如果還找不到香巴拉……」

八王爺截斷了狄青的話，沉聲道：「狄青，你一定想說，先帝找不到，我們肯定也找不到香巴拉？」見狄青黯然點頭，八王爺搖頭道，「你錯了，要找香巴拉，絕不是靠地位權勢，而靠緣分。」

狄青神色蕭索，「這個緣，並非那麼容易的事情。」

「你放棄了嗎？」八王爺陡然問。狄青一震，腦海中又閃過那盈盈淺笑、如花般的容顏。緊握著茶杯，狄青長吸一口氣道：「我這一年多來，找了大半個西北，受騙無數次，仍舊一無所獲。可是……伯父，我不會放棄！」

狄青驚喜交集，急問：「什麼線索？」

八王爺抿了口茶水，緩聲道：「太后臨終前，曾說過，『五龍本香巴拉之物，要找到香巴拉，一定要……』這句話就是線索所在。」

狄青一直被五龍的迷離所吸引，到現在才想起今日來此，就是要問太后的遺言，惴惴道：「一定要什麼？」

他說得斬釘截鐵，那俊朗的容顏，雖早有滄桑落寞，但更多的卻是剛毅不屈。

「一定要找到那份地圖！」八王爺長吁一口氣，一字字頓道。

「香巴拉的地圖！」八王爺輕聲道，「我費盡周折，已打聽到，有個姓曹的人手中有份香巴拉的地圖。我已派人去買，只要地圖到手，找香巴拉再不是虛妄之事！這地圖絕非無稽之談，我有八成的把握確定，那地圖是真的！」

驀地見到狄青臉色蒼白，八王爺忍不住道：「狄青，你怎麼了？」

狄青差點兒一頭撞死在桌子上，他突然想起种世衡曾說過，有個姓曹的人有香巴拉的地圖賣，但他根本不信。難道那份地圖，就是八王爺說的？難道說……那地圖竟是真的？他在最接近香巴拉的時候，竟又和香巴拉擦肩而過？

狄青失魂落魄，良久才把种世衡所言說了一遍，沮喪道：「伯父，我本以為种世衡在騙我，沒想到他說的竟是真的。我立即前往西北去找种世衡。」

八王爺也有些詫異，喃喃道：「奇怪，我費盡艱辛才找到那曹姓之人，种世衡怎麼會輕易知道這個消息呢？」他略作沉吟，搖頭道，「賢姪，你莫要急，有時候急反添亂。我派出的人出發多日，想必已要回返，你若前往西北，說不定反倒錯過。」

狄青皺眉道：「那我現在怎麼辦？」

八王爺歎口氣道：「等！除了等之外，我也沒有好辦法。」

狄青只能點頭，忍不住問了一句，「伯父，曹姓那人是誰？你如何能這麼肯定，他手中有香巴拉的地圖？」

八王爺猶豫道：「我答應過他，不能洩露他的底細。我能肯定他有香巴拉的地圖，也是很有原因。但這原因我暫時不能說，狄青，你信我，以後我遲早會說。」

狄青見八王爺滿是為難，也不好逼問，可還有個疑問，又問：「如果傳說中的香巴拉是真的，那地圖也是真的。那人為何不自己去找香巴拉得償心願，反倒要把香巴拉的地圖賣出去呢？」

八王爺微微一笑道：「這其中的關鍵不難解釋。就像賢姪你，就算有平定西北之能，奈何有心有力

沒有機會？就算有地圖，要尋找香巴拉也不是容易的事情。那曹姓之人，本是西北一望族後人，落魄至今，已無能去尋香巴拉了。」

狄青舒了一口氣，喃喃道：「原來如此。眼下看來，只能等下去了。」

雪飄霜冷，日出日落。

狄青雖知道要等，可也沒有想到，他在郭府一等就等到了暮春時分。狄青人在汴京，閒職總是無事。不過，趙禎隔幾日就會找狄青入宮閒聊治國大事。

那個曾經徬徨無助的君王，終於可以自己獨掌大權，漸漸地忘卻了曾經的憂傷，忘記了以往的不快，眉宇間，總有著意氣風發的快意。

狄青這一日又得趙禎宣召，忍不住地皺眉。他知道自己對治國一事本無興趣，自知見識更說不上高明。趙禎召他，與其說是商議，毋寧說趙禎是一個人在高談闊論。

這段日子來，朝廷有了翻天覆地的變化，兩府中人更是改換了許多。趙禎拜昔日兩位恩師張士遜、李迪為相，薛奎原封不動，仍為兩府參政。

狄青對這個安排不出意外，他當初也在宮中，知道薛奎當初在太后衰冕的事情上，作出了正確的選擇，因此得到了趙禎的賞識。稍讓狄青有些意外的是，呂夷簡竟被趙禎從兩府中剔除，出判澶州！

狄青能有今日的地位，還是得呂夷簡的任命。狄青也知道，趙禎和呂夷簡關係本是不差，如今趙禎當權，本當更加重用呂夷簡才對。狄青隱約聽說，因為郭皇后和呂夷簡不和，屢次說呂夷簡本是太后身邊之人，為人兩面討好。趙禎心有忌諱，這才將呂夷簡趕出汴京。可內情到底如何呢？沒有誰能肯定。

但誰都知道，天子這次對朝臣改動的原則是，當年和太后關係親近的朝臣，多數貶用！因此開封知府程琳被趕出京城，兩府的夏竦、陳堯佐等人也是親近太后的黨羽，亦被調離京城。相反，當初得罪太后的人，比方說范仲淹、宋綬、歐陽修、尹洙等人，盡數得以回轉京城，加官重用。

狄青對歐陽修、尹洙等人並不了然，也不算關心，他唯一感到有些高興的是，范仲淹回京了。他還記得范仲淹。那個心憂天下、敢為人先的范仲淹……那個寧鳴而死、不默而生的范仲淹！

狄青出走宮中，見過朝廷中像范仲淹這樣的人，可他唯獨對算不上重臣的范仲淹很有印象。狄青雖不太懂國事，但也知道朝廷中像范仲淹這樣的人，越多越好。

很多人離開了京城，很多人被調入京，狄青卻不想再在京城待下去。得趙禎宣召，狄青立即動身趕赴宮中，想問問趙禎什麼時候把他重新派到邊陲。

在無數人費盡心思不想離京的時候，只有狄青反其道而行。

就在出了郭府的時候，趙管家到了門前，對狄青道：「八王爺請你前往王府，有要事。」

狄青立即把見趙禎的事情放在一邊，先去八王爺的府邸。等入了王府，見當空燕子徘徊飛舞，暖暖的陽光照在身上，滿是愜意，狄青心中卻有些發冷。

他雖一直沒有聽八王爺明說，但知道八王爺買地圖一事肯定不順利。

入了廳中，見到八王爺陰暗的臉色時，狄青一顆心就沉了下去，但還能問道：「伯父……事情怎麼樣了？」

八王爺臉現凝重，沉聲道：「狄青，你一定要冷靜。」

狄青已隱約感覺答案不妙，竟還能笑出來，可笑容多少有些淒涼，「伯父，你放心吧，我承受得

住！」他不知道經受了多少次希望失望的打擊，這才能平淡地說出這句話來。

八王爺眼露焦急之意，神色失落道：「我派的人找到了曹姓那人，但他死了。地圖不見了！據我推測，殺他的人，一定是要搶那地圖。」

狄青亦是失望，可更覺得那地圖大有門道，反倒能沉住氣問道：「伯父，你可知道，是誰殺了曹姓那人？」無論誰拿了那張地圖，他狄青一定要搶回來！

八王爺皺眉道：「我派的人，已查出曹姓之人死前，有個人曾經找過他，那人的嫌疑最大。我的手下打聽到，找尋他的那人叫做……葉喜孫！」

狄青耳邊鳴響，差點兒跳了起來，失聲道：「葉喜孫，怎麼會是他？」

凶手是葉喜孫！狄青眼前浮出那孤高冷傲的一張臉，他當然認識葉喜孫，可葉喜孫怎麼會殺曹姓之人？當初葉喜孫被夜叉追殺，是因為身帶一物。難道說，當初夜叉追殺葉喜孫，也是為了香巴拉的地圖？野利斬天、葉喜孫、夜叉，竟然都和香巴拉有了瓜葛！

八王爺有些詫異道：「你認識他嗎？」

狄青心亂如麻，只感覺所有的一切，變得愈發地迷霧重重。他沉吟片刻，反問道：「伯父，我見過葉喜孫兩次，但對他還是一無所知。你可知葉喜孫是什麼來歷？」

八王爺搖搖頭，「我們只查到，他在客棧登記的名字叫葉喜孫，至於別的事情，一無所知。我甚至有些懷疑，這個名字都是假的。」

狄青也有這個懷疑，凝神片刻，狄青已下了決定，說道：「伯父，我不能再等了，我必須再去西北，尋訪葉喜孫這人的下落。今日我就去求聖上，請他准我出京。」

八王爺神色也有幾分疲憊，點點頭道：「如此也好。你我分頭找尋，說不定還能快一些。可是……

聖上會准你出京嗎？」

狄青錯愕道：「伯父為何這麼說呢？」

八王爺欲言又止，半晌才道：「你先對聖上說說出京一事。不過……他若不許，你莫要與他衝突，一切以商量為主。」

狄青滿懷疑惑地出了王府，總覺得八王爺好像不看好他能出京。

心中苦笑，暗想別人都在求入京，就他要出京，難道也有難事嗎？狄青到了大內，憑令牌通行無阻。

他是宮中唯一不用當值，卻可帶刀橫行的禁軍。那些殿前侍衛早認得狄青，見狄青前來，眼中很有些羨慕，也知道狄青眼下身為天子身邊的紅人，刻意招呼。

狄青雖憂心忡忡，卻還能和那些人點頭示意。到了帝宮後，趙禎正在踱來踱去，似乎考慮著什麼，見到狄青笑道：「狄青，你怎麼這麼晚才來？」

狄青見趙禎心情好像不錯，心中微喜，恭敬施禮道：「聖上，臣有事耽擱，來晚了些。還請聖上恕罪。」

本以為趙禎會問問他有何事，狄青就借坡下驢，提及出京一事。不想趙禎並不詢問，只是道：「你來了就好，你猜猜，朕今日找你來，有何要事呢？」

狄青有些奇怪，見趙禎興致正高，只好暫緩提議，試探道：「聖上召臣前來，莫不是關於西北的事情？」

趙禎含笑道：「狄青，你果真明白朕的心事。我找你有兩件事，其中有一件事就是關於西北。」

狄青暗自尋思，心道一件事是關於西北，另外一件事是說什麼？聽趙禎已道：「西平王趙元昊去年

興兵犯我邊境，保安軍遭劫，如果不是你勇猛，和武英他們燒了後橋砦，那我大宋可丟盡了顏面。哼！

我讓西北榷場全停，他們無法和我們交易，損失更大。這不，趙元昊派使者賀真去求范雍，請我們重開

榷場，他們又想向我們求和了。」

狄青心中不安，謹慎道：「聖上，臣知党項人狼子野心，元昊更是蓄謀多年。這些年來，元昊網羅

奇人異士，擴軍備戰，怎麼會輕易休兵？我只怕其中有詐！」

趙禎眉頭一軒，擊案道：「朕就知道，你肯定明白朕的心意，也能看穿趙元昊的用心。趙元昊此

舉，多半是麻痺於朕。朕早調劉平、石元孫兩人前往西北備戰，領兵提防党項人。」

狄青詢問道：「劉平、石元孫？臣孤陋寡聞，倒沒有聽過他們的名字。」

趙禎道：「劉平乃將門之子，文武雙全，以前是瀘州刺史，曾平了幾次夷人的叛亂。這次改對付党

項人，料不會辜負朕的厚望。石元孫亦是將門虎子，可堪大任。」說得正高興時，突然重重歎口氣。

狄青不解，問道：「聖上既然已找人開始對付元昊，因何歎氣？」

趙禎眉頭緊鎖，苦惱道：「你我君臣雖知道元昊野心極大，但朝中的那些老臣，聞元昊求和，求重

開榷場，紛紛上奏摺說，西北蠻人，適宜安撫，不宜刀兵。他們老糊塗了，一心求穩，不思進取。現在

朝中反對朕動兵的聲音很大，朕恨不得……再將他們悉數趕出京城。」

趙禎雖這般說，心中也知這麼做絕無可能。太后一死，他就已經對朝廷官員大刀闊斧地變革，親

近當初為他說話的臣子，逐走討好太后的人。可無論哪種臣子，看起來都很厭戰，他若再和這些臣子叫

板，只怕不等對西北動兵，汴京就先亂起來。

狄青知趙禎心中一直在恨元昊，見趙禎煩惱，狄青安慰道：「聖上也不必過於著急，這交戰之事絕

非一日兩日就能解決。西北之亂由來已久，要想平定的話，眼下最要緊的不是出兵，而是練兵備戰。臣

在西北有段日子，發現如今邊軍裝備簡陋，將不知兵，騎兵匱乏，可說弊端重重，若真的要出兵，實不

相瞞，勝算並不大，這種情況必須要改變。」

趙禎冷靜下來，長吁了一口氣道：「你說得對。」嘿嘿一笑道，「狄青，你所言和范仲淹、龐籍、

歐陽修等人竟大同小異，看來你也有頗有才能呀！對了，上次范雍來奏摺說，种世衡和你建議重建寬

州，說如果建城，『右可固延州之勢，左可致河東之粟，北可圖銀夏之舊』，你說得很好呀！滿朝中，

若論積極進取之人，你算一個。」

狄青慚愧道：「臣不過是聽种世衡所言，這才有所建議。真正出主意的是种世衡。」

趙禎道：「朕收到范雍的奏摺後，就好好地讚賞了他一番，又把种世衡重新起用，任命他為修城的

主城事。對了……」趙禎得意地笑起來，「城還沒有建起來，不過朕已將城池的名字都想好了，就叫青

澗城，青天的青，山澗的澗，是說他狄青你為朕抗擊西北党項人建的第一功。青澗……青建……哈哈。」

狄青這才明白，趙禎如此起名，是說他狄青建了寬州。有些惶恐，也有些感動，狄青道：「聖上，

种世衡也是朝臣，不過是因為得罪太后的人被貶。這

趙禎在殿中踱來踱去，沉吟道：「朕已查明，种世衡也是朝臣，不過是因為得罪太后的人被貶。這

城池誰建建的無所謂。可聖上重用了种世衡這等有才之人，才是西北幸事。」

種人，必定正直，朕當重用。」

狄青心道，你是沒有見過种世衡，不然也不會得出這種結論。不過聖上對西北如此重視，我若請戍

邊，他定會應允。趙禎說得高興，沒有看出狄青心事重重，又道：「能和你狄青相交的人，絕不會差。

對了，你上次還說了包拯這人不錯，朕查了汾州之案，發現任弁罪大惡極，就將他流放嶺南去了。不過……包拯這人好像挺倔強……對朕的建議竟也敢反駁。」

原來包拯知道暫時沒有任弁勾結彌勒教徒的線索，只能以任弁公器私用、草菅人命的罪名訴罪任弁。趙禎總覺得任弁在山西有些功勞，並不想將任弁流放千里。但包拯堅持己見，反對趙禎的提議，最終在包拯的堅持下，兩府還是將任弁流放三千里之外的荒蕪之地。大宋素來不斬文臣，流放嶺南，任由任弁自生自滅，已是很重的懲罰。

狄青道：「正直不畏權貴之士，多半如包拯這樣了。試問一人若對上不能堅持，如何能對下堅持什麼？比如說范仲淹范大人，當年若不是倔強，也不會被貶黜京城，但沒有范大人他們的堅持……」狄青不再說下去，心道再說就要說太后了，這不是他應該提及的事情。

趙禎點頭，心道這狄青說得不錯。想前段日子，太后去了，那些朝臣見朕對生母哀思無限，為討好朕，紛紛指責太后的不是。反倒是曾因請求太后還政於朕而被貶的范仲淹，上書說什麼，「聖上乃仁慈之君，莫糾纏昔日瑣事。太后護天子十數年，天子宜念好忘惡，方為仁君之道。」

這個范仲淹，太后當政的時候，就敢頂撞太后，如今他趙禎登基，也不討好他趙禎。寧鳴而死、不默而生！

趙禎想到這裡，心中感慨，凝望狄青道：「狄青，你說的不錯，朕就知道這點，才沒有責怪包拯和范仲淹，反倒提拔了他們！不過朕如果要做英明之君，就要按規矩做事。你出身行伍，眼下只憑這些許的功勞，朕就難很快地提拔你。」

狄青笑道：「聖上不必以此為念，臣能有今日，已仗聖上提攜了。」他才待請求戍邊，趙禎已站在

狄青的面前，盯著狄青道：「但你莫要忘記了，當初朕曾說過，若朕親政，要做個千古明君，改大宋之弊習，振大宋之國威。平西北之亂，收復幽雲十六州！朕若是漢武帝，你就是擊匈奴的霍去病。朕若是唐太宗，你就是滅突厥的李靖！」

狄青微有心動，想起這些話就是當初趙禎最困難時，在孝義宮所言。不想趙禎此時此刻，竟然還記得此事。趙禎今日舊事重提，是不是就暗示他狄青，二人之間的情誼和誓言，並沒有任何改變？

狄青心卻已淡，半晌才道：「聖上多半可以，但臣已不能。」

趙禎凝望著狄青，一字字道：「為何不能呢？朕雖礙於規矩，不能立即提拔你，但朕有一法，可一洗你以往卑微的身分，讓你扶搖直上！」

狄青倒有些奇怪，不由問道：「聖上有什麼辦法呢？」

趙禎笑而不語，扭頭望向殿外。這時，有宮人唱喏道：「常寧長公主到。」

狄青忍不住回頭望去，見到宮外走來八個黃衫宮女。到了宮中後，八人分開兩側，向趙禎屈膝跪倒。片刻後，一身著淡黃衣衫的女子，輕盈地從那八個宮女中間走過，娉娉婷婷地走到了趙禎的身前，斂衽而拜，柔聲道：「常寧拜見聖上。」

環佩叮咚，柔聲漫語，帝宮中如響起悅耳的樂聲。那女子身材婀娜，聲比黃鶯，雖輕紗罩面，讓人看不清面容，卻更給人一種清露籠紗之朦朧嫋嫋。這時春風正暖，款款思濃……女子參拜著天子，妙目卻向狄青掃去，眼中似乎有著比春風還濃的多情。

狄青並沒有留意到女子眼中的含意，只是想，長公主？這是聖上的妹妹嗎？以前倒沒有見過。她來拜見天子，想必有事，看來只能等他們兄妹說過話後，再說及戍邊一事了。一念及此，狄青才待暫退，

趙禎已微笑道：「常寧不必多禮，平身。來呀，賜座。狄青，你也坐。」有宮人搬過座位，讓狄青、常寧公主對面而坐。狄青有些錯愕，搞不懂趙禎要做什麼。

趙禎坐在上首，看著下手的狄青和常寧，似乎很得意。他微笑地望著狄青道：「狄青，朕說過，朕對你有些歉然。」

狄青知道趙禎是說楊羽裳一事，心頭黯然，低聲道：「聖上，事情已過……」不待多說，趙禎已道：「不錯，事情已過，徒思無益。但朕已想到彌補的方法，這就是朕要和你說的第二件要事。」

狄青察覺到常寧長公主一直在望著他，眼中含意如柳絮隨風，心頭一震，臉色微變。

趙禎並沒有留意狄青的臉色，只是道：「狄青，你失去心愛之人，朕每念及此，耿耿於懷。常寧乃朕妹，當聽說你的往事後，對你很有好感。朕見妹妹如此，又想補償你，知道你一直孤身，就想著若將常寧許配給你，豈不是一舉數得的好事？」

狄青呆住，見趙禎興致勃勃，心思如麻。他並沒有留意，常寧公主秋波妙目正在凝視他，那眼中，沒有欣喜，沒有反對。

趙禎續道：「狄青，你若娶了常寧，一來呢，就是皇親，朕就可依宋律破格提拔你，不用等軍功升遷了。二來呢，你是皇親，以後幫朕去指揮西北將領，痛擊元昊，朕很放心。最後……你若娶了常寧，再過幾年，朕就可以命你統帥西北兵馬，先征西北，再伐契丹，開創大宋一代盛世，和朕再不分彼此，豈不是最好的結局？朕問過常寧，她已默許，現在……朕想聽聽你的心意。」

趙禎滿是期待，心中得意。這個想法由來已久，可他因一直忙著生母的名號問題而無暇顧及。李順容死後雖被封為宸妃，但趙禎並不滿意，終於在君臣的商議下，李順容死後加封太后，葬禮可同劉太后

平起平坐。

趙禎忙完此事，整頓朝臣，就想著狄青護駕之功甚偉，這次回京，不如就留在身邊。過個幾年，狄青不憑軍功，只憑皇親這個牌子，就可以逐級升遷，到時候再去領軍西北，可說是皆大歡喜。趙禎雖高高在上、榮耀萬千，內心卻是極為寂寞。有狄青在身邊，他總覺得不會孤單，是以總想把狄青留在京城。這刻望著狄青，只等狄青點頭。狄青望了一眼常寧長公主，見她低頭望著地面。扭頭又望向趙禎，見趙禎若有期待。狄青緩緩站起，單膝跪地道：「聖上⋯⋯臣不配。」

常寧公主嬌軀微顫，身上的環佩叮叮噹噹地響了數聲。

趙禎微愕，隨即笑道：「朕不嫌你的出身，常寧一樣不嫌。你沒有什麼不配⋯⋯好了⋯⋯」

狄青不等趙禎決定，截斷道：「聖上好意，臣心領。但臣不能接受！」

趙禎怔住，那環佩的響聲，慢慢地輕下來，停了。宮中沉寂如水。

良久，趙禎才道：「這是朕的一片好心。」趙禎心中悲怒，他本乘興而來，見常寧公主對狄青滿是好奇，又因對常寧很是喜愛，因此在常寧公主面前誇下海口，這次被狄青拒絕，極為不悅。

狄青忙道：「臣知道聖上一片好心，但臣本行伍之身⋯⋯」本待稍貶自己，不損公主的顏面，可轉念一想，只怕無法徹底回絕，遂決然道：「臣不能娶妻！」

趙禎見狄青這麼個答案，一拍桌案，怒道：「你可知道抗旨的後果？」

狄青垂頭道：「臣知曉。」

趙禎見狄青恭順，放緩了口氣道：「那你先回去，朕給你幾天的時間，你好好考慮一下朕的好意吧！」他只怕狄青臉皮薄，因此給狄青臺階下。

狄青此刻才明白為何出王府的時候，八王爺有些擔憂。難道說八王爺也知曉了此事？想到八王爺讓

他莫要和趙禎起衝突，狄青舒了一口氣，一字一頓道：「臣不用考慮了，臣不能娶妻！臣請去西北！」

趙禎怒拍龍案，霍然站起，冷視狄青道：「狄青，你莫要以為朕不會斬你！」

狄青神色蕭索，再不發一言，可臉上滿是倔強。

這些年來，風霜雕琢下，他本已少了分稜角，多了分冷靜，但他這時候不想冷靜。在別人眼中，他

或許有些傻，但他知道自己在做什麼，這就足夠。

他不需對羽裳承諾什麼，可他和羽裳的約定，就算刀痕都沒有那麼深刻。

趙禎冷冷地望著狄青，常寧靜靜地望著狄青，狄青只是堅定地望著前方的地面。

三人沉默許久，趙禎吁了口氣，煩躁道：「狄青，你退下吧！」

狄青有些意外，但知道這時候任何話都是多餘，起身向趙禎施禮後，又向常寧長公主作了一揖，不

再多說什麼，就那麼默默地退下。趙禎待狄青遠去，這才恨恨地拍桌案道：「常寧，狄青不知好歹，朕

定為你重重懲罰他。」

常寧公主沉默半晌，慢慢起身，盈盈施禮道：「聖上，狄青沒錯的。」

趙禎愣住，有些哭笑不得，半晌才道：「狄青沒錯，這麼說錯的是朕了？」

常寧公主道：「聖上，狄青拒絕了常寧，常寧並不惱怒，聖上也不用為常寧去責

怪狄青。常寧方才一直在看著狄青，心中已知道。聖上，狄青拒絕了常寧，這天底下，只怕沒有誰能取代楊羽裳在狄青心目中的

地位。說實話，常寧當時聽狄青拒絕，本是有所埋怨的。」趙禎微詫道：「那你現在不埋怨了？」

常寧道：「狄青本是蒼鷹，就應該有他展翅的地方。狄青是人傑，也無須皇親的身分來助力。常寧

不再想求什麼，只盼狄青癡情一片，最終能有寄託。誰都沒有錯，如果真的有錯，那錯只錯在，常寧在錯誤的日子和正確的人相遇。」

她說完這句話後，眼中也有分黯然，再施一禮道：「常寧回閣了。聖上，常寧告退。」她娉娉地走出了帝宮，只留下環佩叮咚的響聲迴蕩在清風中，有如女兒難解的心思……

狄青走出宮中，心中也有歉然。他知道那麼拒絕一個女子，實在很讓人下不了臺，但他別無選擇。

當斷不斷，反受其亂，他寧可常寧恨他，也不想和常寧有什麼糾葛。

茫然走在街上，不知走了多久，陡然聞花香傳來。喧囂人流中，他驀地才發現，原來不經意間，已到了大相國寺前。這段日子來，他並沒有前往大相國寺，這是他和楊羽裳初遇的地方。他無須再來，因為往事早就深刻腦海。

他心亂之下，不經意地到了這裡。望著輝煌絢麗的大相國寺，並沒有入內一觀的念頭。驀地心中在想……當初我若是不入大相國寺，就碰不到羽裳……我若碰不到羽裳，縱是一生孤苦，也是心中無怨。畢竟……羽裳就不會有事。這個念頭揮之不去，讓他一直心中發疼。他雖知道，楊羽裳不會有悔，可他始終難以釋懷。

信步走過去，無意到了一花棚前，花棚前有個老漢見了狄青，招呼道：「客官……你不是狄……小哥嗎？」

狄青扭頭望去，見那老漢滿臉褶皺，已記起來此人姓高，點頭道：「高老丈，你還賣花呢？」

驀地又想起，當初他就是在這裡，見了羽裳第二面。那時懵懂的他，送了羽裳一盆花，花名叫做鳳求凰。

街市人來人往，春將暮，百花更豔，狄青卻只是呆呆地望著不遠處的鳳求凰。

花正嬌，人卻不在。長街繁，心在關山。不知哪裡響起了幽弦，舞動了花樹的殘瓣。花有憐惜，撒在狄青寂寂的肩頭，飄過狄青微顫的指尖……

他緩步走過去，望著那鳳求凰良久。高老漢一旁問道：「狄小哥，你若喜歡，就把花兒拿去吧！」

高老漢還記得狄青昔日的恩情，卻不知道當年的往事。

狄青苦澀一笑，只是搖搖頭，轉身要走，就見到了一雙黑白分明的眼眸正望著他，那眼眸中滿是清幽明澈。

宛若當年。

數年一顧，相思朝暮。狄青內心呻吟了聲，夢囈般說道：「羽裳……」他身軀晃了下，只以為是夢是幻，但回過神來，蕭索更盛，眼中隱帶驚奇，詫異道：「飛雪，怎麼是你？」

望著狄青的那人，正是飛雪。

狄青從未想到過，新砦的那個飛雪，竟然來到了汴京。他又錯將飛雪當做了羽裳。這本是很奇怪的事情，飛雪和羽裳完全是不一樣的人，但狄青每次見到飛雪的時候，都留意她的一雙眼，而忽略了飛雪的容顏。

飛雪靜靜地望著狄青，靜靜道：「為什麼不是我？」她還是一如既往地平靜，其中夾雜分難以捉摸的古怪。狄青一時間無法回答。飛雪為何來京城，為何到這裡，為何好像一直對他很有興趣的樣子？是有興趣，絕非情意，狄青清楚地明白這一點。

沉默地望著飛雪半晌，狄青回道：「汴京其實也不錯……」每次他見到飛雪，都有不同的印象。伊

始他被飛雪詢問名字，感覺她膽子大得出奇。後來雖知道飛雪不過是個尋常鐵匠的孫女，但感覺此女有著迥乎尋常的靈黠。這次再見飛雪，又從她眼中，看出一種洞悉世情的了然。這女子，有著和她的年紀完全不同的心智。

飛雪終於移開了目光，望著熙熙攘攘的人群，說道：「汴京好像不錯，但我不喜歡。一個地方的好壞，不看它有多繁華，不看它有多少人，只看你的一顆心。」

「只看你的一顆心？」狄青喃喃念著，心中又痛。

飛雪說的不錯，有羽裳的地方，哪裡都是仙境；沒有了羽裳，汴京和西北又有什麼區別？

「很多東西，別人覺得很好很好，但是你心裡不喜歡，就是不好。」飛雪目光清澈，突然問道，「我送給你的面具，你可喜歡嗎？」

狄青半晌才道：「喜歡。」

飛雪笑笑，「可想必有很多人不喜歡，甚至會怕、會厭惡。」她說得若有深意，耐人尋味。狄青皺起了眉頭，「我記得，你想讓我幫你做一件事，你現在要和我說了嗎？」

飛雪澄淨若秋水的眼波望過來，半晌後，目光中有了分遺憾，「說了你也不會答應。你現在連汴京都出不了，怎麼會平白和我趕赴千山萬水？」

狄青微驚，不解飛雪如何看出他暫時無法離開汴京。這個女子，難道真有讓人驚悚的直覺嗎？飛雪要帶他去哪裡？

千山萬水？那是去哪裡？

狄青正詫異間，飛雪又移開了目光，望著那鳳求凰，自語道：「今年花似去年好，去年人到今年

老。始知人老不如花，可惜落花君莫掃。人生苦短，或許真的不如花開花落了……」

狄青不知飛雪言中之意，更不解為何她看似年少，竟這多心思。才待離去，高老漢一旁突然道：

「對了，狄小哥，你拿一盆花去吧！上次你不是送一盆花給那小姐嗎？她很喜歡這花兒的。」

狄青心口一跳，聲音都有些顫抖，「你怎麼知道她喜歡那花兒呢？」

高老漢笑道：「我當然知道了。自從你送給她花兒後，她那段日子，就不停地來這裡，問狄小哥的名字，什麼時候會來，還會不會再來。可老漢怎麼知道這些呢！她一連好多天，都在這裡轉悠，狄小哥，她是在等你嗎？我看她多半是在等你！那是個好女子，你不能錯過呀！她有一次，還親自幫我澆花除蟲，養花的經驗，不比老漢差呢！」

狄青心中又顫，記得小月說過：「小姐一直都很愛護這花兒，照顧得很好。她都不讓我照顧的……

這幾日，她不再照顧這花兒了……我們都在等著她，花兒也在等著她……」

心中酸楚，狄青垂頭無言，兩滴水珠打濕了長衫。春風不解，依舊牽扯著衣袂。他只給了楊羽裳一盆花兒，可楊羽裳卻回了他整個的春天。

原來羽裳不只在雪夜梅前翹首企盼，怪不得羽裳稱呼他傻大哥……

他實在太傻太傻，因為他直到今天，旁人若不說，他還有太多不知道的事。

春風暖，繁華亂，狄青孤單單地立在那裡，如立在曠野大漠。聽著高老漢還在熱心道：「她後來見到你了嗎？我告訴她你的名字，她看起來很開心呢！她很喜歡那鳳求凰，每次來的時候，她都會看上許久……狄小哥，要不你再拿一盆吧，我保你把花兒送給她，她會喜歡。」

狄青想說，「她會喜歡。」可他嗓子已啞，心口撕裂般地疼，許久後才低聲道，「她不需要了。」

他不知道用了多少氣力才說出這句話，終究沒有抬頭。

高老漢終於看出了有些不對，忙道：「不要也好。」說話間，旁邊有個白胖胖的手伸出來，取了花盆。

一人輕聲道：「這花兒……本公子想要。」

狄青聽聲音熟悉，飛快地用衣袖擦了眼角，抬頭望去，也滿是訝然。來人正是趙禎。他還是當年聖公子的打扮，手搖摺扇，他身邊站著一人，卻是閻文應。趙禎望望閻文應手上的花兒，緩步走過來道：「狄青，你可知道我為何想你留在京城？」

狄青搖搖頭，趙禎唏噓道：「因為你和我相識這些年來，從不圖謀我什麼，我真的很需要你這樣的人。」

狄青有些感慨，但只是輕輕地搖搖頭。

飛雪一旁望著趙禎和狄青，目光仍是清澈無邪，似乎看出了什麼，突然道：「可你知道他為什麼一定要離開汴京嗎？」

趙禎微怔，轉望飛雪，半晌才道：「你是和……我在說話？」

飛雪凝視著趙禎，目光一如既往地平靜，「不錯，我就是在和你說話。狄青不欠你什麼吧？」

閻文應喝道：「大膽！」

趙禎擺擺手，止住了閻文應的呼喝，惆悵道：「你說的不錯，狄青的確不欠我。是我欠他的，因此我想彌補。」

「你若是當他是朋友，就不該勉強他。」飛雪目光如水，沉靜道，「只要你不勉強他，他就會感激你。他不是貪心的人，只不過……他是個癡心的人。你到底是想人感激你一輩子，還是想人厭惡你一

輩子？」

狄青很是驚奇，暗想飛雪怎麼這般明白他的心事？飛雪說這些，難道是為他排憂解難？趙禎目露沉思，看著飛雪的目光滿是驚奇。

飛雪又對趙禎道：「你當然也有喜歡的人。你若有可能，會不會也和狄青一樣？將心比心，你就不該為難他！」

趙禎臉色已變，想起了王美人，心頭一跳。往事如沙，迷了眼，卻流連難捨。

狄青感激地望了一眼飛雪，又看了一眼鳳求凰，立下了決心，霍然上前，凝視趙禎道：「聖公子，我求你一事。當年我和羽裳在大相國寺相見，蒙她垂青，以心相許，狄青當年只送她一盆花，她卻回了狄青海一樣的深情。狄青這輩子，再也忘記不了羽裳。」他稱呼聖公子，一來知道趙禎不想洩露身分，二來還是當趙禎和當年的玩伴一樣。

趙禎聽到「聖公子」三個字時，神色悠悠。又望著狄青眼中的決絕，心中歎息，只是在想⋯⋯當年朕⋯⋯為何就沒有狄青的這種堅持？朕不如他！狄青只是有情，並非對朕無義，我又何必苦苦地為難？

「當年去鞏縣時，我曾說，『羽裳，我一回來，就會向楊伯父提親，娶你過門。狄青無財無勢，只有一顆心！』這句話，羽裳記得，我記得！」狄青重複著當年的話，如同羽裳就在眼前。

或許流年短暫，但承諾還在，也從不會改變。

「我不知道羽裳還會不會醒來，我不知道還能不能見到她睜眼，我更不知道，會不會找到香巴拉。」狄青眼簾濕潤，一霎不霎地望著趙禎道，「可我知道一點，狄青的這顆心，永遠不會改變。」

他說得斬釘截鐵，斷冰切雪，「在我的心中，羽裳已是我的妻子，無論生死！狄青此生不求高官，

不求厚爵，狄青可以什麼都不要，可我不能不要不要羽裳給我的一顆心。狄青不求什麼，只求你准我出京，再戰西北。狄青活也好，死也罷，戰不負天下，情不負羽裳，狄青此生無悔無憾！」

他說完後，深施一禮，再無言語。那偉岸的身軀如山嶽沉凝，在花香中，寫盡悲歡。他已決定，無論如何，都要出京，沒有人能阻攔。

趙禎沉默地望著狄青的堅持，良久才道：「我這次來，本是要讓你出京的。」

狄青霍然抬頭，眼中有了意外，更多的是感謝！

飛雪再望趙禎的神色，多少也有些訝然。她那清澈澄淨的眸子中，有分輕霧彌漫……

趙禎從閣文應手上拿過了那盆鳳求凰，遞給了狄青，感喟道：「我已送不了你什麼，這盆花，就當我的一點心意吧！狄青，西北苦寒，你多保重了。」說完後，拍拍狄青的肩頭，趙禎有些惆悵，本待還要說什麼，終究只是轉身離去。

走在長街上，趙禎突然想要痛哭一場，只是在想：當年我若在太后面前，也是這般堅持，結果會怎樣？

可惜有些事情，永遠不會有答案！

狄青捧著那盆花，望著趙禎遠去，一時間激盪無言。等回過神來，感激地向飛雪望去，想謝謝她方才的一番話。

她悄悄地來，卻發現飛雪竟已消失不見。

她靜靜地走，如煙非煙……

長街長，煙花繁。捧花的男子立在那裡，心在塞遠。不知哪裡笙歌再起，聲破長天，飛飄關山……

第四章 送瑪

長天蒼茫，有蒼鷹飛過，徘徊在渺渺天際，俯瞰眾生。繁霜凝樹，葉舞殘黃，又入了初冬季節。延州東北二百餘里的古寬州之地，少了初冬的冷意，卻多了些火熱的氛圍。

寬州本是廢棄的古城，在近一年的修建中，平地高城起，城名青澗！自從朝廷下旨，讓种世衡為鄜州判官，負責修青澗城一事後，青澗城周邊的百姓，無論是羌人抑或是漢人，均是歡呼雀躍，主動前來搬石抬土，挖壕壘溝。

以往金明砦以北，多是羌漢混居，可每逢戰事，大宋總是避而不出，堅守金明砦。如此一來，北面居住的百姓可就倒了霉，屢次受戰爭波及，苦不堪言。這次建城在金明砦以北，眾人無不都當這地方是百姓的福祉，是以踴躍前來幫手。

黃昏日落，有一撥軍士正挑沙入城，有挖護城河的百姓叫道：「葛都頭，大夥累得要死，過來講講狄指揮的事解解乏吧！」

天雖冷，那葛都頭卻祖露著健壯的胸膛，額頭竟還有汗水。聞言卸了河沙，問道：「昨日我講到哪裡了？」

有一紅臉的漢子接道：「狄指揮大戰鐵鷂子，攻破後橋砦，怒戰羅睺王的事情，都講了十七遍了……雖說每次編造得都有不同，可畢竟聽多了，你講點兒新鮮的吧！」

葛都頭哈哈大笑道：「你們真難伺候，我不講吧，你們非要聽，聽的還不能重複，不重複了還嫌我

編造。狄指揮雖說又回了了塞下，但眼下沒有戰事，我難道要編個故事給你們聽嗎？」

有人道：「怎麼沒有？昨晚城頭的鼓聲比雷聲還要響，天明的時候，就見到城外一地羌人的屍體，到底怎麼回事？你身為軍中要員，總得說來聽聽。」

葛都頭被人吹捧，摸摸絡腮鬍子，笑道：「我猜你們肯定要問這事。也罷，我就給你們說說。其實我們這城建好了，高興的人不少，眼紅的人也不少。米擒族就擠破腦袋都沒有進來，這才興兵來犯，不想狄指揮招指一算，知道他們昨晚會來，早早地在城外埋伏，一刀就斬了米擒族的首領米擒大浪。」

眾人均是驚呼，「那狄指揮，不是和神仙一樣了嗎？」

葛都頭也不臉紅，大咧咧道：「誰說不是呢……那些人見到狄指揮殺過來，都不敢接戰，丟下百十來具屍體落荒而逃。青澗城有种老丈才能建起來，可若是沒有狄指揮，只怕早丟了呢！」

有人不解道：「米擒族要入城，就讓他們來好了。」

葛振遠道：「你懂什麼？他們不給錢，种老丈如何肯讓他們進來？」眾人一陣哄笑，遠處走來一人道：「葛振遠，你又在說我的壞話。」

來人拖個草鞋，踢踢躂躂地走過來，腦門發亮，臉有菜色，正是种世衡。葛都頭當然就是葛振遠，青澗城新建，种世衡主城事，狄青負責守衛，而葛振遠、廖峰、司馬一幫人等，均被從新砦調到了青澗城。

种世衡見眾人在歇息，不滿地嚷嚷道：「你們怎麼都停下來了？快點做事。我告訴你們，能進這個城，一要做事，二要送錢。又沒錢、又不幹活的人，若再被我看到，都給我滾蛋！這裡不養閒人的。」

葛振遠嚇得忙道：「都去幹活，都去幹活！」眾人一哄而散。葛振遠挽袖子要走，种世衡拉住他

道：「狄青在哪裡？」

葛振遠道：「他在城北五里外的折柳亭。」

种世衡嘟囔道：「他跑那麼遠做什麼？」

「他離得遠，可能怕你要錢吧！」葛振遠丟下一句後，一溜煙地跑掉了。

种世衡搖搖頭，拖著草鞋向城北而去，趕到了折柳亭時，有些氣喘。狄青正坐在亭中，遠望西北的方向，聽到腳步聲，向种世衡望去，若有期待道：「种老頭，什麼事？」

狄青又到了塞北。

狄青離開汴京後，先奔延州報到。范雍見了大為頭痛，心道這小子有毛病，別人都是費盡心思往京城走，這小子火燒屁股一樣地趕來延邊。不知道朝廷什麼心思，范雍索性報於朝廷，將狄青雲騎尉的官銜提到武騎尉，只漲俸祿，不漲兵權。朝廷准了後，狄青仍以延邊指揮使的身分，協同种世衡鎮守青澗城。

狄青暫得清閒，全力去查葉喜孫的下落，可這人如鴻飛冥冥，再也沒有出現過。

种世衡擦了下額頭的汗水，歡口氣道：「沒啥事就不能找你嗎？」

狄青笑了笑，「我只怕耽誤你賺錢。對了，昨晚斬了米擒大浪，馬兒裝備兵刃都收回來了吧？」

种世衡道：「你還怕我漏下什麼嗎？」

狄青又笑，心中卻是歎了口氣。原來狄青鎮守青澗城後，有羌人投奔，也有羌人過來搗亂。這段日子，狄青毫不手軟，有來搗亂的，殺無赦。每次戰後，狄青管殺不管埋，將收拾戰利品一事交給种世

衡。种世衡素來是死人都要扒下一層皮來，做這種事情，當然最好不過。

种世衡斜睨著狄青，突然道：「狄青，你有沒有感覺到有些奇怪呢？」

狄青皺了下眉頭，問道：「哪裡奇怪？」

种世衡道：「我們建了這個青澗城，党項人肯定視為眼中釘。過來搗亂不足為奇，但他們都知道你在這裡，這段時間，來搗亂的人越來越少了。可昨天晚上，米擒族來的都是驃騎，最少能有千人！」

「這不挺好嗎？來得多，殺得多，你賺得也多。」狄青淡淡道，「我不主動殺人，可他們送上門來給我殺，我也不會拒絕。」

种世衡長歎一口氣道：「你小子最近只想著什麼香巴拉、葉喜孫了。我都說了，這些事情，我來給你打探。你一個人再厲害，還能比老漢我的消息靈嗎？你小子在領軍方面有天分，對敵方面更是勇猛，不應該這麼糟蹋才能的。」

狄青忍不住地笑，「所以呢，你以後若有什麼話，直接和我說好了。我懶得和你繞來繞去地兜圈子。你是不是想說，党項人最近對青澗城的攻擊力量加大，有意再攻西北了？」

种世衡嘟囔道：「你總算說了句明白話。我就是怕這個呀！狄青，你記得嗎？開春的季節，党項人的使者賀真曾去向范知州求和。這之後，西北安靜了許多。可很多羌人熟戶，紛紛要來歸降投靠，范知州稟告朝廷，朝廷令范知州自行處理，結果范知州把很多羌人都安居到金明砦的三十六分砦了？」

狄青點頭道：「我當然記得。范知州還想安排些人手到青澗城呢，不過我們推說城沒有建好，一直沒有答應。」他神色中也有分憂意，「种老頭，你怕這些人有問題嗎？」

种世衡憂心忡忡道：「這些人有沒有問題我不清楚，但我這幾天，總感覺心驚肉跳的。大批羌人

湧入了金明砦，用腳指頭想想，都有問題。偏偏范知州覺得羌人不足為懼，不以為然。朝廷為了安撫羌人，又重開了権場，但這時候，党項人屢次試探進攻青澗城，只怕真的又要進攻西北了。他無奈道：

「可你我聯名上書給范知州，請他當心。他雖沒有說什麼，只怕也嫌我們狗拿耗子，多管閒事了。」

种世衡沉吟許久，問道：「上書給范知州看來是沒用了，他根本不會聽我們的建議。狄青，前段時間，我讓你徑直給天子上奏，有回信了嗎？」

狄青搖搖頭，苦笑道：「你太高看我的能力了。我奏摺是發出去了，但兩府一直沒有回音。這種越級上奏的事情，本是官場大忌。若是被范雍知道了，你我都沒好……我只怕……奏摺還被兩府壓著呢！」

种世衡搓著手，在亭中走來走去，突然止步，臉上現出少有的慎重，問道：「狄青，老漢冒昧地問一句，你和天子的關係到底如何呢？」

狄青回想汴京的情景，半晌苦笑道：「這個嗎……伴君如伴虎，你應該知道的。他或許能聽我的話，但人總是會變的，是不是？」上次回返汴京，狄青和趙禎雖有衝突，但終究言歸於好，可狄青心中早知道，趙禎再也不會是聖公子了。

一個人坐的地方高了，看問題的角度自然不同。

种世衡露出深以為然的表情，惋惜道：「我本來想讓你親自回京，對聖上說說這裡的嚴重性的。唉……看來這條路行不通了。」

种世衡看似圓滑，其實可說是老謀深算，更因官場浮沉，知道其中的利害。他心中暗想：「這段

日子以來，京中變化極大。聽說天子不忙於西北備戰，反倒因為郭皇后一事，一直在忙於廢后一事。呂夷簡被貶出京不久，就被重新起用再入兩府。當初都說郭皇后與呂夷簡不和，天子要廢后，呂相全力支持。而范仲淹、歐陽修等人才被重用，就因為反對天子廢后，又被貶出了京城。此事看似不起眼，但由此可見天子的性格很是反覆呀！老漢我本希望狄青能在天子面前說說眼下延邊的急迫，但天子反覆，路途迢迢，狄青也不見得有用。但若不指望狄青，西北大戰不日即起，范雍無能，整日安於享樂，以目前的情形，百姓又要受苦了。」

「這些話，种世衡不好對狄青多說。正沉吟間，狄青問道：「种老頭，你說為我打探香巴拉和葉喜孫的消息，可有眉目了？」

种世衡搖搖頭，隨即想到了什麼，「找不到葉喜孫，但查到了姓曹那人的底細了。」狄青精神一振，當初八王爺不肯說出曹姓之人的來歷，狄青本以為這人也很神祕，不想种世衡很有些方法，居然能尋到那人的根底。

如果真知道曹姓那人的來歷，說不定會對尋找香巴拉有幫助。狄青心中暗想：「种世衡就算是個騙子，也是個很有能力的騙子。」

「曹姓那人叫做曹賢英，他是歸義軍中曹氏的後人。」种世衡道。

「歸義軍？那是什麼軍？」狄青不解道。

种世衡摸摸頭頂，歎口氣道：「你不要整天只想著殺人，沒事多讀讀書，多讀讀史書，就知道歸義軍是什麼人了。」

狄青心道：我也讀書，可就喜歡讀一本《詩經》。心中有些酸楚，狄青還能笑道：「知道你有學

問，不然我怎麼會請你辦事呢？」

种世衡有些得意，又摸摸發亮的腦門，簡略道：「唐安史之亂時，唐帝無力平叛，只能召隴右、河西諸軍援助京城。結果隴右、河西兵力虛空，反被吐蕃人乘虛而入，佔領了隴右。自那以後，隴右、河西以及沙州、瓜州大部分疆土，多數淪陷在吐蕃人手上。但後來漢人張義潮率眾起義，重奪河西十一州，奉表還唐。唐天子無以為報，封張義潮部為歸義軍！這就是歸義軍的由來。本來歸義軍是姓張的，但後來歸義軍內訌，力量削弱，又被吐蕃人擊敗。後來歸義軍幾經反覆，由沙州望族曹仁貴重整旗鼓，再敗吐蕃，而歸義軍實際上也就改姓曹了。」

狄青心道：這個出身，也沒什麼稀奇，為何八王爺祕而不宣呢？

种世衡又道：「不過曹氏掌權後，勢力已漸漸衰敗，地盤不停地被吐蕃、回鶻、高昌等國吞併，到前朝曹氏子孫曹宗壽統領歸義軍的時候，歸義軍只死守在瓜州、沙州兩地了，因此當地人又叫曹宗壽為瓜州王。本朝時，曹宗壽之子曹賢順統領瓜州，本一直對我朝稱臣，但幾年前，元昊擊敗高昌、回鶻，已舉州投降了元昊！曹賢順是曹賢順的族弟，和曹賢順多半意見不合，這才逃到延邊。」

狄青聽完這些，悵然若失道：「那曹賢英為何會有香巴拉的地圖呢？可惜他死了，不過……」驀地想起了什麼，振奮道，「曹賢英雖死，但我們可以找曹賢順打聽情況！」

种世衡目光中露出讚賞之意，拍拍腦門道：「你小子在這種事情上，還夠聰明，不枉我對你說了這些。不過呢……我倒有個另外的看法。」

狄青忙道：「老丈請說。」他一有事請教，种老頭就變成了种老丈。

种世衡沒有嘲諷，反倒目露沉思之意，說道：「自從你說了香巴拉這個破地方後，我也開始多方面留意。我記得你說邵雍有個讖語，說香巴拉在西北，因此你才執意要到西北？」原來狄青知曉种世衡頗有能力，為全力尋到香巴拉，也將邵雍當年的讖語和种世衡說了。

狄青點頭道：「是啊！按照讖語所言，香巴拉應該在西北……」驀地靈光閃動，狄青失聲道：「歸義軍曾統領的地盤又在我們這裡的西北。我在延州左近打探不到香巴拉的消息，難道說……香巴拉在曹家的勢力範圍內嗎？」

种世衡一拍大腿，點頭道：「你說的正是我想的。曹賢英為何能有香巴拉的地圖？會不會是祖上流傳下來的？如果是祖上流傳下來的，那幾乎可以肯定，這張圖和河西十一州有關！」

狄青第一次有些明確了香巴拉的範圍，越想越靠譜，心思飛轉道：「或許……香巴拉就在瓜州或沙州？你方才也說了，歸義軍死守這兩州，是不是因為這兩州，本身就有什麼玄奧？」長吸一口氣，狄青心潮澎湃，「會不會香巴拉就在這兩州呢？」

种世衡倒還沉靜，半晌才道：「有可能，倒也不見得一定在瓜、沙兩州。那兩州若真有香巴拉的話，曹賢英沒有能力去尋說得通，但曹賢順想必也知道這祕密，沒有道理放著所謂的仙境不去尋找，而投靠了元昊呀？」

狄青方有些眉目，又被澆了盆冷水，知道种世衡說的很有道理。

「或許香巴拉在別的州吧！因此曹家人雖有地圖，但無能力去探尋。」种世衡又下了一個判斷。狄青點點頭，起身遠望西方道：「那現在該怎麼辦？」他其實很想立即趕赴瓜州打探消息。

种世衡道：「怎麼辦？你當然是留著守城。不是說好了嘛，你安心守城、幫我打仗搞生意，我全

力幫你找尋香巴拉。大家各不相欠，還能將各自的優勢發揮到最好。」狄青又坐了下來，竭力地平靜心

緒。种世衡見狄青片刻就能鎮靜下來，暗自點頭，心想狄青變化越來越大，也愈發地穩健。他聽到這消

息，還能沉得住氣，就已有了大將之風。一個人若連自己都控制不住，如何能控制住千軍？

眼珠轉轉，种世衡想起了一事，說道：「對了，狄青，咱們這段日子，賺了不少錢。說好了，有你

一份的。」說罷有些疲憊地笑了笑。

狄青知道只有他想不到的方法，沒有种世衡賺不到錢的門道。這些日子來，种世衡擇選入住百姓，

提前抽傭，私販青鹽，著實賺了不少。狄青聽有錢分，搖搖頭道：「當初雖說好了，但我並不需要。你

若願意，把我那份用在建城上面吧！」

种世衡撫掌笑道：「君子一言，莫要反悔！」

狄青並不多言，心中卻想：种世衡這一年多來，真的太辛苦了。狄青這段日子，和种世衡朝夕相

處，早知道种世衡不過是外表吝嗇。這人平日騙吃騙喝，但帳目極為分明，若是花自己的錢，整日更

是肉都捨不得吃一口，只撿些菜葉充饑，因此這才總是臉有菜色。朝廷雖說同意建青澗城，可范雍撥款

總不利索，又藉口金明砦花銷很大，因此青澗城建城所需款項，總不能及時到位。若非种世衡拚命地賺

錢，又從牙縫中省錢，青澗城怎能會這麼快建起來？

狄青忍不住想起兩個月前的一件事，心中還是忍不住地感慨。那是建城正到最緊張的時候，青澗城

突然出來個致命的問題，那就是城中打不出水源。挖井竟然挖到了岩石層！這個問題在不打仗的時候，

算不上問題，因為可以取城外的延河水。但若真的開仗，被人圍了城，城中無水，不戰已敗。當時青澗

城人心惶惶，能沉得住氣的只有狄青和种世衡。种世衡一夜白髮，腦門頭髮掉了數百根，第二天种世衡

決定，繼續打井，挖一畚箕石頭上來，賞銅錢一百文！城兵連挖三日，比鏖戰還艱辛，終於在第三天打出了井水。種世衡白花花的銀子用出去，頭一次沒有叫痛，卻落了淚。雖然種世衡一直叫囂著，要做大買賣，就要捨得投入。但自那一天開始，狄青才算更深刻地瞭解種世衡這個人，他才寧可被種世衡騙。又有誰知道，那禿頭、爛鞋伴隨一張菜色的臉下，有著怎樣的一種情懷？

種世衡見狄青望著他出神，忍不住摸摸臉道：「我臉上開了花？」

狄青振衣而起，笑道：「那倒沒有，不過你這麼辛苦地幫我打探消息，我總要請你吃頓好的。」

種世衡口水流了下來，忙不迭點頭道：「你小子有良心……」跟著狄青向城池走去。種世衡道：

「狄青，我其實一直有個計畫……兵不在多而在精，我這些年來，著實認識了不少有志之士，不如我們把他們都編入廂軍中讓你指揮，有些人性格可能怪些，但我想你能鎮得住他們……」話未說完，有馬蹄聲傳來。

有一騎飛奔而來，狄青本以為是軍情緊急，見到來人的一張馬臉，又驚又喜道：「張玉，怎麼是你？」來人居然是狄青的京中好友張玉。

張玉、李禹亨二人是狄青在京中最早結識的夥伴，張玉還和狄青並肩對敵，可說是生死之交。宮變後，經歷過當年事情的侍衛均是自請戍邊。武英到了環慶路的柔遠，王珪去了涇原路的鎮戎軍，而張玉、李禹亨二人都被分在金明砦中做個指揮使。

眾人都在西北，只因各有要務，除了狄青外，都不得擅離。狄青在青澗城許久，除了守城，就是探尋香巴拉的下落，今日見到張玉，實在是意外之喜。

張玉風霜滿面，見到狄青也滿是欣喜，翻身下馬道：「狄青，你還好嗎？」平平常常的一句話，不

知包含了多少問候關懷。狄青記得張玉救過他的性命，張玉何嘗不記得狄青為他擋住刀劍？

狄青重重點頭道：「死不了。你呢，怎麼樣？」

張玉見狄青臉上塵霜磨礪，去了當年的稚嫩，多了分剛毅厚重，心中想道：「他多半已能擺脫當年的陰影了。」爽朗笑道：「我也很好。雖說交戰百姓受苦，可在金明砦一直閒著，拳頭都有些發癢了。聽說你這兩年來在西北很有些名氣，我真的不服呀！都是指揮使，差距怎就這麼大呢？」說罷，忍不住地笑。

狄青知道張玉是在說笑，心中暖暖，忍不住道：「你這次來青澗城，有什麼事情呢？」張玉想起了什麼，伸手入懷掏出封書信道：「我這次來，是給你送信來的。」

狄青大奇道：「郭大哥怎麼會讓你送信呢？」接過那封書信，感覺信倒是很薄，但沉甸甸的墜手。

狄青更是驚奇，暗想這是信嗎？就是一錠銀子，也不過如此的分量吧？不等拆開，張玉一旁解釋道：「本來郭大人要親自給你送這封信的，他路過金明砦，找鐵壁相公的時候，得知党項人又有出兵的跡象，急急回去布防，知道我和你關係不錯，才讓我把書信轉交給你。」

狄青已拆開了信，抽出信紙，眼前一道金光……种世衡眼珠子瞪得已經和雞蛋一樣大，叫道：「我的祖宗呀，這是信嗎？」

狄青抽出來的，竟是一張薄薄的白金信箋，上面用黃金鑲字。這簡簡單單的一個信箋，就已價值不菲。信的右下角用黃金嵌出一根針來，而信的正上方，白金封底凸出個佛的圖案。那佛慈眉善目，雖有些像彌勒佛，可肚子沒有那麼大。這封信，奢華中，又帶著稀奇古怪。那針、那佛都代表什麼意思？而郭遵又是什麼時候，有這麼闊綽的手筆？狄青顧不得再驚奇，見白金信箋上有九個黃金鑲出來的字，定

睛望過去。

那九個字是：「要去香巴拉，必尋迭瑪！」

狄青怔怔地望著那九個字，一時間迷惑不解。迭瑪，什麼是迭瑪？郭遵若只是想說這九個字，讓張玉傳到就好，但郭遵刻意送給他這封信，到底是什麼意思？這信……怎地這般古怪？不知許久，狄青這才向張玉望過去，不解道：「張玉，這封信到底什麼意思？郭大哥要說什麼呢？」他雖不解，但見郭遵竟然還念念不忘為他尋找香巴拉，狄青心中滿是感激。

張玉也被那信箋的奢華鎮住，臉上滿是驚奇，喃喃道：「我的娘呀，早知道是這種信，我傳個口信不就得了？這信箋若是換酒喝，這得能買多少酒呢！」他當然是說笑，回過神來，張玉道：「郭大人急匆匆地離去，只讓我把這封信轉交給你，等他處理完軍情，再和你詳細說說。對了，他還說了幾句話，他說事情一言難盡，但他已在吐蕃找到有關香巴拉最重要的線索。」

狄青心頭一震，知道郭遵素來言不輕發，郭遵既然說找到最重要的線索，就絕不會讓狄青失望！

張玉見了有些錯愕，問道：「你……這就要走嗎？」

張玉卻已翻身上馬。

張玉點點頭道：「是呀，鐵壁相公是看在郭大人的面子上，才讓我出來送信。信送到了，我也要趕快回去了，畢竟聽郭大人說，党項人可能在這個冬季出兵的，我也是指揮使，要趕回去守砦。本來……禹亨想要送信……我很想看看你，這人情深意重，豈是看一眼那麼簡單？可狄青終究沒有說謝，只是關切道：「天寒了，看要下雪的樣子……你路上小心。」

張玉哈哈一笑，擺擺手，撥轉馬頭，已揚長而去。

兩百里的路程。

狄青目送張玉遠去，見遠川煙稀，人影一點射到天際，漸漸地淡了。古木蒼蒼，朔風連寒，狄青吐口氣，哈氣成霜，這才發現，原來不知不覺，又到了嚴冬。陡然間感覺臉上微涼，狄青抬頭望過去，見到天空不知何時，下了點點的雪屑。

雪兒舞動，如群星繁運突然言之灼灼地告訴他，要找香巴拉，必尋迭瑪？狄青心思繁運，一時間又找不到頭緒……

迭瑪到底是什麼？香巴拉和吐蕃有關？狄青心思繁運，一時間又找不到頭緒……

巴拉在河西十一州，為何郭遵突然言之灼灼地告訴他，要找香巴拉，必尋迭瑪？

雪景，只罵老天給他找麻煩，近中午的時候，終於趕回了金明砦。

蒼穹下，金明砦有十八路羌兵，三十六營砦，蜿蜒在山嶺之中，形成延州西北最厚重的屏障。李禹亨把守南頭的前川砦，而張玉負責鎮守最北的安豐砦。安豐砦北幾十里，就是漢羌混居的地帶。

大雪倏如其來，染白了萬里關河。山嶺如龍，大河如帶，塞北的風雪，好一番壯闊。張玉無心欣賞雪景，只罵老天給他找麻煩，近中午的時候，終於趕回了金明砦。

張玉快馬回轉，見雪下得緊，夜晚找個背風的地方歇了會兒。天明時分，又奔金明砦急行。金明砦三十六分砦，有如蒼龍逆鱗，隨便哪一片都能發出人膽寒的神威。張玉先回了令，神色有些陰沉地前往安豐砦。

張玉沒有了見狄青時的笑容，心中只是想：這段時間，也沒有見到禹亨，不知道他怎麼樣了。見狄青的時候，提一句禹亨，只是不想狄青心冷罷了，禹亨並不知道我送信給狄青。自從出京後，也不知道是禹亨態度先冷下來，還是我先瞧不起他呢！唉，如果有空，倒要找他談談。事情過去了這麼久，我為何還放不下呢？

原來當年曹府一戰，狄青、張玉並肩死戰，李禹亨卻躲在一旁，張玉每念於此，都是心中有個疙瘩。後來在永定陵，李禹亨依舊膽小，還仗著狄青救他一命。最離譜的就是在宮變中，李禹亨在亂戰中，沒有奮力廝殺，反倒是靠裝死躲過一劫。

張玉因此對李禹亨變得冷漠，到了塞下後，二人關係不因同殿而親近，反倒變得疏遠起來。每次想到這事，張玉心中也不知道是什麼感覺。將近安豐砦的時候，突然聽到砦北陣陣喧譁，張玉微凜，急問砦兵道：「何事？」

砦兵回道：「張指揮，你可回來了。有千餘羌人在砦外搦戰，你不在，李公子和胡副指揮已出砦迎敵了。」張玉心中微驚，他知道李公子就是李懷寶，也就是鐵壁相公李士彬的兒子。而胡副指揮叫做胡研，本是張玉的副手，協同張玉鎮守安豐砦。李懷寶出戰，勝了還好說，若有事的話，只怕他張玉難脫干係。

張玉想到這裡，急急前往砦北，未到近前，就聽到遠方歡呼聲陣陣。張玉舉目望過去，見到前方有人策馬行來，為首那人長得也算英俊，不過雙眸微陷，眼袋發黑，有些睡眠不足的樣子。張玉認得那人就是李懷寶，舒了口氣，迎上去道：「李公子，你沒事吧？」李懷寶看了張玉一眼，突然哈哈大笑起來。

張玉有些莫名其妙，忍不住問：「李公子因何發笑呢？」

李懷寶笑了半晌，扭頭對身旁一青面漢子道：「我會有什麼事情？胡研，你把好笑的事情說給你們指揮使聽聽。」

胡研本是張玉的副手，可看向張玉的眼神帶著分曬然，譏諷道：「張指揮，事情的確好笑。羌人在

砦外拗戰，本來趾高氣揚的，李公子正巡視到這裡，見狀大怒，命兵士掌旗出營砦，不想旗幟才出營砦，

那些羌人就扭頭跑了⋯⋯」說罷哈哈笑了兩聲。

張玉心道：這有什麼好笑的？你李懷寶在我面前顯威風來了？羌人見到你們的旗幟就跑，這好像有

點兒蹊蹺呀！

張玉處事圓滑，見眾人都在興頭上，不好質疑，只是淡淡道：「李公子好威風。」

胡斫道：「最威風、最好笑的不是羌人逃命，而是李公子追去，有羌人墜馬，見李公子喝問為何不

戰而逃，你猜他們怎麼答？」

張玉見胡斫神色傲慢，心中憤然，還能平靜道：「我笨得很，猜不出來。」

胡斫嘲諷道：「那羌人說，本以為這裡只有個張指揮，這才敢前來。不想李將軍在此，他們見到鐵

壁相公的旗幟，無不膽墜於地，何敢再戰？」說罷又是大笑。

眾人均失笑，李懷寶在馬上更是笑得前仰後合，指著張玉道：「張指揮呀，你⋯⋯嘿嘿⋯⋯」他再不

多說，可輕蔑之意不言而喻。一揚長鞭，已策馬離去。

張玉立在那裡，心中暴怒，緊握雙拳，手指甲幾乎要刺入肉中！

李懷寶哪管張玉的心情，他本驕奢，這些年來仗著父親的名頭，在金明砦呼風喚雨，囂張慣了。

羞辱了張玉後，李懷寶懶得再去巡視其餘各砦，才準備回去休息，不想有個叫上官雁的手下急匆匆地趕

到，「李公子，夏部署來了，他四處找你。」

李懷寶一怔，問道：「夏部署他來做什麼？」李家父子在金明砦雖是土皇帝，但李懷寶官職遠不及

夏隨，再說夏隨還有個都部署的老子，就算李士彬都不敢怠慢，李懷寶對夏隨也一直都是客客氣氣。

上官雁道：「聽說党項人又出兵了，這次全面進犯西北。不但夏部署來了，夏隨的老子都部署也來了，眼下正與相公商議如何對付党項人一事。」

李懷寶微驚，隨後冷笑道：「無論党項人如何來打，難道還敢打到金明砦來嗎？」

金明砦已由李家三代經營多年，號稱西北銅牆鐵壁。

這些年來，邊陲雖戰亂時有，但金明砦始終沒有受到較大的攻擊。

上官雁賠笑道：「那是，那是。不過……公子總要見見夏部署吧！夏部署眼下正在黃堆砦中最精緻的寬心堂內。」黃堆砦是金明砦最為奢華的一個分砦，裡面有著最為豪闊的建築。寬心堂是黃堆砦中最精緻的一個地方，裡面有最為美妙的歌舞，還有喝不完的美酒。

李懷寶聽夏隨在黃堆砦，不由微笑道：「你辦得很好，帶我前去。」李懷寶並不想去見夏守贇，都部署自然有鐵壁相公接待，至於招待部署嘛，才是他李懷寶應該做的事情。

李懷寶未到寬心堂，就聽管弦聲起，悠悠揚揚，嘴角不由浮出了絲笑意。

寬心堂主位，正坐著夏隨，目不轉睛地在望著堂前歌舞。

大堂之中，有一舞女團團而旋，銀白色的裙子，飛雪一樣地舞動，露出一雙潔白滿是彈性的腿。夏隨的眼珠子，好像都要掉到那舞女的身上。

上官雁本待招呼，李懷寶搖頭止住，靜等歌舞止歇。李懷寶心道：夏氏父子位高權重，我爹在招待夏守贇，我一定要讓夏隨滿意而歸才好。

待一曲舞完，舞女蜷縮伏地，裙子流瀑般地垂落，有如黃昏落日的一曲輓歌。

堂中靜，靜如雪，雪是寂寞。

掌聲響起，李懷寶撫掌入內，大笑道：「夏公子，這舞……可好嗎？」

夏隨像是才見到李懷寶的樣子，安坐微笑道：「不想金明砦也有這等歌舞，我就算在汴京，也少見到。」

李懷寶走到夏隨的下手坐下，賠笑道：「夏公子若是喜歡，大可天天在此觀賞。」

夏隨目光閃動，輕輕歎口氣道：「我倒是想，可我老子不讓呀！黨項人再次兵出賀蘭原，南下攻打保安軍，北上圍攻土門……西北軍情緊急呀！」

李懷寶大笑道：「黨項人攻得再急有什麼用？有都部署和部署調兵遣將、運籌帷幄，黨項人還不是會同去年一樣，鎩羽而歸？」

夏隨客氣地笑笑，笑容中好像隱藏著什麼，「李公子真會說話，都部署固然可運籌帷幄，但若沒有金明砦的固若金湯，還是不能如此安逸了。不過小心些總是好的，因此都部署和我前來，想看看金明砦準備得如何了。」

李懷寶自傲道：「夏公子大可放心，就算黨項人有百萬雄兵來攻，也是奈何不了金明砦。有金明砦在，就有延州城在。夏公子多半還不知道今日之事吧？」他不稱夏隨的官階，以私交稱呼，就是想要拉攏關係。

夏隨微有詫異道：「今日發生了何事呢？」

李懷寶又把羌人見旗幟墜膽於地之事一說，得意地笑。夏隨精神一振，拍案道：「想不到鐵壁相公威名如斯，既然如此，我還擔心什麼？」

李懷寶笑道：「正是如此。夏公子在這裡，什麼都不用擔心……」

夏隨突然搖頭道：「唉……我只擔心一事。」

「夏公子擔心什麼事呢？」李懷寶有些錯愕道。

夏隨面露苦意道：「我只擔心這裡好酒太多，我會醉死在這裡。」

李懷寶恍然大悟，知道夏隨是在開玩笑，大笑道：「夏公子真會說笑。上官雁，去把最好的酒拿來，今夜，我和夏公子不醉不歸！」

酒如水一般地流淌，舞如風一般地旋急。酒色之中，時間總是如流水般地飛逝。

夜幕已垂……夜色漸深，可寬心堂前熱鬧更盛，舞女轉得更急，如風捲狂雪。

夏隨看了眼天色，眼中閃過分詭異，終於伸了個懶腰，喃喃道：「到時候了。」他看起來喝得很多，但眼中竟沒有半分酒意。李懷寶早就醉了八成，聽不清夏隨說什麼，大聲道：「夏公子，你還要什麼？」覷著臉，望著堂前的舞女，李懷寶淫邪笑道：「我看夏公子好像很喜歡這個擅舞的妞兒，不如今晚，就讓她陪你好了。」

夏隨不望舞女，突然道：「李公子，我父子對你李家如何呢？」

李懷寶又笑，趁著酒意，重重地一拍胸膛道：「恩重如山！」

李懷寶這句話倒非違心，因為在不久前，元昊曾投書信、錦袍和金帶在宋境，約李士彬反宋，但這書信不知為何，竟然落在了夏隨的手上，此事也被范雍所知。

造反之名，本是大罪，但夏守贇、夏隨均認為這是元昊的反間計，又對范雍說李家父子和党項人有世仇，絕不會做這種事情。范雍聽了夏守贇的建議，將此事不了了之。就因為這件事，李家父子對夏家

父子很是感激。

夏隨輕輕地歎口氣，緩緩起身，走到了李懷寶的身前，問道：「那我父子現在有件很為難的事情，

不知道你是否肯幫忙呢？」

李懷寶晃晃悠悠地站起，用力點頭道：「好，你說。夏……公子，你……你……就是要我的腦袋，我都雙手奉上。」說罷，笑嘻嘻地以手做捧頭狀，向夏隨面前一送，又是哈哈大笑。他已醉得不行，站立不穩之際，突然聽到鏘的一聲響。

李懷寶還沒有省悟，忽感脖頸一涼，只覺得全身飛起。向下望去，只見夏隨手持單刀，刀上有血，正對著一個無頭屍身。

李懷寶驀地省悟，「我……」不待多想，他已再沒有了知覺。

夏隨一刀就砍了李懷寶的腦袋，鮮血飆飛，染紅了一堂的春色！

管弦驟停，夏隨已厲喝道：「繼續彈下去！」管弦之聲再起，舞女跳躍不停，團團凌亂。堂中的上官雁竟還是毫無慌張之意，可臉上已有青色。

夏隨扭頭望向上官雁道：「是時候了，這裡的張玉還算個角色，你去收拾他後，按計畫行事。」上官雁施禮退下，夏隨緩步走到寬心堂外。

雪正冷，天蒼地白。

夏隨伸手抓了一把雪，擦了下刀身的血跡。刀身一泓亮色，映出滿臉的猙獰。夏隨擦完刀身後，又等了會兒，方才不慌不忙地從懷中取出個竹筒，點燃了筒外撚線。

通的一聲大響，濛濛的夜空中，遽然出現了一朵絢爛的花朵。那煙花如花朵般千絲綻放，璀璨奪

目，耀亮了金明砦的上空。

很快的工夫，遠處竟有一道道煙火跟隨沖天而起，明耀了暗暗的夜。煙花散盡後，夜空寂寂，火光四起，整個金明三十六砦，陡然沸了起來⋯⋯

夏隨望著那火光熊熊，沒有半分的驚奇，只是喃喃笑道：「金明砦⋯⋯銅牆鐵壁？好一個銅牆鐵壁！」他的笑聲冷冷中，還帶著說不出的得意。

堂中歌舞未休，管弦繁急，似乎方才所發生的一切，不過是鬧劇。可那白裙激盪，如雪花一樣地飄揚，似乎在為李懷寶舞著一曲輓歌，又像是給金明砦的下場，拉開了冷酷的序幕！

第五章 連環

張玉一直沒有睡，他的心中滿是怨氣。在狄青面前，他雖嘻嘻哈哈的一如既往，但他在邊陲過得並不開心。他只會和朋友分享開心，而不會把不悅向朋友提及。

狄青看起來好了許多，張玉很為狄青高興，但他的這種窩囊日子，什麼時候才是個盡頭？金明砦，銅牆鐵壁！但對張玉來說，金明砦就和個鐵籠子一樣，他在其中，煞是鬱悶。

「砰砰砰！」有人敲門。

張玉有些詫異，不知道這麼晚誰會前來找他。只是不知為何，心中竟有分不安。張玉摸了下佩刀，緩步到了門前，打開了房門。

昏黃的燈光下，照著李禹亨微白的一張臉。「禹亨，是你？」張玉詫異中還帶分喜意，他和李禹亨畢竟是朋友。在這清冷的雪夜裡，能有個朋友聊聊，很是不錯。他自從見狄青回來後，就一直想著找李禹亨談談，他們是朋友，朋友豈不就應該寬容些！？李禹亨只是嗯了聲，眼中含意複雜萬千。

張玉沒有留意李禹亨的異樣，才待讓他進房，突然發現李禹亨身後跟著兩個人。那兩人一個是安豐砦的副指揮胡斫，另外一人是李懷寶的手下上官雁。

張玉退了步，李禹亨和胡斫、上官雁已擠了進來。張玉皺了下眉頭，忍不住又退了一步，不知為何，他心有些發寒。當年在曹府遇險，他就有這種感覺。可那時候，還有狄青和他並肩而立，這時候呢⋯⋯李禹亨和他面面相對。

張玉還能保持鎮靜，問道：「禹亨，有事嗎？」他看到李禹亨手上拿著個皮囊，裡面圓滾滾的不知裝著什麼。

「今天李懷寶羞辱了你。」李禹亨面無表情道。

張玉皺了下眉頭，半晌才道：「那又如何？」

李禹亨情緒突然變得有些暴躁，叫道：「你是我的兄弟，他羞辱你，就是不給我們兄弟面子。」張玉心中驀地湧起激動，他真的不敢相信李禹亨還能說出這種話來。可隨後李禹亨的話讓張玉震驚當場。

「我殺了李懷寶！」

張玉臉色微變，忍不住向胡斫、上官雁看了眼。那二人像是在看戲一樣，無動於衷。張玉感覺有問題，可一時間根本不知道問題在哪裡。這三人怎麼會在一起？

「你不信吧？」李禹亨見張玉沉默，嘴角有分嘲諷。

張玉心思飛轉，半晌才道：「你可知道殺了他的後果？」

李禹亨聲音微有顫抖，突然激動道：「我不管有什麼後果！我知道你不信，可我就是殺了他！」他伸手一拋，那皮囊掉在了地上。一顆人頭從皮囊裡滾出來，血肉模糊。張玉忍不住低頭望去，依稀認得那是李懷寶的頭顱，心中驚凜，又有些作嘔。

他雖厭惡李懷寶，可怎麼也沒有想到，白天還飛揚跋扈的李公子，就這麼死了。

心中雖有茫然，張玉並不信李禹亨會有勇氣殺了李懷寶，更不認為李禹亨是為他張玉殺了李懷寶。

可李懷寶的確是死了，為什麼？

就在這時，張玉聽到鏘的一聲響，心中警覺陡生，大叫聲中，側翻而出。他雖躲得快，但那刀斬來，還是太過突然。

砍出那刀的人竟是李禹亨！

張玉來不及去看被砍傷的左臂，反手拔刀，橫在胸前，嘎聲道：「李禹亨，你瘋了？」

張玉負傷後，心驚更過於恐怖，傷心更多於憤怒。他雖知道李禹亨懦弱，可做夢也不會想到，有朝一日，這個當年的兄弟，會向他出刀！

鮮血滴滴地順著刀鋒垂落到地面，但被張玉的威勢所懾，發出極輕微的聲響。屋內油燈明暗，昏黃的燈光滿是冷意。李禹亨看起來還要出刀，臉露膽怯之意，有些猶豫。房間內沉寂不過片刻，上官雁突然笑道：「他沒有瘋，不過是聰明而已。」

張玉望著對面的三人，一顆心沉了下去。他雖不知道緣由，但已清楚眼前這三人都要取他的性命。

他已無路可退。

「為什麼？」張玉牙縫中迸出幾個字，心中雖隱約猜到了什麼，但這個念頭實在過於驚人，他簡直不敢想像。

上官雁輕輕噓了口氣，輕鬆道：「難道你還不知道？這次要殺的不止你一個人，金明砦三十六分砦的指揮使，要死大半的。」

張玉驚凜道：「你們要取金明砦，就憑你們幾個人？」

上官雁淡淡一笑，「你若是聰明，就不該問出這話來。這一年來，蒙你們范老夫子大度放行，金明砦已經混入數千我們的勇士，萬餘心懷異心的羌人。更何況，砦外不久後還會……」他突然住口不談，緩緩道，「張玉，我們三人若出手，你沒有半分活路。你可知道我為什麼還沒有出手？」

張玉心中暗想：上官雁是要說砦外不久後就會有党項人大軍出沒嗎？這怎麼可能？這個上官雁到底

是什麼來頭？以前只知道此人投靠李懷寶沒多久，就取得了李懷寶的信任。今日見他這般沉冷，絕非尋常人物。他不甘心束手，眉頭緊鎖，搖頭道：「你為何還沒有出手？」

「有用的人，就不用死。」上官雁淡淡道，「李禹亨有用，所以我們不會殺他。我們知道你和狄青的關係不錯，本也想留著你。不過李禹亨說，你骨頭硬，不會投降的，最好殺了你。」

張玉盯著李禹亨，寒笑道：「李禹亨，你這麼瞭解我，真不愧是我的好兄弟！」

李禹亨本滿面羞愧，聞言突然怒道：「不錯，我就想殺了你，那又如何？我知道你看不起我。當初曹府一事後，你就一直瞧我不起，我忍了你很久了。他們說，我殺了你才能活命，命都有一條，你死總比我死好。」

張玉目光如錐，厲聲道：「李禹亨，你到底是不是人，這種話也能說得出口？你怕死，我的確瞧不起你，但我還能原諒你。可你今天竟為了自己，要殺我？殺你的兄弟？」張玉突然笑了，笑容滿是淒慘，「我說錯了，或許你自始至終，也沒有把我和狄青當兄弟！」李禹亨緊握單刀，渾身顫抖，眼中已有了深切的悲哀。

上官雁嘲諷道：「是不是兄弟不重要，最重要的是能活命。」

「我活命的代價就是投靠你們，如李禹亨這樣，去暗算狄青？」張玉已明白了上官雁的用意。

上官雁笑笑，「你終於說了句聰明話。我想你是個聰明人，應該知道怎麼選擇。」他自信躊躇，如貓戲老鼠般看著張玉。

上官雁一直深藏不露，自信就算單獨出手，張玉也遠不是他的對手。因此他給張玉一個選擇，他喜歡高高在上地掌控別人的命運。他已經為張玉做出了選擇。

張玉也笑了，笑容如同皎潔的明月，「你錯了，我是蠢人。」他話一落，身形一縱，一刀已向李禹亨劈去。

反抗投降生死之間。張玉選擇了出刀，義無反顧。明知必死也要出刀，張玉就是這個脾氣。他可以承受死，但受不了背叛。生死之痛，比不過背叛。必殺李禹亨！生死之痛，因此他向李禹亨出刀。

張玉眼中有痛，可出刀絕不留情。刷刷刷連環三刀，刀刀狠辣。李禹亨急閃，一閃身就到了上官雁的身邊，嘶聲道：「救我！你要救我！」

李禹亨膽小，膽小之人的武功再好，一遇到拚命的時候，氣勢就弱了幾分。更何況，李禹亨武技本遜張玉。

胡矷已準備要出手。他一直不滿自己只是個副指揮，他希望借這次機會翻身。當然，他這次出，是要去党項人那裡任職。他知道上官雁是党項人中的高手，因此他一直唯上官雁馬首是瞻。張玉拔刀，上官雁沒有動，胡矷也就有分猶豫。

轉瞬之間，李禹亨已狼狽不堪。胡矷才要拔刀，鏘的一聲響，上官雁已拔劍。

一劍光寒，從李禹亨身側刺過，刺在張玉的左肩。上官雁出劍的機會極佳，已看出張玉追殺李禹亨憑的是一腔悲憤，但刀法有破綻。上官雁就瞄準這破綻出手，一劍得手。

胡矷立即守在門口，提防張玉負傷逃命。他看出戰局已定，張玉絕非上官雁的對手。

上官雁才要拔回劍來。噌、嚓兩聲後，胡矷臉色巨變。有一刀已刺入了上官雁的小腹，有一刀砍在李禹亨的肩胛上。

上官雁大叫聲中，臉上露出難以置信的表情，他怒吼聲中，一肘擊在了李禹亨的胸口，咯的聲響，李禹亨胸骨已折。上官雁長劍陡轉，反手一劍，刺入了李禹亨的右胸。

上官雁怎麼也沒有想到，一向懦弱的李禹亨，竟然刺了他一刀。這個李禹亨，難道真的瘋了？上官雁怒急，搏命反擊。

李禹亨胸口塌陷，悶哼聲中，鮮血噴出，可長劍入胸那刻，也不閃避，合身撲過去，抱住了上官雁，一口咬在了他的咽喉上。

張玉已呆住，他一刀得手，砍在了李禹亨的肩胛上，甚至能感覺到刀鋒磨骨的那種牙酸和快意。但所有的感覺，隨即被痛入心扉所取代。

李禹亨重創了上官雁，但卻挨了他張玉一刀？李禹亨是詐降？他張玉錯怪了兄弟？念頭閃電般擊過腦海，張玉手已顫抖。

就在這時，上官雁暴吼聲中，李禹亨五官溢血，已仰天倒了下去。上官雁喉間有血，小腹被洞穿，用盡了全身的氣力掙脫李禹亨後，腦海一陣眩暈，眼前發黑。

不等清醒，脖頸一涼，上官雁的表情驀地變得異常古怪，身軀晃了晃，已軟倒在地。他臨死前還不信，他竟敗在了張玉和李禹亨的手下。

張玉一刀砍在上官雁的脖子上，大喊道：「禹亨！」他伸手扶住了李禹亨要倒的身軀，心中如針扎般痛楚，聲若狼嚎。

胡斫轉身就逃，片刻後不見了蹤影。他已膽寒，他實在不敢再和這樣的人動手。

張玉根本沒有留意胡斫，只是緊緊抱著李禹亨，雙眸紅赤，嘶聲道：「為什麼？你為什麼這麼

做？」

感覺到手上還染著李禹亨的血，記得李禹亨肩胛流出的血，還是他砍的。張玉心中大悔，揮刀就向

自己手臂砍去，李禹亨已微弱道：「別……」

那聲音雖弱，響在張玉的耳邊，有如雷霆轟鳴。

李禹亨還沒有死。張玉急道：「禹亨，你挺住，我找人……救你。」他見李禹亨突然咳了聲，一口

口鮮血湧出來，忍不住淚盈眼眶，他已看出來，李禹亨不行了。

李禹亨澀然的笑，輕聲道：「不……用……了……張玉，上官雁……是……是……夜叉。」

張玉顧不得驚凜，見止不住李禹亨流血，悲聲道：「我已殺了他。」

李禹亨嘴角有絲淡淡的笑，「他……厲害……」

張玉腦海中電光閃過，嘶聲道：「你知道我的脾氣，知道我肯定要拚命，知道我打不過他，所以你

詐降騙取他的信任，然後幫我殺了他？我真蠢，你一心為我，我還砍了你一刀。」他那一刻，恨不得死

了算了。他一直覺得李禹亨不夠義氣，一直誤解著李禹亨。他心如刀絞，他後悔莫及，也痛恨自己，若

他真的當李禹亨是兄弟，絕不會砍下那麼一刀！

「不怪……你。」李禹亨眼中神采漸散，喃喃道，「我都不相信……自己……還有勇氣，何況你

呢？金明砦完了……」他突然緊握了張玉的手，振作道：「張玉，答應……我！」

「你讓我做什麼……」張玉泣下。

「去延州……報信。找狄青。」張玉

「金明砦……為我報仇！」李禹亨自語道，「你要做到。」

張玉已明白過來，李禹亨實在太瞭解他。李禹亨只怕他心中有愧，甚至會一死了之，這才讓他做些

事情。

見李禹亨呼吸越來越微弱，張玉淚流滿面，只是道：「禹亨，我會做到，你信我！你……堅持住……」他驀地發現自己很虛偽，可他這時候，還能說什麼？

李禹亨嘴唇動了動，低聲道：「我們……我們……」他的聲音實在太低，張玉把耳朵貼過去叫道：「你還要說什麼？」

李禹亨低低的聲音道：「我們……一直是……兄弟……對嗎？」張玉只以為李禹亨還有什麼心事未了，早立下決心要為他做到。

「對，是！」張玉不迭地回答，完全沒有留意到大火熊熊，已捲到了身邊。驀然覺得臂彎一沉，張玉一顆心冷了下去。

李禹亨的頭已無力地垂下去，但嘴角還帶著笑。

兄弟，我們一直是兄弟！

他笑著死的，是不是認為臨死前，得到了這個承認，就已無悔無怨？

張玉淚泣如雨。

他想嘶吼，想懺悔，想對李禹亨說句對不起，但他已沒有機會。

那紛紛的淚，落在滿是血跡的臉上，混在一起，傷心如雪，滿是寂寂。

陡然間，房頂已塌陷，一團火砸了下來，已將張玉團團圍住。不知何時，金明砦已陷入火海。

火光愈發地亮，燃了天空的雪。雪在燒，隨風而泣，傾灑下一地傷心的淚水。

火蛇狂舞，融淚吞血。

金明砦廝殺聲震天，張玉卻已衝出了金明砦。

他負傷十來處，但還沒死，到處都是喧囂、屠戮，那本是銅牆鐵壁一般的金明砦，已變得千瘡百孔。

李懷寶死了，李士彬一直沒有出現。夏守贇、夏隨二人也沒有出來指揮，金明砦三十六分砦，群龍無首，亂作一團。金明砦完了。

張玉腦海中掠過這個念頭後，搶了一匹馬，一路衝向南方。他都不知道怎麼趕到的延州，也不知怎麼見到的范雍。

見到范雍的那一刻，張玉悲愴道：「范知州，金明砦失陷了，延州有險。」

范雍大驚，一時間亂了分寸。党項人再攻西北，讓范老夫子著實吃了一驚。但去年西北被攻，在夏守贇的布防下，終於退了党項軍。今年得知党項軍出兵，范雍第一時間就找了夏守贇。

夏守贇又是好一番安排，命劉平、石元孫帶兵急速趕赴土門救援，防止党項人從那裡攻入，又命郭遵嚴防西線，命青澗城出兵援助塞門、平遠一線。夏守贇怕金明砦有事，還特意和夏隨一起前往金明砦，鎮守延州北疆。

范雍見夏守贇如此賣力，心中感動。本以為此次萬無一失，正在知州府安心地欣賞歌舞，不想金明砦竟被攻破了？

金明砦一失，延州北方門戶大開。延州城內，還不到千餘的守軍，若党項軍攻過來，延州怎麼守得住？夏守贇、李士彬到底在做什麼？這麼多的党項軍到底從哪裡冒出來的？范雍也顧不得多想，立即傳令，「急召劉平、石元孫等部回返救援延州。」范雍不是都部署，但夏守贇不在，就只能勉為其難地做

起都部署的事情。

他已顧不上土門、保安軍如何，眼下死保延州，才是西北的第一要義！

張玉聽著范雍調兵遣將，神色木然，心中只是想，禹亨讓我報信延州，再找狄青。可狄青現在……

在哪裡？

狄青正在平遠砦。

才送走張玉，狄青就接到消息，党項人再次兵出賀蘭原，馬踏橫山，寇兵宋境。

保安軍告急、土門告急！西北再起烽煙，軍情緊急！

年年歲歲花相似，歲歲年年戰不同。

狄青這次沒有前往保安軍支援，而是接到要支援土門周邊砦堡的任務。因為青澗城離土門更近。當然了，這個近是相對而言。青澗城到土門，有三百里的路程。不過青澗城到保安軍，只比三百里的路程更遠。

就在得到范雍軍令的當天，狄青已留廖峰、魯大海協同种世衡等人守在青澗城，自己帶著葛振遠、司馬不群兩人，還有數百兵士前往平遠砦救援。平遠砦依山而立，和塞門砦共為土門的屏障，扼住党項人入寇宋境的要道。狄青趕到平遠的時候，天色已黑。眾人一路進發，有驚無險，竟然不經一仗就到了平遠砦東。

狄青心中詫異，暗想根據軍情所言，党項人從橫山殺出，企圖從土門湧入。不言而喻，土門所屬重砦的平遠、塞門兩地肯定都被攻得緊。但眼下平遠砦沉凝若死，並沒有大軍來攻的跡象，難道說党項軍

來襲，不過是虛張聲勢？

砦門緊閉，雪夜下滿是蕭殺之氣。狄青心中困惑，砦前高喝道：「青澗城指揮使狄青，奉命前來支援，請見王都監。」

平遠砦守將叫做王繼元，是延州兵馬都監，若論官職，還在狄青之上。

狄青喊過後，砦內沉寂。不知為何，狄青心中有了不安之意。葛振遠扯大嗓門又喊了一次，這次砦門內的高臺上，有人高喊道：「可有憑信嗎？」

狄青馬上道：「有范知州的軍令為憑！」他見對方謹慎，倒覺得理所當然。眼下賊兵犯境，小心些總是好的。高臺處用繩子降下個竹筐，那人喊道：「請把軍令放入筐內，待驗證真偽，再放你們入砦。」

狄青將軍令放入竹筐，葛振遠有些不滿道：「我們不辭辛苦地趕到這裡，他們竟然防賊一樣地防我們！」

狄青微皺眉頭，道：「平遠為緊要之地，他們謹慎些總是好的。」

再過片刻，砦中人驗過了軍令，揚聲道：「果然是狄指揮，快開了砦門，迎指揮使進來。」砦門嘎吱吱地打開，五六個兵士迎了出來。為首那人抱拳道：「狄指揮，在下左丘，久仰狄指揮的大名，倒沒想到今日有幸能見到你。在下也是個指揮使，不過我這指揮使比起狄指揮可大大不如了。」說罷哈哈大笑，神情頗為親近。

狄青微笑道：「左指揮過謙了。不知道王都監現在何處呢？」

左丘笑道：「軍情緊急，王都監一直在砦西巡視。砦東總算比較安寧，就交給我這不成材的指揮使

來看守了。」轉頭對身邊的士兵道，「都愣著做什麼？過來見過狄指揮。」

那幾人的態度一直都有些冷淡，聞言紛紛道：「狄指揮⋯⋯」

狄青微笑道：「都是自家兄弟，何必客氣呢？對了，最近敵情如何？」心中卻想，「這裡的戒備，沒有我想的那麼森嚴。」

左丘皺眉道：「他奶奶的，前幾天黨項那幫賊人打得凶，不過我們打得更凶，幾次擊退了他們來襲。這幾天⋯⋯黨項人沒有了動靜，多半已被打怕，不敢再來了。」

狄青目光閃動，突然道：「我來這之前，已先派了個手下通稟王大人，有緊要軍情稟告，請立即見王都監。不知王都監向左指揮說了沒有？」

左丘微愕，眼珠轉了下，立即道：「說了，當然說了。王都監還說，只要狄指揮一來，立即告訴他，他會前來見你。不過天黑夜冷的，狄指揮請先休息片刻，我派人去找王都監。」

「那有勞了。」狄青感謝道。

「都是自家兄弟，客氣什麼？」左丘又是笑，隨即吩咐一名手下去找王都監，又要安排狄青的手下暫且休息。

狄青對司馬不群道：「你和振遠帶兄弟們聽從左指揮的吩咐，我見過王都監後，會很快找你們。」

司馬不群一直沉默無言，見狀本待說什麼，突然望向了雪地，點頭道：「屬下知道了。」狄青跺跺腳，哈氣道：「這個冬天，真的有點冷。我在山西的時候，可從未遇到過這麼冷的天。」

左丘應和道：「是呀，這裡更冷些了。狄指揮這邊請。」他當先行去，和幾個手下帶著狄青到了一處大房間內。

延邊堡砦多是簡陋，那房間雖大，但不過是木板搭建，粗陋不堪。好在房中早有火爐點燃，給冰冷的夜帶來幾分暖意。左丘命手下人都在房外候著，自己和狄青對面坐下，吩咐道：「快上些好茶來。」

狄青才待客氣，茶水早就端了上來，左丘親自滿了兩杯茶，狄青突然雙眉一展，說道：「咦，可是王都監來了？」

左丘微有吃驚，扭頭望過去，只見到冬夜淒清，屋內的火光穿出去，破不了冰封的黑暗。雪花慢飄，無聲地落在地上，給人一種冷冷的靜。

無人前來。

左丘緩緩地扭過頭來，微笑道：「都說狄指揮極為機警，可好像沒有人來呀！」

狄青似乎也為自己的誤斷有些尷尬，說道：「那……可能是野貓從外邊走過吧？」

左丘大笑道：「狄指揮竟然連貓兒走動的聲音都聽得見，果真不簡單。」他沒有出外查看，似乎已信了狄青的話，端起面前的茶杯道：「狄指揮，請用茶。王大人很快就到。」

狄青端起茶杯，嗅了下就道：「這是荊湖一帶的先春茶，味道雖淡，但餘味悠長，就如早春暖樹般，頗有韻味。」

他的茶道之學，是和楊念恩所學，隨口一說，忍不住又想到了楊羽裳，心中微帶悵然。左丘眼中有分訝然，「不想狄指揮對茶道竟有這般認識。我倒是個老粗，不懂這些。來……先乾為敬。」說罷將茶水一飲而盡，狄青笑著抿了一口茶，慢慢地嚥下去道：「這茶……要細細地品味才好。」

左丘放下茶杯，突然道：「狄指揮，不知你要找王都監商議何事呢？」見狄青沉默無語，左丘給了自己一個爆栗，搖頭道：「在下實在魯莽了，要知道王都監和狄指揮商議的事情，當然事關重大，豈是

我一個局外人能夠參詳呢？」

狄青笑笑，說道：「其實我先前並沒有派人來，也沒什麼軍情要向王都監說的。」

左丘臉色微變，說道：「那你方才……是什麼意思？」

狄青目光中掠過分寒芒，反問道：「其實這句話……本該我問左指揮的。既然我說的事情子虛烏有，那方才左指揮若有其事地說王都監已知道此事，又作何解釋呢？」左丘霍然站起，退後兩步。狄青還是若無其事地坐著，面含微笑地望著他。

左丘見狄青鎮靜非常，眼珠一轉，哈哈大笑道：「別人說狄指揮有些小聰明，今日一見，倒真讓我大開眼界。你什麼時候開始懷疑我的？」

狄青道：「按理說……軍情緊急，既然有援軍趕到，你應該立即帶我去見王都監的。再說王都監這麼忙，本不必親自來見個指揮使的。你太客氣了……客氣得讓我總感覺有些不踏實。」

左丘輕噓一口氣，態度轉冷道：「你果然很心細，可你再謹慎，你的手下卻沒有防備。你留在外邊的幾百手下只怕早就全軍覆沒了。」

狄青平靜道：「我既然都已防備了，如何不會讓他們防範呢？」

左丘冷笑道：「你莫要大言欺人，我一直盯著你，你始終未曾吩咐過手下。」

狄青輕輕地跺腳，「你並沒有注意到我的腳，我在雪地上寫了『小心』兩個字，然後抱怨天冷跺腳的時候，抹去了那兩個字。你沒有看到，但我的手下看到了。」

左丘心中一驚，回憶當初的情形，才發現的確如此。他本來想要亂狄青的心境，不想狄青還是穩如泰山。心思飛轉，陡然長笑一聲，擲杯在地，發出一聲清脆的響。

屋外的幾人霍然衝入，守在門前。左丘故作歎息道：「狄青，你的確聰明。可再聰明的你，只怕也想不到一件事。這茶水中，是有毒的。」

狄青臉色微變，「我只喝了一口。」

「一口茶就已足夠。」左丘得意非常。

狄青突然笑了，笑得很是譏誚，「那一杯茶不是更會要了人的老命？」

左丘本是洋洋自得，驀地臉色巨變，伸手扼住了喉嚨，嘎聲道：「你……你？」他臉色鐵青，已察覺有些不對，可他怎麼也想不明白為何狄青沒事，自己卻中了毒。

狄青緩緩拔刀道：「你很奇怪為何中毒的是你吧？那我告訴你，方才我故意說王都監前來，趁你回頭的時候，已換了茶杯。茶若無毒，也不妨事，可茶若有毒，那只能怨你不幸了。」

長刀勝雪，耀亮了狄青的雙眸，狄青一字字道：「現在……你還想問什麼呢？」

狄青拔刀在手，雖掌控了局面，但心中很是不安。

平遠砦波濤暗湧，絕非表面上看起來那麼沉靜。

王都監現在怎麼樣了？這個左丘究竟控制了平遠砦的多少力量？如果平遠砦早被奸細滲透，那為何現在還很安靜？

党項人不取平遠，目的何在？

左丘額頭已冒汗，才要伸手去懷中摸索什麼，不想狄青電閃躥來，一把抓住他的手腕。左丘的手下見頭領被擒，均想上前營救。

狄青單刀一橫，架在左丘的脖頸之上，喝道：「你若想活，先讓他們乖乖地聽話。」

有一人叫道：「你以為你是誰……」話未說完，光亮一閃，那人胸口已中了一刀，鮮血飆出，仰天而倒。

那些人才要並肩而上，見狄青刀出如電，不由都是駭退了一步。

狄青冷笑道：「現在你們應該知道我是誰了吧？」他手如鐵箝，控制住了左丘。左丘臉色已有些發黑，嘎聲道：「快給我解藥！」

狄青冷笑不語，左丘終於扛不住，叫道：「王繼元被我們……用藥物控制住了，我們沒有殺他……眼下對外說他臥病在床。」

狄青問道：「他在哪裡？」

左丘叫道：「就在左近，你放開我的手……」狄青見左丘已臉色發紫，也不想就這樣毒死他，手一鬆，才待從他懷中取出藥瓶，陡然間心生警覺，閃到一旁。

一道疾風遽然閃過，狄青毫不猶豫出刀反擊，已削掉偷襲那人的腦袋。可那人去勢不停，竟然一刀捅到了左丘的胸口。左丘慘叫一聲，已和那人滾翻在地。

狄青斜睨過去，知道那人正是左丘的手下。想必那人是偷襲自己不成，反倒將左丘殺死。見餘眾蠢蠢欲動，尚有六人之多。狄青當機立斷，單刀展動，劈削砍刺，轉瞬已殺了四人。剩餘兩人嚇得扭頭就跑，狄青飛身上前，刀柄擊昏一人。

最後一人是個胖子，見狄青如此神勇，駭得兵刃落地，渾身上下的肥肉顫抖個不停，突然跪下來求道：「你別殺我，我知道王繼元在哪裡。」

狄青心中微喜，低喝道：「好，你若帶我找到王繼元，我就饒你不死。你別想要什麼花樣，莫要忘

第五章 連環 094

記了，這裡還有其他人可以帶路的。」

那人顫聲道：「小人不敢耍花樣。其實……小人是受他們脅迫……」

「廢話少說，」狄青道，「前面帶路，記得我的刀在你後面。」

二人正待舉步，門外腳步聲響起，有人高喊道：「狄指揮……兄弟們都來了。」

狄青聽出是司馬不群的聲音，喜道：「你們沒事吧？」

司馬不群和葛振遠並肩走進來，見遍地死人，也是駭然。葛振遠見狄青無恙，欣然道：「那幾個龜兒子要暗算我們，倒茶給我們喝，沒想到我們更熱情，把茶給他們硬灌進去，他們喝了茶，就都斷了氣。我和司馬不放心狄指揮，先過來看看。」

司馬不群更是心細，說道：「狄指揮，我看左丘只是小股作亂，還沒有掌控平遠砦，不然也不會只派幾個人來對付我們。」

狄青點頭道：「我也這麼想的。方才左丘就說，他們用藥控制了王都監，多半還沒有發動，我們先救出王都監再說。」轉頭向那胖子問道：「你們可有人在看管王都監？」

胖子忙道：「房外有兩個人看守，此外再沒有別人了。」不等狄青吩咐，胖子主動道：「狄爺，我帶你去救王都監，你饒了我這條狗命好吧？」

狄青見那胖子可憐巴巴，只怕遲則生變，立即道：「沒有問題。」

胖子大喜，當先行去。平遠砦依山靠水，地勢崎嶇，胖子帶著狄青上了個土丘，那裡木屋幾間，頗為簡陋。狄青見周圍安靜非常，不解地問道：「這裡的護衛呢？」

胖子賠笑道：「狄爺，左丘被党項人收買，又拉攏了幾個死黨跟從……小人可不是他的死黨，只是

不得已為之。」狄青不耐道：「你長話短說。」

胖子尷尬道：「眼下王都監被灌了藥，整日昏昏沉沉，動彈不得。左丘怕別人知曉此事，藉故將周圍的護衛都撤了，說王都監讓眾人不用管他，全力守砦，所以這裡除了左丘的兩個手下外，再無別人了。」

正低語間，木屋裡走出兩人，一人低喝道：「蒲胖子，來這裡做什麼？跟著你的是誰？」

胖子看似要討好狄青，竟主動為狄青掩飾道：「是左爺又收的手下，這次來⋯⋯是要帶走王繼元。」

那人叱道：「左指揮不來，誰也不能帶走王繼元。」

狄青上前一步，笑道：「那你可說錯了，左指揮不來，我也能帶走王都監的。」那人大怒，才待拔刀，就見眼前寒光一閃，喉間已濺出鮮血。另外一人見狀不好，反身就要奔回房間，狄青單刀飛出，刺入了那人的背心。那人倒在門前，掙扎兩下，再也不動。蒲胖子忍不住地哆嗦，又驚又畏地望著狄青，伸手指向屋中，顫聲道：「王都監就在裡面。」

狄青從屍身上拔回單刀，還刀入鞘，大踏步進了木屋。只見到屋中寒陋，牆壁上掛著一柄長槍。靠床榻的木桌上，放著一碗煎好的草藥，味道濃厚，還散著熱氣，已喝了大半。床榻上臥著一人，身上蓋著厚重的被子，背向牆壁。

狄青快步上前，低聲道：「王都監，我是新砦的狄青！你現在怎麼樣？」

王繼元好像還有知覺，勉強要轉過身來，低聲道：「我⋯⋯緊要⋯⋯的事⋯⋯」他說得時斷時續，藥喝了大半碗，但

狄青聽不明白，才要俯過身去問：「你⋯⋯」可不等低頭，心中陡然覺察到了不對。藥喝了大半碗，但

王繼元口中和被上，沒有絲毫藥味。如果蒲胖子、左丘說的是真話，這幾日來，王繼元的被上、身上不應該如此乾淨。狄青察覺異常之際，驚變陡生！

本是病快快的王繼元，倏然暴起，合被撲來。屋內燭火為之一暗，緊接著嗤的一聲響，被未至，一刀已透被而出，勁刺狄青的胸膛。

變生肘腋，狄青暴退。他生平經歷過驚險無數，但以這次為甚。那人出刀之快、變化之急、偷襲之詭，甚至讓狄青來不及拔刀。

這是個圈套？

對方這般奇詭深沉，竟然算到狄青要來來救王繼元，因此早早地埋伏。

狄青思緒電閃，卻還能閃過那致命的一刀。他已拔刀，才待斬出，突然身後疾風暴至，狄青躲閃不及，已被一拳重重地擊在了後背！

身後有高手？是誰偷襲？

那一拳如鐵鎚巨斧，擊在了狄青的身上，只打得狄青心臟幾乎爆裂。可生死關頭，狄青還能倒捲一刀。刀光一閃即逝，如流星經天，橫行天涯。天涯有殘陽，殘陽如血！偷襲之人擋不住橫行一刀，倏然而退。

可後方偷襲才去，前方單刀又至，堪堪砍在狄青的胸口。狄青渾身乏力，只來得及扭動一下身軀。

刀如毒蛇，嚙中狄青的手臂。狄青身後偷襲那人身形一閃，已到了牆壁旁，伸手一招，掛在牆壁上的長槍已握在手上，再次向狄青刺去。一槍勁刺，快若寒星，卻如煙如幻。

那人身法奇快，一來一回，竟然不輸於王繼元的快刀。狄青避無可避，突然手腕一翻，那被子驀

然倒捲，竟將床榻撲來那王繼元裹在其中。王繼元大驚，不想那被子竟然也會反噬。厲喝聲中，單刀翻飛，棉花四起，有如柳絮濛濛。破被剎那，王繼元只覺得腰間一涼，不由驚天地發出一聲吼。

狄青一刀深深刺入了王繼元的腰間，順勢一旋，王繼元的身後。那一拳太過凶悍威猛，打得狄青幾乎喪失了活動的能力。狄青從未想只希望能拖住片刻，再喘一口氣。已倚在王繼元的身後。那一拳太過凶悍威猛，打得狄青幾乎喪失了活動的能力。狄青從未想到過，還有人一拳能打出千斤鐵錘的力道。

長槍驚豔，毫不停留地刺入了王繼元的胸口。波的一聲響，幾無阻礙地又鑽入了狄青的胸膛！狄青吸氣，用盡全身的氣力退後，那長槍激盪，嗖的一聲，又從狄青的胸口拔出，帶出泉噴一樣的血。狄青臉色慘白，手捂胸口，已搖搖欲墜。

變生肘腋，讓司馬不群和葛振遠甚至來不及反應。等到他們省悟過來的時候，王繼元已死，狄青被重創，而出槍那人正立在燈旁，飄逸出塵。

他肩頭有血，槍尖滴血。他嘴角終於浮出了一絲笑意，他雖被狄青一刀傷了手臂，還折損了個同伴，但畢竟重創了狄青。只要能殺了狄青，所有付出的代價，當然都值得。顫巍巍的燈光下，那胖胖的身軀不再臃腫，反倒有種脫俗出塵之意。誰都想不到，這人能刺出如此驚豔的一槍！

蒲胖子拎著滴血的長槍，渾身上下再沒有什麼卑微之意，望著狄青微笑道：「狄青，你完了！」

狄青臉色慘白，根本說不出話來。他也想不到蒲胖子竟有這種身手！

司馬不群和葛振遠這才驚醒，奔過去叫道：「狄指揮！」司馬不群撕下衣襟，想要為狄青包紮傷

口……

可那血哪裡止得住？

蒲胖子並沒有阻攔，嘴角甚至帶著分譏誚的笑。傷口可以包紮，但傷勢只能更重，他已掌控大局，更不把司馬和葛振遠放在眼中。

「你……是……誰？」狄青低聲問，又一次感覺到死亡離得如此之近。

蒲胖子微微一笑道：「我是菩提！」見狄青滿是不解，蒲胖子又補充道：「菩提本無樹，明鏡亦非臺；本來無一物，何處惹塵埃？這偈語你想必聽過，我用的是無塵槍，我就是菩提，西北八部中的龍部菩提王！」

龍部九王，八部至強。菩提無樹，無塵之槍。

都說九王中菩提王的無塵一槍，已不帶半分人間煙火，一槍刺出來，神鬼難擋。狄青也知曉，卻沒有想到過，有朝一日他會與菩提王在這種情形下遇到。

無塵槍沒有塵埃，卻有血。狄青的血滴滴答答地落地，雖是輕微，但驚心動魄。

菩提王看出了狄青隨時要倒下去的樣子，微笑道：「我來這裡，就是要殺你。因為帝釋天已覺得你是個威脅，如不除去，只怕後患無窮。」

狄青一顆心已越跳越慢，但聽到「帝釋天」三字的時候，眼中寒光又現。他想不到元昊竟然知道他，而且要殺他！

「只要有人威脅到我們的擴張，就一定要死！」菩提王還是不緊不慢道。他已勝券在握，不再急於出手，「狄青，你這一年多，很出風頭。帝釋天說你若有機會，就是另外一個曹瑋，他不想看到這種事情發生。這平遠砦早在我們的算計之中，遲遲不取，就是在等你來。」

狄青已有些恍然，「是夏……守貲？」他身受重傷，心思反倒出奇地清醒。夏守貲將他狄青調到平遠，就是要借菩提王的手將他除去。除了夏守貲，還有誰會對他狄青的行蹤瞭若指掌？

菩提王點頭道：「你很聰明，猜到是夏守貲給我們的消息！夏守貲派你過來，我就在這裡等你。左丘自大，死有餘辜，我算定了他不能成事，而你會救王繼元，所以派了夜叉埋伏在床榻上，然後刻意帶你前來，殺了你。你現在……都明白了吧？」見狄青無語，菩提王惋惜道：「你這麼聰明的一個人，我本不想你死。」

葛振遠怒吼道：「你是個什麼東西？你以為可以定別人生死嗎？」

菩提王微微一笑道：「我不是東西，是菩提。」話未畢，已出手，一槍勁刺狄青。他是菩提王，根本就沒有將葛振遠二人放在眼中，在他心目中，大敵仍是狄青。

長槍刺出，葛振遠、司馬不群條然躍出，一左一右攻向菩提王。他們雖知不敵，但沒有半分畏懼之意。他們若逃，不見得就死；可他們不想逃，若能給狄青爭取一分生機，他們雖死無憾。

菩提王嘴帶冷笑，長槍一抖，已化作梅花兩點，分刺二人的胸膛。他這招的變化，簡直是妙絕天成，不帶半分塵埃。他故意放慢了速度，算準了二人必躲，他甚至已凝聚全身的氣力，準備必殺的一刺。百足之蟲，死而不僵。他可以小瞧旁人，但絕不能小瞧狄青。但他驀地發現，他本不應該小瞧任何人。

葛振遠見那槍刺來，下意識地躲閃。司馬不群一直沉默無言，甚至好像還有些膽怯，可見那槍刺來，遽然加快速度，竟迎槍口撲了過去！

嗤的一聲輕響，長槍入胸。司馬不群悶哼聲中，已一把抱住了菩提王。

司馬不群心思陰沉，知道眼下的情況，就算躲避亦是無用。他捨了性命，只求困住菩提王大驚，從未想到還有人會用這種不要命的招式。他被鎖住了槍，鎖住了手腳，怪叫聲中，再沒有了脫俗之意。他全力一掙，司馬不群五官已經溢血，菩提王一甩，才掙開司馬不群，又被另外一個人牢牢抱住。

那人的懷抱，有如大海山川，力道無窮無盡。菩提王甚至聽到自己筋骨寸斷的聲音，然後他就看到一雙野獸般凶惡的眼眸。狄青道：「我答應過羽裳，我不會死！」他話未說完，長嚎聲中，全身的力道盡數洩在菩提王的身上。

司馬不群為狄青爭取了一個機會。狄青也抓住了這個機會。

這時候的狄青，無力再戰，只能用野獸般的本能，熊抱住菩提王，有如他扼死增長天王般。菩提王驚天般的一聲吼，全身用力，但就是無法掙脫狄青束縛。陡然間背心一涼，刷的一聲響，菩提王感覺全身的氣力都洩了出去，眼珠子死魚一樣地凸出，四肢已軟了下來。

葛振遠出刀，一刀刺進了菩提王的背心，結束了這場生死之戰！

狄青和菩提王一起倒了下去，緊緊相擁，如情人般纏綿。

葛振遠大叫道：「狄指揮？司馬？」沒有人回應，司馬不群仰天倒地，早已斃命。狄青雙眸已閉，已暈了過去。

葛振遠一屁股坐到地上，立即又爬到狄青的身邊，叫道：「狄指揮，你醒醒！」狄青緊閉雙眸，呼吸竟已停了。葛振遠一顆心也要停了，又望向了司馬不群，悲聲道：「司馬……你不能死呀！」他爬過去，摟住了司馬不群，不想這平日看似陰沉的漢子，就這麼沉默地死了。

淚水點點滴滴，葛振遠悲從中來，又爬到狄青身邊，試試狄青的鼻息，竟感覺不到呼吸，一顆心已沉了下去。

狄指揮就這麼死了？葛振遠一陣茫然，目光空洞。

不知許久，他陡然一震，才發現床榻下竟然還有一人瞪著他，床底怎麼還藏著人？葛振遠拖那人出來，才見那人四肢被綑得牢固，嘴上塞著破布，雙目圓睜，滿是焦急之意。葛振遠拖那人出來，拿開他嘴上的破布，問道：「你是誰？」

那人立即道：「我是王繼元，平遠砦的都監，中他們暗算，被他們綑在這裡。你快給我解綁，狄青沒有死。」

葛振遠忙扭頭望過去，見狄青一動不動，根本不信，但還是將王繼元的繩索鬆開。王繼元翻身而起，抱起狄青就往外跑去，葛振遠急叫：「你去哪裡？」他雖悲傷，可不捨狄青的屍體，急搶出去。

王繼元跑得極快，對砦中的路徑也異常熟悉，很快就下了山丘，轉過山腳，前方已有兵士喝問：「誰？」等見到王繼元，都驚詫道：「王都監，你這麼快就好了？」原來這幾天，左丘一直說王繼元病在床，這些兵士都是信以為真。

王繼元來不及解釋，喝道：「快去找軍醫來，把砦中的軍醫都找來，要快！」那兵士從未見過王繼元如此暴躁，慌忙去找軍醫。王繼元又進了個屋子，翻箱倒櫃，很快找來一種白色的藥粉，撒在狄青的胸口之上。那藥粉止血奇佳，狄青的傷口很快不再流血。王繼元摸摸狄青的脈搏，只感覺到似有似無，焦急地走來走去道：「怎麼軍醫還不來？」

葛振遠這才奔到，嘎聲道：「狄指揮有救嗎？」

王繼元罵道：「你就知道叫，早點兒救他，說不定更有希望。」他遭左丘暗算，被塞到床下，本來昏昏沉沉，可方才藥性已過，目睹了房中發生的一切，對狄青極為感激。剛才葛振遠沒有注意，王繼元卻看到狄青的眼皮還在輕微地跳，知道狄青未死。葛振遠心中不安，盼能有奇跡出現，哀求道：「王都監，你一定要救活他。」

「廢話。」王繼元又罵了一聲，突然神色一動，衝出房去，片刻後拖著一個軍醫進來道：「程大夫，你快救救他。」

那大夫見王都監急迫，伸手在狄青手腕上搭了下，搖頭道：「死了。」

王繼元急道：「沒死，他脈搏還在跳呢！」

那大夫又認真地號脈半晌，苦笑道：「他雖還沒死，但受創極深，在下……真的治不了這傷。」這會兒的工夫，房間中又來了幾個大夫，看見狄青的傷勢後，都是搖頭。王繼元知道這些人已是平遠砦最好的大夫，可所有人都說無救，不由狂躁道：「那怎麼辦？你們都出去。」

那些大夫訕訕離去，王繼元望著狄青，見他臉若淡金，全無生機的樣子，咬牙道：「你救了我的命，我卻救不了你的。」他久聞狄青之名，但素來不服，今日一見，不想竟承他的恩情。葛振遠一顆心又沉了下去，可已下定了決心，說道：「王都監，這裡大夫不行，但青澗城可能會有好大夫。你給我輛馬車，我帶狄青指揮回青澗城求醫。」

王繼元心道：「以狄青這麼重的傷勢，本不宜長途奔波，但這裡既沒有醫治之法，總不能在這裡等死。有些無奈道：「我本來應該和你一起去的，可是……」

葛振遠道：「可是你還要守這裡！我只希望，你這次能守得住平遠砦！」他心緒不佳，難免不擇言

語。

王繼元並不責怪，心中卻想：元昊處心積慮地在平遠砦埋伏下人手，可並不奪砦，難道僅僅是要殺狄青那麼簡單嗎？這時候來不及多想，吩咐兵士準備一輛馬車，四匹健馬。葛振遠親自趕車，將青澗城來的兵士都留在平遠守砦，又請王繼元幫忙將司馬不群的屍體埋了。臨行前，葛振遠突然道：「王都監，我知道說了，你也可能不信，但這件事我還是要說。夏守贇父子……大有問題！他們可能已投靠了元昊。」

王繼元在床底的時候，已聽菩提王說及此事，但總有些不信，不解夏家父子受朝廷重用，為何這麼做。猶豫片刻道：「我會小心，你也當心！」

葛振遠點點頭，向青澗城的方向催馬狂奔，只希望早些回轉青澗城。可到了青澗城，就能救得了狄青的性命嗎？葛振遠心中沒底。

才出了平遠砦數十里，對面突然行來一輛馬車。那馬車只有一匹老馬拉著，雪地中孤零零地行走。

這時已清晨，天未明。葛振遠十分奇怪，這種要命的天氣，這種時候，怎麼會有人和他一樣地趕路。可見到趕馬車的人是個年邁的長者，終於還是稍緩了速度。那道路並不算寬，他不想為救狄青，把那老者撞死。

那老頭見葛振遠讓路，謝了聲，才待策馬，不想又停了下來。車中有一冰冷如泉的聲音道：「狄青受傷了？」那聲音雖冷，但明顯是女人發出。葛振遠聽在耳中，直如五雷轟頂，忍不住握緊了馬韁。

他不知道對方如何猜出車中就是狄青，更不知道那人如何判斷狄青受傷了，難道說這人是和菩提王一夥的？

可菩提王才死，這馬車又是從東方趕來，葛振遠自信催馬如飛，這車裡的人絕不會知道平遠砦的事情。但若是如此，那車中的女子，如何猜出狄青受傷了？

葛振遠想不明白，所以才驚疑不定。

那女子幽幽一歎，突然道：「狄青傷得很重，就算趕回青澗城，只怕也沒有人能醫治好了。」葛振遠訝聲道：「姑娘……你……怎麼知道？」

車中那女子漠然道：「我就知道。」車內沉寂若雪，車外雪落無聲。天地間，似乎充斥著一股詭異之意，讓葛振遠心中惴惴。

不知過了多久，葛振遠腦海中靈光閃現，吃吃道：「姑娘……那你能救指揮使嗎？」葛振遠雖未見女子的容顏，但直覺中，倒更信女子有種神通。

那女子輕淡道：「能。」

葛振遠突然躍了下來，跪地叩首道：「請姑娘救狄指揮一命，葛振遠永記姑娘的大恩大德。」

那女子道：「我要你記住做什麼？」葛振遠一愣，感覺這女子有拒人千里之外的意思，一時間不知道如何是好。他眼看狄青重傷，隨時都會斃命，恨不得以身代替，病急亂投醫，眼下狄青能不能熬回青澗城都說不定，他又如何肯放棄眼前的這個機會？葛振遠還待再求，那女子道：「我可以救狄青，但你要答應我一個條件。」

那女子輕淡道：「能。」

葛振遠大喜，「你說，千個萬個條件我都答應你。」

那女子淡淡道：「你要讓我救活狄青，就讓我先帶他走，去哪裡，你不能問。你可答應我的條件嗎？」

葛振遠怔住，不想那女子竟提出這種怪異的條件，一時間難以抉擇……

車廂中突然伸出一隻玉手，那手簡直比飄雪還要白。葛振遠望著那隻手，滿是戒備。不想那隻手只是輕輕地攤開，露出掌心中的一塊石頭。

那石頭瑩白中放著綠光，有如夏日郊外飛動的螢火，在雪夜中，淒清又帶著詭異。那女子輕聲道：

「葛振遠，你不記得我了嗎？」

葛振遠見到那塊石頭，臉色巨變，嘎聲道：「是你？」他眼中滿是難以置信和驚駭，身軀都忍不住顫抖起來。

那石頭雖不尋常，但終究不過是塊石頭，葛振遠見到它，為何會如此地驚怖？

第六章　鏖　兵

馬蹄急勁。軍情若火，郭遵正在趕往延州的途中。

已清晨，白霜侵，蒼穹不見那爽朗的亮，天地間也是彌漫著難以驅逐的白，如愁雲慘霧。郭遵一顆心，比雪還要冷。金明砦被破，所有在延邊的宋軍，接到消息後，均要全力回去救援延州城。砦中金明，城中延州！延州城有范雍！金明砦被破，延州城再不能有失！

郭遵心急如火，趕路途中，還在想著一件事。香巴拉已有線索，這次事了後，要好好和狄青商議一下尋找香巴拉一事。但眼下，以救援延州為主。

前方有遊騎稟告道：「郭大人，劉平大人正領軍在三十里外的大柳鎮暫歇，知郭大人前來，命大人趕去會合。」郭遵微皺了下眉頭，回頭看了下身後略有疲憊的軍士，點點頭。心中暗想，劉平也來援助延州了，不知別的地方如何了。

原來元昊再犯西北，延邊諸軍還是一如既往地四處支援。郭遵協防延州西線，同時支援保安軍。劉平身為慶州副都部署，會同鄜州副都部署石元孫趕赴土門支援，餘將各有職責，務求將党項軍擋在宋境邊界。但眾將皆在前線，後方金明砦蓦地被破，延州告急，這讓所有人吃驚的同時，不得不回轉救援。

金明砦為何被破？所有人心中都揣著這個疑惑，郭遵也不例外。

雪地行軍，比平日更是艱難。郭遵帶兵趕到大柳鎮時，當下讓手下全部休息，自己先去見劉平。

中軍帳內，劉平神色肅然，見到郭遵進帳後，略有喜意道：「郭遵，你來了，很好。」劉平早知郭遵勇

猛，但以前一直無緣相見，眼下見郭遵龍行虎步，淵渟嶽峙，心中暗歎，郭遵果然是個好漢。

郭遵進帳時看到帳中已聚了不少將領，鄜州副都部署石元孫、延州巡檢萬俟政、鄜州都監黃德和悉數在內。郭遵在邊陲許久，倒也盡數認識這些人。

最讓郭遵有些意外的是，王信居然也在這裡。王信本是殿前侍衛，以前一直與郭遵關係不錯，他本是守在保安軍的栲栳城，還在郭遵之軍的西側，如今王信竟搶在郭遵之前到了大柳鎮，倒讓郭遵很是意外。

郭遵忍不住道：「王信，你怎麼這麼早就到了這裡？」

王信見了郭遵，也有些詫異，說道：「我在兩天前接到金明砦失陷的消息，立即從城中抽調千人趕來支援延州。郭兄……你……」

郭遵眉頭緊鎖，半晌才道：「奇怪，我怎麼是在一天前才收到的消息？沒有理由你反倒早知道消息呀？」

王信也在琢磨著這個問題，暗想郭遵說的不錯，為何郭遵離延州更近，反倒晚收到消息？

劉平一旁道：「交兵之際，變數多多。我和石大人不是更早知道的消息？說不定……傳信的人找郭遵你的時候，路上有波折吧？」

郭遵更是奇怪，不符多說，劉平已道：「郭遵，你帶了多少人馬前來？」

郭遵回道：「不到兩千。」

劉平點點頭道：「如今我們聚集五路兵馬，已有萬餘兵馬，聲勢大壯。」

眾將都有分底氣，眼露喜意。只有郭遵一旁道：「劉大人，我軍有萬餘兵馬，那眼下延州軍情如

何?」

石元孫一旁笑道:「我們救援速度極快,眼下延州並無敵情。幾個時辰前,范知州還有手諭送達,他在延州東門望眼欲穿地等待我們呢!不過范知州為防奸細趁機入城,讓我等分隊前進,每五十人一隊趕赴延州城。如今已派出三十多隊了。」

郭遵詫異道:「范知州為何會有這種奇怪的命令?誰來傳令的?傳令的人呢?」他一連三問,石元孫有些不悅道:「郭遵,你什麼意思?這是范知州和夏都部署的聯合命令,你要質疑嗎?」

郭遵見劉平臉上也有不悅之意,知道自己雖是都巡檢,但質疑上司,乃宋廷用兵大忌。

大宋以文制武,長官的命令,均要無條件執行,不然和造反無異。

見眾人表情各異,郭遵並不退縮,毅然道:「劉大人、石大人,雖說救兵如救火,但絕非冒失輕進的藉口。」

都監黃德和一旁冷笑道:「都巡檢,你是說劉、石兩位大人輕進呢,還是認為范知州和夏都部署冒冒失失呢?」

郭遵昂然道:「黃都監,郭某不過是就事論事。這數次傳令,均有蹊蹺。想黨項軍能破金明砦,實力不容忽視。這股兵力目前藏身何處,我等還一無所知,不能不防!眼下我軍雖有萬餘兵力,但長途跋涉,兵力疲憊,若再分散行軍,豈不讓人各個擊破?」他雖沒有明說,但明顯在質疑范雍傳令的正確性。

劉平若有沉思,石元孫卻道:「但軍令緊急,我等怎能不從?范知州若有怪罪的話,只怕誰都承擔不起。」萬俟政、黃德和均露出深以為然的表情。

郭遵怒道：「如斯情況，當以兵士的性命為重……」他本想說你石元孫到現在，還只想著推責嗎？

轉念一想，如今當齊心協力，不宜爭端，放緩了口氣道：「劉大人、石大人，我請莫要再分散出兵，不如齊去延州。這樣吧，若有罪責，郭某一肩承擔好了。」

劉平正在猶豫之際，帳外有人衝進來道：「父親……不好了。」

那人年紀頗輕，英姿勃勃，卻是劉平之子劉宜孫，這次隨劉平行軍到此。

劉平怒視劉宜孫道：「何事驚慌？要叫大人！」

劉宜孫知父親對己嚴格，慌忙改口道：「劉大人，那信使不見了。如今我們派出了三十多隊兵馬，但一直沒有回信。」

很是古怪。

眾人皆驚，劉平臉色也變，衣袂無風自動，顯得頗為激動。

王信一直沉默，聞言道：「劉大人，只怕延州那面，真有問題！」

劉平心中何嘗不是這麼想？范雍傳令，命他分兵前行，劉平心中本也疑惑，可想著范雍畢竟是西北最大，范雍之令，誰都要聽！他留了個心眼，囑咐幾個派出的兵士到了延州後，立即快馬回轉，稟告那面的情況。不想到如今，近兩千人分出去後，如石沉大海，音訊全無。如今傳令的那人竟也不見，此事

范知州絕不會坑害自己人，難道說……那手諭是偽造的？

劉平難以相信，可沒有別的解釋。他當初仔細檢查了手諭，見手諭上的暗記均對，這才信任了信使。

這種手諭竟是假的？又是誰早就處心積慮，偽造出這種文書？

劉平心中發顫，感覺好像陷入了一張莫名的大網，偏偏看不出危機何處。見眾人徬徨，郭遵道：

「只怕前方有埋伏……」

萬俟政顫聲道：「難道說……前面派出的那些人……前面派出去的那近兩千人，只怕全軍覆沒了！」他不敢說下去，眼中滿是驚怖，但誰都聽得懂他的言下之意。前面派出去的那近兩千人，只怕全軍覆沒了！

劉平心亂如麻，半晌才道：「郭遵，難道前方有敵，我等就要退縮嗎？」

郭遵沉默許久，才問道：「劉大人，可派人前偵延州的情況了嗎？」

劉平臉色微紅，搖頭道：「我只以為范知州所言是真，就沒有再派人打探。」他心中卻想：「無論前方有敵與否，都要衝過去和延州會合。我只想讓軍士一鼓作氣地向前，哪有時間先偵後進？」郭遵暗自皺眉，心道都說劉平在西南平定夷人很有戰績，這次出兵怎麼如此地糊塗？這樣行軍，不是在拿士兵的性命開玩笑？

石元孫已道：「前方有敵，說明延州軍情更為急迫。我等絕不能退縮。」

劉平也是點頭，決然道：「不錯。義士赴人之急，赴湯蹈火在所不辭，何況眼下為國難當頭！劉宜孫，傳令下去，三軍立即開拔，全力趕赴延州。」斜睨了郭遵一眼道：「郭遵，你可有異議？」

郭遵沉吟片刻才道：「劉大人，請暫緩出兵。末將請為先鋒，帶千騎先偵後進，查明前方的情況後，再請劉大人帶兵跟隨，不知劉大人意下如何？」

黃德和一旁道：「延州有難，片刻不能拖延了，豈有時間先偵後進呢？」

劉平也傾向於黃德和的建議，不想劉宜孫一旁道：「劉大人，我倒覺得郭將軍所言極有道理。我等已冒失一次，近兩千兵力不知所蹤，就不該再重蹈覆轍，當以謹慎為主。」劉宜孫早知郭遵的大名，知道此人驍勇，見郭遵不畏艱險，主動請纓前偵，心中佩服，是以幫郭遵說話。他雖覺得父親威嚴，但更

認為郭遵才是真正的能領軍知兵。王信也道：「末將贊同郭兄和宜孫的看法。」

石元孫、萬俟政、黃德和等人心中雖不贊同，但望向了劉平。眼下軍中以劉平最大，無論眾人贊同與否，只有劉平才能一錘定音。

劉平思緒飛轉，終於道：「那就請郭將軍、王將軍帶領一千輕騎前偵敵情，以三十里為一界，我等相距三十里，前後呼應，這樣可好？」

郭遵微微心安，施禮道：「末將遵令。」

郭遵領命後，當下和王信並肩出帳。點齊人馬後，火速向東南方向進發。

天濛濛，雪飛舞，視野有限，到處只見蒼蒼茫茫，天仗森森。郭遵見天氣惡劣，暗自心憂，才出了十數里，忍不住地勒馬。王信有些不解，問道：「郭兄，為何暫歇？」

郭遵沉吟道：「前方再行三十餘里，就到三川口。那裡地勢開闊，無險可依。過三川口後，再行不遠，可望延州城……」

王信問道：「那又如何？」

郭遵道：「我等兵少，又不知前方到底如何。這千餘人的性命也是命，不能輕率行事。趙律何在？」趙律出列，施禮道：「郭大人，屬下正在。」

郭遵道：「你挑選軍中馬術最精的十人前頭探路，交錯前行，以十里為限，如遇警情，煙火為號。」

趙律點頭，已帶十人前行。等了小半個時辰後，第一批人已回返，稟告前方無警。郭遵這才稍放心事，命眾人前行。王信見郭遵如此謹慎，忍不住道：「郭兄素來勇猛，這次怎地這般小心呢？」

郭遵憂心忡忡道：「王兄，不知為何，我總覺得此次行軍，大是凶險。郭遵一身不惜死，但手下這幫兄弟信我們，就應該為他們負責才對。唉……走吧！」

郭遵早就疑惑重重，心道金明砦守兵甚眾，為何一夜就被破？党項軍如斯機心，這次舉動想必蓄謀已久，動用的兵力只怕也不會少了，那些大軍目的何在？所有趕來支援的宋軍正巧齊聚大柳鎮，那傳令的人怎麼會拿捏時間這麼準確，偽造文書又所為何來？

所有的一切，均是逼著他們這些宋軍趕赴延州，這其中，又是什麼猙獰的用意？

郭遵深憂，但知道眼下暫時無路可選，只能繼續前行。再行個把時辰，眾人已到三川口。郭遵暗想：三川口地勢開闊……若有伏兵……才想到這裡，就聽到遠處傳來一聲悶響，一道紫焰高沖雲天！

天雖陰，但那紫焰顯然經過特別的處理，在如斯天氣中，還有著奪目的光芒。

郭遵神色已變。他知道趙律所帶煙火分為五種顏色，而紫焰、恰恰是說明最緊迫的軍情。趙律跟隨郭遵多年，早經過無數的大風大浪，為人沉穩，若非真的見到什麼可怖的情況，絕不會放出紫色焰火。

前方有敵，有大軍出沒！前方有險，有極大的凶險！

這裡是三川口，一馬平川，無險可依，正適合騎兵作戰。一想到這裡，郭遵立即命令道：「立即回撤，請劉大人帶兵向西撤軍。」

王信見郭遵如斯慎重，也是不敢怠慢，立即道：「好！」眾人撥馬回返，行了不到十里，就聽前方有馬蹄聲響，轟轟隆隆。

郭遵臉色又變，見遊騎飛奔而至，喝道：「到底何事？」

遊騎急道：「郭將軍，前方是劉大人的兵馬。」

郭遵急怒，催馬上前，正迎到劉平，喝問：「劉大人，你怎麼來了？」

劉平見郭遵回轉，也急問道：「你怎麼回來了？」

郭遵又驚又急，說道：「好水川有大軍埋伏的跡象。我正要請劉大人帶兵暫退大柳鎮西的山嶺處，待查明跡象再說。劉大人怎麼不按約定，這麼快就到呢？」

劉平心頭一沉，一時無語。原來郭遵才走，石元孫等人就說軍情如火，何必等郭遵前偵耽誤工夫，難道說前面有敵，就不援救延州了嗎？

劉平心中也是這般想，他支開郭遵，不過也是為了方便行軍罷了。見眾人這般說，當下命宋軍隨後出發，劉宜孫雖反對，但孤掌難鳴，無力阻止。

不想才到三川口，郭遵就說前方有敵，劉平又驚又悔。正在猶豫時，又有遊騎飛奔前來，說道：「啟稟大人，東北向、東向有大軍出沒的跡象。」

郭遵急道：「劉大人，眼下形勢已明，想黨項軍仗輕騎快馬，逼我們決戰三川口。還請劉大人立即命三軍向西暫退，尋地勢而守。」

石元孫一旁道：「決戰就決戰，難道我們這些人馬，還怕他們不成？都說郭將軍勇冠三軍，怎地這般懦弱，竟不敢迎戰嗎？」

郭遵怒極，可這時不想再浪費時間分辨，只能指望劉平能果斷些。

劉平說道：「向西撤退，那豈不讓延州孤城奮戰？此計不可行。郭遵，我命你身為先鋒，帶騎兵前衝。只要我們衝過三川口，就可憑藉那裡的山嶺抵抗，還可援救延州，一樣可行。」

郭遵急道：「劉大人⋯⋯」

劉平斜睨郭遵，緩緩道：「郭將軍，你可怕死嗎？」

郭遵一怔，見眾人望著他的目光迥異，長舒一口氣，仰天笑道：「好……好……」他的笑容中，已有說不出的無奈。他只是個都巡檢，官大一級壓死人，既然劉平主意已決，他郭遵已不能抗令。

笑聲止歇，郭遵知軍情緊急，咬牙道：「好，末將遵命。」

劉平這時已箭在弦上，不得不發。見郭遵領命，微舒一口氣，只能希望宋軍憑銳氣取勝。喝道：

「既然如此，郭遵為先鋒，王信協同。三軍全力衝過三川口，到延州會合。」

眾宋軍隨軍令而起，直衝三川口。飄雪時斷時續，不多時，已見前方冰河沉凝，蜿蜒如帶，眾人已到一處荒灘，郭遵知曉，此地叫做五龍川。

郭遵目光如鷹，催馬前行，突然縱身飛落，落在一雪堆之前，拂開了積雪，眾人窒息。那雪堆中，滿是宋軍的屍體！

趙律正在那屍體之中，可已不能再向郭遵稟告軍情，他凍僵的手掌中，還握著傳信的竹筒！他還睜著一雙眼眸，似乎想要說些什麼。可是他再也說不出軍情！郭遵伸手去摸那竹筒，一顆心已劇烈地顫抖起來。趙律死得不值，他雖傳出了警訊，可眾人還是來了。郭遵只覺得心中有愧，虎軀劇烈地顫動。驚呼迭起，宋軍中已起騷動，不是為了這已死的宋兵，而是因為河流的對岸，突然現出一條黑線。那黑線漸漸變寬變粗，並如山嶽般移動。

「是党項人！」「党項軍！」「我們中埋伏了！」

呼叫聲此起彼伏，郭遵緩緩地合了趙律的雙眼，慢慢地抬起頭望去，那落寞的臉上，已刻滿了悲憤。雪花飄揚，撒在漢子那寬廣的肩背，寫滿了傷痛和無奈。

冰河的南岸，已盡是党項軍的身影。騎兵浩浩，馬蹄揚揚，不停地有党項軍從天際、雪影、山峰間湧現，彙聚成一條比三川河水加起來還強悍的潮流！

党項人果真埋伏在五龍川。宋軍明知有伏，還是如約趕到，這或許就是命，無法抗爭的命運。那荒涼的灘頭，傳說中曾有五龍得水升騰天際。自從那個傳說後，五龍川一直沉寂無言，可今日五龍川再次沸騰起來，說不定從此後，這個名字會用鮮血銘記在史書之上。人還是在湧動，幾千……數萬，不停地匯聚，無邊無垠，無窮無際……只是那麼粗略地望去，党項軍最少已有十萬之眾。

騎兵洶湧，在這荒蕪的五龍川旁，反倒凝聚起一股讓人心悸的安靜。党項軍就那麼慢慢地湧過來，立在冰封的河水對岸，並不急於衝擊。他們不用再急，宋軍騎兵不多，無論如何，那些步兵都是跑不贏他們的快馬。

波浪起伏的党項軍慢慢地聚集著能量，冷然地望著對岸那孤零零的、不成比例的宋軍。宋軍已疲、已乏，鬥志也在一絲絲地被摧毀。雪花靜悄悄地落，無聲無息地落在平川荒野，也落在軍士的身上、臉上。有的雪花很快地凝結成堆，有的孤零零地被哈氣融化，落在那凍硬的屍身上，凝著入骨的冷……

劉平大驚。他本想仗郭遵之勇，趁宋軍銳氣，一鼓作氣衝過去，哪裡想到過，党項軍竟然有這麼多的兵馬、這麼厚的陣營？

這種陣仗，要衝過去，難若登天。

党項人這麼多的兵馬，怎麼會一朝就到了這裡？

劉平無暇去想，喝道：「布陣。」劉平雖驚，但知道這時已慌不得，在党項軍不停地在對岸匯聚的時候，宋軍也開始布陣。

步兵雖拖著疲憊的步伐，但還是按指揮布陣。

號角長響，劃破寂寥的蒼穹，宋軍錯落，有進有退，盾牌手衝前，長槍手掩護。整個陣型中心迅即凸起一道弧線，形似彎月，勢比勁弓。

宋軍布的竟然是偃月大陣。

這本是殺氣十足的一個陣法！但正所謂剛極易折，若不能破敵，死的就是自己。

一萬疲憊之軍，竟以偃月大陣和以逸待勞的十萬餘黨項軍對攻？

萬俟政、黃德和等人均是不解，就算是劉平的兒子劉宜孫，都是不解父意。但軍令如山，眾人不得不從。

宋軍人數雖寡，但陣勢一出，黨項軍終於止住了來勢，更多的人只是立在岸邊，等待後援的到來。

不到片刻，岸邊的黨項騎兵，已密集得如螞蟻一般。郭遵終於站了出來，上了馬背，對一旁的王信說了幾句後，策馬到了劉平的身邊道：「眼下我們只剩下最後一個機會了。」他還很平靜，但眼中燃起了極旺的鬥志。

事到如今，悔恨埋怨已無用。郭遵只能戰！為最後的機會而戰！

劉平本來心已冷，可看到郭遵的眼神，血又沸騰起來，「不錯，三軍中，應該只有你懂我！路本有兩條⋯⋯」

岸邊寂寂的黨項人已站立不下了，開始有騎兵試探著向岸湧來。

郭遵寂寂道：「可一條是死路！我們若退，那身後的騎兵肆意衝殺，我們死無葬身之地。」

「可我們不退，他們就不會夾擊我們嗎？」

「至少眼下不會，他們用的是不戰屈人之兵的戰術，他們在等著我們退。」郭遵道，「他們十餘萬兵馬壓過來，就是要用氣勢壓得我們崩潰，荒野逃奔，然後趁亂追殺。我們疲憊之身，騎步兵混雜，無論如何都跑不過他們。」

「那現在只有衝過去一途了，若能僥倖衝到延州城下，或許可以依靠延州城抵抗。」劉平望著對岸無窮無盡的黨項軍，吐了一口氣，眼中滿是歡然道：「郭遵，我不聽你言，對不起三軍將士，今日唯有以死報國！」劉平已悔。

可悔有何用？黨項騎兵蹉蹉，已有近千人到了冰河中央。

郭遵悲哀道：「你我都對不起信任我們的兵士。」遠望黨項軍已近，突然低語了兩句，劉平目光一亮，驚喜道：「真的？」郭遵一字字道：「這已是我們最後的機會，只盼劉大人你……這次——真的能和我並肩一起！」他刻意強調「真的」兩個字，滿是熱切。

劉平立即道：「我當全力以赴，配合你的行動。你放心，只有戰死的劉平，沒有逃命的劉平。」

郭遵精神一振，喝道：「好！」他說話的工夫，身後已聚齊數百騎兵。王信在郭遵和劉平交談之際，已領人馬待命。所有的騎兵，均是郭遵或王信的手下，所有人亦是目光堅定，臉色決絕。他們負責衝鋒，本來就是去送死。但就算死，他們也要死得夠本，無論誰想要他們的性命，就一定要用命來換。

党項軍已到岸邊、北岸！南岸的党項軍見宋軍仍無舉動，終於蠢蠢欲動。郭遵看不到党項軍的指揮是誰，卻知道這是對手的一次試探。

党項軍暫時找不出宋軍陣型的漏洞，所以嘗試引宋軍出擊，然後再尋勝機。党項將領已視宋軍為囊中之物，當然不肯先和宋軍戰個魚死網破。

鼓聲突起，擂得地動山搖，驚天動地。宋軍擊鼓！劉平親自擊鼓！

郭遵一聞鼓聲，率隊出擊，一馬當先地衝出去。

宋軍側翼倏開，衝出了一支利箭。那支利箭鋒芒盡現，箭鋒就是延邊都巡檢郭遵。南岸的党項騎兵有了些騷動，北岸的党項騎兵霍然迎了上去。他們過河，本來就是尋求這一戰！党項人士氣正盛，宋騎兵悲氣如虹。

兩軍相撞，捲起漫天風雪。風捲狂瀾，帶得那無聲的雪激揚沖天。兩軍交錯，天地蒼茫，一股股鮮血飛濺而出，染紅了飛雪、落雪和冰雪！

地面瞬間盛開了無數嬌豔的紅花。

胡笳聲聲，鼓聲陣陣。郭遵手持長槍，已殺到了來襲党項騎兵的中央。他槍槍如電，槍槍奪命，一路殺來，所向披靡。無人能擋住郭遵的閃電一槍！

党項騎兵變了臉色，宋軍本要絕望，見郭遵如斯勇猛，戰意重燃。

就在此時，一座山已攔在了郭遵面前，利箭雖銳，但終究穿不過高山。

党項騎兵軍心一振，已把攔截郭遵的希望寄託在那座山上。

攔住郭遵的當然不是山，而是一個如山的人。那人胳膊就有旁人大腿的粗細，他騎的馬兒，也和野牛一般壯碩，要不是這樣的馬，也馱不動這種壯漢。他手持丈八鐵杵，鐵杵前端粗壯得好似鐵錘一樣。

這本是西北党項部第一力士，叫做萬人敵。

傳說中，此人雙臂力擔千斤，可徒手力挽奔馬，搏虎殺豹。他見郭遵氣勢洶湧，頓起一爭高下之意。

雙馬相對，尚餘數丈，萬人敵已揮鐵杵擊出。

人借馬勢，馬借風力，萬人敵一杵擊出，風雲為之色變。天地怒號，馬蹄踏血，那股蕭殺之氣已將

郭遵籠罩其中，宋軍為之悚然，不信天底下還有如此威猛的一擊，更擔心郭遵能否扛住這驚天一擊。

郭遵橫槍，槍折！鐵杵下擊。郭遵所騎的戰馬竟被鐵杵攔腰擊成兩截！所有人的心已像

停了跳動，卻見一人影沖天而起，幾乎擦著鐵杵而過。

郭遵不是馬兒，他那一刻的騰躍，矯若天龍。郭遵棄馬躍起，手掌一拍，那斷槍的槍頭倏然折向，

已電閃般刺入了萬人敵的咽喉。

萬人敵僵凝片刻，眼中滿是懷疑和不信，但郭遵飛起一腳，已將萬人敵偌大的身軀踢於馬下。通的

大一聲巨響，雪花四濺，萬人敵在地上扭曲一下，已然斃命。

郭遵殺人取馬，順手將那鐵杵拿在手上，信手一揮，已擊在一党項軍的胸膛。那人連慘呼都來不及

發出，就被擊到空中，才一落地，又被亂馬踩踏，可他早已死了。

在郭遵擊他一杵之時，那人的五臟六腑就已被擊裂擊傷，腰椎斷折。

郭遵並非萬人敵，可手使鐵杵，竟比萬人敵還要兇悍！雪舞高歌，豪氣漠漠。郭遵持杵狂殺，縱橫

掉闔！

宋軍放聲高呼，鼓聲更是蕩得天地人心都顫抖了起來。對岸的党項軍驚恍無語，不敢相信這是人能

做到的事情。北岸的党項軍終於崩潰，紛紛撥馬逃往對岸。郭遵振臂一揮，眾騎兵接踵掩殺過去。鐵騎

錚錚，踏破冷漠的積雪，踏在那晶瑩的冰面上，流光四射。寬廣的河面，流的不是河水，而是鮮血。

郭遵一路追殺，徑直到了南岸，逃命的党項騎兵也動搖了起來。郭遵殺入亂軍，一

入一出，又殺了十數人，下令道：「撤！」他發現党項軍雖敗退，但退兵不過是九牛一毛，絲毫撼不動

党項軍的千軍萬馬，既然如此，再衝過去也是死路一條。

他命令一下，眾宋軍紛紛撥轉馬頭，反衝北岸。党項軍一聲喊，陣型漸凝，才待追來，郭遵冰河上勒馬橫杵，冷冷一望。冰封三川，風嘯雪傲，党項騎兵見郭遵橫杵冰河之上，竟不敢衝來。宋軍先是沉寂，再是震天價響的歡呼，党項軍已陷入死一般的沉寂。

劉平興奮得雙眸閃亮，迎上來道：「郭兄實乃天下第一勇士！」他本自恃官職要高，一直對郭遵都有分倨傲。這刻見郭遵威猛如斯，心中熱血沸騰，忍不住改了稱呼。

郭遵輕歎口氣，「天下第一怎敢當？這場仗……才剛開始。」

劉平才沸騰的心冷下來，突然聽到對岸喧譁起來，只以為党項人再次發動進攻，忙扭頭望過去，不想只見到對岸騎兵倏然分開，很多人紛紛下馬，牽馬而立。

一人策馬從人群中行出。原來那些党項軍紛紛下馬，只因對出列那人異常地尊敬。那人黃衣黃冠，靜靜地策馬行到冰河正中，這才揚聲道：「龍浩天請與大宋都巡檢郭遵獨戰！」

他一言既出，聲如白雪飛揚，遠遠蕩開，三軍皆聞。龍皓天請與大宋都巡檢郭遵獨戰！

宋軍聞聽，心中都有疑惑。暗想郭遵方才橫掃千軍，勇力無人可擋，眾人見了，均是自愧不如，可党項軍居然還有人出來搦戰？這人是瘋了不成？

郭遵遠望那人，臉色如常，可雙瞳暴縮，喃喃道：「原來是他！」

劉平一旁詫異道：「他們要做什麼？」他顯然也不信党項軍中還有這種不怕死的人。劉宜孫一旁

道：「党項人尚武，多半是見都巡檢威猛，我軍士氣又盛，是以想先除去都巡檢，再和我們決戰。」

劉平轉頭望了兒子一眼，見他滿是崇敬地望著郭遵，心道：兒子長大了，若再有幾年的磨練，也是個將軍了。不知為何，心中沒有欣慰，只餘酸楚。他很有些後悔，覺得不應帶兒子來出征。

英雄總是落寞，疆場淡漠生死，他當年為何不讓兒子習文？兒子若是習文，就算不能高中狀元，但憑藉家世出身，不也可在京城逍遙自在？朔風繞雪，銀花舞落……天地間，滿是蕭索。郭遵望著龍浩天片刻，話不多說，提杆催馬上前，離龍浩天數丈外暫且勒馬。他無話可說，也不用多說。這種事情，他不能退縮！因為他是郭遵！郭遵這種情形下，可以死，但不會退！

風蕭蕭兮雪寒，兩軍寂寂兮若死。無論党項軍還是宋軍，都暫時忘記了自身的處境，緊張地望著冰河上竚立的二人。這場勝負關係著兩軍的士氣、二人的生死，還有那男人骨子裡面的傲氣。郭遵若死，宋軍必崩；郭遵不死，又將迎接怎樣的挑戰？

郭遵不想生死，不想以後怎麼辦，腦海中只閃過葉知秋給他的資料。

元昊八部，各有職責，龍部九王，均有大能。九王中最詭異的是羅睺王，最神祕的是阿難王，最飄忽的是菩提王，權勢最大的是野利王和天都王……這些人都各有神通，但其中最孤傲、公認武技最強的一人，就是龍野王。

龍部九王，八部至強。龍戰於野，其血玄黃！

龍浩天就是龍野王！

天幕森森，河闊嶺遙。

龍野王一直望著遠方，待郭遵到了近前後，這才收回了目光。

郭遵靜靜地望著龍野王，留意著他的一舉一動。他是習武之人，當然看出龍野王雖不壯碩，但遠較萬人敵要危險太多。

龍野王在馬上拱手道：「久仰都巡檢大名，一直無緣相見，今日得見……幸何如哉！」

郭遵沒想到龍野王竟如此文質彬彬，還禮道：「可今日一見，就分生死，怎能算是幸事？」嘴角帶分落寞的笑，「這總比死在權謀下要好得多。」

郭遵反問道：「那你可曾盡歡？」

龍野王眼中閃過一絲悵然，半晌才道：「郭遵，你雖不過是個都巡檢，但在我們那裡，名頭可比大宋皇帝都響亮得多。因為你殺了夜月飛天、拓跋行樂、珈天蟒……這些人……我都認識。我今日到此，就是在等你。」

「你要為他們報仇？」郭遵平靜地問。

龍野王緩聲道：「我雖一年也不和他們說三句話，但我要為他們出手。」他用出手二字，而不用報仇的字眼，說罷有些蕭瑟之意。他是龍野王，他是龍部九王之一，他在党項人心目中的地位尊崇至高。

這就決定了他必須要戰。

党項人本彪悍，崇武輕文，以能打遍天下者為尊。萬人敵死了，他們就需要個人站出來挑戰郭遵。

殺了郭遵，宋軍自崩。

生能盡歡，死亦無憾。可今日決戰的二人，本是天各一方的人兒，從不相識。他們今日為了種種緣

由，必決生死，是否真的能無憾？

郭遵譏諷地笑，笑容中多少帶著雪舞天涯的無奈，「可我就算不殺他們，你今日就不出手了嗎？」

龍野王的眼神變得空曠索然，點頭道：「你說的對，命中註定，你我定要交手。」說到「命中註定」四個字的時候，龍野王無奈的眼眸中閃過分狂熱，立馬橫刀，尊敬道：「既然如此，請！」

郭遵再不多言，單手提杵，蕭然道：「請。」

二人相對凝立，神色蕭然中帶著對彼此的尊敬。真正的高手，尊敬真正的對手，他們彼此，豈不正是棋逢對手？

那無邊的狂風捲過，蕭蕭落落，有如楚客狂歌、歌如雪！

兩軍不想郭遵、龍野王並不急於交手，竟如熟人一樣地交談，可兩軍也沒有想到二人一交手，就立即決出了生死。

郭遵、龍野王幾乎同時催馬，雙方本隔數丈，但蹄聲未起，龍野王已揮刀，一刀砍向空中。眾人都已愣住，不知道龍野王用意何在，砍在空中的鋸齒刀，無論如何，都是傷不了人。那龍野王這一刀耗時耗力，所為何來？可所有人轉瞬明白了龍野王的用意，那一刀揮出，半空陡頓，那砍刀的鋸齒突然脫刃而出，疾射郭遵人馬！

這砍刀本是變化無方，妙用極多。龍野王既然認識夜月飛天、拓跋行樂等人，他的兵刃，也和那些人所用般，滿是詭異。

利刃如冰，半數擊在郭遵所騎馬兒的身上，馬兒悲嘶衝倒，龍野王長刀舉起，耀出一抹冬的寒意。

龍野王非萬人敵，他就等著郭遵沖天飛起。郭遵可飛殺萬人敵，龍野王如法炮製，準備趁郭遵飛起時，一刀斃敵。

龍戰於野，其血玄黃！他龍野王和郭遵決戰五龍川，現在就要用郭遵的血，祭奠死去的兄弟，點燃族人的熱血。

馬死，頹然倒地，郭遵卻沒飛起，倏然倒翻而落。利刃雖鋒，但終究擊不穿那矯健的馬兒。郭遵手提鐵杵，借馬兒所護，已避開了龍野王致命的一擊。

郭遵已落地，倒拖鐵杵，暴退。龍野王微詫，卻已算到了郭遵這次的閃避。他縱馬不停，速度已達巔峰之境。郭遵再快，也快不過他的健馬；郭遵再躲，也躲不過他的全力一刀。龍野王靜心細算，等的就是這巔絕的機會。二人距離急速拉近，龍野王已算準，再近三尺，就該出刀。

一刀如出，生死立決！

不等龍野王出刀，郭遵陡然出手，一鐵杵擊向了冰面。龍野王怔住，不解郭遵的用意。郭遵無論如何反擊，均已在他的算計之中，可郭遵竟然向冰面出手？龍野王一時不解，但刀已劈了出去。

可冰面一沉，馬兒遽然低了下去，龍野王千算萬算，卻沒算準那馬踏的堅冰倏然破裂，出現了足夠淹死十幾人的大窟窿。龍野王驀地省悟，郭遵第一次回轉的時候，就用鐵杵試探著冰面，難道他算準了

要和我交手，所以事先看看堅冰是否牢固？龍野王不信郭遵有此妙算，但此刻沒時間讓他多想。馬兒倏然沉落，他的一刀就已失去了準頭，他由將郭遵逼入險地，變成自己身臨絕境。

龍野王想飛，如玄龍飛天，再戰於野。但天空遽然更暗，一杆鐵杵夾雜著天地之威嚴，以迅雷之勢

蓋過來……

郭遵全力出手，一招擊出，風雪靜，天地冷！砰的一聲大響後，水花四濺，龍野王已被連人帶馬地砸入了冰冷刺骨的河水中！兩岸大呼，隨即沉凝。勝負已決，龍野王敗，敗就是死！只見到那露出河水的冰面瞬間被血染成紅色，一絲絲白氣蒸騰著，風一吹，水面又開始凝結成冰，薄薄的，卻凍冷了多少人的壯志豪情。

郭遵提杵而立，衣衫獵獵，聽那面胡笳聲起，終於抬頭望過去，見党項人再次出兵。

這次党項人並沒有發動快攻，也沒有人挑戰。所有人持盾挺搶，緩緩地、如山嶽一樣地逼近。

宋軍雖入彀，但党項軍再也不敢輕視那些積弱疲憊的宋軍，因為宋軍還有郭遵。

郭遵在，宋軍鬥志就在……

風更冷，吹著那泛寒的長槍鐵盾，嗚咽了起來。它似乎已預見，這場仗，不會有贏家，有的只是屍骨成山、河流如血，還有那春閨少婦夢中，無盡的思念！

第七章　悍　匪

狄青醒來的時候，大汗淋漓，一時間不知道身在何處。

他記得自己做了很多夢，夢中有哭有笑，有血有淚。可最讓他記憶深刻的，卻是一個離奇的夢。

在夢裡，他身處一個石窟中，茫然四顧。石窟的四壁都是古畫，畫上繪的都是佛像。佛像都是細腰婀娜，瓔珞莊嚴。只是這些佛像皆是沒面目的，冷冷地對著他。

這樣的佛像他見過，當初在永定陵的玄宮時，他就見過這樣的佛像——無面的佛像，但夢中的石窟明顯不是玄宮！

遽然間，石窟起火，不知哪裡來的火，無邊無際的大火！大火融化了佛像的頭部。那頭部開始彎曲變形，突然變成了真宗的臉。真宗本閉著眼，在狄青望過來時，霍然睜開眼眸，開口說了兩個字，「來吧！」狄青就算在夢中，見到真宗睜眼時，也是忍不住的驚悚。來吧？去哪裡？

就在真宗睜開眼的時候，狄青霍然驚醒，所有的一切消失不見，他已從夢境到了現實。狄青恍恍惚惚的時候想到，他在兩次夢境中聽過「來吧」這個聲音。一次是在牢獄中，另外一次也是在重傷昏迷後……念及於此，狄青才感覺周身無一不痛，忍不住悶哼一聲，睜開了眼睛。

一縷光線透過紗窗照過來，落在了狄青臉上。狄青驀地見到亮光刺眼，忍不住稍閉了眼睛。空氣有些乾燥，陽光沒有冬日的漠漠，反倒帶著分初夏的炎熱。狄青感覺到這些的時候，沒有愜意，反倒差點兒跳了起來。他驀地覺得不可思議，甚至帶了些難言的驚懼！所有的一切倏然回到了他的腦海，他記得

他受了傷，他中了菩提王的暗算，最後的關頭，他全力扼住了菩提王，看著菩提王滿是驚慌的表情，他心中有著難言的快意。他當時甚至都聽到菩提王骨頭斷裂的聲音。狄青那時只想著讓兩個兄弟能逃命。他重傷下的他，絕不是菩提王的對手，可在這之前，司馬不群已死了？狄青想到這裡，心中一陣刺痛，司馬是為了他送命的。就是因為司馬的死，激發了他殘餘的潛能。他又記起胸口挨了菩提王的無塵槍，那可說是致命的一槍，他沒有死嗎？那麼現在平遠些怎麼樣了？葛振遠如何了？但最關鍵的一點是，那時是冬天！那時雪兒飄飄，雖很冷，但還不如這個暖暖的天氣讓狄青感覺到冷。他的目光透過窗子望過去，只見到青霄如洗，暖日正懸，這是個豔陽天。他意識到這點，才有些驚怖，他這一夢，難道說睡了幾個月？還是說他現在是在夢中，而記憶才是現實？

收回目光，身旁有面銅鏡，狄青斜睨過去，一顆心遽然怦怦大跳起來。銅鏡裡，照出一張憔悴深邃的臉龐。但那人膚色極黑，臉上的刺青已隱而不見。鏡子照出來的不是他狄青！狄青明明知道這鏡子照出的那人肯定是自己，可見到鏡像非己，那一刻的驚駭可想而知。他是狄青嗎？為何鏡像輪廓彷彿，但面容並不相同？

莊周夢蝶，非蝶非我？狄青想起莊周的時候，又感覺到周身在痛，同時也感覺到身下有些顛簸。他這時候才發現自己所處的環境也在不停地動，伊始的迷惘和驚怖終於散去，狄青意識到，他在一輛馬車上。

他想要坐起，可身子如殭屍般地硬，勉強斜睨去，才發現自己被繃帶綁得如同乾屍般，同時他身上有股濃濃的藥味，有如下葬屍體上為防腐抹的藥物。

現在究竟是怎麼回事？

有風吹過，車子緩緩地停下來，車簾掀起。一隻乾枯的手伸到了狄青的眼前，摸在了狄青的額頭上。此時此景，一隻手驀地過來，狄青饒是膽大，也有些冒汗。可片刻後，他已發現，那隻手只是試試他額頭的冷熱，又緩緩地縮回去。

狄青借助銅鏡，終於發現原來是個年邁的老人入了車中。他方想詢問，感覺嗓子還是啞的，只是哼了聲，那老者已佝僂著身子下了馬車。

又過了片刻，那老者拿著一個瓷碗，裡面裝了濃濃的藥汁。狄青不等開口，藥汁已到了狄青的嘴邊。狄青只能喝藥，喝完後，立即道：「老丈，是你救的我？」

那老者見狄青能說話，乾瘦的臉上有了分喜意，卻搖搖頭，「啊啊」地說了兩聲。他聲音古怪，說的並非中原話，狄青完全不懂他在說什麼。還待再問，老者已下車了。馬車再動，有滄桑荒涼的歌聲從車廂前傳來。那歌聲中，滿是蕭蕭濛濛之意，還很有些愁苦感慨。狄青聽出那就是老者的聲音，卻聽不出他唱的是什麼。歌聲夾雜著馬嘶，狄青已明白，那老者是個車夫。他喝了藥，感覺精神好了許多，雖滿腹困惑，但倦意上湧，在歌聲中又睡了過去。

如斯幾日，狄青身體一日好過一日，可和那老者言語不通，總是不知究竟。這一日，狄青已可勉強活動手腳，聽車簾響動，歎口氣道：「這裡是哪裡呢？」

他整日在車裡，只見窗外風月，根本不知身在何處。他唯一能確定的是，現在是夏日，他竟然昏迷了數月之久？他本沒有指望那老者回話，不想有個冰冷如泉的聲音傳過來，「這裡是地斤澤！」狄青一喜，抬頭望過去，又吃了一驚。

眼前不遠處，有張青光閃閃的臉，滿是猙獰。狄青收斂心神，再望過去，啞然失笑，原來那人戴著青銅面具，狄青認得那面具本是他的。來者是誰？為什麼要戴他的面具？地斤澤？狄青暗自尋思，他聽塞下的商旅說過，地斤澤本是党項人的地盤，在夏州北三百多里外，因為水草豐美，現在和夏州一樣地繁華，是個做生意的好去處。他怎麼會突然從平遠砦到了這麼遠的地方？

狄青尋思的那人，見那人身軀嬌弱，聽那人說話雖冷，卻像女聲。難道這人是個女子？那女子渾身上下沒有半分出奇的地方，要說唯一有點特別的是，她繫了條藍色的絲帶，潔淨如天。那條絲帶觸動了狄青以往的記憶，他霍然抬頭，望向那人的雙眼。那面具雖是猙獰，但那面具後的一雙眼眸，如潑墨山水。那是他今生難忘的一雙眼。

「你是……飛雪？」狄青有些遲疑，更有些吃驚，但他只憑那雙眼，就認出眼前的人來。戴面具的女子沉默半晌，緩緩摘下了臉上的面具，露出並不出眾的容顏。可她的一雙眸子永遠那麼黑白分明，有如水墨丹青。她靜靜地望著狄青道：「你猜對了。」

那女子正是飛雪！

怎麼會是飛雪？飛雪怎麼會救了他？飛雪怎麼有能力救他？飛雪身上，怎麼總有種神祕難測的氣息？伊始的直接，後來的神祕，再到京城的飄忽……又到如今的救了他。飛雪如寒冬飄雪……飄忽不定，心思難以讓人捉摸。她和狄青間，本沒有任何瓜葛，但又像有些牽扯不斷的關係。

不知多久，狄青從震驚中回過神來，遲疑道：「是你救了我？」

飛雪波瀾不驚道：「我在路上碰到你，那時候你已奄奄一息，隨時會死。你手下的葛振遠請我救你，我就救了你。」她說得簡單，狄青繼續問道：「那葛振遠就讓你帶走我了？你現在要帶我去哪

裡？」

狄青很奇怪，葛振遠為何放心地將他交給了飛雪？葛振遠認識飛雪嗎？突然想到，飛雪在汴京曾說過，「說了你也不會答應。你現在連汴京都出不了，怎麼會平白和我趕赴千山萬水？」現在他已和飛雪趕赴了千山萬水，飛雪到底要帶他去哪裡？要他做什麼？

飛雪平靜道：「葛振遠別無選擇！我想帶你去個地方。去哪裡，你眼下不必問。你欠我的，你又是個知恩圖報的人，眼下你暫時不需要做任何事情。因此我想，讓你答應我的這個條件，是不是很公平？

狄青只能道：「很公平。但你只能讓我做無愧良心的事情……」他只怕飛雪逼他做不情願的事情。

飛雪冷漠道：「你放心，我根本不會讓你再做任何事情。只要你跟我到了一個地方，你我之間就再沒有任何瓜葛了。」

狄青更是奇怪，想破頭也想不明白飛雪到底要做什麼。突然想起一件事情，急道：「平遠砦現在如何了？元昊撤兵了嗎？」飛雪給了狄青三個字的答覆，「不知道！」狄青不問疑惑多，問了疑惑更多，胸口雖不算太痛了，但頭難免痛起來。他又想起一事，問道：「我怎麼變成現在的樣子了？」他是說自己的一張臉。

飛雪淡淡道：「我用了一種叫做『年華』的樹液幫你洗了臉，你皮膚變黑，刺青隱去，都是因為這個。」

狄青舒了口氣，暗想這是党項人的地盤，喬裝行事再好不過。狄青又問：「那我什麼時候能恢復舊容？」

飛雪道：「到時候自然就會恢復了。」她說罷，不等狄青再說什麼，已跳下了車。

狄青皺眉，滿腹疑惑。

如斯又過了幾天，狄青已可拆了繃帶，亦可下車走動，但他終究沒有離去。他每日只在車上，聽著那老者哼著不知名、又滿是滄桑的歌曲，而飛雪卻不知道去了哪裡。

他只感覺車子不停地向西緩緩行去。

這一日，到了個繁華的市集。飛雪突然又到，對狄青道：「我已找好了商隊，讓他們帶我們過毛烏素沙漠。」

狄青一怔，心道沒事橫穿沙漠做什麼？可他知道問了，飛雪也不會說，只是點點頭。飛雪走到那老者身前，低聲說了幾句話。那老者身軀微顫，略有渾濁的老眼望著飛雪，竟要落下淚來。狄青雖不懂他們的言語，可也知道那老者很不捨飛雪。他這些日子，承蒙老者照顧，也很感激老者的恩情。飛雪說完話後，輕輕地擁抱一下那老者，轉身離去，神色依舊平靜，似乎這世上，沒有什麼事情能夠讓她感動動容。

狄青心中有些奇怪，感覺這女子處處不可理喻。但他終究向老者施了一禮，還是跟隨飛雪而去。那老者遠望飛雪離去，又唱起那哀傷而又蒼涼的歌來。

不知為何，那久經滄桑的臉上，已淚流滿面……

狄青和飛雪到了一家商隊，那商隊有個萬事通叫做董事，負責商隊的一切聯繫事宜。商隊的領隊姓趙，掛著一把厚背砍刀，雄起起氣昂昂，帶著一幫人手保護商隊。

商隊有男有女，有老有少，各有怪異。唯一相同的地方就是，彼此都保持著戒備。

狄青、飛雪到商隊後，除了董事外，無人搭理他們。

董事為二人準備了必備物品，在二人來後沒有多久，五、六十人的商隊就已開拔直奔大漠。商隊行了一天後，進入了沙漠。

狄青很快知道，這商隊裡的人，是要穿越毛烏索沙漠前往興慶府。這裡的人，除了狄青和飛雪外，每人都帶著私貨，主要是要逃避關稅，準備到興慶府大發一筆。

這就讓狄青更是奇怪，他和飛雪既然沒有私貨，要去興慶府，本不必從沙漠穿過的。難道說……飛雪的目的地，就在沙漠之中？

狄青從未到過沙漠，他只聽人說過沙漠，但他突然發現，那些二人的描述遠不及真實沙漠的十分之一。沙漠如海，廣博浩瀚。沙漠也如六月天一樣，反覆無常。狄青入了沙漠只一天後，就感覺很是辛苦。邊陲的風寒，冷過京城，但沙漠的艱辛，又遠勝邊陲。滿目無窮無盡的沙，淺黃、深黃、金黃交織在一起，夕陽照耀下，金碧輝煌，波瀾壯闊。狄青本來還在琢磨著飛雪的用意，但很快的工夫，他就被烤得發暈，無暇欣賞美景，也不去多想什麼。汗水慢慢地滲出，瞬即被烘乾，可狄青發覺，他的體力奇異般地開始復甦。狄青很盼到了夜晚，天氣會涼爽些。可到了晚上，狄青更是頭痛。天氣遽冷，風刀入骨，就算裹著厚厚的毛毯，也能感覺到那風刺了進來。

夜半時分，狄青就在飛雪左近休息，見飛雪孤單地坐在帳篷前，寂寞地哼著一首歌。那首歌就是趕車老者唱的歌，由飛雪口中唱出，在茫茫大漠中更是蒼涼。狄青很想知道那歌是什麼含意，但終究沒有問。

狄青裹著毛毯，烤著篝火，心中想著三件事，「飛雪用意何在？西北戰況到底如何了？她這般弱的身子，不知道能不能頂住沙漠的風寒？」

清晨時分，商隊繼續前行，狄青發現他的擔憂沒有意義，飛雪竟然比他還要精神。飛雪面色不改，一雙眸子仍是神采奕奕。

日頭很快升起來，灼烤著世間萬物，沙漠像是變成了火海。在這種環境下，眾人如煉獄的鬼魂一樣，木訥地前行。

隊伍在沙漠中行了已三天，狄青從董事的口中得知，商隊開始進入沙漠的腹地。

沙漠中跋涉得極為辛苦，一里的道路，往往要花費十里以上的氣力去征服。所以從地斥澤到慶州，雖不過幾百里的路程，但對入了沙漠的人來說，等於還有千里的路途要趕。

這一日，烈日炎炎，狄青擋酷熱，謹慎地用水潤潤喉嚨，他知道這時候，水甚至比黃金還珍貴。

扭頭向飛雪望去，見到她額頭汗珠都沒有一滴，狄青終於道：「你不熱嗎？」他發現驕陽對飛雪竟似沒有任何影響。

飛雪淡淡道：「你不想著熱，就不會熱。」

狄青難以理解飛雪的意思，才待再說什麼，突然目光一凝，已望到遠方一處沙丘旁。那裡傳來了一聲呻吟……

商隊停了下來，旁人似乎沒有發現那人，趙領隊吩咐道：「休息會兒，然後繼續趕路。」

眾人撐起棚布，遮擋著天上的火球，狄青卻已下了駱駝，向發出呻吟的地方走去。一人無助地倚在沙丘上，雙眸深陷，嘴唇乾裂發白。

見到狄青走過來，那人虛弱道：「水……水……」

商隊沒有任何一個人跟過來，狄青突然發現，他們不是沒有聽到，而是聽到了裝作沒有看到。狄青顧不得多想，取下了自己的水袋，遞到那人的嘴邊。他發現那人雖是憔悴，但很年輕。那人貪婪地喝著水，狄青沒有心疼，只是望著那人的鞋子。那人的鞋子早就磨爛，但狄青依稀眼熟，因為那是宋軍的鞋子，可那人臉上沒有刺字……這人難道是宋軍？他為何要橫穿沙漠？

年輕人喝了水後，掙扎著站起來，拉住狄青的衣袖，哀求道：「恩公，你是誰？我想去興慶府！求你……帶上我，求求你。」

狄青不等開口，趙領隊終於走過來，堅決道：「不行！」

狄青扭頭望去，問道：「為什麼不行？」

趙領隊冷漠道：「我說不行，就不行，這是商隊的規矩！」他手扶刀柄，斜睨著狄青。在這裡，趙領隊的地位，至高無上！年輕人鬆開了手，失望地倒退兩步，眼中閃著怒火，但不再哀求。狄青看得出來，他本是個很高傲的人。

狄青道：「他也是一條命，請領隊發發慈悲……」

趙領隊冷冷地打斷狄青的話，「你可知道，每年在這荒漠中渴死的人有多少？商隊帶水有限，多一個人喝水，別人就要挨渴，甚至會渴死。你可以救他，但你要和他一起滾出商隊！」

「這也是商隊的規矩？」狄青歎口氣問。

趙領隊瞇縫著眼睛看著狄青，他發現狄青和初入商隊的時候有些不同，可到底哪裡不同，他又說不出來。

「這是我的規矩！」

狄青望向飛雪，已想用自己的規矩解決事情，可他不想讓飛雪為難。飛雪依舊平靜非常，只是望著董事。董事走過來笑道：「趙領隊，這時候的確不適合救人，可他也可憐。常言說得好，『救人一命勝造七級浮屠。』不過這建浮屠，也是要花很多錢的。」最後那句話，董事是望著狄青說的。那年輕人

董事的意思很明顯，能用錢擺平的事情，都不是難事。難事是……狄青是望著狄青身上沒有一文錢。那年輕人衣衫襤褸，隨身只有個空癟的水囊，顯然也是沒錢。

狄青正在為難的時候，飛雪已丟下了四片金葉子，簡單說道：「走吧！」

那金葉子閃著耀眼的光芒，就算丟在金黃色的沙子上，也能一眼就看到。

趙領隊冷哼一聲，腳尖一踢，四片金葉子飛起。他砍刀揮出，金葉子就附在刀身之上。趙領隊緩緩地收刀，取了金葉子，放在了懷中。

他刀法如同金子般絢爛，讓眾人眼花繚亂，見到眾人有些畏懼的目光，趙領隊洋洋得意。他是在炫耀，他也必須讓所有人知道，他這個領隊值得他們付出金子，這也是他的規矩。

「這個人可以加入商隊，但水和食物，必須你自己來供給。而且，你喜歡的話，你的駱駝也可以給他騎。」趙領隊丟下這兩句話，緩步走開，嘴角帶著嘲諷之意。

商隊再次開拔，眾人又開始艱難地跋涉。狄青下了駱駝，才待說什麼，那年輕人已道：「恩公，我走得動！」他雙腳滿是血泡，每一步邁出去，身子都痛得發抖，但狄青看得出來，年輕人不會坐他的駱駝。

狄青不再堅持，行了半天路後，開口問道：「你是從中原來的嗎？」

年輕人身軀微震，半晌才道：「是，恩公也是從中原來的嗎？」

狄青點點頭，又問，「那你知道……去年冬天……元昊入侵延州，戰況到底如何了？」他雖遠在荒漠，終究還是難以放下延州的一切。

狄青點點頭，又問，「那你知道……去年冬天……元昊入侵延州，戰況到底如何了？」

年輕人身軀陡然劇烈地顫抖起來。

年輕人身軀陡然劇烈地顫抖起來，如蕭蕭秋葉……

狄青有些奇怪，不明白他為何對延州的戰情反應如此激烈。突然感覺有些心悸，抬頭望去，臉色微變。遠處風沙揚，黃塵起，呼哨連連。不知從哪裡突然冒出了一隊人馬，疾衝過來，轉眼就將商隊團團包住。

那些人清一色的黑色勁裝，手持長長的馬刀，刀鋒在蒸騰的沙漠中，仍帶著讓人心冷的寒意。

來者是馬賊！他們竟碰到了在沙漠中最讓商旅頭痛的馬賊！

商隊眾人見馬賊殺來，均自覺地下了駱駝，圍成一圈。他們蹲在駱駝旁，雙手抱頭。這是行商遇匪的規矩，只要他們不反抗，最少能留下性命。

反抗的事情，當然有趙領隊頂著。趙領隊一眼就看出，對方有五個首領，但最前面那個顯然很棘手。那人腦袋四四方方，一張臉有如風化的岩石，刀疤縱橫。他身後的四個人看起來也很凶，但比起那人，簡直比看門狗還要乖。

趙領隊一顆心沉了下去，可他不能不站出來，抱拳對著為首那馬賊道：「在家靠父母，出門靠朋友。在下和石砣大哥曾打過交道，不知各位可與石大哥是好朋友？」

石砣是毛烏索沙漠中名頭最大、手段最狠的一個馬賊，少有人見過此人的真面目，趙領隊也沒有見過石砣。但每次遇到馬賊的時候，他都會先抬出這個名頭，端是嚇退了不少馬賊。

趙領隊倒不怕遇到真石砣，因為他知道石砣不會將他們這種小商隊看在眼中。

為首那人眼中有分不屑，開口道：「你認識石砣？」他聲音嘶啞，有如被刀鋒逼著嗓子在說話。趙領隊挺直了腰板，大聲道：「不錯。」

眾人沉寂了片刻，那人身後的四人突然笑起來，笑得很是殘酷陰森。趙領隊正感覺有些不安的時候，長著四方腦袋的那人已啞著聲音道：「我……就是石砣！」

商隊譁然，不想如此厄運，竟遇到毛烏索沙漠中最凶悍的一股馬賊！

趙領隊渾身發冷，還能笑道：「原來你就是石……大哥。真是聞名不如見面呀……」他心中暗自叫苦，不明白大名鼎鼎的石砣為何要選這種小商隊下手。

石砣道：「放下刀，不要反抗。」他的聲音一字一頓，其中的冷意如冰。

趙領隊身後有個後生，自恃有些功夫，看不慣石砣的囂張，叫道：「不放下刀呢？」刀光一閃，帶出一股鮮血飆在了熱辣辣的黃沙上。眾人只看到石砣緩緩收刀入鞘，再看那後生，已倒在黃沙中，咽喉滿是鮮血！

那後生死時，還不知道如何中的刀！石砣不再多說，可已用這刀告訴所有人，這就是反抗的後果！

趙領隊汗水不停地流淌，他手握刀柄，但已沒有拔出來的勇氣。傳說中石砣是個可怕的人，但眼下的石砣，比傳說中還可怕十倍。但趙領隊又不能就這麼退，那樣的話，他以後根本不用考慮再混下去

目光一閃，趙領隊突然想到個主意，微微一笑道：「石大哥刀法果然高明，不過……我要是就這麼放下刀，多少也有些不甘心。」望著石砣森森的眼眸，趙領隊突然走開，回來的時候，手上已多了兩條木棍，他手一揚，一條木棍飛起，趙領隊霍然拔刀。

刀光閃爍，石砣動也不動。刀光收斂後，一條木棍已斷成五截，趙領隊在木棍落地的時候，竟劈出了四刀，他刀法很快，快得自己都很滿意。見石砣木然不語，趙領隊做了個請的手勢，意思就是——只要石砣能比他刀快，他就聽石砣的。

趙領隊都有些佩服自己想出這麼聰明的法子，他先將自己的命保住，然後再爭勝敗，他已立於不敗之地。

石砣拿起木棍看了半晌，突然手一揚，木棍飛向半空。眾人都忍不住抬頭望過去，想看看石砣的刀到底有多快，就算趙領隊也不由抬頭，只見到刀光一閃，鮮血飛濺！

嗤的一聲響，棍子孤零零地插在黃沙上，還是完整的一根。可趙領隊脖子上，卻現出一道血痕。石砣出刀，趁趙領隊抬頭的時候，一刀砍在他的脖子上。

趙領隊喉間咯咯作響，死死地盯著石砣，似乎想說石砣為何不按規矩行事。石砣看向趙領隊死不瞑目的眼睛，冷冷一笑，淡淡道：「我只殺人，不砍木頭。」

沒有人再出頭。狄青忍不住向飛雪望了一眼，發現飛雪望著石砣，眼中沒有畏懼，好像還有些振奮，狄青很是奇怪。感覺到狄青的目光望過來，飛雪低聲道：「你不要出手。」狄青錯愕之際，石砣的手下已紛紛下馬，馬刀揮起，劃開了一箱箱的貨物。蘇州的綢緞、兩湖的茶葉、北疆的人參、珍貴的藥材紛紛撒落在地。

狄青突然發現，馬賊對商人的物品好像沒有什麼興趣。馬賊劃開的均是大件包裹，卻對那些小件貨物不屑一顧。商人們揪心地痛，表情就像在被割肉，可見到那些二人對這些東西不看第二眼，又帶著僥倖，盼這二人搜完就走。

眾人都已看出來，這些人是在找東西。馬賊要找什麼？

一箱箱的貨物被劃開，等到有馬賊劃到最後幾箱貨物的時候，有一老者撲了上去叫道：「輕些，莫要打破了。」

他不顧性命地撲過去，可憐巴巴地護住了那箱東西，滿是哀求道：「你們就算要拿走，也不要打破這些東西。」

馬賊本有些失落，但見老者如此，反倒來了興趣。石砝身後有一馬賊上前，揮刀喝道：「滾開。」

那馬賊一刀劈開了箱子，木條散裂，露出了裡面四個顏色各異的瓷瓶。

那瓷瓶紅的如海棠，紫的若玫瑰，青的似梅子時節，還有一白色瓷瓶，猶如羊奶凝脂般光滑。

炎炎荒漠，四個瓷瓶一現，竟給眾人帶來分江南的青翠盈盈，更奇的是那四個瓷瓶光彩流動，不停地變化顏色，交織一起，讓人看得如在夢中。持刀馬賊雖不認得這瓷瓶的來歷，可也知道那是好東西，不由想要伸手去摸。

石砝眼中也閃過分欣賞，緩步走過來。那馬賊見石砝走來，忙道：「石老大，這有四個瓷瓶，可我們有五人，不知道如何分呢？」

那馬賊眉頭被劃了一刀，索性剃了半邊的眉毛，自稱斷眉，最近才跟在石砝的身邊。斷眉因身手不錯，一直覺得自己是石砝不可或缺的四個膀臂之一，這才有此一說。

石砝臉色木然，說道：「五個人有四個瓷瓶，好分呀！」斷眉才待詢問怎麼分，只見刀光一閃，大叫聲中，踉蹌後退。他緊摀著喉嚨，想要說什麼，可鮮血不停流淌，再退兩步，摔在黃沙之上。石砝收

刀道：「現在四個人了，應該好分了吧？」他望著地上已死的斷眉，眼中滿是嘲諷之意。

其餘三個手下臉露畏懼之意，都賠笑道：「大哥想要都拿去好了，這沙漠裡，還有誰敢和大哥分東西呢？」眾人悚然，見石砣六親不認，與手下人一言不合，都要拔刀相向，嚇得戰戰兢兢，有人已尿到褲子裡面。

石砣不再去看那瓷瓶，眼中灰冷之意更濃，失望中還夾雜些憤怒。目光閃處，竟然盯在商隊眾人的身上。他目光從眾人身上緩緩地掃過去，看得極為仔細。狄青發現，石砣對女人看得極為仔細，但石砣的眼中，並沒有淫邪之意。狄青忍不住想，「石砣在找女人嗎？」

石砣到了飛雪面前，突然眼前一亮，上前了兩步。眾人屏住了氣息，生怕惹禍上身。只有狄青望著二人，不知為何，感覺這二人眼中都有分失望。這讓狄青困惑不已，石砣失望是因為找不到要找的東西，但飛雪為什麼失望？

良久，石砣的目光才從飛雪的臉上移到她藍色的腰帶上，嘴角不經意地抽搐了一下。飛雪移開目光，歎了口氣。石砣從飛雪身上移開視線，望了狄青和那年輕人一眼，目光並沒有停留多久，突然抬頭望了眼天色，臉色微變。

原來不知何時，天空東南角已有烏雲凝聚，那雲湧動極快，不多時已遮住了半邊的天空。石砣知道這是風暴將起的先兆，饒是他縱橫大漠，也不敢和老天鬥氣。見狀不再耽擱，命令道：「水都帶走！」

眾商人雖畏懼石砣的那把刀，可聽到這句話的時候，一片譁然。有人憤怒、有人吃驚、有人駭得幾乎要暈了過去。誰都知道在大漠中，水意味著什麼，石砣不殺這些人，但是帶走水，無疑已宣判了這些人的死刑。

有馬賊已向水囊奔過去，終於有人按捺不住，站出來喝道：「石砣，你莫要逼人太甚！」那人本是

趙領隊的一個手下，可話音未落，已被馬賊一刀砍倒在地。

眾人大呼，眼中均有了絕望之意。狄青再也按捺不住，挺身而出，喝道：「石砣，你莫要逼人太甚！」

話音才落，雪亮的刀光倏然而落，有一馬賊已向狄青兜頭砍下，眾人又是一陣驚呼。狄青手腕一伸，便奪了單刀，振臂一揮，已了結了那人。

眾人呼聲陡停，難以相信這一直病殃殃的人，竟然有如此犀利的身手！

石砣本已催馬要走，感覺氣氛有異，又勒住了馬。緩緩地調轉馬頭，用那灰色的眼睛一寸一寸地掃著狄青。沙漠上方烏雲更濃，整個沙漠都有了絲絲的涼意。

狄青胸口還有些痛，但腰身挺得和標槍一樣直。他遠沒有恢復，但他必須站出來。石砣目光雖和毒蛇般讓人驚悚，狄青反倒愈發地鎮靜。有風起，塵沙忽然撲面而來。狄青忍不住地眨了一下眼，他驀地發現，這個石砣不但毒辣，還有心機，石砣算準了風向，就在等這個機會。

遽然間，刀光一閃，有如半空中擊下的一道紫電，直奔狄青的脖頸。

石砣出手，把握了天時地利。紫電擊中狄青的身軀！有人驚呼後，陡然收聲，難以置信眼前發生的一切。狄青和石砣已換了個位置，黃沙上竟沒有鮮血濺出。

原來方才那電閃的一刀，劈中的不過是狄青的殘影。狄青在刀出之際，已迎著刀光衝出去。誰勝誰負，沒有人知道。

風狂捲，塵沙揚，烈日已隱。再過片刻，鏘啷聲響後，石砣還刀入鞘，喝道：「留下水囊，走！」

他飛身上馬，帶著眾手下向西北的方向奔去。

黃沙滾滾，石砣等人繞過了沙丘後，再也不見了蹤影。

所有的一切都像是場噩夢，若不是黃沙上還有散亂的貨物，幾具屍體的話，好像一切都沒有發生過。

眾商人面面相覷，石砣為什麼要走？難道說狄青竟然贏了，這怎麼可能？那個病秧子竟然能擊敗大漠惡魔石砣？

可石砣畢竟走了，眾人忍不住地歡呼雀躍。

直到石砣消失不見後，狄青才終於鬆了口氣。他方才全力之下，已扯得胸口作疼，他畢竟離康復還差得遠。

能逼退石砣，已是幸事。

就在這時，有驚叫聲傳來，狄青一扭頭，就見無數黑影已向飛雪迎面打去。有狂風，狂風捲起了地面的木條塵沙，氣勢逼人。

狄青一驚，下意識飛撲了過去，一把抱住了飛雪，地上滾了兩滾。可身子陡滑，已從高坡上滾了下去！

他救人的時候全憑反應，可滾下去的時候，立即發現，他犯了一個極為致命的錯誤！

第八章 噩 耗

狄青不該脫離商隊。

他和飛雪從沙丘上滾下來容易，但想再上去，比登天還難。

狂風幾乎平地湧起，呼嘯怒吼，蒼涼冷漠，視萬物為芻狗。在這種情況下，要求生的最好辦法，就是和商隊的駱駝待在一起，靜等風沙止歇。

沒有了商隊，憑一己之力對抗老天，簡直不可想像。濃雲、狂風、飛沙、驚叫交織在一起，整個沙漠就如熱鍋中的炒豆，沸沸揚揚地癲狂抖動。人在其中，顯得那麼渺小和無助。狂風沒有止歇的跡象，但狄青已筋疲力盡，他沒有辦法再回去，只能順著狂風奔走。沙漠發威起來，比他想像中還要可怕十倍。

幸運的是，有個水袋和他一塊滾了下來，被他一把抓住。等到風沙終於稍緩的時候，狄青抖了下身上厚重的沙塵，扭頭望過去。他的另外一隻手，還死死地抓著飛雪那纖弱的小手。那柔黃冰冷、柔軟。

狄青只怕飛雪已支撐不住，可在漫天的黃沙中，他只見到了一雙清澈的眼眸，鎮定無比。飛雪抿著嘴唇，見狄青望過來，卻移開了目光。狄青愈發地詫異，不明白這女子到底有過什麼經歷，竟讓她在這種險惡的情況下如此冷靜？

狂風不停，飛沙走石，擊在人身上，疼痛非常。二人順風跋涉，不知多久，終於找了處風化的岩壁坐下來。憑藉岩壁的抵擋，他們終於可以喘口氣。天色暗暗，已是夜晚，但黃沙舞天，反倒給夜帶來分

亮色。

狄青喘著粗氣，飛雪也是塵沙滿面。但飛雪的藍色絲帶還是一塵不染，她的眼眸光芒不減。狄青坐下來後，琢磨著下一步怎麼辦。飛雪目光從狄青手中的水袋掠過去，望著那黃沙布滿的天空道：「我們現在應該在毛烏索沙漠的中心……」

狄青一顆心冷了下去，他明白飛雪的意思，就算二人熬得過眼下的風沙，肯定也熬不過饑渴。兩人用一袋水，無論如何都是不夠用，就算這些水給一人用，都不夠！

風沙狂舞，整個沙漠看起來都在移動顫抖。

狄青一顆心也跟著風沙顫抖，良久才道：「是我害了你。」他若不抓住飛雪的話，飛雪說不定不會掉下沙丘，飛雪跟著商隊，生機更大。

飛雪清澈的目光突然有了分霧氣，讓那本是難以捉摸的心思更是迷霧重重。「你為什麼不說……是我害了你？若不是我帶你到這裡，你根本就不會遇險。」

半晌後，飛雪望向狄青，眼中並沒有埋怨，只餘平靜。

狄青苦澀的笑笑，「我這人命中多磨，無論到哪裡都是一樣的。」

飛雪突然問道：「你信命？」

飛雪想起邵雍的預言，想起了楊羽裳，心中微酸，歎了口氣，不再多言。沒有了羽裳，他信不信命又有什麼區別呢？

飛雪望著那蕭索沉鬱的臉龐，良久後才道：「你若信命，那你就不會死了。我會看命，我知道你能活得很久。」狄青有些驚奇地望著飛雪，忍不住道：「那你呢？」

飛雪竟然笑了，她的表情本一直都是平靜，說話的口氣很多時候也是波瀾不驚。狄青很少見到飛雪笑，也很少見到這麼絢麗落寞的笑。

飛雪笑起來，是眼睛先笑，嘴角再翹。她眼睛一笑，彎彎得有如那皎潔的月牙；她嘴角一笑，帶出道靚麗的弧線。她這一笑，已讓風沙失色。弧線流轉，給那荒涼冷酷的大漠中帶來分活絡之意，但那月牙中，不知為何，露出一絲深切的悲哀之意。不過那月牙中流露的悲哀，轉瞬泯滅。狄青一時間分辨不出，飛雪是在笑嗎？她的心中，難道也有什麼悲哀的事情？

飛雪收斂了笑容，只是淡淡地回了句，「人誰不死呢？」狄青苦笑，已無話可說。

狄青終於忍不住問：「我聽你和那車夫都會唱這首歌，這歌到底是什麼意思呢？」他本以為飛雪不會答，沒想到飛雪傷感道：「這是我家鄉的一首歌，會唱的人不多了。」她又低唱了起來，但這次用的是狄青能聽懂的中原話。

歌聲寂寂，狄青不想歌詞也是寂寂的。

「草傷秋、蟬如露，暮雪晨風無依住。英雄總自苦，紅顏易遲暮，這一身、難逃命數！玉門千山處，漢秦關月，只照塵沙路⋯⋯」

飛雪唱完，閉上了眼，再不多言。

狄青聽懂了歌詞的意思，一時間竟然呆了。那歌詞甚淺，但其中，不知包含著多少人生的迷惘感

那悲涼的歌在荒蕪的大漠中，滿是淒清蕭瑟。

青聽到飛雪又用古怪的語言開始哼唱那悲涼的歌。

風似乎歇了些，狄青和飛雪趁著壓力輕些，倚著岩壁閉上眼睛。夜色沉冷，沙漠的夜寒冷非常，狄

慨。他扭頭望向了飛雪，見她還是沉靜的表情，心中只是想：飛雪到底是什麼來歷呢？她年紀也不大，看起來怎麼有那麼深沉的心思？

狄青思緒萬千，可終於太過疲憊，還是沉沉地睡過去。臨睡前，他見飛雪已熟睡，悄悄地將水囊放在了飛雪的腳下。既然兩個人都要死，為何不盡力保全一個？

他希望飛雪離去，帶著水袋離去，他帶著這個念頭睡去。等再睜開雙眼的時候，陡然一陣心悸。似乎意識到什麼，狄青霍然扭頭，只見到身邊的飛雪已不見。

這結局其實早在狄青的意料之中。他欠了飛雪一條命，雖然是飛雪帶他入了荒漠，但狄青並沒有抱怨，他希望飛雪能活下去。

讓狄青心悸的是，飛雪不在，水袋仍在！狄青只覺得全身僵冷，顫抖地伸出手去，提起那水袋，水一分都沒有少。飛雪走了，她沒要一滴水，在這種惡劣的環境下，沒有水，怎麼活？

狄青提起水袋，茫然四望，突然發出驚天裂地的一聲喊，「飛雪！你在哪裡？飛雪，你出來！」那聲音裂破長空，激盪在荒漠蒼穹間，有著說不出的淒涼和懇切。可蒼天無情，回覆的只有飛沙，沒有飛雪……

狄青緩緩地跪了下來，望著那袋水，眼中滿是血絲，一顆心像已裂開。他一直不懂的是女兒的心思……原來直到如今，他還是不懂。

狂風呼嘯，吹暗天日，狄青嘴唇乾裂發黑，嗓子已啞得說不出話來。他不知又過了幾日，他一直在沙漠中尋找著飛雪。可大風抹平了沙漠中所有的痕跡，根本找不到任何足跡，更沒有發現一個人。這場

風暴比屠殺還要可怕。天地間，蒼漠裡，似乎只有他一個人孤孤單單地行走。他倒下的時候，水袋中的水還是滿滿的，沒用一滴。

狄青疲憊憊地躺在荒漠中，任憑風沙將他覆蓋。他那時候沒有死亡將至的恐怖，卻發現風沙止了，雲散了，天空現出蔚藍之色。藍天如同絲帶，如同飛雪腰間繫的那條絲帶。狄青胸腔火辣辣地痛，急缺水來滋潤，可他竟然沒有要喝水的念頭。但風沙撫平了大漠，卻怎麼也撫不平心中的刻痕。狄青胸腔火辣辣地痛，急缺水來滋潤，可他竟然沒有要喝水的念頭。

紅日已升，那幾日的風沙反倒捲淨了天地的塵土。青霄萬里，黃沙漫漫，天地間充斥著青黃兩點之色，狄青閉上了雙眼，陡然聽見一聲鷹啼。

狄青緩緩睜眼，就見到青天上驀地現出一點黑影，那黑影漸漸變大，轉瞬捲起漫天狂風。一隻兀鷹從天而降，惡狠狠地向狄青啄來。兀鷹以腐肉為生，也就是這種生靈，才能在浩瀚的沙海中來去自如，得以存活。那兀鷹的尖嘴已堪堪到了狄青的面前。狄青神色不變，手腕陡翻，已拔刀斬去。

兀鷹驚覺危險，才要振翅高飛，可刀寒如月，已罩住兀鷹。橫行刀法，天上地上，一樣地橫行無忌。

一聲淒厲的鳴叫後，鮮血飛濺，兀鷹又飛出數丈後，這才摔向塵沙。可兀鷹不等落地，狄青已接住了它，一口吸在它流血的刀口之上。

狄青用力地吸著那兀鷹的血，感覺一股暖流入腹，精力漸漸復甦。他雖暫時又活得性命，可接下來要做什麼，他很是茫然。

繼續尋找飛雪嗎？她沒有一滴水，也沒有高深的武功，在荒漠中如江南的花朵般嬌弱。他狄青能活

下來，飛雪能嗎？

狄青本已絕望，但想到飛雪鎮靜的眼眸，又覺得她不會就這麼死了。

正困惑時，狄青突然聽到一聲呻吟，那呻吟之聲雖輕，狄青聽到後，卻如耳邊炸起驚雷。是飛雪嗎？她就在左近？他扭頭望過去，就見到十數丈外的黃沙裡露出了一隻腳。那腳纖細嬌小，竟是女子的腳！狄青心中一陣激盪，奔到那纖足旁，叫道：「飛雪……你挺住。」狄青本待除下刀鞘挖沙，轉念一想，立掌如刀，挖起黃沙來。他只怕傷到飛雪。

很快地將那女子挖出了黃沙，狄青把住她的肩頭望過去，眼中露出失望之意。那女子滿面塵土，但掩不住她的膚色白皙。她緊閉著雙眸，長長的睫毛在風中輕輕抖動，有如秋風下顫抖雨荷……這女子不是飛雪！她是誰？怎麼會迷失在這荒漠裡面？

那女子嘴唇已乾裂得沒有半分血色，或許感覺到有人在身旁，虛弱道：「水……水……」狄青看了眼水袋，終於拔開木塞，輕輕倒了些水在女子的唇邊……

那女子終於睜開了眼，見到狄青後，下意識掙扎了下。狄青鬆開摟住她腰身的手，將挖出的沙子墊在她身後，坐下來又撿起那隻死鷹，呆呆地望，彷彿在琢磨著什麼。

那女子本來還有些畏懼，可見狄青如此，反倒露出絲微笑，「你救了我？」她看出狄青沒有惡意。她的笑容中有分高貴之氣，那絕非做作，而是天生的傲然。

狄青失落道：「或許我不該救你。」

那女子蹙眉道：「為什麼？」她眼中露出分訝然，或許驚奇還有男子對她這般態度。

狄青道：「我救了你，你還要再死一次，豈不是更痛苦？」

那女子臉色微變，四下望過去，見黃沙莽莽，一望無涯，沉默良久才道：「你還有水。」

「這水本不是給你喝的。」狄青歎口氣，「可方才……我又不能不餵你點水。」他雙手一分，撕開了死鷹，遞過去道：「這是給你的……我也只能分給你這些。」

那女子看著血淋淋的死鷹，吃了一驚，隨即明白了狄青的用意，厭惡道：「你有水，為何要讓我喝鷹血？你……把水賣給我……我給你一百兩金子！」見狄青上下打量著她，女子奇怪道：「你看什麼？」

狄青道：「我只想看看你哪裡能藏得下一百兩金子？」

女子這才察覺自己衣衫襤褸，下意識地縮了下身子，又道：「你把外衫賣給我，再給你一百兩金子。我說到做到的，一出沙漠，我就把金子給你。」

狄青見那女子很是自信的表情，倒感覺這女子可能出身不錯。突然有了分疲倦，狄青將那一半死鷹丟在沙上，不再多說，盡力地吸吮著手裡鷹肉中的血。他要活下去，就要先恢復體力再說。他強抑住噁心，順口還撕下塊鷹肉，咀嚼起來。

兀鷹的肉極為粗糙，狄青咬得咯吱咯吱地響。那女子見狄青如此態度，先是氣憤，後是畏懼。可見到狄青吃得歡，她才發現自己幾天沒有吃東西了。

一想到這點，女子肚子咕咕作響，再高貴的人，也一樣要吃東西。

那半隻鷹血淋淋地沾著沙塵，毛未褪，內臟未去，讓女子看著就噁心。但饑餓最終戰勝了厭惡，再高貴的人，為了生存，也會做些不太高貴的事情。

女子小口咬了塊鷹肉，只覺得一股血腥氣直衝腸胃，差點兒要吐了出來。可她餓了幾天，實在吐不

出什麼東西。勉強吃了十來口，女子恢復些精力，四下望去，見黃沙蒼茫，臉現畏懼，輕輕向狄青的方向挪近了些距離，問道：「喂，你……叫什麼名字？」

狄青沒有回話，心中只是想：兀鷹從西方飛來的，鷹也要喝水，那裡肯定有水源。這麼說，奔著那個方向走，應該有活路。

女子本已放下了架子，沒想到狄青反倒端起了架子，不由得憤怒非常。本想喝斥，可轉念一想，還是放下了高傲，軟語問道：「我……我們要怎麼活著出這沙漠呢？」

狄青搖搖頭，已站了起來。

女人見狄青要走，慌忙叫道：「喂，你送我出沙漠，我……我就付給你一千兩金子！」

狄青早就見到女子一隻腳光著，另外一隻腳卻穿著個皮靴。那皮靴是用金線縫製，正中一處凹陷下去，好像本來鑲嵌著什麼。那凹陷部位的外圍，嵌著細小的鑽石。

狄青不知道這女子是誰，但相信女子能出得起價錢。

可這時候，金子有什麼用？他從來不認為金子有用的。

就這一隻鞋子，狄青做一輩子指揮使，都不見得能賺得到。

女子見狄青沒有任何心動之意，只怕他甩下自己。在這蒼茫的大漠，女子知道，若沒有狄青，她沒有活命的機會。

眼珠一轉，女子突然道：「你認識大漠魔鬼石砣嗎？」見狄青眼神變得古怪，女子以為抓住了狄青的弱處，說道：「我就是石砣的妹妹，你一定要救我，不然的話，就算你出了沙漠，他也不會放過你。」

狄青皺了下眉頭，舉步就走。女子又驚又惱，她自幼頤指氣使，根本不把天下的男子放在眼中。這次她入沙漠，實在是平生沒有經歷過的事情，風沙、噩夢、死亡時刻都跟隨著她。她見到狄青的時候，骨子裡面的傲氣仍在，只期冀這男人救她脫離苦海，但見狄青不受威脅，不被利誘，她的身分在這荒漠裡又絲毫沒有用處，又急又氣，忍不住啜泣起來。

不知哭了多久，女子感覺到周圍難以想像地靜，害怕起來，忙抬頭望過去，見到狄青還靜靜地立在那裡，哭了。

狄青道：「我就是想活命，這個總沒錯吧？」

女子明白過來，用那裙襬一層層地將腳裹住，心中對狄青有痛恨，也有些感激，可眼淚不知為何，又滴落下來。

女子怔怔地想了半晌，終於明白狄青的意思。我有腳能走，你有腳……也可以走的。」

女子駭然退縮道：「你做什麼？」狄青將那裙襬丟在女子的腳下，冷冷道：「你若想多走幾步，最好纏住腳走路。」

狄青懶得琢磨這女子的出身，看了下太陽的方向，估算著時辰，向西行去。

狄青本來應該向東走，只有向東，他才能回返地斤澤，翻越橫山，到了延州，那裡才算是他的家。可他還是選擇了向西，因為他覺得，飛雪肯定會向西走，他這無根的遊子，最思念的還是邊陲的風霜山月。他無論如何，都要再見飛雪一面。

高空中燃著，烤得黃沙滾燙，女子簡直半刻都立足不住。狄青突然伸手，只聽刺啦一聲，已撕下女子裙襬的一角。

女子怔怔地想了半晌，終於明白狄青的意思。咬牙站起來，一瘸一拐地走到了狄青身邊。這時日頭

飛雪雖冷冰冰的不近人情，可狄青知道自己欠她許多。女子膽怯地跟在狄青身後，咬牙堅持著。她

明白要不是跟著狄青，只怕隨時都會崩潰。

黃沙連碧天，天地無盡，一個人行走其間，被無窮的孤單寂寞籠罩，那種可怕……永遠是局外人難

以想像。狄青不想知道女子的身世，那女子對狄青卻來了興趣，她雖累得喘氣，還不忘問道：「喂……

你到底是誰？你是不是石砣的手下？」她好像和石砣真的很熟悉，所以總認為狄青這種人，肯定和石砣

有點兒關係。

狄青懶得回話，那女子眼珠轉轉，又道：「喂……」

「你叫我喂就好了……」狄青不耐煩道。那女子笑道：「可你不能也叫我喂，那樣很容易混淆

的……」她等著狄青問她的姓名，因為她在西平府的時候，不知有多少人想要一近芳澤，可她孤高得有

如天邊雪峰，不屑一顧。

狄青像是天邊雪峰上空萬丈的白雲，和雪峰似近實遠。

那女子咬牙跺腳，忍不住道：「我叫單單！不是丹砂的丹，是孤單的單。單單！不過兩個孤單的

人，就不孤單了，對不對呢？」她為自己的妙語感覺到有趣，嘴角帶絲狡點的笑。

狄青沒有笑，只是一步步地走下去。

單單很快不笑了，她已發現說話是在遭罪，炎熱的沙漠蒸烤了人的汗水、能力和激情，她腳上纏的

裙襬本來是江南第一等的

絲綢已破，單單換了三次後，已經露出非常挺直的一雙腿來。她不怕狄青看她裸露在外的雙腿，

她只怕狄青不看。但狄青頭都沒有回過，二人一直走到了日中，單單終於挺不過，軟倒在地，哀求道：

「你有水⋯⋯給我喝一口好吧？」

狄青搖頭道：「這裡不是水⋯⋯」

「那是什麼？」單單詫異道。

狄青回道：「是⋯⋯雪⋯⋯」

單單一凜，她不清楚狄青的心意，聽的卻是血字。可饑渴戰勝了恐怖，啞聲道：「就算是血⋯⋯也給我喝點兒！」她從未想到過自己會變成這樣，也從未受過這種委屈，忍不住又要落下淚來。

狄青也躺了下去，疲憊道：「不行！」

單單咬牙暗恨，搞不懂狄青到底是怎樣的一個人，本待爬過去搶水囊，可又畏懼狄青手中的刀。不知過了多久，單單反倒最先起身，啞聲道：「走吧⋯⋯」她搖搖欲墜，可知道這樣躺下去，只有死路一條。

狄青舒口氣道：「再等等。」

單單氣鼓鼓道：「等什麼？等死嗎？你不走，我走！」她奮力行了十數丈，不聞身後有聲響，回頭望去，見到狄青還是挺屍一樣地躺著，又急又惱，忍不住又想伏在黃沙上哭泣。可她淚水都哭不出來，心一狠，索性也不再動彈，心道：與其受罪，不如就這麼死了。雖是這麼想，可每當想到要死了，還是忍不住地渾身顫抖。單單伏在沙上，偷偷向狄青望過去，見狄青還是一動不動地躺在沙上，如死屍一樣，真恨不得他死了，可又怕他死。

不知過了多久，單單已昏昏欲死的時候，天空遽然傳來一聲鷹鳴，嘹亮至極。單單勉強睜開雙眼，只見到一隻兀鷹倏然而落，惡狠狠地向她撲來，忍不住大叫一聲。

叫聲未止，刀光一閃，那兀鷹空中就變成兩半，噴了單單一身的鮮血。長刀斬鷹後，激旋不休，遠遠地刺入一處沙丘。單單幾乎嚇暈過去，扭頭望去，見狄青躍過來，撿起半隻兀鷹，又開始貪婪地吸起鷹血。單單終於明白過來，立即拿起沙土上另外半隻鷹，也學狄青一樣。

待到那鷹血補充進二人的身體中，單單清醒過來，突然叫道：「我明白了。」狄青不理，拎著兀鷹的屍體，走到沙丘前撿起長刀。

單單跟在狄青的身後道：「你武功真高，我的那些……朋友很少有及得上你的。你不是在等死，你在裝死！裝死等兀鷹，等著喝它的血熬出沙漠，對不對？」

狄青懶得回話，單單又道：「對了，我明白了。這兀鷹飛得雖快，但它們也要喝水，所以兀鷹飛來的方向肯定有水源。兀鷹從偏西方向飛來，你就向那個地方走，無論如何，只要我們堅持，就能到那個地方。找到有水的地方，總能活下去。」

狄青倒沒想到單單也很聰明，單單已興奮得臉蛋發紅，「只要你有斬鷹的能力，我們堅持走下去，就能活下去。我真的太聰明了……」見到狄青黑黑的一張臉，單單忙道：「不過我只是第二聰明的人，你比我要聰明多了。」

狄青懶得解釋，已上了一處沙丘，陡然目光凝處，快步下了沙丘。

不遠處，竟然露出一隻手來，那裡埋著人！

狄青走到近前，心中已有失望，那隻手寬厚粗糙，絕不是飛雪的手。單單早跟了過來，怯怯地望著狄青。

感覺那人還有生機，狄青去挖掘埋在沙中的那個人，等到那人腦袋露出來的時候，狄青突然怔住。

單單一旁看不清那人的面容，問道：「他還活著嗎？」

狄青答道：「他還活著，你應該認識這個人的。」

單單大為奇怪，「我怎麼會認識呢？你認識的……我肯定不認識。」突然想到一種可怕的可能，單

單牙關打顫，身軀都顫抖起來……

狄青扳過了那人的臉對著單單，不鹹不淡道：「這個石砣，不是你哥哥嗎？」

沙中埋的那人，竟是沙漠惡魔——石砣！

狄青沒想到石砣也會被埋在沙丘中，這和魚兒被淹死一樣讓人奇怪。狄青在這之前，雖未聽過石砣

的大名，可經過沙漠一面，已知道此人心狠手辣，更因石砣久居沙漠，應該比駱駝還適應大漠的天氣，

可這樣的人，也會埋在沙子裡面？

石砣還未死，狄青將他挖出來，很快就發現石砣被困的真正原因。

石砣渾身上下，最少有十處的傷口，他倒下不是因為沙漠，而是因為受了重傷。狄青當初和石砣對

過一刀，知道這人刀法很不錯，在這荒漠中，更是難有匹敵，傷石砣的是誰？狄青琢磨的工夫，並沒有

留意到單單害怕驚懼的厲害。

她不是石砣的妹妹嗎，為何見到大哥受到傷害，會如此驚怖？

「水……水……」石砣嘴唇動動，並沒有睜開雙眼。

狄青猶豫片刻，已準備救石砣一命。他不是菩薩，可知道眼下要找飛雪的話，一定需要石砣這樣的

人！

「不要給他水！」單單見狄青竟然要救石砣，尖叫道。

狄青扭過頭來，「他不是你大哥嗎？你竟然不要救他？」

單單臉色怪異，「他不是我大哥，他是惡鬼，就是他……把我抓到了大漠。我求你……你不要救他！」她連連後退，想要逃走，可又不敢。離開了狄青，她死路一條，可留在這裡，她更是難以遏制心中的恐懼。

狄青皺了下眉頭，終於還是將水滴入到石砣的嘴邊。

單單眼淚已落了下來，喊道：「你會後悔的，你一定會後悔，他是個惡鬼，你若殺了他，將他的腦袋送到興慶府，最少有千兩黃金。可你若救了他，你遲早要被他反咬一口。」

「所以你方才所說的……都是謊言，是嗎？」狄青反問道。

單單一滯，顫聲道：「我……無心騙你。我只是想讓你莫要丟下我。我……很怕……」她淚盈眼眶，楚楚可憐。

狄青回頭盯著石砣的臉，良久才道：「我要問他一件事。」

單單急道：「只要你救我出沙漠，你有天大的事情，我都可以幫你做到。真的，你要相信我。」她神態急迫，口氣中滿是惶恐。但見石砣眼瞼一動，單單立即住口，退後了一步，眼中滿是仇恨之意。

石砣睜開了眼，見到身邊竟是狄青，饒是沉冷，眼中也露出詫異之色。狄青收了水袋，將那死鷹遞給石砣，石砣立即明白狄青的意思，接過就咬。他咯吱咯吱地咬著鷹肉，嘴角滿是血跡，盡顯猙獰。單單面色蒼白，悄悄地藏在狄青身後。

石砣受傷不輕，腿上的傷口深可見骨，腰間有一傷口外翻，好像都可以看到腸子，但他真的像塊石

頭，這種傷勢，還能不死。他甦醒後，眼中光芒漸轉陰冷。

待吃了十數口後，石砣這才住嘴，低聲道：「你救了我，但我不會感謝你，我沒有求你救我！」

狄青不出意料，淡然道：「我救了你，只因讓你能說一件事，可說不說……當然在你。」

「什麼事？」

「跟我一塊的那個女子，你當然見過。風沙起來的時候，你有見到她沒有？」

石砣眼皮不經意的跳動，「她？她是你的什麼人？」

狄青道：「是我在問你！」

石砣冷笑道：「那又如何？」

狄青拍拍手上的塵沙，譏諷道：「不如何。好了，謝謝。」他放下石砣，轉身就走，單單大喜，忙跟在狄青身後，不忘記啞著聲音說一句，「你若沒種，還可追上求我們。」她用的是激將之法，知道石砣雖狠，但也冷傲，只盼石砣真的有種。又想，我風沙滿面，狼狽不堪，這個石砣說不定不認識我了。

石砣見狄青遠走，臉色終變。狄青不用對他做什麼，只要不管他，以他的傷勢，沒有人幫手，想要活下去難若登天。見狄青越走越遠，石砣按捺不住，急聲道：「我那之後沒有見過她……但我若傷好，可以幫你找到她！」

單單暗自叫苦，狄青轉身望過來道：「你能走？」

石砣咬牙道：「能！」他雖是個惡鬼，但無疑也是個硬漢，如斯重傷，竟能掙扎站起，扯下衣襟，簡單地包紮了傷口。他單刀已失，刀鞘尚在，就拿刀鞘當拐杖，一瘸一拐地跟著狄青。

石砣要跟隨狄青，只因為也看到狄青手中的那袋水。

單單喃喃道：「這水兩個人用勉強，三人用恐怕就不夠了。」

狄青自語道：「那一個人用不是更好？」

單單立即一聲不吭，她本來極為畏懼石砣，可見石砣根本不望她一眼，惱怒中又夾雜釋然，只是想：「他不認識我了。等出了沙漠，我會讓哥哥將什麼石砣、木砣，都變成死砣！」可她畢竟少經磨難，根本沒有想到以石砣目光的毒辣，怎麼會認不出她來？石砣沒有發難，不過是因為打不過狄青而已。

三人之間的關係可說是極為微妙，彼此雖在一處，但心思迥異，一直近黃昏的時候，沒有兀鷹出現。

石砣知道兀鷹要借氣流飛翔，日落後不會再出。可他不急，因為他知道狄青不會讓他死。

狄青將剩餘死鷹又分作三份，分了一份給石砣。石砣也不客氣，竭力嚥到肚子中去。若論沙漠的生存能力，他比狄青還要強上幾分。

單單只希望石砣能夠噎死，可惜未能如願。

入夜時分，雲霧蒼茫，無星無月。眾人認不清方向，都不能再走。他們要節省氣力，也知道在沙漠中走冤枉路，那不但無趣，甚至可能沒命。

三人找了處背風的沙丘，暫時避寒。可白日日還是炎炎的沙漠，熱氣邊散，變得冰冷徹骨。石砣石頭一樣地坐著，早就習慣了沙漠的反覆。狄青體質健碩，雖在沙漠中奔波得疲憊不堪，但傷勢反倒好了七八成，抵抗寒冷並不是問題。只有單單，看起來自幼嬌生慣養，縮成一團，等到深夜的時候，更是悄悄地湊到狄青腳邊。

她一方面怕寒，可更怕石砣。狄青雖冷，但總算是個人；石砣是塊石頭，是惡魔，是凶鬼，可就不是人！

長夜漫漫，但總有曙光初現的時候。單單睜開雙眼，見到天邊放晴的時候，感受沙漠那難言的靜，戚戚地向狄青望去，見一旁的狄青已不見，駭了一跳，差點兒蹦了起來。等見到狄青坐在沙丘上，正凝望遠方時，忍不住呆了。

她素來都受人奉承慣了，在沙漠幾日，多少改了些性子。本來她只覺得狄青蠻橫不講理，但見他孤單單地坐在沙丘上，盡是蕭索蹉跎，突然覺得……他就算坐在千萬人中，站在天底下最繁華的集市中，也難洗去骨子裡面的孤獨。

單單望著狄青，一時間忘了身在沙漠。

狄青見單單起身，拍拍身上的塵土，已準備向西行去。石砣掙扎站起，冷漠望了單單一眼，蹣跚地跟隨著狄青。

單單才待舉步，突然踢到個東西，一個踉蹌。低頭望過去，只見到腳下突然多了只鞋。那鞋並不華貴，是用枯藤纏就，鷹羽墊底，簡陋是簡陋，但正是單單所需。

單單大喜，忍不住穿上那鞋子，只感覺鷹羽柔軟，已安撫了起血泡的一隻痛腳，心中一陣激動。她這輩子，鞋子何止千百雙，但從未有哪隻鞋子，有今日這般可心。

鞋子當然不是憑空掉下來的，單單心道：當然不是石砣那個壞蛋做的，沙漠中只有三個人，也不是自己做的。這麼說，是那個木頭人所做了，真沒有看出來，他還有一雙巧手。單單一直不知道狄青的名字，只是亂叫。繫上了鞋子，單單本是悽惶的心不知為何，勇氣大增，快步跟了上去。荒漠日起，驕陽

當頭。三人麻木中緩緩前行。狄青本不確定能否出沙漠，但見石砣並不多言，知道自己走得多半沒錯。

石砣就算再狠辣，想必也不會和自己的性命過不去。近午時的時候，狄青重施故技，裝死等兀鷹前來食肉，飛刀斬了兀鷹。石砣見狀，臉色微變。

當初石砣和狄青交手一招，被狄青割破了肋下的衣襟，本心中不服，但見暴風將至，這才退卻。在石砣心中，若是真的拚命，他不見得不如狄青。可見到狄青飛刀犀利，石砣這才驚凜，暗想狄青心機很深，原來隱藏了實力。

石砣不知道狄青只是傷勢漸復，以為狄青陰冷如斯，暗起戒備之心，更是懊惱這段日子簡直是霉運重重。他和狄青交過手，本來就算有暴風襲來，也自信能躲得過，不想他在路上竟遇上勁敵。數十手下被對方殺散，自己也身受重傷。他拚命衝出去，失了馬兒，迷了方向，掙扎了數日，若非狄青出現，赫赫有名的沙漠惡魔說不定就不明不白地死在了沙漠。

可是——就這樣回去，家裡還有個閻王，他該何去何從？石砣想到這裡，偷偷地看了眼單單，嘴角帶了絲冷笑。

三人靠一隻鷹又熬了一天，單單已憔悴不堪，等到翌日近午時的時候，不等狄青吩咐，單單已躺了下來。奇怪的是，狄青竟沒有躺下來。單單不解道：「喂……你今天不裝死了嗎？」

狄青站在沙丘上，遠望荒漠盡頭，臉上突然現出一分喜意。石砣冷望單單道：「若不知情的人看了，會以為你是青樓出來的女子，沒事就會躺下去！」

單單漲紅了臉，怒道：「石砣，終究有一日，我會讓你為今日的言語付出代價！」石砣眼珠轉轉，哂然道：「你能等到那一天嗎？」

二人突然間唇槍舌劍，狄青鼻翼動了下，道：「石砣，可是到你的老巢了？」

石砣心頭一震，緩緩道：「還……遠呢……」

狄青手試刀鋒道：「我感覺這風兒，也帶著分潮濕。那頭有點青綠，本來還以為看花了眼。但見你底氣已有，想必是覺得家已不遠吧？」

石砣不相信狄青感覺能有如此敏銳，但見他說中自己的心事，眼中閃過猙獰。可見到狄青手中的刀，終於道：「是不遠了……到了那裡，我一定會好好地招待你。」

狄青彈了下刀身，「石砣，你我本無過節，我也希望好好聚好散。你若能幫我找到同伴，我對你……只有感謝！」石砣嗯了聲，扭頭望了眼單單，緩緩道：「走吧！」

三人繼續跋涉，再走了不遠，果見沙上已有點兒荊棘，雖是稀少，但已帶給人希望。再向前行，青綠漸多，然後……他們就見到了一片綠洲！

那草木之氣清爽怡人，撲面而來的時候，狄青和單單都有些陶醉。他們在平日裡，早對這些風光見慣不慣，但每個從沙漠死亡威脅活過來的人，都難免對沙漠中有這樣綠洲感覺到不可思議。那青綠在金黃的沙漠中，顯得異常動人清新。綠色，給人以生命的希望。狄青凜然，抬頭望過去，見到約有十數騎奔來，已將狄青和單單團團圍住。

馬蹄錚錚，馬刀炫目，給這翠意盎然的綠洲，帶來了沙漠一樣的死亡之意。

狄青這才注意到，石砣不知何時，已落後了幾步，如今已站在了騎手外圍的圈子。變化陡生，狄青正在貪婪地呼吸著清涼爽身的空氣時，突然間，馬蹄聲起，急如暴雨狂風。狄青凜然，抬頭望

倒還鎮靜道：「石砣，原來你就是這樣好好招待我？」他嘴角露出嘲諷之意，可目光流轉，打量著四周

的環境。綠洲向西處，帳篷漸多，這裡看起來，竟像世外桃源。可桃源無疑是石砣的，他不會允許別人在裡面走來走去。

單單臉色慘白，喃喃道：「我說過了……你一定會後悔的。」

狄青不待回答，石砣已道：「你錯了，他不會後悔，只要他不管你，我一定會把他奉若上賓，以後想留就留，想走就走。」

單單這才明白石砣早認出自己，遲遲沒有發難，只因為時候未到。心中畏懼，悄然站在了狄青的身邊，扯著他的衣裳。單單雖沒有再說話，但眼中的哀求之意顯而易見。

她只能依靠狄青。

狄青皺眉，半晌才道：「你在大漠劫持商隊，就是要找單單？」他想到石砣洗劫商隊，只挑選大件物品搜尋，原來就是怕這個單單藏身其內。

石砣簡潔道：「是！」

狄青不解道：「但她不過是個不懂事的孩子，你為何一定要為難她呢？」

單單突然臉漲得通紅，叫道：「我不是孩子！」她望著石砣，惡狠狠道：「石砣，我知道……你沒有那麼大的膽量敢抓我，一定有人指使你！你可以告訴我是誰，我讓我哥哥派人，將他們全部殺死，事後……就當沒有發生過這件事。」

狄青一驚，不解單單為何有這麼大的口氣，難道說，石砣也有不敢動的人？

石砣神色如岩石般生硬，一字字道：「你錯了，我就有這麼大的膽量。」隨即指著狄青喝道：

「你……請……讓開！」

石砳說完，身形一縱，從一個騎手鞍上拔出單刀，橫刀而立。他傷勢嚴重，但看起來只要有一口氣，就不會放過單單。

本是綠意盎然、生機勃勃的綠洲，已讓人嗅到死亡的氣息。那十數個騎手的目光更冷，刀鋒更寒，他們來到這裡，沒有一人說話，可誰都看得出來，只要石砳下令，這些人肯定會不顧一切地衝上來拚命。

狄青手試刀鋒，緩緩道：「我若是不讓呢？」

單單那一刻，臉色蒼白，眼中突然有了淚光。她從沒有想到過，這個冷漠陰鬱的人，會為她出頭。

石砳眼中厲芒閃動，笑容滿是陰冷，點頭道：「那好。」他也知道狄青不會讓，狄青和他……完全是兩類人。

石砳知道狄青的厲害，本不想出手，但他不能不出手，這個單單對他而言，實在太過重要。他已揚起長刀，準備發動攻擊的命令……

狄青沉冷而立，單單已沒有了畏懼，她癡癡地望著狄青，心中只是想：我以為在這世上，除了大哥外，不會再有第二個男兒對我這般好……沒想到，他不知我的身分，竟然還敢為我對抗石砳！單單突然笑了，只是望著狄青，那一刻的她，像是完全不再留意到來的危機。

或許對她而言，生也好，死也罷，一個女子，有個男人肯為你去死，那還有什麼可畏懼？眾馬賊已開始對狄青形成合圍之勢，就在石砳準備揮刀那一刻，遽然有飛騎前來。石砳眼角輕跳，喝道：「等等。」

那一飛騎馳到，馬上騎士叫道：「石砳，飛鷹找你。」對於沙漠惡魔石砳，他的口氣竟然很不客氣。

眾馬賊停刀，止住了攻勢。

石砫嘴角抽搐，半晌才道：「我在抓人，等會過去可以嗎？」

狄青滿是驚奇，才知道石砫也是可以商量的。

那騎士神色倨傲道：「和你一起的人，一同過去。」

狄青盯著那騎士，不知為何，心中依稀有種熟悉的感覺。那騎士並未蒙面，臉上好像被燒了般，紅一塊黑一塊。這人對狄青來說，亦是陌生的臉孔，可他為何覺得曾經見過這人？狄青心中古怪，還能不動聲色，又好奇飛鷹到底是誰，竟能命令石砫！

石砫木然道：「飛鷹可以命令我，但不見得能命令旁人。」

那騎士微微一笑，「飛鷹算無遺策，知道和你一起的人，肯定會過去。」

狄青也笑了，嘲諷道：「那也說不定。」

騎士目光一凝，已望在狄青身上，問道：「你就是和石砫一起回來的人嗎？」

狄青聞言有些疑惑，心道若真的見過此人，為何這人對他全然不識？轉念一想，又有些失笑，暗想自己早就改容，這人認不出自己也不足為奇。

見狄青點頭，騎士道：「事到如今，由不得你不去見飛鷹。」

狄青微笑道：「是嗎？那你問問我這口刀，看它是否同意？」

狄青臉色一沉，伸手從懷中取出一物道：「你若想見此物之主……還是乖乖和我走一趟吧！」狄青見到那物，臉色微變。單單大惑不解，那騎士手中拿著的，不過是一根絲帶。絲帶藍如海，潔淨如天……

這樣的絲帶，單單覺得可以隨便拿出千萬條來，所以不明白狄青為何會變色。

狄青吐了口氣，說道：「好，我跟你去，但是單單也要跟我走。」他認出那絲帶本是飛雪所帶，這麼說……飛雪已落在飛鷹的手上了？

狄青想到這裡，喜憂參半。喜的是，飛雪沒有死；憂愁的是，就算石砣對飛鷹都有些畏懼，他孤身來到這裡，如何能救出飛雪和單單？

騎士撥馬向西行去，狄青只能跟在那騎士之後，單單別無去路，又跟在狄青的身後。石砣帶人兜住單單的後路。事情了結，可石砣非但沒有半分欣喜，眼中反倒露出怨毒之意。

眾人深入綠洲，狄青見周邊花紅草青，甚至還能見到有池塘高樹，不由感慨造物神奇。等再走片刻，眾人已到了一帳篷之前。那帳篷雖不華貴，但卻極大，帳篷外蕭立幾人，狄青見了，更增戒備。那騎士到了帳前，反倒客氣些，對狄青做了個請的手勢，「你和石砣……」瞥了一眼單單，淡淡道：「還有這個人，一起進去吧！飛鷹就在裡面。」

簾帳掀開，狄青舉步而入，才發現帳篷內坐著兩人。一人身軀嬌弱，膚色微黃，聽簾帳響動，那黑白如水墨的眼眸輕輕一擡，然後移了開去。狄青差點叫出來，飛雪果然還活著，可怎麼看起來，她都不像是階下之囚，反倒像個貴客。飛雪怎麼能來到這裡，又是如何和飛鷹認識的？

狄青壓住疑惑，目光已定在飛鷹的身上，他無法不注意這樣一個讓石砣都畏懼的人。飛鷹果然有蒼鷹的氣勢。他隨隨便便地坐在那裡，隨意地抬眼一望，狄青就有中了一針的感覺。狄青從未見過有人有那麼犀利的眼神。

飛鷹的眼神，簡直比蒼鷹還要敏銳有力。他的臉上戴著面罩，遮擋住半邊臉頰，只露出薄薄的嘴唇和鷹鉤一樣的鼻子。他望著狄青，開口道：「你就是狄青？」

他的態度不是很冷，但很是狂傲。他的傲然，更像是蒼鷹翱翔天際，漠視天下蒼生的那種傲氣。

石砣聽到「狄青」二字的時候，眼皮又在跳。他顯然也聽過狄青的名字，他萬萬沒有想到，如此沉默的一個人，竟是狄青！狄青在西北，官職不高，但遠比很多人要有名氣！尤其是羌人，更知道青澗城有個狄青！單單聽到「狄青」這兩個字，依稀感覺熟悉，再想下去，眼中有了不安之意。

狄青向飛雪望了眼，道：「你還好嗎？」他很不喜歡飛鷹這個人，他明白飛鷹知道他是狄青，肯定是因為飛雪的緣故。

飛雪的目光從狄青的身上，落在他的左手上。狄青右手握刀，左手還拿著那個水袋，水袋滿滿的⋯⋯有如那濃厚的關切。

「我⋯⋯很好。」飛雪輕聲道。她的聲音依舊冰冷，但她的眼中，又有重迷霧。

飛鷹突然笑了，並沒有被狄青的無視所激怒，「我問的是廢話，你當然不屑答。其實你見過我，我也見過你，但我也沒有想到，你我會在這種情形下再次見面。」

狄青好奇心起，記憶中，他從來沒有見過這個人。飛鷹雖戴有面罩，但這樣的一個人，狄青只要見過，沒有理由不記得。飛鷹到底是誰？為何飛鷹說見過他，而他全無印象？為何他對帳外那個騎士有似曾相識的感覺？

飛鷹續道：「你我見面，可說是天意，你我見面，也有著共同的目標。」

狄青搖搖頭，哂然道：「我不覺得，我和你有什麼相同的目標。」

飛鷹眼中寒芒隱去，突然流露分傷感，嘴唇翕動，輕聲地吐出幾個字，「郭遵死了。」

狄青只覺得耳邊一個炸雷響起，身形晃了晃，臉上血色盡去，失聲道：「你說什麼？」

飛鷹眼中閃過黯然，咬牙道：「郭遵死了！郭大哥死了！你我的共同目標，就是為他復仇！」

郭遵死了？

狄青確信沒有聽錯，腦海中一片空白。他想不信，可無法不信。飛鷹有什麼理由欺騙他？他看得出來，飛鷹沒有說假話！

郭大哥死了？那個對他有如父兄的郭大哥死了？那個陪他開心傷心的郭大哥死了？

狄青父母早亡，郭遵對他海一般地寬容和愛護，狄青如何會不記得？在狄青心中，早把郭遵當做是父親、是兄長、是朋友。

可郭遵就這麼死了？

狄青想到這裡，心如刀絞，一股悲意湧上胸膛，嘶聲叫道：「他怎麼會死？他怎麼死的？到底是誰暗算了他？」

郭遵武功蓋世，若不是有人暗算，絕對不會死！

狄青那一刻，再也無法鎮靜。額頭青筋暴起，握刀之手也是咯咯響動。

那時候的狄青，心中只有一個念頭，以血還血！誰殺了郭遵，他一定要殺了對手為郭大哥報仇。

這些年來，狄青變了很多，但胸中那種剛烈熱血永在！

狄青殺意滿懷，並沒有注意到單單眼中滿是驚怖之意，可那濃濃的驚恐中，還有著無邊的哀愁，有如狂海怒濤中行著的無助扁舟！

她一個弱女子，為何聽到郭遵的死，會受到如此驚嚇？

第九章 霹靂

雖是炎夏，帳篷中依舊寒意凜然。狄青只想著郭遵為何會死，並沒有留意飛鷹說了一句，「郭大哥死了。」狄青稱呼郭遵為大哥情有可原，可飛鷹為何也稱郭遵為大哥？難道說飛鷹本來也與郭遵是好兄弟？

飛鷹見狄青雙眸紅赤，情緒激動，反倒冷靜下來，靜靜地等待。

狄青憤怒不去，悲哀湧上心頭，叫道：「飛鷹，你還沒有告訴我，到底誰是凶手！」

飛鷹歎口氣道：「這件事一言難盡……我正感覺到勢單力孤，幸好，你來了，我也找了一個當初在三川口作戰的兵士，你或許……可從他口中得知詳情。」

狄青立即問：「他在哪裡？」

飛鷹望向簾帳帳口道：「他就在你身後。」狄青回頭望過去，不由愣住。方才他情緒激動，並沒有留意又有一人站在帳篷入口處，而他也認識那人。那人卻是狄青在沙漠中救出的那個年輕人。年輕人雙拳握緊，神色激憤中，又滿是哀傷……

狄青早覺得那人是宋軍，可沒想到他竟知曉郭遵的事情，嘎聲問道：「郭大哥真的死了？」他多希望那年輕人能反駁他，可見到那年輕人在流淚，他一顆心已凝冷如冰。

年輕人泣聲反問道：「你真的是狄青嗎？不都說你已死在平遠了嗎？」

狄青昂首道：「不錯，我就是狄青，但我只是受了傷，並沒死。」方才他不屑回答飛鷹的詢問，可

這時，他要天下人都知道，他狄青沒有死，狄青一定會為郭遵復仇！

年輕人抽泣道：「我就知道，你沒死，你這種人怎麼能死？你死了，誰能再領引宋軍對抗元昊？」

狄青厲聲道：「是元昊嗎？是元昊害死的郭大哥？」

單單聽到喝問，退後一步，身軀瑟瑟發抖。她不是怕，她的臉上已帶有難言的悲哀。

年輕人道：「是，就是元昊害死的郭大人！」

狄青反倒沉靜下來，緩緩道：「你把當時情況告訴我……好不好？」他心中已在想，他孤身一人，如何能殺了元昊？可他只要有一口氣，就不會放過元昊！

年輕人指甲已深陷手心，嘴唇已咬破，堅定道：「好！」他聲音過後，營帳中就再沒有別的聲音。

眾人都在沉默，沉默地聽著年輕人述說著三川口的慘烈和悲壯、血氣和不屈！狄青這才知道，原來在他趕赴平遠砦的時候，金明砦已失守。原來是他的好兄弟張玉殺出重圍，頂風冒雪去延州送信；原來他的好兄弟李禹亨為救張玉，早就先一步送了命。狄青沒有落淚，可他的心口在滴血。這筆帳，不能用淚，一定要用血來清算！

狄青又知道，張玉雖把消息送到延州，但不等范雍傳出消息時，劉平等人已回兵。竟有人未卜先知，知道延州肯定有危機。劉平、石元孫、萬俟政、郭遵和黃德和五人聯合回兵救援，所率兵力不過一萬多些，而且還是騎步兵夾雜，疲憊不堪。劉平之軍，從慶州趕赴保安軍，殺向土門，又返回三川口，更是奔了五天五夜的路……

年輕人又說，原來平遠砦一直沒事，不是黨項軍無能攻取，而是元昊麻痺宋軍的策略。在元昊派兵

狄青靜靜地聽，靜靜地望著手上的單刀。單刀已有缺口，但仍泛著寒光……

攻擊平遠、塞門兩地的時候，趁宋軍龜縮不敢出擊，元昊早率大軍突破土門，長驅之下，利用數萬的內奸，破了金明砦。李士彬下落不明，李懷寶被殺。那銅牆鐵壁一樣的金明砦，其實早就千瘡百孔。而元昊破了金明砦，並沒有稍作停留，徑直帶著八萬鐵騎，數萬大宋養的內奸，再加上生戶熟戶數萬人，共有十五萬大軍圍城打援，坐等劉平等人入彀。而來援延州城的宋軍，不過才一萬人！兩軍相遇在三川口的五龍灘頭……雪花正飄，宋軍以傛月陣對敵，以一對十五，以疲憊之師對黨項軍的深謀遠慮。可宋軍沒有降，沒有怕，他們竟然還拚了三天三夜，因為他們有個勇將——郭遵！郭遵激發了宋軍全部的勇氣和血性，可郭遵第一天就死了。

狄青聽到這裡的時候，胸中針扎地痛，恨得頭髮幾乎都要豎起來。他恨自己當時不在，恨不能和郭遵並肩作戰。但他還是靜靜地聽，他要將所有的事情牢牢記住，然後全部還回去。沒有人打斷年輕人所言，因為所有人胸中都有了慘烈之意。但也有人在想，這年輕人到底是誰，為何對三川口之戰如斯熟悉？這人對全部如此了然，絕非一個普通的宋軍。

年輕人又道，郭遵和黨項軍進行了三戰。第一戰，郭遵以騎兵破騎兵，以更剽悍的姿態擊敗黨項人，擊殺黨項人第一力士萬人敵，橫杵冰河，千軍不敢過。

就算是飛雪聽到這兒，眼睛都亮了起來。她喃喃地念著郭遵的名字，突然歎了聲，「我為何不早些見到他呢？他一定……」郭遵一定什麼，飛雪沒有再說下去。

誰都沒有留意飛雪的細語，誰都迫不及待地想要知道後來如何……結局已定，但郭遵的事情，豈不是所有人都想聽的？

郭遵隨即和黨項人進行了第二戰，單挑黨項龍部九王之一龍野王！

龍浩天在党項軍心目中，已和天神彷彿，誰都不認為郭遵能勝了龍浩天，就算郭遵能勝龍浩天，可也必須付出血的代價。但郭遵只用了一招，就擊殺龍野王在冰河水下！

郭遵置之死地而後生，破冰殺敵，威震三軍。

狄青熱血再次沸騰，急問：「那……後來呢？」

年輕人悲聲道：「後來党項人知道有郭大人在，我們就絕不會降，要擊潰我軍。他們過冰面，和我們鏖戰在北岸……我們從清晨戰到黃昏，死傷半數，可沒有人退後一步。」

狄青已熱淚盈眶，「那郭大哥呢？」郭遵再勇，畢竟還是人，難道說郭遵就這麼戰死在疆場了？

年輕人悲憤道：「我們本來還有勝機。就算沒有勝機，但還有衝出去的希望！」

眾人訝然，難以置信。狄青喃喃道：「還有機會？還有什麼機會？」

年輕人道：「我們不能退，因為我們跑不過那些騎兵。我們只能拚，拚殺過去，聚在延州城下，才有反擊的機會。郭大人早就想到這點，劉……大人也想到了，所以我們都在拚，因為我們還有一殺招沒有出。我們還有霹靂！」

狄青腦海中電光一閃，他曾聽郭遵說過，霹靂不是天上的響雷，而是朝廷大內武經堂最新研製的一種火器。趙禎一直憂心邊陲鐵騎遠不及党項人和契丹人，因此從民間搜集各種土方，匯總到武經堂集中研究火器，用以對抗契丹和党項人的鐵騎。

而霹靂就是這幾年來，最有威力的一種火器。

年輕人大聲道：「郭大人只帶著千餘的手下，但帶著數百枚霹靂。到黃昏的時候，我們已疲，党項人其實也累了，他們想不到我們這麼韌。本來還準備再發動一輪衝鋒，這時候劉大人的耳朵被箭射掉

了，石大人重傷了，王信、萬俟政兩位大人都戰死了……」狄青聽到王信已死，心中又是一痛。他記得那沉默的漢子，沉默地死在沙場，可若沒有這些沉默的漢子，大宋又如何能保住今日的安寧？

年輕人激動道：「就算郭大人也受傷不下十數處，可他仍再整旗鼓，準備最後的霹靂一擊。郭大人在，我們就不會退。那時候黨項人蜂擁衝來，郭大人一馬當先，再次衝過去，他手上的鐵杵都已砸彎，又換了鐵槍，結果鐵槍再斷，他又搶了馬槊，奮力殺敵，竟帶兵又將黨項人殺回到河面上。」

飛鷹默默地聽，聽到這裡，也忍不住讚歎，「郭大哥真乃天下第一英雄！」他眼中不再憂傷，反倒閃著熾熱的光芒。

狄青突然道：「霹靂破冰，這是最後的機會。」他已想到郭遵如何出招，可不懂為何會失手。

年輕人道：「不錯，郭大人將黨項人逼到冰面的時候，就動用了霹靂。霹靂一出，河面炸裂，河水突出，黨項軍猝不及防，已亂成一團，死傷難數。郭大人趁那一刻號令三軍發動總攻，衝過河水，衝出黨項軍的包圍。黨項人已亂已疲，這是我們最好突圍的機會。」他說到這裡，眼中露出怨毒的光芒，咬牙道：「這本來是好計策，因為我們一直有兩千生力軍沒有動用，那隊兵馬由黃德和率領，只要他奮力前衝，我們本不會輸。」狄青臉色巨變，啞聲道：「他……沒有衝？」

年輕人慘笑道：「他非但沒有衝，反倒在這最關鍵的時候，率部逃命。」

狄青手掌一緊，竟握裂了刀柄，咬牙道：「他……他可有半點良心？」

「他的確沒有半點兒良心，他的良心都被狗吃了。」年輕人嘴角已溢出鮮血，「他這一逃，不但帶走了本部，也亂了軍心。宋軍早就疲累，沒有了後援，更多的人開始放棄了作戰。我……劉平讓他的兒子劉宜孫去追黃德和，苦求黃德和不要走，可反被黃德和所傷。」

狄青喃喃道：「好，好！」他要殺散的名單中，又加了個黃德和。

年輕人繼續道：「郭大人在冰水中作戰，本已殺散了黨項軍，可後軍亂了，他所有的苦心都付之流水。這時候，就算劉平的部下都開始亂了，劉平奮力廝殺，抽刀砍殺退後者，高喊『為國而戰，後退者死！』」

「為國而戰，後退者死」，眾人聽到這句話的時候，心中已有悲涼之意。三川口一戰，只是郭遵、王信、劉平幾人，就讓元昊不敢小窺了宋人，可這疆場上，也就只有這幾人。狄青喃喃道：「為國而戰，後退者死！那郭大哥呢？」

年輕人握緊雙拳道：「郭大人若走，沒有人攔得住他。可他仍苦戰冰河中，為其餘人爭取逃命的機會。黨項軍不知派了多少高手去圍攻他，他最後深陷重圍……身中數箭，馬兒慘死，人也淹沒在冰河之中……後來，黨項人都說，郭大人死了！那種情況，他怎能不死？」狄青嘴角抽搐，低聲問：「那後來呢？」

年輕人哀聲道：「郭大人死了，劉平見狀不妙，知道再也衝不破黨項人的圍攻，只能後退。後來的事情，我因為暈死在戰場上，並沒有親見，只是聽說劉平雖敗，但拖住了黨項人進攻延州的步伐，又戰了兩天，最後和石元孫部全部戰亡。」

他的聲音越來越低，口氣中明顯有些不自信。難道說他只是因為沒有親見，所以不敢肯定劉平、石元孫的結局？狄青敏銳地感覺到這點，但一時間不知道怎麼開口。飛鷹悠然道：「我聽說的卻有點不一樣。」

年輕人怒視飛鷹道：「你認為我撒謊？你可以不信我，但怎能不信郭大人？」他迷失在沙漠中，被

飛鷹救下，本對飛鷹有些感激，可這刻怒髮衝冠，恨不得與飛鷹一戰。他不知道飛鷹是什麼人，但聽飛鷹說，狄青來了，他也忍不住來了，將所知講了一遍。這是党項人的地域，可他不怕講，這種事情，講出來就算馬上死了，他也不在乎。

飛鷹銳利道：「我不敢懷疑你說的前半段，但你後面說的有問題。」

年輕人眼露痛苦道：「有什麼問題？」

飛鷹避而不答，緩緩道：「黃德和敗退，導致宋軍終敗。可宋軍雖敗猶榮，他們以疲憊的萬人，拖住元昊的十數萬人馬，已讓元昊吃驚。宋軍本是敗亡的結局，但他們拖了三天，西北各路援軍終於趕到，元昊在三川口五龍灘雖勝，但是慘勝，損失的不止是近兩萬的兵馬，還有必勝的信心。試問他以十數倍的兵力圍攻宋軍，都是如此艱難地勝出，讓手下怎能再有作戰的決心？元昊看出這點，在圍殺了劉平、石元孫兩部後，就沒有試圖南下，也沒有進攻延州城，反倒回撤金明砦防禦，又順取平遠、塞門兩地，自此延州城以北，盡數落在党項人的手上。」

狄青急問：「青澗城現在如何了？」

飛鷹道：「青澗城一直都在嚴防死守，元昊不能破。宋廷這次顏面盡失，當然不會再棄此地，是以也派兵增援青澗城，眼下大宋和元昊又處於僵持階段，但大宋延邊已岌岌可危。」

狄青舒了一口氣，暗想种世衡有先見之明，總算保住延邊附近的一塊疆土。

飛鷹又道：「黃德和回到延州後，對范雍說劉平、石元孫作戰不利，喪師辱國，陣前叛變，已投靠了元昊。范雍信了黃德和所言，急於推卸責任，把這件事奏給朝廷，結果當今聖上聽了，氣憤無比，立即派兵將劉平、石元孫兩家的家眷全部抓起來，投入天牢，準備秋後處斬。唯一沒有受到責罰的就是郭

遵，因為所有人都知道郭遵的忠烈，也知道郭遵對聖上忠心耿耿，就算黃德和這種人也不敢冤枉他。」

眾人都是大為詫異，不想事情竟然變成這個結果。

狄青失聲道：「聖上不會如此糊塗。那後來如何呢？」

飛鷹冷笑道：「你真以為趙禎有多聰明？他若真的聰明，怎麼會派范雍、夏守贇這種蠢材來守邊？」他孤傲非常，看起來連大宋天子都不放在眼裡，又道：「後來幸好有范仲淹上書質疑、龐籍力保，再加上御史文彥博前往延州，這才調查出事實真相，將黃德和腰斬在延州城下示眾，還所有人一個清白。不過黃德和有件事倒沒有說錯。」

年輕人額頭青筋暴起，緊握雙拳，上前喝道：「他滿口謊言，一個字也信不得。」

飛鷹淡淡道：「他說劉平投降了元昊，這點最少沒有說錯！」

年輕人目皆欲裂，叫道：「你說什麼？劉平怎麼會投降党項人？」他雙目紅赤，竟是極為憤怒。

飛鷹一字字道：「郭遵是死了。但劉平沒有死，石元孫也沒有死！劉平他們都被擒到了興慶府，據我所知，再過幾個月，元昊就要立國，和大宋、契丹平起平坐、三分天下。而這些人已被封賞，到時候都要跪拜稱臣，可笑大宋還不信這消息。」

「你說謊！」年輕人激動地喊道。

飛鷹道：「我既然是說謊，那你激動什麼？」年輕人倒退幾步，滿面紅赤，飛鷹又道：「我其實一直都很奇怪，你在三川口一戰中，扮演著什麼角色？」

那年輕人臉色變得慘白，退後一步。眾人忍不住奇怪，這年輕人既然在三川口也戰過，當無愧於

心，為何怕別人說出他的身分？

飛鷹嘴角帶分殘忍的笑，緊盯著年輕人，似乎要將年輕人看穿，「你本是宋軍，但臉上並未刺字，說明你出身不低。你還年輕，武技尋常，當然是倚仗父功才有今日的地位。你每提及劉平時，都有種特別的表情，態度對他明顯不同旁人。據我所知，劉平出征時，帶著兒子劉宜孫參戰，後來根據朝廷所言，劉宜孫戰死了。但很明顯，劉宜孫沒有死，你就是劉宜孫！」

飛鷹雙眸閃亮，「你就是有良心，所以才要橫穿沙漠去興慶府看看劉平到底死沒死，對不對？你寧可你父親死了，也不願他投降元昊，對不對？你這次若見劉平還活著，說不定會出手殺了他，對不對？」

飛鷹並不回答劉宜孫的詢問，望到狄青身上，「現在所有的事情都說完了，所有禍患，都是元昊一人引發，只有除去元昊，才能保邊陲安寧。狄青，你認為，我們該不該殺了元昊，為郭大哥報仇？」他並沒有注意到單人已抖得似風中殘葉，又道：「當然應該！如果用我一條命換取元昊的命，我無怨無悔！」

飛鷹凝視飛鷹道：「可我到現在，還不知道你是誰，更不解你為何要擔上這個重擔。」

飛鷹嘿然一笑，「我是誰真的很重要嗎？當年郭大哥救我一命，我就應該還給他！這個理由，不知

心一戰，雖饒倖沒有死，那不是我的錯！」

年輕人又退了一步，臉現惶亂之色。帳篷中死一般地沉寂，不知過了多久，年輕人才道：「不錯……我是劉宜孫，那又如何？」他伸手撕開胸膛的衣襟，露出傷痕累累，叫道：「我在三川口，憑良

飛鷹一連三問，如雷霆般轟在劉宜孫身上。劉宜孫身軀一震，慘笑道：「你說的都對，但我怎能殺了家父呢？你到底是誰？又如何知道這些事情？」

是否已足夠？」

狄青歎口氣，「足夠了……但你有什麼打算？」有沒有飛鷹，他都要為郭遵報仇！聽到郭遵死訊的那一刻，狄青出奇地沒有再想香巴拉，他滿腦子都在想著如何能殺元昊。至於成敗與否，他不考慮。

飛鷹伸手一指單單道：「我們的圖謀，就落在此人身上。」

狄青望過去，詫異道：「為什麼？」

飛鷹舒了口氣道：「我知道郭大哥身死，就想著如何對付元昊。這人叫做單單，可身分絕不簡單……」微笑著望向單單，飛鷹道：「單單公主，你希望我說呢，還是自己介紹一下呢？」狄青錯愕，不知道單單還是個公主的身分。她是哪國的公主？

單單不再顫抖，上前一步，只是望著狄青道：「我叫單單，本姓嵬名。嵬名單單！」狄青吸了口氣，已隱約明白了什麼。不等說什麼，單單已悽然道：「元昊是我大哥，我和他是親兄妹！」

狄青怔住，他沒想到，飛鷹竟然能抓了元昊的妹妹。更沒有想到，這古靈精怪的女子，竟和叱吒西北、常人難測的元昊有著血緣關係。他當然也沒有想到，元昊害死了郭大哥，而他竟救了元昊的妹妹。

飛鷹一旁道：「我抓了她，不想她竟然能逃出去，所以我又讓石砣去捉，幸運的是……你將她帶了過來。或許這是天意，上天的旨意。」他冷望著單單道：「上天也讓我們給郭大哥復仇，所以讓你逃不出我們的掌心。」

單單反倒沉靜下來，對狄青輕聲道：「如果上天要我死，我更希望……能死在你手上。你救了我，又殺了我，你我今生豈不是再不相欠？」她眼中霧氣朦朧，望著狄青的時候，沒有哀求，沒有恨意……她的眼中似乎藏著什麼，但絕不是畏懼。石砣和飛雪都是臉色微變，欲言又止，他們似乎從單單的言語

中聽出了什麼，但並不想多言。

狄青明白了事情的始末，暗忖道：石砬雖稱雄毛烏索沙漠，但看飛鷹眼神犀利，氣勢驚人，想必飛鷹是憑武力折服了石砬。但石砬暗懷不滿，大是隱患。飛鷹做事不擇手段，郭大哥怎麼會有這種朋友？可飛鷹若不是郭大哥的朋友，為何要與元昊作對呢？

見單單單目光淒婉，狄青良久才扭頭望向飛鷹道：「我們要殺的是元昊。元昊的事情，和他妹妹無關。」單單單眼簾濕潤，她根本沒有想到，狄青竟是這樣的人。

營帳中眾人表情各異，飛鷹手扶矮几，手上驀地青筋暴起。狄青只感覺到難言的壓迫衝來，還是平靜道：「我不知道你本來是誰，但你是飛鷹，就應該傲嘯碧霄，而不是學禿鷲吃腐肉。你也說了，我是狄青，所以我認為寇名單單不該死。如果郭遵大哥在天有靈的話，他也不會贊同我們這麼做。」

飛鷹冷笑道：「可你知道元昊的可怖嗎？我們雖恨元昊，但不能不承認他的雄才偉略。此人尚武，建五軍，創八部，本身功夫深不可測，手下亦是高手如雲，更是網羅奇人異士，志在天下。這樣的人，我們近身都難，更勿用說刺殺他。」

狄青回道：「那你認為這樣的人，會為了寇名單單，放棄自己的性命嗎？」

飛鷹一滯，反駁道：「最少我們可以讓他投鼠忌器。」

單單單嘲笑道：「原來你這隻飛鷹，不過自詡是老鼠而已。」

飛鷹眼中厲芒閃動，卻放淡了口吻，「你大可多說幾句……不然以後，只怕沒有話說。」單單單沉默下來，心道自己徒逞口舌之利，並沒有什麼好處。他們要用自己威脅大哥元昊，暫時就不會殺了自己，可折磨在所難免。這裡除了狄青外，只怕旁人都不會善待自己。

飛鷹見單單不語，眼中又閃過分古怪，對狄青道：「狄青，就算你不贊同我的計謀，但眼下嵬名單單已知曉我們的用意，也絕不能放她離開。」

狄青問道：「你有什麼計謀？難道說抓個嵬名單單，就能逼元昊就範嗎？」

飛鷹突然換了話題道：「你可知現在誰取代了范雍的位置，掌管永興軍呢？」見狄青搖頭，飛鷹道：「是夏竦。」狄青暗自歎息，心道夏竦也是個文臣，性質和范雍大同小異，朝廷這是換湯不換藥，難道趙禎還意識不到延邊的危機嗎？

飛鷹諷刺道：「范雍無能，夏竦無用，二人毫不例外都不知兵。夏竦此人好色享樂比起范雍來說，更勝一籌，他上任所做的第一件事你可知曉？」

狄青搖頭，心中更是古怪，暗想飛鷹為何對延邊這般熟悉，而且指點江山，更是熱情澎湃呢？

這絕非一個沙漠之盜會想的事情！

飛鷹侃侃而談道：「夏竦做的第一件事就是發出榜文，說有得元昊人頭者……賞錢五百萬貫。」

狄青半响才道：「這元昊的腦袋也夠值錢了。」暗想飛鷹要刺殺元昊，是為了賞錢嗎？看飛鷹逸興飛揚的一雙眼，狄青否認了自己的想法。

飛鷹又道：「狄青，你可知道元昊如何反應？」見狄青不語，飛鷹哈哈一笑道：「元昊只發個榜文回復，能得夏竦人頭者，賞錢兩貫！」

狄青不得不讚歎道：「元昊是個不世之才，相較之下，我等反落入了下乘。」他想的是，「元昊志在天下，只憑此舉，夏竦就遠遠不是對手了。自己刺殺元昊，相較元昊的胸襟，更是不敵。但自己事到如今，又怎能不出手？」

飛鷹緩緩道：「你說的不錯，但三川口大敗，絕非幾人之過，要怪只能怪朝廷為何讓范雍領軍。我等去刺殺元昊，非胸襟不如，不過是生不逢時而已。」他說及「生不逢時」四個字時，又是躊躇滿志，「你或許可以，我多半不行。」

「狄青，你我若能掌控西北，領軍對抗党項人，不見得敵不過元昊！」狄青望了飛鷹半晌，「你或許可以，我多半不行。」

飛鷹搖頭道：「你莫要自謙，眼下大宋沒了郭大哥，能擋住元昊鋒芒的人只有一個，那就是你！只是可惜，你奮戰年餘，立功不少，不被元昊制約，卻被大宋祖宗家法和那些無能之輩牽制。」狄青默然無語，可心中何嘗不覺得眼下空有氣力，卻無用武之地？一將無能，累死千軍。可朝廷無能，他空有為國之心，卻無施展拳腳之地。

狄青緊鎖眉頭，「他有什麼弱點？」

飛鷹似乎也在想著什麼，可看了眼飛雪，終於笑道：「元昊這次對陣夏竦，看起來已牢牢吃住了夏竦，但元昊顯然也暴露出了弱點。」

「他已驕，驕兵必敗！」飛鷹自通道，「他根本不認為還有人敢對他出手，所以現在正是我們出手的機會！只要得以擊殺元昊，西北可定，百姓能安，若大宋振作，收拾舊地也是指日可待。」

狄青聽飛鷹說得萬丈豪情，也切中他的心思，但他總覺得有些不安。

「那眼下，我們應該怎麼做？」

「趕赴興慶府，趁元昊稱帝之時出手。就算事有不成，我們有兇名單單在手，也留有退路。」飛鷹慎重道。

狄青目光掠過單單，又看了眼飛雪，喃喃道：「興慶府？看來我是非去不可了。」飛雪不語，似乎

眾人所議，和已無關，可一向清澈的眼眸，不知為何，突然有了絲波瀾，如春風撫動的湖面，也帶著分難言的憂慮。

興慶府為党項元昊西北第一城池。此府依山帶河，形勢雄固，北望狼山，西有賀蘭，兼有祁連山、黃河之險，地形險要，亦是眼下元昊稱帝建都所在。李德明在位之時，就曾北渡黃河興建此地，定名興州，元昊升興州為興慶府，大肆營造殿宇，廣建宮城。如今興慶府地勢廣博，城高牆厚，水利發達，極為繁華。興慶府雖說是党項人的心腹之地，但中原人在此居住的亦是不少。元昊尚武重法，蕃漢並用，在興慶府，為官的已有半數是中原人，因此蕃人在此雖是狂傲，但中原人亦不卑賤。

狄青終於到了興慶府。

他從毛烏索沙漠走出，進入興慶府的時候，只有一個念頭，刺殺元昊！

他和飛雪並肩走入了太白居後，撿了個不起眼的座位坐下。狄青見飛雪還是沉默，忍不住道：「你要帶我去個地方，就是這裡嗎？」

飛雪搖頭道：「不是我要帶你到這裡，是飛鷹要你先到這裡。」

狄青四下張望，沉吟道：「他現在又在哪裡呢？」

飛雪平靜道：「他當然在他應該在的地方了。」

狄青苦笑，已叫了一壺藏邊的青稞酒，品嘗著那酸中帶甜的滋味。飛雪竟然也在慢慢地喝著酒，眼中現出一種緬懷的思緒。如今西北元昊勢力已雄，隱約有與契丹、大宋分庭抗禮的架勢。這時元昊的地盤，北有契丹，東有大宋，西有高昌、龜茲，南有吐蕃、大理等國。因為興慶府彙聚天下百姓，又因受

大宋影響，城池建造格局如唐長安、宋汴京般，這裡有太白居，這裡有青稞酒，只要汴京有的，這裡竟然也模仿個十成十。

狄青心道：看飛鷹躊躇滿志，似乎對刺殺元昊胸有成竹，他約我在這裡等候，究竟是何打算呢？

原來狄青、飛鷹定下了刺殺元昊的計畫，狄青就和飛雪先往興慶府，飛鷹卻負責籌畫其餘的事情。至於單單，終究還是留在了飛鷹的手上。單單甚至連反對不滿的表情都沒有，她好像已認命。飛鷹向狄青保證，不到萬不得已的時候，不會對單單如何。狄青做不了太多，只希望飛鷹真的能夠言行如一。可狄青到了興慶府，下一步如何來做，還是一片茫然。

「飛鷹讓我在這裡等候，可是……你到底想要帶我去哪裡？」狄青唏噓道。要不是因為飛雪，他也到不了沙漠，更不會來到興慶府。人生總是不經意的一個轉折，就能掀起滔天波浪。

飛雪道：「到了那地方，你自然知道。」

「可我現在不能和你再出興慶府。」狄青為難道。

「我知道。」

「我這次的行動，其實連一成把握都沒有，但是我一定要出手。」狄青堅定道，「郭遵是我大哥！」

「他不再需要別的理由，這一個就足夠了！

「我知道。」

「我很可能會死在興慶府……」狄青神色悠悠，他在想，羽裳若知道他的行事，不會反對。「人總有一死的，我並不在乎。可無論事成或者不成，這裡多半會亂，你若能告訴我要去的地方，只要我不死，我爬也會爬去。我這一生，欠三個人的情，一個是你的，一個是郭大哥的……」

他欠的第三個人，當然是欠羽裳的，但他不必說出。那種情，他註定要用一輩子去還的。

飛雪雙眸凝望著狄青，並沒有問第三個人是誰，「我只想告訴你，只要你不死，我會極力帶你前去那個地方，因為這是命中註定的事情。可你若是死了，何必知道太多的事情呢？」

飛雪的意思也很明瞭，人死如燈滅，不必知道太多的事情，徒亂心意。

狄青盡一碗酒，不再多言。

飛雪反倒再次開口道：「你知道飛鷹是什麼人？」

「我不知道。」

「那你知道如何下手刺殺元昊嗎？」

「我不知道。」

飛雪譏諷道：「你什麼都不知道，就孤身到了興慶府，聽從飛鷹的安排去刺殺元昊？」她並沒有再說下去，但顯然覺得狄青太過莽撞。

狄青突然笑笑，「我只知道，飛鷹和元昊是敵人；我只知道，就算沒有飛鷹，我也要來興慶府；我只知道，有時候，我並沒有太多的選擇。我當然可以不來，可我以後會後悔。」

「你這和賭有什麼分別？」

狄青望著酒碗，那微黃的青稞酒映出截然不同的臉，可改變不了一個人的本性。

「年華」可以改變一個人的容顏，可改變不了一個人的本性。

「人生不就是在賭？」狄青惆悵道，「你的每一個選擇都是在賭，選擇對了，就賭對了；選擇錯了，就會賠點東西出去。更可悲的是，很多人別無選擇。」

飛雪平靜的目光又有了波瀾，良久才道：「那我只能告訴你幾件事情。第一，雖然都在賭，但有人一輩子都在贏，因為他考慮得多。第二，我不會陪你賭。」

「第三呢？」狄青問道。飛雪已站了起來，冷冷道：「我要告訴你的第三點就是，飛鷹的確是元昊的敵人，但敵人的敵人，不見得就是你的朋友。所以這次你若不死的話，我會再來找你，你是為了郭遵，我卻沒有理由陪你去死。」她說完後，轉身離去，片刻間，已不見了蹤影。

狄青陷入沉思，在考慮飛雪的用意，也在思索著飛鷹到底是個什麼樣的人。

就在這時，腳步聲響起，有幾人已走上了酒樓，一人大呼小叫道：「酒保，快些準備好酒！再辦一桌上好的酒席來。」

狄青聽那聲音有些耳熟，斜睨過去，心頭一跳，血往上湧，差點兒握裂了酒碗。

他沒有想到會在這裡遇到熟人，他認得說話的人叫做高大名，本是京中侍衛，而他身後一人，眼高於頂，神色倨傲，正是延州都部署夏守贇的兒子——夏隨！夏隨怎麼會來這裡，而且肆無忌憚？

夏隨並沒有留意狄青，他也根本想不到狄青會到了興慶府。聽高大名大呼小叫，夏隨皺眉道：「大名，小聲些，這裡是興慶府……」

高大名賠笑道：「這裡雖是興慶府，可夏大哥不是比在京城還風光？」

夏隨面有得意之色，撿了個靠窗的位置坐下，舉目向長街望去，眼中帶著期盼之意。狄青為免麻煩，出門的時候並未帶刀。四下望了眼，見夏隨身邊跟著高大名、屬戰、宋十五和汪鳴四人，心中冷笑。高大名這幾人當年都是夏隨的死忠，甚至曾想引狄青入殼，這次顯然和夏隨一起投靠了元昊。他已知道，夏氏父子投靠了元昊！他也隱約知道，三川口宋軍慘敗，就是拜這父子所賜！

狄青心中殺機已起，但還能保持冷靜。他的目標是元昊，如何殺了夏隨而不打草驚蛇是他需要考慮的事情。狄青思索間，宋十五諂媚道：「夏大哥，這次令尊和你都立了大功，可兀卒雖重賞了令尊，但只給夏大哥一個指揮使的職位，未免太過輕視了吧？」

狄青心中暗恨，元昊為何要重賞夏守贇？還不是因為當初延邊最大的內奸就是夏守贇！延州慘敗，郭遵身死，萬餘宋軍的冤魂，都是因為夏守贇的部署！

狄青正準備動手，突然聽汪鳴道：「好戲在後頭呢！這次野利王要夏大哥到此等候，說不定就要提拔夏大哥呢！」

夏隨叱道：「莫要亂說，若被野利王聽到，那可不好。」他雖是斥責，但臉上滿是得意，顯然這個消息不假。

狄青一凜，知道野利王就是龍部九王之一的野利旺榮，是元昊手下的重臣。他要見夏隨？他為何選在太白居見夏隨？狄青壓抑住衝動，因為聽到樓梯口又有腳步聲傳來，一人隨後出現在樓上。夏隨扭頭望見，慌忙站起迎上去道：「原來是監軍使大人，不知道⋯⋯王爺什麼時候能來呢？」

狄青見那人身形剽悍，雙眸炯然，暗自琢磨此人的來頭。他知道元昊為便於對五軍管理和調遣，仿大宋的「廂」、「軍」設置，以黃河為界，將全境劃為左右兩廂，下轄十二監軍司，監軍使就是監軍司中的官員。而野利王野利旺榮就統領左廂明堂軍司眾，因此位高權重。這次野利旺榮帶部下回來，多半是因為元昊稱帝在即，所以回都城協防？狄青正琢磨時，那監軍使道：「王爺偶染風寒，不能來了。」

夏隨滿是失望，可還裝作關切道：「那卑職⋯⋯倒想去看望王爺呢！」他和父親夏守贇當年是太后的親信，後來宮變事敗，雖說聖上說不再追究，可夏家父子隨後就被明升暗貶到了邊陲。夏守贇老謀深

算，當然知道天子在算帳，心中忐忑，只怕有一日趙禎會反目。夏家父子心一狠，這才投靠了元昊，當年他們在京城呼風喚雨，這時雖對個監軍使，仍是不敢怠慢。

監軍使大喜道：「不用了。不過王爺已保舉你入衛戍軍。調令這幾日就會下來，你好好地準備吧！」

夏隨大喜道：「多謝王爺提拔，多謝監軍使大人。」他知道衛戍軍就是京中御圍內六班直，是五軍之一。御圍內六班直和大宋班直一樣，那是元昊的親信才能入內充任，待遇好，地位高，一直都由黨項人充任，沒想到自己也能在那裡立足。

監軍使哈哈一笑道：「不用客氣，不過到時候……你可得好好謝謝王爺。」夏隨送聲應是，監軍使又和夏隨客套幾句，告辭下樓。

夏隨恭送那人下樓，等回身後，臉上難掩喜意。高大名已叫道：「夏大哥，你這次可發達了。到時候……莫要忘記提拔兄弟們。」

夏隨笑得嘴都合不攏，「一定，一定。」

幾人才要落座，又聽身後腳步聲起，都轉頭望去，見一戴斗笠的漢子走了上來。夏隨見那人不是監軍使，也不在意，才待讓酒保上菜，不想那漢子徑自到了夏隨等人的身前。夏隨感覺對方來意不善，霍然站起喝道：「你做什麼？」

那漢子半張臉遮在斗笠下，只是露出嘴角的一抹笑意，那笑意如蒼鷹睥睨般的冷酷，「你是夏隨夏大人嗎？」

狄青見到那人的冷笑，已認出那人是誰，不由凜然。這人為何要找夏隨？

夏隨微愕道：「我是夏隨，你是哪位？」

那漢子低聲道：「須彌善見長生地……」

狄青一震，夏隨一驚，高大名已失聲道：「你怎知道這聯絡……」陡然間收聲，滿臉的驚疑不定。

狄青聽了高大名的半截話，腦海中如閃電劃過，一瞬間已明白了太多的事情。「須彌善見長生地，五衰六欲天外天」，狄青一直不知道這句話的意思，當年丁指揮就是因為向錢悟本逼問此事的時候被殺。之後狄青雖然一直帶著這個疑惑，但奔波征戰，無暇再追究。現在聽高大名一說，狄青就已了然，這是夏隨他們聯絡的暗號。延邊很多人都被黨項人收買，錢悟本也是其中的一個。丁指揮就是因為發現錢悟本勾結黨項人的事情被殺，而夏隨殺人滅口，當然也就是掩藏夏家勾結元昊的事情。狄青心中暗恨，恨自己為何這麼晚才猜到這個事情。

那面的夏隨也是滿腹狐疑，緩緩道：「閣下是誰？」他聽對方說出自己在延邊的暗語，滿腹疑惑，以為這也是當年他聯絡的人手。那漢子推了下頭頂的斗笠，笑道：「我是……狄青！」那兩字如同霹靂般擊中了夏隨的腦海，夏隨訝然失措，不由倒退了一步。高大名最先反應過來，鏘啷一聲，已拔出單刀，喝道：「你敢來……」單刀才出，鮮血閃現。高大名話未說完，手捂咽喉，已倒仰摔在樓板上。他咽喉血肉模糊，爛得不像樣子，好像被鷹嘴啄過。

酒樓上一陣譁然，眾酒客見發生了命案，紛紛向樓下逃去。狄青雖很吃驚，但還鎮靜，在別人徬徨失措的時候，他已看到那漢子袖口突然冒出個鐵杆模樣的東西，頂端尖尖，有如鷹隼利喙，閃電般啄在高大名的咽喉上。

高大名死，夏隨大驚失色，縱身後退，叫道：「你不是……」他當然認識狄青，知道這人並非狄青，可他為何要冒狄青之名殺自己？夏隨想不明白。

夏隨畢竟身手不弱，後退之際，已拔刀出鞘。可夏隨單刀才拔出一半，就覺得胸口一痛，全身氣力倏然被抽了出去。

狄青見那人鷹喙般的利刃擊穿了夏隨的胸口，也震驚那人出手的狠辣快捷。

見到自己胸口血如泉湧，夏隨滿眼的不信和恐怖，嘎聲道：「你……為……什麼……」可那血湧得極快，夏隨眼前發黑，晃了幾晃，摔倒在地。臨死前，他突然望見了一雙眼，那眼中帶著譏誚、厭惡和憎恨，他突然認出來，那是狄青的眼。

殺他的不是狄青，可狄青就在他身邊。夏隨思緒混亂，不解緣由，喉結滾動幾下，再沒了聲息。宋十五等三人也倒了下去。那漢子只是用袖中的兵刃在其餘三人胸口啄了下，犀利如電。宋十五等人斃命時，那人拍拍手掌，手上乾乾淨淨，沒有半分血跡。膽小的酒客已嚇得屎尿都流了出來。那漢子殺人後卻不急於離去，伸手撕開夏隨的衣襟為筆，沾著夏隨胸膛的鮮血為墨，在雪白的牆壁上，寫了龍飛鳳舞的幾個大字。「叛宋者，死！殺人者——狄青！」

狄青就那麼看著，並不吃驚，只是皺了下眉頭。別人冒用他的名字殺人，他問也不問。別人殺人後留下他的名字，他好像也不反對。

那人殺人留跡，目光若有意若無意地望了狄青一眼，突然撮唇做哨，聲音淒厲。只聽到樓下有馬蹄邊響，狄青探頭望過去，見一匹健馬奔行而至，那人倏然而起，蒼鷹般從酒樓上飛出去，落在馬背上。

那馬兒奔得急，轉瞬去得遠了。

這時候，酒樓大亂，鑼聲四起，才有兵士遠遠地趕來……

第十章　元　昊

狄青回返客棧的時候，一副事不關己的模樣。誰都看到凶徒已走，趕來的兵士只是例行盤問一下，就放一幫食客離去。誰都以為狄青已走，誰都不知道狄青就在他們身邊。

狄青殺了夏隨，這消息已在興慶府傳開了。有人振奮，有人惶惶，有人咬牙切齒地想找狄青一較長短，也有人提心吊膽地怕狄青前來算帳。叛變大宋的當然不止夏隨一個人。誰都不知道狄青殺了夏隨後，會不會再次出手。

興慶府因為狄青的名字，已變得波濤暗湧，可當事人狄青，還是有點兒糊塗。他雖不是殺人凶手，但他已知道凶手是誰。

殺人的不是狄青，而是飛鷹！飛鷹果然有狂妄的本錢，就憑他閃電般擊殺夏隨五人，狄青就知道，三個石砣綁在一起，也不是一個飛鷹的對手。可這樣的人，橫空殺出，收服石砣，認識他狄青，還立志要為郭遵報仇，他到底是誰？狄青想破頭也想不出來。但更讓狄青頭痛的是，飛鷹既然要和他聯手刺殺元昊，為何要大張旗鼓地擊殺夏隨？如此一來，興慶府豈不是戒備重重，他想要入宮行刺元昊，更是不易！

最讓狄青不解的是，飛鷹這樣的身手，比殺手還合格，他既然大義凜然地為郭遵復仇，為何不親自去刺殺元昊？又想起飛雪說過，「敵人的敵人，不見就是你的朋友！」狄青感覺到事情並不是想像的那麼簡單。

狄青回到了客棧，見眾旅客都在議論著太白居酒樓的凶案，說得口水橫飛，有如親見。狄青懶得多聽，等回到房間後，見隔壁房間換了人，知道飛雪已走，不由一陣悵然。那個雪一樣的女子，就真的和飛雪一樣，飄飄忽忽，讓人難懂冰冷後的用意。

狄青在客棧睡了一天，並不出門。等到第二日晚上，狄青出了客房，才待去找些吃的，就聽到庭院處喧喧嚷嚷，有夥計道：「官爺，這邊請。」狄青聽腳步聲竟向自己住處走來，心中微凜。

那腳步聲在狄青房門前停住，那夥計討好道：「官爺，你要找的那位客官，就在這房裡面。」緊接著有人拍門道：「霍十三可在嗎？」

那聲音平和，聽不出半分敵意。狄青到了興慶府，當然不會像飛鷹那樣，大搖大擺地把別人的名字蘸血寫在牆上，但他住客棧寫的也不是自己的名字，他登記的名字就叫做霍十三。狄青打開房門，就見到門前站著一人，長得有如門框一樣，四四方方，好像客棧才建起的時候，他就和門板一塊嵌在那裡。

見狄青開門，那人突然問道：「昨天老王家死了一條狗。」

狄青道：「老王家的狗死了，關我什麼事？」

那軍官道：「不關你的事，那關誰的事？」

狄青道：「你或許應該去問問老張家的母狗。」

那店夥計若是聽到二人的對話，只怕要瘋掉。那軍官沒有瘋，伸手入懷拿出半枚銅錢遞過來，狄青

夥計見二人竟像是認識的，識趣地退下。夥計久在興慶府，當然知道這位官爺是御圍內六班直的人，這些人素來只賞耳光，不賞錢的。

可退下的時候，夥計還很奇怪，老王家的狗死了，又是什麼大不了的事情，需要內府班直的人來通知霍十三？

拿出另外一半對了下，銅錢合成完整的一枚，只因為這本來就是一枚銅錢掰開的。

那軍官眼中露出分釋然，低聲道：「跟我來。」他轉身就走，狄青皺了下眉頭，終於跟了上去。方才二人的對話不是廢話，是飛鷹和狄青要聯繫的暗號，而那半枚銅錢，也是他們聯絡的憑證。

狄青想過千百人來找他，可做夢也想不到，找他的人竟然是御圍內的六班直。

飛鷹到底有什麼手段，竟然能差使動這些二人呢？或者是，這本來就是個陷阱，飛鷹就想利用這些二人將狄青除去？

狄青沒有回頭路，他跟著那軍官出了客棧。客棧外早有兩匹馬，狄青和那軍官上了馬，向城南奔去。二人到了城外，那軍官不說話，狄青也保持沉默。二人越行越偏，漸漸到了一高崗。那裡荊棘遍布，萬木橫秋。塞外的秋，總是來得比江南更早些。

狄青暗自戒備，不解那人為何將自己帶到這裡，難道說飛鷹要在這裡等他？那軍官上了高崗，到了密林裡。狄青這才發現果然有一人在等著，但那人絕不是飛鷹。

那人滿面虯髯，神色木訥，眼中藏著比晚秋還淒涼的悲傷，見到狄青來後，渾身上下竟劇烈地顫抖起來。他身邊還有個坑，埋個人不成問題。狄青搞不懂這人見到自己為什麼會害怕，那軍官為何要帶自己見這個人？

那軍官已道：「他叫尚羅多多，御圍內六班直的人。御圍內六班直分三班宿衛，負責宮中的安全。尚羅多多是虎組的，眼下是個散都頭的職位，每個月領兩石米，五兩銀子。」

狄青差點兒要問這關我什麼事？可見到尚羅多多死灰樣的眼神，竟問不出口。

那軍官又道：「三班分虎、豹、熊三組。虎組的領班叫做毛奴狼生，也就是尚羅多多的頂頭上

司。」狄青皺起眉頭，竟還能忍住不問。那軍官對狄青的沉默反倒有種欣賞，對尚羅多多道：「你還有什麼話說？」

尚羅多多竟然脫下了衣服，疊好遞給狄青道：「這是我的衣服。」又脫下了靴子遞給狄青，「這是我的鞋子，你穿著應該合適。」

狄青接過了衣服和鞋子，滿是困惑。尚羅多多又解下佩刀遞過去道：「這是我的刀。我走路的時候，左肩低，右肩高，我最喜歡吃清蒸羊肉，不喝酒，平時沉默寡言，親人都死了。我沒有女人，性格小氣，花錢節省，少說話。」嘴角咧出淒涼的笑，「其實這些我都寫了下來，你可以看看這封信。」他遞過一封信給狄青。

狄青戒備在心，緩緩接過書信，卻不展開，更不懂尚羅多多為何要說這些。

尚羅多多目光已望向了遠方的白雲，突然說了句，「入秋了，冷呀！」他手腕一翻，已亮出一把精光閃閃的短刀，用力揮過去。狄青眼中閃過駭然之色，但並沒有閃躲，因為那短刀並不是刺向他。嗤的一聲後，短刀入胸，尚羅多多這一刀，竟然刺在了自己的胸口上！

狄青震驚非常，那軍官還很平靜，似乎一切都在意料之中，對尚羅多多道：「你放心去吧！」尚羅多多軟軟地倒下去，掉到自己挖的那個坑裡，抽搐幾下，再沒有了動靜。可是一雙眼仍是睜著，死死地望著碧空。

涼風起，寒了一秋的黃綠。狄青只覺得渾身發冷，扭頭向那軍官望過去，啞聲道：「為什麼？」那軍官眼中也閃過分悲哀，道：「因為他和你很像……」

狄青不明白自己和尚羅多多像在哪裡，見到那衣服、佩刀和鞋子，又望著那個坑，終於明白過來，

「你們要我扮成他？」

那軍官點點頭，一字字道：「不錯，從今天起，你就是尚羅多多！」

秋涼如水，狄青入宮充當侍衛已有月餘，並沒有人看出狄青的破綻。

尚羅多多本不多話，身材和狄青彷彿，唯一不同的是，尚羅多多虯髯滿面，可狄青容顏俊朗。但這並不是問題，領狄青入宮的那個軍官刮下了尚羅多多的鬍子，一根根地沾在了狄青的臉上。

狄青搖身一變，變成了沉默寡言的尚羅多多。這本是一場精心策劃的行動，每個步驟，都經過了周密的安排。為了讓狄青混入宮中刺殺元昊，飛鷹竟然能讓尚羅多多甘心赴死，也能讓宮中侍衛冒殺頭的危險帶狄青入宮？這個飛鷹，到底什麼來頭？怎麼會有這般本事？

狄青一直沒有見過元昊。這是興慶府，這裡算是元昊的皇宮，但元昊好像很少來到這裡。狄青並不著急，他知道元昊十月會在興慶府的南郊祭臺祭天稱帝。那一日，元昊總要與群臣在天和殿議事，那時候，也就應該是他下手之時。

飛鷹自從將狄青送入宮內後，再沒有進一步的舉動，是不是也等那天進行刺殺行動？狄青來宮中月餘，已知道帶他入宮的軍官叫做浪埋，是豹組的隊長。虎組的毛奴狼生性格殘忍，以虐人為趣。好在毛奴狼生似乎對狄青沒什麼興趣，這月餘來，宮中風平浪靜。可宮外並不平靜，應該是說，興慶府外並不風平浪靜。飛鷹殺了夏隨後，出了興慶府向西，一路上掀起了無數風浪。當然，這些事情都算在狄青的頭上。

狄青還不是很明白飛鷹的意思，但他能忍，等待給元昊致命的一擊。

只要能殺了元昊，狄青等死都可以，更不要說等些日子。

這一日，狄青整理了裝束，準備入宮當值。孤單單地走在青石大街上，這時秋意生涼，雲闕蒼蒼，他突然有些想念塞下的風光，更在想著，塞下的兄弟，眼下如何了？元昊自從三川口一戰後，借此戰勝出之威，積極為稱帝做準備，宋廷那邊不知是何反應？

正沉思間，狄青已近宮門前，有兵士驗過腰牌，放狄青入宮。元昊稱帝前，雖說發揚蕃學，建五軍，創八部，但宮內禮儀和大宋大同小異，狄青久在宮中，應對遊刃有餘。今日狄青領到的任務，是負責巡視丹鳳閣左近。和狄青一隊的人還有三個，分別叫做尚乞、嘎賈和昌里。尚乞是四人的隊長。御圍內六班直分虎、豹、熊三組，每組又分二十四隊，每隊又是四人、八人不等，分別巡視宮中要地。丹鳳閣本是單單公主住的地方。

狄青知道這些消息後，忍不住歎了口氣。他知道單單公主肯定不在丹鳳閣，這麼說值守丹鳳閣，也不過是例行公事。

狄青在宮內已月餘，可只輪到一次到人和殿巡視的機會。那裡本是群臣議事的地方，元昊有時會去。元昊宮中禮儀雖和汴京彷彿，但戒備嚴格之處，遠勝汴京大內。狄青就親眼看到過，有個兵衛因為晚出宮片刻，就在宮門外被砍了腦袋。

宮中護衛輪換嚴格，如節氣運行，絲毫不亂。狄青若不是採用變成尚羅多多的方法，絕對混不進宮中來，更不要說刺殺元昊。

從監獄到丹鳳閣，中間要過人和殿。狄青過人和殿的時候，見一幫大臣低聲商議著什麼，其中有一書生模樣的人站在殿前，抬頭望天，神色飄逸。狄青感覺那書生有點門道，怕露出破綻，不敢多看。聽

身後有腳步聲傳來，斜睨了眼，心頭一跳。

身後那人鬚髮皆白，神色威嚴，竟是夏守贇！狄青抑制住衝動，腳步不停，已和夏守贇分道而走。

狄青只見到夏守贇急走到殿前，向殿前那書生行禮道：「中書令大人，下官來遲，還請恕罪。」

狄青心中微凜，暗想原來那書生就是中書令張元。他知道大宋的中書令只是榮耀，並不掌實權，比如說八王爺就是宋廷的中書令，但沒什麼權力。元昊雖蕃漢皆用，但由党項人掌控軍權，張元是個漢人，卻能位高權重，不能不說是個異數。

狄青不便多看，隨尚乞去得遠了，還聽張元笑道：「好飯不怕晚。三川口一戰，多仗夏大人的妙計。」

夏守贇賠笑道：「一定，一定。」

狄青聽到「兀卒將回」四個字，心中微動，知道元昊一回，就是他動手的時候了。眾人過假山奔丹鳳閣，一路上金碧琉璃。這裡的奢華雖不及汴京大內，但宮殿氣勢恢弘，卻勝在氣魄逼人，隱如元昊的大志。

狄青知道一路行來雖是風平浪靜，但如走錯了地方，只怕轉瞬就有刀劍砍來。四人均是悶不做聲，狄青卻留意四周的建築地形。他在宮中月餘，唯一能做的就是將所經之處的地形和護衛方位記下來。

等又過了處花園，遠遠望見花樹掩映處現出閣樓飛簷，狄青就知道，已到了丹鳳閣。四人到了閣前，尚乞與守在這裡的兵士交換了令牌，就吩咐三人分站閣樓四處。眾人都和樁子一樣地立在那裡，沉默無言。

日落黃昏之時，平安無事，尚乞見時辰將至，不由得舒了口氣，只等換班之人前來，眾人就可出

宮。不想就在這時，遠處突然有腳步聲響起，有四個女子抬頂小轎行了過來。尚乞上前喝道：「來者何人？」

那轎子停下，從轎子中傳來聲音道：「連我你都不認識了嗎？」那聲音如流水清風，又像鳴泉冰灘，風雅中帶著分高傲。

尚乞聽到那聲音，慌忙單膝跪地道：「卑職不知部主前來，還請恕罪。但還請部主出示令牌，卑職不敢破了規矩。」

狄青聽到轎中的聲音，卻是心中一震，暗叫道：「我聽過這聲音嗎，怎麼會如此熟悉？難道說……我認得這女子嗎？」

任憑他搜遍記憶，可終究還是沒有想到這女子是誰。飛雪嗎？不像，飛雪絕沒有這種柔媚的腔調。單單公主？也不是，單單沒有那聲音中的嬌翠。可若不是她們兩個，那會是誰？部主？難道說這人是元昊八部中人？

那女子輕聲道：「你沒有錯。」轎子窗簾一挑，一隻手伸出來，手上拿著面令牌。狄青遠遠望不真切，只見到令牌隱泛金光，上面似乎畫著個仙女飛天的圖案。

尚乞見到那令牌，這才道：「不知道部主來此，有何貴幹呢？」

那女子道：「因兀卒找我有事，此刻方回，我只想順路看看……公主回來了沒有？」尚乞搖頭道：「公主還沒有回來。」

那女子幽幽一歎道：「她也不知道去了哪裡，真讓人憂心。起轎吧！」那四個宮女抬起轎子，向宮外行去。

狄青望著那轎子遠去，恨不得掀開轎簾看一眼，可也知道絕無可能。那轎子消失不見，換班的豹組已前來，狄青出了宮中，又平添了一分疑惑。

御圍內六班直在宮外都有軍營可供休息，但這些宮中禁軍多數都是貴族子弟，平日驕橫，再加上武技不俗，在宮內雖是大氣不敢喘，但出了宮，不到深夜不會回返軍營休息。

狄青亦不想這麼早回營，夜幕已垂，他信步街頭，還在想著轎子裡面的女人是誰。

他認識的女人並不多，怎麼會有一人是八部中人？

狄青正思索時，聽路邊有酒肆傳來淒淒琵琶之聲，有老者啞著嗓子唱道：「屈指勞生百歲期，榮瘁相隨。利牽名惹逡巡過，奈兩輪、玉走金飛。紅顏成白髮，極品何為。紅顏成白髮，極品何為？」

狄青不懂這詞是誰寫的，聽到「紅顏成白髮，極品何為」的時候，心中油然一股蒼涼之意。他當兵十數載，日月如梭，可很多兄弟都死了，心愛的人不能相聚，郭遵也去了，他人未老，心已滄桑。琵琶聲漸轉淒涼，狄青突然心頭一震，呆立在當場，他終於想到了轎中之人是誰！

是她，應該是她！若不是她，誰會有那種風情的語調？可怎麼會是她？狄青不敢信，心中告訴自己，這世上，聲音類似的人多了，不可能是她的……

狄青心亂如麻。琵琶聲盡，月色愁苦，狄青呆立長街許久，這才苦澀地笑笑，走街穿巷，向軍營走去。

他的笑容中滿是無奈之意，這時他已走到了巷口。

他才待出巷口，突然稍停下腳步。他心雖亂，但警覺未失，他倏然感覺踏入了一個死地。殺機四起。

有人要殺他，是誰要殺他？他們要殺的是狄青，還是要殺尚羅多多？狄青不知道，但只聽到刷的一聲響，高牆兩側已冒出數人，手持連環弩，一扣扳機，巷子內弩箭如織，已把活路全部封死。

狄青就算是飛鳥，那一刻也再無生路！狄青若在巷子中，必死無疑！可狄青警覺早生，就在那些人冒頭的那一刻，已上了高牆。他走路時，一肩高一肩低的像個酒鬼，可躍上高牆時，卻如虎生雙翅。

那些人扳機一扣下，可狄青已到那些人的身側，用力撞過去，只聽到幾人悶哼跌落，手中弩箭斜射出去，竟將對面高牆的人射死。而他們跌落巷內，已被高牆對面射出的弩箭打成了篩子。兩側殺手都未想到，狄青尚未出手，他們就已自相殘殺而亡。

狄青冷汗淋漓，無暇去查看殺手是否有活口，因為他要應付迫在眉睫的危機。

一刀劃破夜空，有如流星，已向他兜頭斬到。那刀極快，極厲，就像亙古已存，就等著狄青上牆，然後取他性命。

狄青來不及拔刀，只能退，可他在高牆，一退成空，已向牆下落去。那如月色的刀光暴漲漫天，堪堪斬到狄青的脖頸，狄青只來得伸手一擋，拿著把搶來的弩弓擋了下。噹的一聲，弩弦繃斷，可長刀終於頓了片刻，狄青倏然而落，退在牆側。

高牆那人連出兩刀，只斬斷弩弦，才待人借高勢，再次出刀，可他身形陡然凝了下，然後就從高牆栽下來。噹啷一聲，長刀墜地，那人摔落在地，抽搐幾下，再沒有了動靜。他脖頸上卻多了枝弩箭，從他的咽喉斜入，幾乎全部沒了進去。

狄青落地之前，已拔出一支射在牆上的弩箭，當做飛鏢擲出去，擊殺了那人。

狄青落地之時，背脊微弓，雙耳豎起聆聽動靜，準備迎接下一輪的攻擊。這幫人絕不是要殺尚羅多多，尚羅多多還不配，這麼說，來人就要殺他狄青？

他們怎麼知道狄青就是尚羅多多？

狄青一顆心沉下去，緩緩轉過身來，望向巷子的另一頭。不知何時，有一頂轎子已無聲無息落下。

轎子旁站著一人，皎皎的月光只照在那巷牆上，投下一道暗影，蓋在那人四四方方的身上。狄青瞳孔微縮，低喝道：「浪埋？」他目光敏銳，已認出那人正是浪埋！

浪埋帶他入宮，為何又要殺他？如今刺殺失敗，浪埋為何不走？難道說他還有底牌在手？狄青一步步地走過來，盯著浪埋的舉動，更留意他身邊的那頂轎子。

浪埋見狄青走近，突然道：「這些人，是我安排來殺你的。」

狄青見浪埋直認不諱，反倒有些愕然，不由問：「為什麼？」

「因為我讓他做的。」一個聲音從轎子中傳來，滿是威嚴肅穆。

狄青一聽那人說話，就知道應該沒有見過那人。而轎子中人，應該是掌握重權之人。因為只有那種人，說話的口氣才永遠地高高在上。

狄青不語，等待對方的答覆。良久，轎中人終於道：「你我都有個共同的目標，那就是殺了元昊。」

我本來希望飛鷹親自出手，但他建議讓你來，我並不放心。」

狄青反問：「飛鷹為何不親自出手？」

轎中那人道：「因為他還有更多的事情要去做。」

狄青嘲諷道：「你不放心，所以就要試試我。你有沒有想過，我若是躲不過他們的暗算呢？」

轎中那人冷笑道：「你若是躲不過那些暗算，不如立即去死。這世上只有兩種人，有用的，沒用的。沒用的，最好早些死了，以免連累旁人。」

狄青沉默下來，知道轎中人的意思。這次刺殺，已經過精心的策劃，勢在必得，若不成功，不知道有多少人要死。都說元昊殘忍好殺，他若不死，死的肯定不止狄青一人。

對方雖對他暗算，可狄青反倒有些放下心來，暗想這些二人若不是苦心積慮對付元昊，實在不用費這般周折。雖然說敵人的敵人，不見得是他的朋友，但他狄青現在只能與這些二人聯手。

轎中人放緩了口氣，「不過……你果然不負我的期望。你若能成行，日後想要什麼，就會有什麼！」不等狄青再說什麼，轎子已被抬起，出了巷子。明月照在長街上，如同凝了一層霜。

狄青沒有再追上去，只是想著……這人如此自負，會是哪個？他終於明白了一點，安排他入宮的不是飛鷹，而是轎中那人。這麼說……這人在宮中有很大的權力？

狄青不再想下去，也沒有追上去，出了巷子，選擇了另外的一條路。至於屍體如何處置，他根本不用去考慮。他現在唯一需要考慮的是，他怎麼才能殺了元昊。

那轎子又過了幾條街，終於停了下來。浪埋一旁道：「王爺……為什麼不走了？」轎簾張開，秋月再年輕二十歲，無疑也是讓女人心動的美男子。但英雄末路、美女遲暮，都是讓人無可奈何的事情。他若著天空那皎皎的明月，轎中人突然道：「很久沒有見到這麼明朗的月色了。」那人額頭很高，鼻梁很挺，但鬢角已染了霜白。他若高冷，撒下淡青的光芒，落在了轎中那人的臉上。浪埋一旁道：「王爺……

浪埋試探道：「你覺得狄青武功不夠強？」

轎中人歎口氣道：「這是我生平，最沒有把握的一次出手。但我必須要出手……」

浪埋道：「王爺……你可是擔憂不能成事嗎？」

轎中人搖頭道：「他已是我們能找到武功最強的人了。就算飛鷹親自出手，只怕也不能強過他。」

「那王爺還怕什麼？」浪埋眉宇間也有憂愁。

轎中人望了浪埋一眼，眼中閃過一分感慨，「因為你我都知道，狄青要殺的人，只有更強！」他突然帶些嘲諷的笑，「想當年，趙允升豈不是也聯繫我們去殺宋天子？如今風水轉了，變成我們聯絡狄青來殺元昊，也是好笑。」

轎中人雖說好笑，可眼中一點兒笑意都沒有，因為他知道這件事一點兒都不好笑。元昊不是趙禎，此事若不成，後果不堪設想。

浪埋猶豫道：「其實……有句話不知當講不當講？」

轎中人道：「你說吧！這時候，你我還分彼此嗎？」

浪埋建議道：「如果王爺放手退隱，說不定可以避過這劫。有時候……退一步才是好棋。」轎中人目光一厲，低喝道：「你可是有了退意？」

浪埋不避轎中人的目光，沉聲道：「浪埋不懼，可只為王爺憂心。我們雖做了布置，又安排了狄青，但要取兀卒的性命，仍沒有太多的把握。浪埋死不足惜，可還怕王爺有事。浪埋斗膽，還請王爺三思。」

轎中人移開目光，感喟道：「就算我放手，兀卒會放手嗎？兀卒不再是當年的那個兀卒了，我陪他打下了偌大的江山，不想只是區區的一個种世衡，就讓他對我有所猜忌。這次讓我從明堂回返興慶府，明裡是他稱帝在即，讓我回來恭賀，可是……他想著什麼，我並不知道。我當然可以放下一切，但放下了，和死有什麼區別呢？」

浪埋不再相勸，因為他也知道，有時候人活著，就是因為放不下！

權力可以讓人瘋狂，權力當然也能讓人滅亡！

轉眼間狄青又當了三天的侍衛，但他反倒不急了，因為他知道有人比他更要著急。

這一日入宮，狄青輪值日班，前往養心堂值守。那裡平日沒什麼人去，算不上要地。狄青不等出發，就遇到浪埋。二人雖早熟識，可彼此見面，從不多說一句。只是擦肩而過的時候，浪埋突然對狄青道：「你欠我的錢，是不是不打算還了？」

眾人均是一怔，狄青冷笑道：「我什麼時候欠你錢了？」回話時他已知道，出手的時候到了。

浪埋一拳打過來，卻被狄青刁住了手腕，二人角力片刻，尚乞已過來勸道：「有事出去說！」

浪埋收了拳頭，悻悻道：「你莫要讓我再看到你。」他霍然轉身離去，尚乞埋怨道：「你怎麼惹了他呢？出去的時候，小心些……誰都管不了這些閒事。」

這本是宮中禁衛常見的糾紛，既然沒有出事，眾人自是見了就忘。

狄青臉上滿是怒容，拳頭緊握，跟在尚乞身後，到了養心堂的時候，還有些憤憤不平。等獨自一人梭巡的時候，狄青這才展開手心，見到裡面有粒蠟丸。輕輕地捏碎那蠟丸，裡面露出薄如蟬翼的一張紙。

狄青看了兩眼，已明瞭了一切，將那紙搓成碎屑，小心翼翼地埋了起來。

日近黃昏，斜陽照過來，映得紅牆如血。狄青望著那堂頂的琉璃閃爍，目光也有些流離。

紙上只寫著一句話：「明日天和殿出手！」

命令簡單明瞭，可為了這一擊，端是花費了太多人的工夫。

明日出手，他今夜一定要潛到天和殿去。

狄青有些皺眉，御圍內六班直分三組，三組各二十四隊，每隊人的腰牌都在宮中有詳細的記錄。這種措施不但防得刺客無法入內，就算對衛戍軍也一樣地防備。

狄青一直想不通，如果他突然消失不見，浪埋等人如何填補這個缺口。

狄青正疑惑時，有一宮人走進，見到尚乞笑道：「尚乞，王爺說有事吩咐我，讓我來找你，不知道是什麼事呢？」宮中多少可隨意走動的，也就是宮人宮女。這裡是養心堂，看那宮人的服飾，倒像是禦膳房的人。

尚乞四下望了眼，說道：「王爺說……」他蚊子般地說了幾句，聲音很低，那宮人很是奇怪，問道：「你說什麼？」可不等再問，陡然間雙眸突了出來，因為一根繩子已扼住了他的脖子。

繩子的另一頭，就在尚乞的手上。狄青遠遠見到，吃了一驚，隨即明白了什麼。

尚乞殺了那宮人，扭頭對狄青喝道：「脫衣服，解佩刀。」他將狄青的衣服、佩刀、腰牌統統地換在那宮人的身上。

狄青想通了，尚羅多多已死，而宮中少個宮人暫時無妨。尚乞殺了這宮人，不過是充當尚羅多多的替屍，也就添了狄青離去的缺口。

尚乞給那宮人穿了尚羅多多的衣服，再為那宮人沾上了鬍子，又在那宮人的臉上塗上了鮮血，就算是狄青，也覺得躺在地上那人就是自己。

嘎賈已從假山處刨出一坑，取出裡面的衣服讓狄青換上。那是一套緊身的衣物，除了衣服外，尚有一雙鞋、兩個竹筒、一柄短劍和一小包吃食。嘎賈在狄青換衣之時，說道：「一竹筒是毒水，射程四

尺。一竹筒是毒針，射程七尺！只有一次噴射的機會。均是在近身的時候使用，只要一點兒沾到對手，那就萬劫不復了。這兩件暗器都只有一個按鈕，一按就發射。」

竹筒構造巧妙，黑幽幽的，讓人心生畏懼之感。狄青接過竹筒，妥善放好，目光卻落在那短劍之上。那短劍外有一短鞘，黑黝黝的並不起眼。嘎賈抽劍出來，那劍極短，僅有一尺，但森氣凜冽，碧了拔劍人的眉髮。

狄青忍不住道：「好劍。」他甚至不用試，就能感覺到那劍能切金斷玉，削鐵如泥。嘎賈突然用拇指一按劍柄突出的花紋，只聽叮的一聲輕響，劍芒暴漲，倏然變成三尺之長。狄青目光一閃，歡口氣道：「好劍。」他不能不說，這些人為求殺死元昊，什麼都考慮到了。

嘎賈按了下那花紋，長劍縮回，狄青接過那短劍插在腰間，終於明白原來一直以來，不是他喬裝得好，而是因為尚乞、嘎賈和昌里，本來就和他是一夥人。

這麼說，宮中侍衛已有很多是轎中人的手下？

狄青來不及多想，昌里已走過來道：「那處假山，有個凹洞，足夠你藏到天黑。剩下的事情，需要你自己解決。」狄青點頭，已鑽到假山之中。之後聽警訊傳出，腳步聲繁遝，已有人向這方向奔來。

尚羅多多死了，因不服命令擅自走動，被尚乞殺死。

在宮中，等級制度極為嚴格，不服上意就是死罪。至於就算有人懷疑，也是以後的事情。喧囂過後，漸趨平靜，養心堂只留了四人把守，如同尚乞幾人一樣立在那裡。狄青藏身假山洞穴中，等著日落西山，等到夜幕降臨。

無星無月，宮中雖有燈火燃起，但養心堂周圍滿是黑暗。狄青已留意到那看守的侍衛有些打盹，趁

其不備的時候，悄然出了假山，向天和殿的方向行去。

這些天來，他早對宮中的一草一木都熟悉非常，輕易地避開了警戒，到了天和殿旁。

天和殿本是元昊和群臣商議要事之所，白日雖戒備森然，但到了夜晚，因為並無人留，防範也就弱了很多。狄青如狸貓般，從一側柱子攀沿而上，輕踩琉璃瓦片，到了大殿的偏上方。尋了半晌，掀開幾片瓦，閃身而入，藏在大殿橫梁之上。

從那裡看去，下方處一覽無遺，但因這裡是個死角，下方的人反倒見不到上面的動靜。狄青可以看到殿上高臺有一龍椅，鋪著繡著龍的黃緞。那裡只有一張椅子，想必坐著的，也就只有一人。那就是西北獨一無二的元昊！

天和殿比起汴京的皇宮大殿來，少了靡靡之氣，宮殿無人，卻多了蕭然蕭殺的氣息。狄青望了那龍椅許久，揣摩著下手的角度後，終於從懷中取了乾糧，緩緩下嚥。尚乞給他準備的吃食，他動也不動。

他從未信任飛鷹和轎中人，但他信──眼下元昊不死，他就還有被利用的價值。有時候，到底是誰在利用誰，沒有人能分辨清楚。

事情好像很複雜，事情又像是過於順利。到了現在，狄青已沒有了回頭路。他坐在梁上，想了許多，最思念的還是雨中輕舞，霓裳羽衣，但那翩翩之舞中，似乎總有條藍色的絲帶隨風而起。藍得如海，潔淨似天，狄青閉上了眼，靜待天明。

雄雞三唱，東方微白，狄青早醒，調息運氣，稍活動一下筋骨。他在此休憩的時候，已小心翼翼，連粒灰塵都不讓掉下去，他知道不久後……元昊早朝的時候就到了。很快，那兩扇厚重的殿門被小心翼翼地推開，

一縷陽光從外照了進來，只撕開殿中暗影的一角。秋日的晨光，帶著分南飛大雁的淒涼。狄青望著那晨光，突然想到，原來每日見到晨光，也不是件容易的事情。

鼓樂聲起，有執戟侍衛分兩列而入。他們不用再檢查什麼，因為他們自信，以這裡防範的森然，就算鳥兒，都很難飛得進來。

進來的十數個臣子，狄青大多不識。有值殿官喝道：「百官入內。」

狄青能認出的人只有兩個，一個是那滿是書卷氣的中書令張元，另外一個當然就是大宋叛將夏守贇。可狄青更留意的是另外一個人，那人站在張元之後，遠在夏守贇之前。那人額頭很高，鼻梁挺直，鬢角微染霜白。以那人所站位置來看，應是元昊手下的重臣。這次刺殺行動極為縝密，若非是重臣，豈能輕易掌控布局？

不會問太多的事情。

狄青能認出的人只有兩個，一個是那滿是書卷氣的中書令張元，另外一個當然就是大宋叛將夏守贇。可狄青更留意的是另外一個人，那人站在張元之後，遠在夏守贇之前。那人額頭很高，鼻梁挺直，鬢角微染霜白。以那人所站位置來看，應是元昊手下的重臣。這次刺殺行動極為縝密，若非是重臣，豈能輕易掌控布局？

他雖在宮中月餘，但和這些官員卻少有見面，他是個侍衛，更

群臣就位後，樂聲又起，群臣肅然垂手，恭候元昊前來。狄青聽偏廊處腳步蹉蹉，斜望過去，見那裡走出兩隊護衛，左右各八名，均是身著金甲，手執長戟，極具氣勢。

狄青心頭沉重，他已就看出，那十六名護衛均是步履沉穩，淵渟嶽峙，顯然都是武技好手。可那十六人就算金甲長戟，氣勢非凡，卻也掩不住中間行來那人的風采。那人身著白衣，頭戴黑冠。白衣勝雪，黑冠如墨。他渾身上下，第一眼都要留意、不能不看的人。那人無論你在什麼地方，第一眼都要留意、不能不看的人。那人身著白衣，頭戴黑冠。白衣勝雪，黑冠如墨。他渾身上下，可說是沒有半分華麗的裝束，因為他已不用龍袍金冠來維護所謂的尊嚴。他若是龍，走到哪裡都是龍，何必衣錦著綺？

他就那麼緩步地走上了龍座，靜靜地坐下來，手指輕彈。一把長弓置在案前，一壺羽箭輕放手邊。

長弓剛勁，壺中只插著五支箭，箭鏃顏色各異。一支燦爛若金，一支潔白若銀，一支泛著淡黃的銅色，另外兩支箭鏃一黑一灰，泛著森然的冷光。

狄青心中已在想，那五支箭矢若和箭鏃一樣的顏色，就應該是金銀銅鐵錫五種。這人狂傲如斯，難道認為天底下，只需要這五支箭就能解決一切問題嗎？驀地心中一震，狄青心中有些古怪，彷彿想到個極為重要的事情，偏偏一時間忘記是什麼。

鐘磬一響，萬籟俱靜。元昊終於開口道：「中書令，我志在一統天下，三川口一戰後，又過大半年之久，不知你可有了取天下之策？」那聲音不帶絲毫的狂傲，甚至可說是漫聲輕語，但其中語意決絕，不容置疑。

狄青心中一震，暗想大宋整日想著內鬥，趙禎年少缺乏魄力，比起這整日想著一統天下的元昊，可差了許多。

中書令張元上前，恭聲道：「啟稟兀卒，定天下之計早有，無非是盡取隴右之地，據關中形勝，東向而取汴京。若能再結契丹之兵，時窺河北，使中原一身兩疾，其勢難支撐久矣。」

元昊一聽，並不回應，只是手撫桌案，食指輕叩。狄青這才留意到，元昊的手掌秀氣，手指纖長，但輕輕叩動，卻顯得極為有力。

不知為何，狄青從他敲擊的動作中，宛若看到力士擂鼓，金戈錚錚，這是不是說，元昊表面上雖儒雅平靜，可內心卻戰意熊熊？

可最讓狄青留意的是……元昊左手尾指留有長長的指甲，而那指甲竟是藍色。

藍色如海……

狄青心頭一震，不知為何，已想起了飛雪的那條絲帶。他絕不該這麼去想，因為飛雪和元昊，本是完全不同類型的人，更不會有任何瓜葛。但狄青那一刻，心中卻有種古怪的念頭，那就是飛雪和元昊……其間必有連繫。

大殿沉寂，悄無聲息，但每個人心中都像有戰鼓擂動，咚咚響個不停……

第十一章 博 弈

狄青雖奇怪自己的聯想，但聽張元之計，愈發地心驚，暫將雜念放在一旁，甚至差點忘記了刺殺一事。

張元說得雖是文雅，但狄青聽得明白。張元之計說得簡單有力！党項人意圖清晰，那就是先取隴右之地，強據關中，然後以關中為憑，進攻中原，直取汴京，征戰天下。古來多有得關隴者得天下，所以党項人早看中了關隴這塊肥肉。因此党項人處心積慮，發動了三川口之戰。可元昊顯然不滿足只取了金明砦這麼簡單，他顯然要依據金明砦，盡取大宋的關中之地。

更讓狄青驚怵的是，党項人還想聯合契丹。想大宋自從澶淵之盟後，已和契丹人和平相處數十年，但契丹人狼子野心，若真有瓜分大宋的機會，如何會不參與進來？到時候本就積弱的大宋，又要兩面受敵，形勢可說岌岌可危。

張元只是輕描淡寫的幾句話，卻已定下了党項人日後征戰的基調，自此西北定然烽煙四起，難得安寧。張元這人的計謀，怎地如斯毒辣？殿中眾人各想著心思，元昊再次開口道：「契丹人安逸久了，已沒有狼心，難以說服其共同出兵。」

張元立即道：「但我等若持續獲勝，他們難免不蠢蠢欲動。」

元昊微微點頭，一字一頓道：「所以眼下最關鍵的事情不是稱帝，而是下一步如何用兵！夏大人，三川口一戰，我等仰仗你力甚多，不知接下來……你覺得對哪裡用兵好呢？」

夏守贇受寵若驚，忙道：「臣這些日子來，殫精竭慮，已草繪關隴地形，制定了下一步的作戰計畫，還請兀卒參詳。」他從袖中取出奏摺，雙手呈上。

有侍衛取過奏摺，元昊接過看了良久，讚許道：「夏大人辛苦了。」他任何時候，說話都如和煦春風，狄青在梁上聽了，很難想像詭計多端、奸詐百出的元昊是這種人。但狄青不能不服元昊的用人之策，只要是有用之人，元昊從不惜好言相向，可對無用的人呢……

夏守贇聽元昊稱讚，老臉泛光，喜不自勝。

元昊換了話題道：「野利王，我聽說……你昨夜帶兵入了劉平府邸，將劉平抓了起來，不知是何緣由？」

那鬢角霜白之人上前一步，回道：「啟稟兀卒，劉平想反！」

狄青心頭一震，不是因為聽到劉平要反的消息，而是已聽出那人的口音。那人正是轎中人！野利王，那不是執掌明堂廂軍的野利旺榮，亦是龍部九王之一？怪不得野利旺榮如此狂妄，許諾若狄青成事，要什麼就有什麼；怪不得就算飛鷹如斯狂傲，也要和野利旺榮聯手，因為野利旺榮夠資格；怪不得狄青入得宮中，雖是步履薄冰，但仍能順利潛入天和殿。只因為這一切的主謀人就是野利旺榮！可野利旺榮為何要殺元昊？他不是元昊的膀臂嗎？狄青想不明白，只能靜靜地看著這齣戲演下去。

元昊聽到劉平想反四個字的時候，叩桌的手指根本沒有停頓，他柔聲道：「他有什麼資格反呢？」

狄青雖高高在上，但一直看不到元昊的正面。他只見到元昊的背影、衣冠、弓矢。但他聽得出元昊口氣雖淡，卻自有風骨，這無疑是個極具信心的人，元昊根本就沒有把劉平放在心上。劉平反也好，不反也好，何必他元昊出手？可既然如此，元昊為何過問劉平一事？狄青想到這裡，目光也移到野利旺榮

身上。野利旺榮神色慎重，緩緩道：「我只怕……他受了狄青的蠱惑。」

聽到「狄青」二字的時候，元昊擊鼓般的手指終於停頓片刻，轉瞬節奏如常，「狄青殺了夏隨，逃出興慶府，又殺了我的幾個副統軍和監軍使，一直向玉門關的方向逃竄，你們還沒有抓住他嗎？」狄青殺了他的親生兒子，夏守贇恨不得將狄青寢皮食肉，可不得元昊的吩咐，誰都不能擅自領軍。

元昊淡淡道：「我沒有問你。」他望著野利旺榮，負責追捕狄青的是野利王。

狄青聽到元昊在談他，心中凜然。

野利旺榮歉道：「狄青詭計多端，身手高強，總有一日……會成為我等大患。老臣無能，到如今還沒有抓到狄青，還請冗卒恕罪。」

元昊道：「若逃往玉門關的那人就是狄青，倒真讓我大失所望。」

狄青心頭一震，野利旺榮面不改色道：「冗卒何出此言？」

元昊輕聲道：「聽說狄青這幾年來，端是不簡單。力抗鐵鷂子，破我後橋砦，傷了羅睺王，興建青澗城時殺退我們不少前去騷擾的族長，甚至在平遠還殺了菩提王……比起那矜誇的鐵壁相公可強了許多，也算是我等的一個對手。但上兵伐謀、其次伐交，其次攻兵、其下攻城。他以領軍之才，行刺客的行徑，已讓我失望，若是只敢殺些統軍、監軍使之流，更只是匹夫之勇，何勞我們費心？」

張元道：「狄青絕非只有匹夫之勇，但缺伯樂。他礙於大宋祖宗家法，以行伍之身能到今日的地位，已是讓人難以想像，這才限制他的發揮，此人若得宋能臣的提拔，只怕終有成龍的一日。」向夏守贇看了眼，張元道：「范雍無能，再加上夏大人看出此子會對我等有威脅，是以一直對他壓制，

元昊漫不經心道：「是嗎？宋廷有何能臣呢？」

張元謹慎道：「三川口之戰後，宋廷派夏竦守邊……」

「此人好色貪財，不知兵，何足為懼？」元昊淡淡道。

狄青聽元昊對大宋邊將瞭若指掌，就算對他狄青都一清二楚，不由背心冰涼。

張元道：「夏竦的確不足懼，但眼下除了夏竦外，宋廷又派范仲淹、龐籍、韓琦等人協助邊防……

有這三人鎮守西北，我軍若再想如三川口般取勝，只怕不易。」

元昊手指又停頓了片刻，這才道：「龐籍沉穩幹練，范仲淹……竟又被提拔了嗎？」他沒有評價范

仲淹，似乎也覺得范仲淹此人難以簡單評價。

張元歎道：「不錯……此人幾起幾落，不畏權貴，得罪了太后、得罪了趙禎、得罪呂夷簡，只要是

朝中重臣，他若覺得不對，就敢率直而言，毫無忌憚……」

元昊沉吟道：「他這種性格，若到我這裡，能做到和中書令一樣的官職。」

張元竟沒有嫉妒之意，只是道：「范仲淹若能來這裡，臣的位置讓給他也是心甘情願，因為臣自覺

不如他。只可惜，他不會來。」狄青遠見張元神色蕭然，並沒有虛與委蛇之意，心中突然又有了古怪。

他還真不知，大宋有哪個臣子有張元這般的胸襟。

元昊終於也歎口氣道：「可惜他在宋廷。那滿朝的文臣，整日勾心鬥角，不為財權，就為色氣。范

仲淹是個異數，但他的性格註定了他難被昏庸的宋廷重用。我想不到他這次竟被派到邊陲。此人胸有天

下，久經歷練，只怕是我等的心腹大患。」

張元贊同道：「兀卒說得不錯。」

狄青在梁上聽了，不知心中是何滋味。心想最瞭解宋廷的，反倒是党項人，最瞭解范仲淹的，卻是

元昊！

元昊緩緩點頭，忽笑笑道：「可范仲淹終究還是一個人，想呂夷簡妒賢嫉能，夏竦難有容人之量，我們就算奈何不了范仲淹，只怕呂夷簡和夏竦也容不下他。更何況……西北還有個韓琦，此人性剛，雖有大志，但難聽人言。書生用兵，終有缺點，這一次，就可選他為突破口。」

張元面帶微笑道：「兀卒所見，倒與夏大人不謀而合了。」

夏守贇面有得意之色，卑謙道：「兀卒志在天下，目光廣闊，臣怎敢相比呢？」

狄青在梁上聽得一身冷汗，見元昊分析精闢，見識獨到，不由又為西北擔憂。見夏守贇卑躬屈膝的樣子，狄青又恨不得給他一刀。殿中沉寂片刻，元昊回到先前的話題，「野利王，你說劉平想反，這才抓住了他。這麼說……你多半已帶他入宮了。」

野利旺榮聽眾人議政，一直沉靜地站在那裡，聞言道：「不錯，老臣雖有確鑿的證據，但也不能擅自殺戮，所以將他帶到了這裡。只請兀卒明斷。」

元昊輕聲道：「那……就帶他上來問問吧！」

劉平被押上來的時候，狼狽不堪，塵土滿面。他耳朵少了一隻，是在三川口一戰被箭射飛。如今的劉平，很是憔悴，全然沒有了當年的意氣風發。他入了殿中，就一直在顫抖，似有畏懼之意。

元昊見劉平上前，問道：「劉平，聽野利王說，你想反嗎？」

劉平顫聲道：「臣不敢。」他不敢造反，更不敢說野利旺榮冤枉他。

元昊望向野利旺榮，「野利旺，你的證據呢？」

野利旺榮緩緩道：「劉平暗中勾結狄青，陰謀想反。這證據嘛……其實找一個人出來，就可知真相了。」

「是什麼人？」元昊懶洋洋道。他看起來對這件事根本沒有興趣，他還能問一句，無非是因為對野利王還有分尊敬。這人畢竟是他妻子的大哥。

野利旺榮嘴角露出殘忍的笑，「這人……就是劉平的兒子，劉宜孫！他也到了興慶府！就是他聯繫了狄青，勾結大漠的石砝，準備找劉平聯合造反。」

狄青微驚，舉目望過去，只見劉宜孫被押了進來，渾身是血，悲憤地看著顫抖的父親。

劉宜孫怎麼會來？他不是和飛鷹在一起嗎？

劉平已不敢抬頭，失去了看兒子的勇氣。劉宜孫依舊一霎不霎地望著父親，目如刀鋒，可鋒芒之內，藏著無盡的悲涼和憤怒。

元昊喃喃道：「有點意思。」他似乎也來了興趣，不再多說什麼。很顯然，有些人天生就有殘忍的本性，以看別人的痛苦為樂。元昊根本問都不問，是不是覺得這父子的關係，也變得微妙有趣？

劉宜孫終於開口道：「你不是我的父親！」

劉平羞愧難抑道：「宜孫……我……」

「我父親早就死了！」劉宜孫嘴角溢血，「在三川口的時候，他就死了。他拚盡了最後的一滴血，不屈而亡！他絕不會投靠元昊，求得殘生！」

劉平衣袂無風自動，已不能言。劉宜孫見劉平不語，突然撕心裂肺地喊，「你是誰？你為什麼要冒

充我的父親？」他被兩兵士擒住手臂，衝動地想要上前扼住劉平，卻被身後的兵士死死地拉住。

劉平終於抬起頭來，雙眸滿是淚水，「我不配做你的父親。可是你……為何這麼傻？」他抖得和秋風中的落葉一樣，誰都看得出，劉平不想兒子死，但事到如今，這父子就算不死，命運只有更加地悲慘。

劉宜孫見劉平如此，反倒放聲長笑起來，可笑中帶淚，滿是悲戚。

「我是太傻了，我傻得信了父親本是頂天立地的英雄；我是太傻了，傻得認為我父親寧可死，也不會降！因為他從來都告訴我，只有斷頭的將軍，沒有苟且的父親！我是太傻了，傻得當有人告訴我，劉平──劉宜孫的爹當了降兵，我還和人去撕咬打架，弄得遍體鱗傷……」

殿中只餘劉宜孫淒厲如狼的嚎叫，眾人皆靜。元昊的手指還是輕動有力地敲擊著桌面，似乎這慘絕人寰的叫聲，也無法打動他的鐵石心腸。

劉宜孫又道：「所以我一定要來興慶府，爬也要爬到興慶府。我本想告訴所有人，我爹不是懦夫！」他雙目紅赤，幾欲滴血，盯著劉平道，「可我錯了，錯得厲害。原來當初那個說『義士赴人之急，赴湯蹈火在所不辭，何況眼下為國難當頭』的人早死了，原來那個叫著『為國死戰、後退者死』的人也早死了。不，他沒有死！他喊著讓別人去死，可自己最終苟且地偷生下來，他怎麼對得起那三川口前戰死的郭將軍？他怎麼對得起那無數為國死戰，流盡最後一滴血的大宋兵士？你說……你說呀……」

劉平倒退一步，已難站穩，失魂落魄道：「我……我……」

劉宜孫見父親仍是懦弱，大喊道：「你到現在，還不敢看我一眼嗎？」他力盡被擒，沒有當場就死，只為要見父親一眼。可見父親表現出前所未有的卑懦，真的心如刀割。不知從哪裡來的氣力，劉宜

孫用力一掙，竟掙脫脫身後那兩人的束縛，從一人腰旁拔出單刀來。

眾侍衛一聲喝，兵甲鏗鏘，就要上前。

元昊擺擺手，眾侍衛止住了腳步。在這殿中，元昊無疑有著至高無上的權力。劉平急道：「你……放下刀來。」

劉宜孫單刀在手，臉色鐵青，那森然的刀光中似乎也帶著淒涼心酸之意。

劉宜孫突然笑了，笑容中帶種解脫，淡淡道：「現在……還放得下嗎？」

他舉刀，勁刺，鮮血飛濺而出，濺了劉平一身一臉。劉平撕心裂肺地叫了聲，在劉宜孫揮刀時，他已撲了上去。劉宜孫的一刀沒有刺向旁人，他也無能再殺旁人，他刺的是自己！

長刀入腹，劉宜孫軟軟地倒下去，跌在劉平的懷中。劉平傷痛欲絕，淚流滿面，緊緊抱著兒子，嘎聲道：「你……你為什麼……」

「你現在……肯看我了嗎？」劉宜孫流血的嘴角帶分譏誚。飛鷹說錯了，他來這裡，不是要殺父親，而是要殺死自己。

劉平抱著兒子的身體，泣道：「我……對不起你。」

劉宜孫眼中光彩漸散，喃喃道：「聰明的人……都活著。蠢的人……要……死的，我是蠢人。」他不等再說恨什麼，身軀陡挺，腦袋卻已垂落下去。

身軀劇烈抖動了幾下，喊道：「我好……恨……」

只是那雙眼睛還睜著，盯著虛無的前方。

劉宜孫死了，屍體冷下去，只餘兩滴淚水順著眼角流淌，不甘地墜落……

無人上前，天和殿再次沉寂下來。那些侍衛饒是看過太多的生死，可也像被劉宜孫的悲烈所震撼。

劉平抱著兒子的屍體，感受懷中的兒子一點點冷卻，也像死了一樣。沒有人看他，也沒有人忍心去看他，誰都知道，劉平還活著，但也死了。

元昊看著野利旺榮，突然道：「他怎麼來看，都不像要造反的人。」

野利旺榮道：「這些漢人都是心懷叵測，個個該死。」

元昊緩緩說道：「心懷叵測的不僅漢人。」

野利旺榮身軀微震，抬頭盯著元昊道：「老臣為兀卒鞠躬盡瘁，莫非兀卒也懷疑老臣嗎？」他說出這句話來，極為突兀，直如對元昊宣戰般，眾人皆驚。

元昊擊鼓一樣的手指停頓了片刻，這才道：「野利王何出此言呢？」

野利旺榮道：「兀卒若不是懷疑老臣，為何幾天前突然派人去老臣的府上搜索？難道說老臣家中，有什麼東西讓兀卒不安嗎？」

元昊輕聲道：「若心中無愧，讓我搜搜又有何妨？」他這麼說，無疑是承認了野利旺榮的指責。眾人均是駭異，但都保持沉默。

張元見局面劍拔弩張，本待出來調停，可見元昊手指不停地跳動，終於還是止住了這個念頭。他知道元昊的習慣，知道這時候的元昊，不能被打斷。

野利旺榮放聲笑道：「那兀卒可在老臣家裡搜到了什麼？兀卒認為，老臣是否想反呢？」狄青只見到元昊揮揮手，有侍衛捧個錦盒上來。那錦盒的樣式再尋常不過，可野利旺榮見了，臉色倏變，似乎有了不安之意。

元昊慢慢道：「這盒子是從你家搜來的……」他緩緩打開了錦盒，盒內有柔和的光線透出，五彩斑爛，交織在一起，給錦盒罩了層輕浮的暈光。

狄青居高臨下地看到，大為詫異，因為盒中的東西他竟然見過。瓷瓶上流彩不定，那上面的顏色隨光線而變，交織在一起，端如雲霞般絢爛，各異的瓷瓶。紅像海棠，紫若玫瑰，青似梅子，白如凝乳。那赫然是狄青在沙漠中見過的幾個瓷瓶，瓷瓶極美，狄青也是見了難忘。實在不能想像還有別的地方，同樣有這般花色的瓷瓶。這麼說，這瓷瓶的確是從沙漠取來的？狄青當時見那瓷瓶，只感覺驚豔，但如今見到，卻覺得瓷瓶上鬼氣森森。在沙漠出現的瓷瓶，怎麼會突然到了這裡？

野利旺榮本沉靜的臉上也帶著驚疑，良久才道：「這瓷器是老臣從一個商人手上買得，還不知道兀卒也有興趣。兀卒想要，說一聲就好，我怎會不給？」

元昊拿起那青似梅子的瓷瓶，感慨道：「我素來嚮往中原文化，西北就造不出這種瓷瓶。我聽說……這瓷器本是中原龍泉錢家所製，叫做梅子青，一窯出來不過十數個，一年也就出窯一次。所以這種重量的一個瓷瓶，比三倍重的金子還貴重。在宋廷的達官貴人中，若有人得到這樣的一個瓷瓶，必定視若珍品。我說的對不對？」

狄青見野利旺榮本主動發難，可自從元昊取出瓷瓶後，神色竟猶豫起來，不由大為奇怪，不解野利旺榮已箭在弦上，為何開始示弱？

野利旺榮聽元昊詢問，半晌才道：「兀卒說的對。」

元昊放下了梅子青，手若撫弦，從其餘三個瓷瓶上摸過去，碰到那海棠紅的瓷瓶，說道：「聽說

這個瓷瓶每逢夜晚，就會褪色變淡，到了清晨，又豔紅如血，有如花開花落，所以有個雅名，叫做花自落。」

狄青更是詫異，不解元昊在這種滿殿芒鋒的時候，為何說起了風花雪月。而聽元昊的見解，竟對這些東西也瞭若指掌。

元昊又指著那紫若玫瑰的瓷瓶道：「這瓷瓶叫做紫羅輕，看似沒有奇異之處，但都說它比鐵還堅固，比羅緞還要輕，也是個異物。而這白色的瓷瓶，叫做冰火天，在夏天的時候，冷酷若冰，可到了寒冬，卻又溫暖如春……」

殿中群臣聽到元昊的介紹，雖不解元昊的用意，但眼中都露出豔羨之色。只有張元蕭然一旁，眼中有了驚怖之意。

夏守贇讚道：「這等異物，臣雖在中原聽說過，卻也未能收集。兀卒竟悉數得到，可算是天意所歸了。」

元昊淡聲道：「那你抓了鐵壁相公，幫我三川口大勝、用數萬宋軍的鮮血為你鋪平晉升之路，是不是就因為沒有得到這些瓷瓶？」

夏守贇一滯，竟不能言。他是太后黨羽，太后死後，他因宮變一事整日惶惶難安。但這不過是他叛逃的一個緣由，最主要的因由卻是大宋崇文抑武，他雖自詡功勞，但總被那些文人騎在頭上，這種瓷瓶，素來都是那些達貴之物，他根本沒機會獲得。

元昊說得犀利，切中了夏守贇的心思，但夏守贇該怎麼回答？

元昊見夏守贇不答，長歎一聲，「這四個瓷瓶加起來，價值千金呀，甚至……千金都買不到了！」

眾人臉上都露贊同之色，不想元昊突然做了一件所有人都想不到的事情。他衣袖一拂，已將錦盒拂在地上。青瓷碎響，如玉器哀鳴。那四件價值千金的瓷器，轉瞬變成了一堆碎片，不值一文。眾人有的不能喘息，有的喘息如牛，就算梁上的狄青也有些震驚惋惜，不解元昊到底要做什麼。

元昊不望一地碎片，只望著殿中群臣，一字字道：「英雄之生，當稱王稱霸，何必衣錦著綺！又何必要此俗物誤我雄心！」

狄青心頭一震，只能歎這元昊的確非同凡響。元昊的意思很明顯，大宋君臣貪戀奢華，靡靡不振，又怎能重蹈覆轍！

他元昊絕不會重蹈覆轍！

殿中沉冷寧靜，眾人望著那堆碎片各有所思。元昊突然起身，下了龍椅，緩步走到那碎瓷旁蹲下來。眾人目露疑惑，有的甚至覺得元昊也有些心疼那些瓷瓶被打破了。那麼完美的東西，本應該欣賞，又怎能只聽聲碎響？

元昊起身，修長的手指已從碎瓷中夾了一物，望向野利旺榮道：「不知你能否告訴我，這是什麼？」野利旺榮臉色又變，他已看到，元昊手上竟有粒蠟丸。蠟丸中，當然會藏著東西。

「這麼精緻的瓷器裡怎麼會有蠟丸？」野利旺榮咬牙道。

元昊淡淡道：「或許就是因為瓷器精美，所以沒有人捨得打破它，自然也就想不到其中還藏著個不能說的祕密。或許……野利王，你能告訴我這是什麼祕密？」

野利旺榮恢復了鎮定，突然道：「眼下西北算個人物的，除了范仲淹、龐籍、韓琦外，還有個种世衡。」他突然岔開話題，讓眾人又有些摸不到頭腦。

元昊並不意外，只回道：「是。」

野利旺榮道：「范仲淹有救天下之志，龐籍可獨當一面，韓琦鋒氣正銳，种世衡卻和狐狸一樣。宋廷不是天下。能救天下的人——是我！」

元昊道：「你說的只對了一部分。在我看來，范仲淹只有救宋廷的志向，卻沒有救天下的志向。宋廷不是天下。能救天下的人——是我！」

狄青心中不知何種滋味，也不明白元昊到底是自大還是自戀，或者是自信？可在大宋中，有哪個有這樣的自信？

野利旺榮點點頭道：「是，你一直想要一統天下，你認為只有這樣，才是解決天下紛爭的根本辦法。我不和你說范仲淹，我只想說說种世衡。」

「你說。」元昊一直不緊不慢的口氣。

野利旺榮道：「种世衡雖是財迷，但他卻是宋廷忠實的一條看門狗。為了對付宋廷的敵人，不擇手段。我知道，他在這半年來，網羅了不少奇人異士，沒少花錢請人刺殺我。他想殺了我和遇乞。」

元昊道：「他太小家子氣了。」

野利旺榮凝聲道：「他不是小家子氣，他是沒有別的辦法。他若跟了兀卒你，想必能有更好的方法。但他和狄青一樣，都是戴著鐐銬在行事，他們一方面要對付我們，一方面還要應付宋廷的牽制。兀卒你不需俗物羈絆雄心，可這世上，有幾個兀卒呢？」狄青嘴角帶分苦笑，不想最理解他們的人，竟是敵人。

夏守贇臉色有些難看，野利旺榮雖沒有明說，但也狠狠地刺了他一下。

元昊沉默無言，野利旺榮繼續道：「种世衡雖看似輕浮，但為人穩穩打。我們的用意很簡單，盡取關中，進攻中原。种世衡的用意也簡單，他想除去鎮守橫山的我和遇乞，搶佔橫山，登上進攻我們的

高點。种世衡知道，有我和遇乞在，宋軍就不能打過橫山。因此這半年來，种世衡絞盡腦汁想除去我，他用計離間你我的關係，送我財物，許以厚利。」

野利旺榮道：「這世上，往往越俗套的法子越有用，因為我們都是俗人。雖然你是帝釋天，可你也要住在欲界。」

元昊終於道：「這和我們當年對付李士彬的法子彷彿，有些俗套。」

野利旺榮道：「我知道种世衡在用反間計，因此我派人去假降，可他當然也知道我不會降，因此一直和我虛與委蛇。這些日子來，兩方彼此試探，假假真真，但种世衡的目的已達到了，他成功地離間了你我。我如果對你說，這瓷瓶的確是我買來的，這或許本來就是种世衡的圈套，故意騙我買下這瓷瓶，然後被你發現，你信不信呢？」

元昊點頭道：「你說得不錯，可我不明白，你說這些做什麼？」

元昊舒了口氣，漫聲道：「你信我信你嗎？」

野利旺榮一怔，半晌不能答覆。

「你信我信你嗎？」這句話很簡單，但意思卻有多重。野利旺榮所言到底是真是假？無論真假，元昊到底信不信野利旺榮的解釋？就算元昊說信，那野利旺榮信元昊是真心相信嗎？懷疑的種子種下來容易，很快地生根發芽，但想要再徹底清除，絕非那麼簡單的事情。

不知過了多久，野利旺榮才道：「我信！」

他信什麼？誰都不知道。

元昊捏著那粒蠟丸，淡淡道：「我卻不信。」

野利旺榮臉色巨變，咬牙望著元昊道：「這些事情，我本來盡數告訴你了。我派人假降宋廷，你也知情。到如今，你不信我？」

元昊凝視野利旺榮道：「這些我都信，但有些事，我真的難以再信。狄青逃往玉門關了，是不是？」

狄青聽元昊又提及自己的名字，心頭一跳。他到現在還沒有見到元昊的正臉，但他知道，這無疑是個非常可怕的人，因為沒有人知道元昊在想什麼。

野利旺榮不想元昊舊事重提，想了半晌才道：「是。」

「負責捉拿狄青的人是你，對不對？」元昊追問道。

「是！」

「你為了追拿狄青，甚至調動了衛戍軍，宮中好手不少，也被你調出去追狄青了，對不對？」

「對。」野利旺榮很是遲疑。他顯然在琢磨元昊為何要問這些。

元昊手指屈伸，不望野利旺榮，望著自己的右手，緩緩道：「在你追拿狄青的幾個月裡，宮中的侍衛，已被你藉故抽調了三成，是不是？」

野利旺榮不再回答，可雙拳陡然握緊。

元昊又道：「我信你，因而才隨你折騰，但你呢……你辜負了我的信任。」他的口氣中滿是遺憾，「從夏隨死的那一刻，他的空缺就被你另外派人彌補。在你負責宮中調度後，你就不停地安插自己的人手。夏隨去太白居，因為你約了他，可那刺客也去了。顯然你約夏隨到那裡，就想讓刺客殺了他，進而攪亂興慶府，混淆視線，方便你行事，對不對？」

狄青一震，恍然大悟，明白元昊推測得不假。

飛鷹既然能聯繫野利旺榮，那飛鷹在太白居殺了夏隨就絕非偶然，飛鷹知道夏隨肯定會在太白居，殺他！

野利旺榮眼角已跳動，竟還能忍住不言。夏守贇牙關咬碎，可還不敢上前。他做夢也沒想到，殺他兒子的人不是狄青，而是野利旺榮。

元昊續道：「現在事情很簡單了，你弄出個狄青，吸引所有人的注意。本意不過就想抽調宮中的人手，然後替換成效忠你的人。你的目的當然不是為了宮中的安危，而是想要殺我！你已不信我了，試問我如何再信你？」

野利旺榮身軀已在顫抖，竟還沒有發動進攻。元昊手指輕彈，那蠟丸已飛得遠遠，眾人又是一怔，不明白元昊既發現了祕密，為何看也不看其中的內容？

元昊吸了口氣，說道：「你現在還不動手，是不是覺得飛鷹出賣了你，所以沒有了自信？這瓷瓶，本是飛鷹送你的禮物，你也不知道這裡竟有蠟丸，你覺得飛鷹在陷害你？」

野利旺榮嘴角抽搐，嘎聲道：「若不是他……你怎麼會知道這些？」

元昊口氣中滿是嘲弄，「其實飛鷹沒有出賣你。瓷瓶裡本來就什麼都沒有，那蠟丸……不過是我預先藏在手中的。你太緊張了，難道不會認真想想，一年才出窯一次的瓷器，裡面就算藏著消息，也早過時了？更何況，蠟丸怎能在那種環境下安然無恙？」野利旺榮如中一刀，倒退幾步，臉無血色。

狄青心思飛轉，暗想如果飛鷹沒有出賣野利旺榮的話，那是誰出賣了他們？很多事情，元昊可能知道，但也有些事情，元昊本不可能知道。

元昊輕彈下手指，又道：「你和飛鷹的計畫，到現在為止，還很成功。我知道你現在殿中，已最少有一半人是你的手下。你想殺我，那好，我給你個機會。可惜的是，不知道你有沒有勇氣出手呢？」

野利旺榮好像已喪失了出手的勇氣。

元昊歎氣道：「我以前一直在想，你為何要叛我？當然不是因為种世衡，也不是因為宋廷。他們不夠資格⋯⋯」他不等說完，野利旺榮已放聲狂笑起來，他笑得肆無忌憚，再不像沉冷的野利王。

眾人都吃驚地望著野利旺榮，背脊都有了寒氣。

誰都已明白，劉宜孫是今日在天和殿第一個流血的人，但絕不是最後一個。

元昊見野利旺榮狂笑，竟還平靜地立在那裡。野利旺榮已嘶聲道：「你不會知道的，你永遠不會知道的⋯⋯」

「我知道的。」元昊溫和道，聲音雖柔，但裡面帶著鋼鐵般的堅硬，「你背叛我，是不是因為⋯⋯香巴拉？」

「香巴拉」三字一出，野利旺榮突然冷了下來，眼中閃著灼熱的光輝，天和殿也冷了下來，空氣幾欲結冰。

狄青腦海中遽然轟轟隆隆地響了起來，元昊怎麼知道香巴拉？野利旺榮為何因為香巴拉反元昊？

難道說，這二人都知道香巴拉的祕密？

狄青血已沸，可不等他再想下去，就聽到野利旺榮說了兩個字，「迭瑪！」野利旺榮吐出這兩個字的時候，神色冷得如賀蘭山頂的積雪。

元昊聽到「迭瑪」二字的時候，正在屈伸的五指驀地僵硬。那兩字到底有什麼魔力，竟讓一向冷靜

如山嶽的他也如斯震驚？

狄青又是一震，驚詫莫名。

迭瑪？

什麼是迭瑪？是人、是物？是洪荒怪獸，還是仙境地府？狄青不知道迭瑪是什麼意思，他問過种世衡，种世衡也不知道。种世衡當初說幫他去問問，但狄青未來得及等消息，就趕赴了平遠砦。

他沒有想到，竟從野利旺榮口中再聽到這兩個字。郭遵說過，「要去香巴拉，必尋迭瑪！」而如今，野利旺榮因為香巴拉，也說出迭瑪兩字……

狄青沒有再想下去，也沒時間再想下去。他隨即被發生的事情震撼，因為野利旺榮終於發動了進攻。迭瑪不管是什麼，但肯定是這次進攻的暗號。狄青隨即加入了那場終生難忘、慘烈絕倫的搏殺中。

但他不是對元昊發動第一攻的人。

第一個對元昊出手的竟是個死人！

倏然間，寒光起，寶劍出，鮮血淬屬！

第十二章 兩 箭

天和殿只有一個死人，那就是劉宜孫。

但劉宜孫的確死得不能再死，出劍的是劉平。

離元昊最近的不是野利旺榮，而是劉平。誰都覺得劉平不死比死更慘。劉宜孫自盡後，誰都看得出來，劉平就算不死，可也和死人差不多了。兵敗被俘，被人陷害，兒子自盡，這是任何一個有心的男人都難以承受的事情，可劉平不但承受得住，竟然還能拔劍。

他本被押上來的，手無寸鐵，但他一伸手，就從腰間抽出一把軟劍。軟劍曲折如蛇，一劍刺向就在身旁的元昊。劍氣光寒，寒了一殿的殺氣，已堪堪刺到元昊的身邊。幾乎在劉平出手的那一刻，殿前侍衛已有兩人衝出，手揮長戟斷了元昊的退路。三人聯手一擊，已罩住了元昊的四面八方。元昊根本沒有留意劉平，他只關注天下大業，英雄逐鹿，根本看也沒有看過卑微懦弱的劉平。

殿中遽然響起喊喊嚓嚓的聲響，那聲響中帶著血腥之意，甚至讓人聽了想嘔吐。在劉平出手的時候，殿前侍衛已陷入了混戰中。元昊知道，殿前侍衛中被野利旺榮換了不少，但他的侍衛根本不知道誰被野利王收買。

背叛的侍衛當然要出手，因為他們輸了就一個結局——死！沒有背叛的侍衛被迫出手，因為他們若不出手，死的就是自己，可他們不知道到底有誰背叛，因此死得也就更快些。混戰中，殿前侍衛倏然就和風吹草浪一樣，倒下了半數。

元昊不理，抽身暴退。他似也沒有想到劉平會出手，更沒有想到劉平的劍法如斯犀利，但他不懼。

他很快意識到，野利旺榮帶劉平、劉宜孫上殿絕非無因，野利旺榮就是為了埋伏下這個讓元昊想不到的殺手。

劉平假降，卻是真的想要元昊的性命！劉平行的是荊軻刺秦之計，劉平想不到劉宜孫會來，想不到野利旺榮如斯殘忍，讓他父子這種情況見面，他想不到兒子會死。他傷心莫名。一腔悲憤，湧成無邊的戰意，劉平出劍，劍不留情。

元昊已退到長戟之前。他已看出寶劍霍霍，隱泛綠光，寶劍上淬了劇毒。可那長戟風起，已堪堪到了元昊的腰間。

元昊奇異般地一扭，黑冠不顫，白衣翩翩，倏然已到了長戟之上。他腳尖一點，握戟力士只覺得雙臂被大力帶動，戟尖已刺入了另外一人的小腹。那人疼呼聲中，長戟橫出，正砸在同伴的腰間。

元昊有如清風扶柳，根本不看兩力士互殘，他已退到龍椅前。他雖是倒退，可身形如電。持劍而追的劉平，竟然被他撇開數丈。劉平急怒，腳尖點地，就要衝到元昊的身前。陡然間瞥見元昊長弓在手，劉平才撲在半空，背心爆出一道血泉，已如石頭般墜落下去。他臨死只看到了元昊的弓，看到了元昊的弓弦如琴弦般震顫，但他終究沒有看到元昊的箭。他至死都沒有看到元昊搭過箭。長箭透胸而過，霍地刺入了天和殿的柱子上。

箭鏃顫顫，灰若心死，死灰難燃。

狄青看得清楚，元昊用的是五色羽箭中的錫箭，一箭就射殺了劉平！

眾人連吃驚的表情都沒有，也沒有人顧得上吃驚。今日既然反叛，不生即死，他們早知道元昊武功高絕，箭法犀利，但他們已別無選擇。

殿中侍衛已死了大半，死的多是元昊的護衛。並非那些人功夫不夠好，而是他們陷入混亂，四處為敵。甚至擁護元昊的護衛，都彼此相殘，因為他們已分辨不出敵我。最少有七個侍衛衝到龍椅前不遠。

可就在此時，已有兩隊各八人擋在了龍案之前。盔是金盔，甲是金甲，就算那些人，看起來也是金色的。十六人，已在元昊身前築起了金甲高牆。元昊無論早朝、出遊、狩獵或者出征，身邊總帶著這十六金甲勇士。這些人只忠於一人，那就是元昊。就算是野利旺榮在十年前籌畫這次刺殺，也不能收買這些人手。元昊明知野利旺榮想反，卻聽之任之，他是不是也想憑藉這些勇士，誅殺所有謀逆他的叛將？

謀劃得越久，參與的人越多，那殺起來，豈不越是痛快？元昊從不怕殺人！

元昊出箭，天和殿亂，劉平死，局面失控，可元昊鎮靜如初。但他一箭射出，遽然有了心悸。那種心悸許久未曾有過，當年他十來歲在野外遇虎的時候，有過一次。當初衛慕山喜糾結數十高手圍攻他的時候，也有過一次。

但危機來得卻比以往所有危機都要猛烈。

危機來自頭頂。

頭頂是梁，有人早就潛伏在梁頂，是野利旺榮安排的？元昊腦海中思緒電閃，吃驚的不是野利旺榮的心機，而是來自頭頂那磅礴的殺氣。

元昊頭也不抬，腳尖點動，龍案倏然飛起，直擊半空來人。而在桌案飛起之際，右手一伸，已扼斷

了青羅傘蓋。

他是兀卒，也是青天子，示意和大宋黃天子有別，但他一直想將青羅傘蓋換成黃色。不過在他換傘之前，必須要活下去。傘斷，青色的羅傘浮雲般向殿左飄去，而元昊閃身出了羅傘的遮罩，竟去了殿右。

他早習慣了虛虛實實之法，算準常人見到傘蓋向左，多半會追斬那羅傘。避其鋒銳，擊其惰歸，眼下殺手實力不明，元昊並不急於和他過招。元昊看似狂妄，但絕對是個能忍的人，他要出手，一定要有十足的把握。

可他才出了羅傘，就見一道劍光斬來。那一劍如同劈開了殿頂，引了青霄的紅日，耀得天地失色。

殿中只見劍光。

元昊立即明白，頭頂刺殺他的那人絕非劉平可比擬。此人心機靈動，不下於他。最少那人沒有被羅傘吸引，最少那人也能忍得。那人也能算，算準了元昊遇刺，必先取弓箭，所以他從殿頂躍下，目標就是龍椅。

那人算得和元昊一樣精準。

元昊退無可退，退不過那讓滿殿失色的劍光，他擎弓一架。劍光追斬在鐵弓之上。鏘的一聲大響，直劍正中彎弓之上，聲響如龍鳴，似虎嘯。劍弓相擊，激盪出比紫電還閃亮的火花。

狄青終於出劍，劍做刀使，等候數月，一劍竟砍在了弓背之上。那鋒銳的劍鋒，竟削不斷元昊的鐵弓。

箭是定鼎箭，弓是軒轅弓！

元昊射的是指點江山的五色定鼎箭，用的是千古無雙的軒轅擎天弓。傳說中軒轅弓乃軒轅所製，選

泰山南烏號之柘、燕牛之角、荊麋之弰、河魚之膠所製。若非如此神弓，如何擋得住狄青的橫行？

狄青心頭微沉，可鬥志更昂。他終於見到了元昊的臉，火花中，他瞥見元昊額頭寬闊，鼻梁很高，眼窩凹陷，滿是個性的一張臉。但狄青只凝視著元昊的那雙眼。

火花爆閃，照亮了元昊的一雙眼。那雙眼熾熱、譏誚，盡是雄心壯志。雖在躲避，但眼中沒有絲毫驚惶，只有沉冷。

火花不等散盡，狄青已借力飛彈，空中又是一劍劈了過去。元昊從未想到刺客有這麼敏捷的身手，空中騰挪，靈巧如飛。他本待借力而退，借鐵弓震顫之力，他雖飛了出去，但劍光仍在他的眼前。

噹！噹噹噹！噹噹！剎那間，弓劍不知交鋒了多少次，眾人只覺得那聲響敲擊如急雷密鼓，空中火星四射。長弓揮闢，短劍橫行。狄青雖攻得凶，但元昊竟也盡數擋了下來。

一寸短，一寸險。狄青已看出不能讓元昊出箭，不然生死難料。他手持不過尺許的短劍，以快打快，貼身肉搏，竟讓元昊騰不出射箭的空間。

天和殿全部的殺氣已凝聚在這二人的身上，眾人見虎躍龍騰，聽金戈鳴響，雖有不少人圍過來，可竟沾不到二人飄忽的身形。

十六個金甲護衛死了五個，殿前侍衛亦是斃命不少，但人數遠比金甲侍衛要多。屍體已遍地。最後活下來的能有幾個？

狄青久攻不下，突然暴喝一聲，短劍勁刺。元昊目光如炬，長弓格擋。他退到殿柱之旁，他雖在退，不過是尋反擊的機會。他箭不輕出，一擊必殺！

他有長弓的優勢，可狄青沒有。他格擋狄青的寶劍時，已想了反擊對策。可咯的一聲後，寶劍暴漲，倏然已刺到了元昊的腹間。這招變化之快，有如天成，眼看元昊已避不開這奪命的一刺。不想元昊背貼梁柱，只是一游，竟蛇一般地上了梁柱。

長劍急刺，已入了元昊的小腿。狄青才待揮劍橫斬，元昊眼中厲芒閃動，長弓抖閃，弓梢已擊在狄青的腕間。殺人的機會，往往也是被殺的機會。狄青刺傷元昊的瞬間，如潮的攻勢終於停頓了片刻。元昊得到機會出手，一下就擊飛了狄青的寶劍。狄青腕骨欲裂，可在被擊中的那一刻，已掏出了竹筒。竹筒中是毒針，射程七尺。

他和元昊之間就是這麼遠的距離，狄青已算定，元昊會反攻。只要元昊一攻，二人距離急縮，那就是他射針的機會。

針上有毒，劇毒！狄青相信，那毒針只要有一根射在元昊身上，就能讓他萬劫不復。野利旺榮既然想殺元昊，說針上有毒，肯定會淬上最厲害的毒藥。

元昊擊飛了狄青的寶劍，長弓再彎，已點在梁柱之上。長弓三彎，元昊已蓄力作勢，以軒轅弓為弦，以自身為箭，準備給狄青奪命的一擊。

可等他見到了狄青手中的竹筒，元昊臉色變了。變得極為驚怖。元昊很少有失色的時候，他身經百戰，就算那竹筒有毒針，他也絕不會如此畏懼，他畏懼的是什麼？狄青見到元昊的驚懼，內心突然感染了不安。

可箭在弦上，人在弓前，元昊已不能不發。他只來得及將鐵弓彈出的角度變換了一下，他斜穿了出去。元昊斜飛上天，如流星般畫出一條微彎的幻線。

狄青按下了按鈕，他沒有更好的機會。咯的一聲響，天和殿隨著那聲響，好像突然被冰封了一樣。

狄青的感覺已到了巔峰之境，他感覺元昊一寸一寸地上升，感覺周邊的兵士浴血奮戰，感覺到元昊臉上突然閃過分陰霾。他感覺到自己心頭狂跳，針竟沒有發出來。

只是剎那間，狄青眼都來不及眨一下，突然將那竹筒用力地向空中的元昊扔過去。竹筒有問題，殺機來自竹筒。轟的一聲大響，竹筒在空中已爆，射出毒針無數。

狄青再也顧不得追殺元昊，奮力向後滾去。他真的沒有想到過，野利旺榮給他的竹筒，竟然會爆炸！硝煙彌漫中，狄青只覺得左肩微麻，頭腦發暈，但明白了所有的一切。

那毒針的確如嘎賈所言，按一下就會發射。但嘎賈沒有告訴狄青一件事情，那就是毒針是以火藥爆炸之力噴出。這本是野利旺榮的計謀，他就是想讓狄青和元昊同歸於盡。狄青想到這點的時候，腳下一個踉蹌。

元昊有沒有受傷，狄青並不知道。但他知道的是，他中了毒針。他雖怒，但嘴角反倒有了哂笑。他怨不得別人，只能怨自己還是太過信任野利旺榮了。

與虎謀皮，豈是那麼容易的事情？

這時天和殿已驚呼聲一片，不知有多少湧來的人被毒針射中。硝煙中，狄青只感覺到有一金甲侍衛衝來，對著他就是一戟。

狄青用力撞去，躲過長戟，拔出那人的腰刀，一刀就了結那人。然後他反手一刀，刺在自己的肩頭之上，挖下一塊帶針的肉來。

肉已發紫，流出來的是黑血，狄青甚至感覺不到疼痛。

硝煙中，只聽到有一人大喊道：「莫要跑了叛逆。」那聲音如此熟悉，狄青聽了，心中怒火陡炎，振臂一揮，單刀破煙而出，砍在一人胸膛之上。

那人翻身倒地，眼中滿是不信之意。那人正是夏守贇。他本不該喊的，但他實在傷痛兒子之死，已準備好同野利旺榮拚命，順便成為元昊手下的第一忠臣。

這是個機會，「疾風知勁草，板蕩識忠臣」。他夏守贇雖投降過來，但始終感覺不到元昊的信任，他想在這種時候，表示忠心。但他還沒有拚的時候，就先送了自己的命。

狄青早就有心殺他，正趕上他送上門來，如何會不出手？這時候天和殿混亂一團，狄青只覺得陣陣昏厥，再顧不得許多，身形一晃，已從偏廊衝了出去。

他那時候腦中只有一個念頭，活下去，他還不能死！

狄青中針逃命，元昊卻沒有中針。

倒非元昊遠比狄青高明，而是他提早警醒一步。狄青並不知道手中暗器的犀利，但元昊卻知道狄青手中的暗器叫「潑喜」。

元昊的五軍中，就有一軍叫做潑喜軍。潑喜軍只有二百人，只有一個作用，就是使用旋風炮攻敵。

這些人投擲的是拳頭大小的石塊，旋風炮在軍中的威力，還要強過連弩。但元昊遠不滿足這些威力，他早知道大宋武經堂正在編寫《武經總要》。而《武經總要》中，最讓元昊心動的不是其中的兵法，而是霹靂！

宋廷已在研究火器，想要對付契丹人和党項人的騎兵。三川口一戰，宋軍雖敗，但大宋霹靂初顯威

力，元昊每念於此，都是心中難安。因此他想方設法地竊取霹靂的製法，雖未完全成功，但已仿製霹靂做出了潑喜。這還是個嘗試階段的利器，研製不宜，製作更是不易。

元昊一直讓野利旺榮負責此事，可他從未想到過，潑喜才出，就用到了他自己的身上。這或許也是個諷刺。潑喜一出，本來就是有人歡喜，有人憂愁。元昊就因為知道這潑喜的威力，所以放棄了對付狄青的念頭，先行躲避。他快了一步，空中已見狄青中招，只能歎息。很顯然，狄青並不知道手中暗器的威力。可野利旺榮如此做法，豈不是自毀長城？

元昊已落了下來，見狄青逃走，竟沒有搭箭。他知道眼下最重要的事情，就是鎮壓野利旺榮的造反，其餘的事情，暫可不理。

元昊才一落地，就有兩人一左一右殺來。那兩人棄戟拔刀，封住了元昊左右。刀光極寒極厲，雖不如狄青，但遠勝尋常的侍衛。但差一分，已差千里。狄青以劍做刀，憑橫行刀法逼得元昊只能守，這二人顯然還不夠資格。元昊出手，長弓一端已刺入一人的咽喉，拳頭重擊，竟將另外一人擊飛了出去。速度就是力量，元昊的拳頭，直如開山巨斧。就在元昊全力揮出一拳之時，驀地又感覺危機再現。

這次危機，卻是又來自一個死人！

元昊、野利旺榮和狄青三方交織在一起，天和殿已如修羅場，每一刻都有人倒下。天和殿早就血流成河，屍骨堆積。元昊除去兩名叛逆之時，本覺得身邊再無危險，卻沒想到身後突然無聲無息立起一個死人。

那死人從地上彈起，倏然就到了元昊的身後。煙霧彌漫中，常人本不能發覺，但元昊及時發現。

元昊有種察覺危機的本能，這讓他在很多次險惡的情形下化險為夷。但這次危機來得實在太突然、太古

怪，元昊只來得及回下頭，就聽到一個聲音傳來。

「臨——兵——鬥——者——皆——陣——列——在——前！」

那九字似慢實快，就在元昊回頭時，就已念完。聲音幽沉，有如天籟佛音，又如地獄咒語。元昊目光斜睨處，只見到一雙手不停地扭動變幻，結成奇特的手印。在元昊不及回身之際，一手按出，色澤淡金，印在了元昊的背心。

那金手掌看似輕飄飄的無力……但元昊就如被千斤巨鎚擊中般，一口鮮血噴出來。他白衣染血，黑冠掉落，整個人已被那輕淡的一掌擊飛了出去！

狄青眼前發黑，他衝入偏殿，只聽到呼喝陣陣，不知有多少人向這個方向衝來。但受傷搏命的老虎，比為食物搏命的老虎更可怕。

狄青竟又殺出了重圍。所有侍衛聽到天和殿有變，都是心中惴惴，趕過來護駕。狄青衝出重圍後，聽到有個威嚴的聲音道：「你們去追那人……我們去保護兀卒。」

緊接著腳步聲繁遝，最少有十數人追了過來。狄青臉色已發青，眼前發花。他雖割了中毒針的地方，但那毒性猛烈得超乎想像。狄青只憑直覺前衝，路上又砍翻幾個攔截之人，突然靈機一動，飛快地扒下其中一人的盔甲和靴子，穿在身上。

他還是尚羅多多，雖然死了，但很多人不見得知道這個消息。他只能渾水摸魚，雖然這個法子十分冒險，可他還能有什麼方法？狄青穿了侍衛的衣服，搖身一變，又變成了尚羅多多，繞過一座假山。

聽身後遠遠處有人叫道：「他向那個方向逃了，地上有血跡。」狄青竭力求生，再動機心，奮起餘

力向前方跑去，只是跑了十數丈，又奔了回來。地上已有斑斑血跡。誰都不明白狄青要做什麼，只有狄青自己清楚，他要冒險一搏，甩脫敵兵。他跑個來回，已氣喘吁吁，搖搖欲墜，用刀在肩頭又割了刀，割破了鎧甲。這些事情，他從前來做，輕而易舉，這刻做起來，只累得喘息不停，汗水直冒。他還沒有倒下去，只仗著無雙的毅力。

追兵趕到，有人問道：「尚羅多多，可看到刺客？」

狄青喘氣道：「向那個方向跑了，他還砍了我一刀。」

那些追兵看到血跡，紛紛叫道：「他就在前面，快追。」眾人蜂擁而去，竟沒有人再多看狄青一眼。他們當然不曾想到，尚羅多多就是刺客。

狄青鬆了口氣，可知道他們找不到自己。遲早還要回轉搜索。抬頭見到不遠處有閣樓一角，奮力衝過去，費盡九牛二虎之力才爬到二樓，可陡然間天旋地轉，已倒了下去。他本來想找個藏身之處，但如今驀地暈倒，追兵遲早要到，而他終究還是逃不脫被擒的命運。

這時閣樓內有腳步聲響起，想來是狄青爬上來時，驚醒了閣樓中的人。

腳步聲漸近，咯吱聲響，屋門打開。狄青動也不動，早就失去了知覺……

「臨兵鬥者皆陣列在前！」這九字一出，那死人突出金手，重創了元昊。

元昊、狄青，這兩個生死相搏的人，看起來都到了生死關頭。可嘲諷的是，要他們性命的不是彼此，而是布局的人。野利旺榮顯然就是布局的人。野利旺榮一直沒有出手，他心有顧慮，不敢上前。他雖造反，但內心對元昊還有畏懼之意。但當見到元昊噴血的時候，野利旺榮眼中終於露出狂喜！

他巧設圈套，連環三刺，如今終於重傷了元昊。只要元昊一死，勝者為王，他就能取代元昊，成為西北之主。他見狄青刺傷元昊的那一刻，心中也有悔意。他還是低估了狄青。野利旺榮當然不會將這種豪賭押在狄青的身上，雖然他也明白狄青一定不會錯過刺殺元昊的機會，但他是個謹慎的人。謹慎的人註定考慮得要多，因此他給了狄青潑喜，希望狄青就算傷不到元昊，可也能和元昊同歸於盡。

但潑喜也沒有傷到元昊。可若狄青拿的不是潑喜呢？和野利旺榮請來的那死人聯手，勝出的把握豈不更大？野利旺榮不知道結局，世間之事也不可能再重來一次。他唯一欣慰的是，元昊受了傷，而且傷得不輕。只要那金手人再能擊元昊一掌，想必就能取了元昊的性命。

野利旺榮對那金手人很信任，也信他的九字真言，大手印的犀利。傳說中，那九字真言可驅魔辟邪，增人神力。很多人以為那是無稽之談，但野利旺榮知道不是。

這世上本來就有很多神跡，是所謂聰明的人，永遠無法解釋和想像。若不是因為神跡，野利旺榮也不會如此處心積慮地造反。野利旺榮思緒飛轉，金手人動作更快，在擊飛元昊之時，人已高高躍起。可

他突然見到元昊弓在手，箭在弦！

弦上是銀箭。

元昊生死關頭，竟然還不想用金箭。他若沒有把握，怎麼會拿自己的性命開玩笑？時空陡凝，金手人心頭一震，嘎聲道：「臨……」他十指屈扭搭扣，口吐真言，就要借神之力抵抗元昊的定鼎一箭。

龍部九王，八部至強。定鼎羽箭，王中之王！

傳說中，八部九王中的高手，沒有任何人有把握接帝釋天元昊的一箭。金手人也並沒有接箭的把握，但他不能不接。他知道，這一箭射出，兩人必定要死一個。他已念出了「在前」二字，真言已成，

手印已結，人在半空。

陡然間弦上已沒了箭。

金手人手上金光倏滅，人也從空中掉了下來。一道寒風帶著擊穿神魔的力量透過了金手人的手掌，穿透了他的胸膛，吹在殿牆之上。嚓的一聲響，利箭沒羽，只見到了空中餘留的半點銀光。元昊射出了五箭中的銀色之箭。

箭破長空，炫耀、冰冷、無情、犀利中還帶著些許驚豔。那一箭如流星經天，射滅了兵戈錚錚、悲歡山河……

金手人死！

天和殿終於安靜了下來。

雖還有人不停地倒地，但叛軍已失去了信心。野利旺榮才露喜意，就顯驚怖，他雖知元昊武功極強，可也沒有想到過，有神庇護的金手人，還是擋不住元昊的驚天一箭。

元昊的箭，本來就是神擋殺神，魔擋除魔！元昊殺劉平用的是錫箭，就算生死關頭，殺金手人用的也不過是銀箭。他沒有動用金色的長箭，是不是他認為，就算金手人，也不值得他出動金色的長箭？還有三支箭尚在箭壺，無人再敢上前。

野利旺榮已敗，雖然他還有些護衛在抵抗，但誰都看得出，他們已失去了信心。元昊不可戰勝，就算他們圖謀神算，也無法戰勝元昊！

野利旺榮沒有動，元昊亦是沒有動，只是元昊眼中，已透著箭矢一樣的鋒芒，狂熱中夾雜著冷酷無

情。

「你敗了。」元昊嘴角還在流血，但聲音平靜。他有絕對的權威，無須提高聲調來維持威信。野利旺榮眼角抽搐，望著天和殿的一地狼藉，神色落寞。

「和我作對，敗了就意味著死。」元昊又道，「但我一直奇怪的是，你畢竟是我龍部九王之一，身手不錯。你老了，可還有與我一戰的能力。但你任由你安插的刺客出手，自己卻始終不敢上前，怕什麼？怕我一箭射殺了你？」

元昊字字如針，扎在野利旺榮的心上。野利旺榮不再從容，渾身發抖，握緊了雙拳，已忍不住要出手。元昊手指輕撫箭鏃，節律如樂，「我親手殺人，一向擇箭而殺。劉平被俘假意投靠於我，顯然是等候刺殺我的機會，可惜……劉宜孫不知道劉平的用意，誤會了劉平。劉平親眼看著兒子慘死，心中悲痛不言而喻。可他竟還能出劍，也算不差了。」元昊嘴角帶分殘酷的笑，目光掠過劉平的屍身。

劉平已死，可他眼未閉，望的是兒子死去的方向，眼角有淚……

元昊繼續道：「野利旺榮，你能聯合劉平行刺於我，計策是好的。可劉平雖勇氣不差，但身手實在太差，我只給了他錫箭。殿梁躍下那人，身手極佳，可卻被你的毒辣所毀，他顯然不知道潑喜的威力，我只奇怪的是……他和你明顯不是一類人，為何會和你聯手？只可惜用人不疑，疑人不用，不等我對付他，你竟然先毀了他。」

野利旺榮眼中露出痛苦之意，他的確後悔沒有充分發揮狄青的威力。這場布局不是敗在實力，而是敗在彼此間的不信任。

元昊又道：「金手人當然是藏密高手……我聽說哦廝囉為了香巴拉，已準備動用手下三大神僧對付

我，那三人就是善無畏、金剛智和不空。不過聽說不空死在了汴京，金剛智以九字真言、金手印最為犀利。行刺我的人口吐真言，手成淡金，不用問，肯定是藏密三高手之一的金剛智了！他值得我的銀色一箭。」

野利旺榮已絕望，這世上，比死還難受的，無疑就是絕望。

元昊輕聲道：「你很奇怪我知道這些事情吧？其實我知道的事情，遠比你想像的要多。當年夜月飛天喬裝成多聞天王，擊毀汴京彌勒佛、尋求五龍的時候，我就知道有人吩咐他這麼做，因為那人也在想著香巴拉。我一直懷疑是你在幕後主使，但我還是選擇信任你。你和种世衡、宋廷的糾葛，如何會被我放在心上？你當然知道這不是我質疑你的緣由，你之所以發動，是因為怕我發現你也在尋找香巴拉，是不是？」

野利旺榮反倒沉靜下來，歎口氣道：「不錯，我是很怕你，但我真的很想找到香巴拉，你從來不許我們去找……因此嗦嘶囉派人找我的時候，我選擇和他聯手。我知道，只有殺了你，才可能擁有香巴拉，但你勝了，我敗了。」雙手攤開，望著遍地屍體道，「成王敗寇，素來沒有什麼好說的。這裡很多人，本不該死。」

元昊目光如針，盯著野利旺榮道：「不該死的人都死了，可該死的呢？」

「該死的人，也快死了。」野利旺榮反倒淡然了起來，「你殺人一向擇箭，不屑殺的人，就算他跪下來求你，你也不會出箭。你說得對，我一直沒有出手，因為我真的很怕死，可現在……我倒是很好奇，你會選擇用哪支箭殺我呢？」

他本來也很好奇，計畫為何會失敗，因為無論怎麼來看，元昊都知道了太多的事情。

計畫中肯定有一環脫節，這才讓他前功盡棄，但究竟是哪一環呢？野利旺榮不知道。

但野利旺榮已不放在心上，一個將死的人，何必想太多呢？他雖算陰險、狡詐，但畢竟也是龍部九王之一，死前並不想太過窩囊。

元昊手指從三箭的箭鏃上溫柔地劃過，突然彈了下，手指已離開了箭鏃。

他手中無箭。

「我何必殺你？有時候活著不見得比死舒服。你方才倒還值得我用一支箭，可現在……我還有必要出箭嗎？」元昊眼中滿是嘲諷，言罷，轉身離去，揮揮衣袖，不帶走半分塵埃。

日光從殿外照進來，照不到野利旺榮的身上。

他就那麼木然地站在殿中，無人理會。他鬢角的白髮已像霜染，他臉上的皺紋更如刀刻。輕輕地彎下了腰，望著地上的一具屍體，野利旺榮自語道：「你當初勸我放手，勸我退一步，但我不聽你的。實在是因為……我已退無可退。」

那屍體睜著眼，鼻子都被削去，軟噠噠地掛在臉側，說不出的猙獰可怖。那是浪埋的屍身，他雖竭盡全力，但刺殺開始沒多久，就已死在元昊的金甲衛士手上。

野利旺榮望著浪埋死魚一樣的眼，艱難地拾起那把染著血的鋼刀，喃喃道：「香巴拉？或許……」

突然他笑了笑，眼中竟閃過絲難言的愉悅。然後他一刀回刺在自己的腹部，緩緩地倒了下去……

他看起來終於解脫，也終於明白——很多時候，死並不是最痛苦的事情，活著才是！

第十三章 單 單

狄青甦醒過來的時候，一時間不知身在何處。

他幾經生死，但幾次都能死而復生，這是否意味著，老天還不想讓他死？狄青想到這裡的時候，內心苦澀，眼中卻閃過分詫異。他睜開雙眼的時候，本以為不死也要身在牢籠……

可這裡顯然不是牢籠。淡青的牆壁帶著分冷意，天藍的屋頂上竟繪著幾朵白雲，紫色的羅帳，色調雖冷，但滿是高貴的氣息。他竟然躺在一張床上。

狄青感覺到身體還乏力，但頭暈的感覺已去。他中了毒針，被圍捕等死，但下一刻後，他竟然又好了，而且睡得安穩。狄青不敢確定這是夢境，抑或是現實？掙扎著坐起，狄青陡然微震，目光盡處，這才發現，房間中還有一人。

那人靜靜地坐在角落，在狄青掙扎坐起的時候，轉過頭來，靜靜地望著狄青。狄青見那人如此冷靜，差點以為那人是飛雪。可他立即發現，那人絕不是飛雪。但他總覺得那個人有些眼熟，一時間想不起在哪裡見過，他認識那個人嗎？

那人是個女子，身著紫色羅裙，髮髻如雲，髮間斜插一根玉釵。她整個人就和這屋子一樣，簡潔、明瞭，高貴中帶著典雅，典雅中又帶著冷漠。她膚色如玉，被那紫色的羅裙襯托，更像是白玉雕成的美人。她眼睫毛很長，忽閃了下，如盛夏幽谷中那安寧的夢，可她不動的時候，如冰山一樣地冷。

狄青望著那女子，那女子也在望著狄青，二人均是沉默。房間內，沉靜、淡冷，還充斥著紫色的神

祕……

狄青凝視那女子很久，終於打破了沉默，開口道：「單單公主？」他終於想到了這女子是誰。但他不敢確定，誰又能將沙漠中那古靈精怪、性情百變的女子和眼前這華貴、沉默的少女連繫在一起？

少女不答，反問道：「你是誰？」

她若是單單公主，怎能擺脫飛鷹的掌控？怎麼會不認識狄青？難道說因為狄青眼下還是尚羅多多，所以她根本認不出狄青？

狄青想到這裡，本不應該承認身分，因為那樣他才有生機，但他還是道：「我是狄青。」

少女終於笑了，笑容中也滿是孤單，「既然你是狄青，我就是單單公主了。」

狄青目光閃動，「若我不是狄青呢？」

單單公主冷漠道：「你若不是狄青，那你現在已被扔了出去。」她說完後，扭過頭去，呆呆地望著桌案上的一支紅燭。

紅燭垂淚，原來天未明。單單公主又陷入了沉默。

狄青實在琢磨不透這女子的心思，暗想：她是元昊的妹妹，也應該知道我要刺殺她大哥，可她為何不把我送給元昊？

狄青想不明白，忍不住道：「你為什麼救了我？」

單單公主淡淡道：「不為什麼。」她取了根銀簪，撥弄著紅燭的棉芯。紅燭一爆，火光四濺，耀紅了如雲的鬢髮，耀白了那雕刻般的側臉。

狄青坐直了身子，目光從漆黑的夜，移到了蔚藍的屋頂，那種感覺很是怪異。

許久後，單單放下了銀簪，扭過頭來，淡淡道：「我這一生，掉過兩次鞋子。」在這種時候，她突然說起了鞋子。狄青一時間不知如何回答，只能保持沉默。

單單凝望著狄青，眼中霧氣朦朧，似乎藏著什麼，「在沙漠中，我的鞋子掉過一次，那次……你幫我做了雙鞋子。」

狄青暗想：這個單單看起來很孤單，卻不簡單。她到底如何從飛鷹手上逃脫的？難道說……飛鷹真的出賣了野利王？

狄青想著心事，單單也像是自言自語，又道：「那次父王的軍隊被擊散，大哥帶著我逃出來，若不是大哥保護我，我早就死了。」

狄青知道單單說的大哥顯然就是元昊，但還不明單單的心思，只是靜靜聽著。

「後來逃命的途中，我的鞋子掉了。大哥無暇去找，就背著我跑。他那時候已筋疲力盡，我怎麼哭求他丟下我，他都不肯。他說我是他的親妹子，絕不會丟下我……」

「後來我們陷入了一片流沙中……一起沉下去，若不是我連累他，他本來可以逃脫的。可或許是天不該絕，流沙並沒有要了我們的性命，我們從那流沙中穿過，到了個漆黑的環境，我和他失散了……」

「那是絕對黑暗的環境，聽不到任何聲音，看不到任何光亮。有人說……地獄很可怕，但地獄也比不上孤單可怕……孤單、靜寂就像是千萬隻螞蟻一樣，啃噬著你的身軀，可你卻無從逃避。你……不會瞭解那種感受的。」

狄青突然道：「我懂。」他說得誠懇，再望單單的目光，已有不同。他怕孤單，但不得不和孤單為舞，自從楊羽裳離開他後，他就一直孤寂入骨。他並沒有想到，單單也有過這種感受。單單嬌軀顫了

下，看了眼狄青。她知道狄青沒有說假話，她看得出，狄青就算在千萬狂歡的人中間，也依舊孤單。

在大漠的時候，她就看出來了。

燭光照四壁，輕煙在這房間中，彷彿也是青的……

狄青移開了目光，望著那燭光，突然道：「所以你出來後，就把屋頂塗上青天白雲？你怕噩夢重現，你要確定，自己睜開眼的時候，不是在那噩夢中？」

單單環視四壁，輕輕點頭道：「你猜得很準。我在那時候就想，我一輩子也不要黑暗。但那時我只能被黑暗籠罩，摸索著前行，我大聲地喊著我哥哥的名字，我寧可死在親人的懷中。因為我們這裡有個傳說，死在親人身邊的人，來世還能再見。」

她言語清淡，可那雙眼眸中，有光芒一閃，如同紅燭迸發的星火，那是一種流淚的情感。狄青這次沒有接下去，他忽然想到當初單單求死時對他說過的話，「如果上天要我死，我更希望……能死在你手上。你救了我，你我今生豈不是再欠一次？」難道說，那時候，單單竟把他當做了親人？

他真的猜不出眼前這紫衣少女的心思，他也不想再猜下去。

不知過了多久，單單續道：「我就在那種環境不停地摸索，不停地哭喊，喊著大哥的名字，喊得嗓子都啞了，淚都流乾了。我那時，竟突然恨起大哥來，恨他當初不該救我，若讓我乾脆死了，豈不一了百了？」

狄青低聲道：「你那時，當然還是個孩子，怎麼想……都沒有錯的。」

單單輕咬紅唇，咬得紅唇都有些發白，就那麼看著狄青，良久才道：「後來我和大哥說起這件事，他回答的話和你一樣。」

狄青回憶起那黑冠白衣，回憶起那巨弓羽箭，再看著單單，突然感覺元昊這人無疑也很複雜。

那個殺人不眨眼的西北之主，對妹妹竟也會如此關懷？

四壁色青，紅燭光冷。單單望著紅燭，幽幽道：「後來就在我絕望得要發瘋的時候，我大哥突然出現，帶來了聲音，帶來了光亮……我也就擺脫了那種孤單。自此以後，我就很怕孤單，也怕死，怕獨自死在一個陌生的地方。」

狄青覺得這故事講得不清不楚。

單單在哪裡落入了流沙？元昊怎麼會無事？他怎麼找到的妹妹？還有很重要的一點是……單單為什麼會對一個陌生人講這種事情？所有的一切，不明不白，可單單卻不再講下去了。狄青雖想知道，但沒有問。

單單卻問道：「你為什麼不問我，為何要對你講這個故事呢？你為什麼不問我，我怎麼能從大漠回來？你為什麼不問，現在我大哥到底怎麼樣了？你難道從來沒有一點好奇心嗎？」

狄青心口突然一跳，「我最想問一句，香巴拉在哪裡？」元昊、野利旺榮既然都知道香巴拉，他下意識地認為，單單也會知道。

可狄青沒想到，單單在聽到香巴拉的時候，反應會那麼強烈。單單霍然而起，嘶聲叫道：「你怎麼會知道香巴拉？你找香巴拉做什麼？」

狄青一驚，他已看出來，單單肯定也知道香巴拉。「你真的知道香巴拉在哪裡？」

單單臉色本如白玉，聽到狄青詢問，更是蒼白如雪。她身軀顫抖，凝視狄青，一字字道：「我知道。」

狄青一喜，不等詢問，單單又決絕道，「可我不會告訴你！我什麼都不會告訴你。」

狄青心中錯愕，滿是失望，本待逼問，可見到單單那蒼白的臉、惶恐的眼神，不知為何，只覺得單單心中滿是恐怖之意。狄青心中泛起淒然，傷感道：「好的，那你就當我沒有問過吧！」

單單有些喘息，似乎還沒有從震驚中恢復過來，可見到狄青那憂傷至極的眼神，忍不住問：「你為什麼要找香巴拉？」

狄青回道：「你不告訴我香巴拉在哪裡，為什麼要我告訴你緣由呢？」

單單眼中的惶惑突然變成了憤怒，上前幾步，瞪著眼睛道：「你中了劇毒，如今毒雖解了，但七天內無法發力。你現在就在丹鳳樓，我只要喊一聲，就會有宮中護衛衝進來將你剁成肉醬，你信不信？」

狄青望了單單良久，點頭道：「我信！」

「那你說不說？」單單得意道。

狄青搖搖頭道：「我不說！」

單單微愕，蒼白如玉的臉上因為憤怒，已起了紅暈。狄青還很沉靜，扭頭望向了窗外，窗外有月，月明夜深。不知多久，單單眼中的憤怒已去，突然道：「我知道你想用激將法，你想讓我把你送到我大哥那裡去。你想知道香巴拉的祕密？哼，你想知道，我偏就不讓你知道。你想見我大哥，我就把你送出宮去。」

她竭力做出凶狠的架勢，但實在不像，狄青只是歎口氣。單單見到狄青那深邃的目光，狠話突然說不下去了，神色轉冷，「你可知道……我剛才發了什麼誓？」

她發起狠來，還像個不懂事的小姑娘，可冷靜下來的時候，又像座冰山，將自己和別人隔開千里之外。狄青搖搖頭，話都懶得多說。

單單自語道：「我方才發誓，你若是騙我，不承認是狄青，我就殺了你。可你若是沒有騙我，我就念著你在沙漠曾經救過我，把你送出宮去，讓你在外邊自生自滅。」

「我不是不想騙你，只是方才覺得騙不了你。」狄青淡淡道，「你不要把我想得多麼偉大，因此你也不用因救不了我，而耿耿於懷。」

單單瞪著狄青，「你真以為我沒有本事將你送出去嗎？哼，我今天就讓你看看，我有沒有這個本事。」

狄青沉默了下來，他看得出，單單孤單、高貴、多變、任性，但根本不想殺他。

就在這時，珠簾挑開，有婢女入內道：「公主，乾達婆的部主到了。」那婢女唇紅齒白，面容姣好。狄青心中微緊。他記得當年永定陵一戰中，王珪曾道，「在元昊所創八部中，乾達婆部和緊那羅部的人都精通樂理。乾達婆部均是妙女，個個能歌善舞……」

乾達婆部的部主來這裡做什麼？狄青沉思時，單單已走出內間。這丹鳳閣極大，從內房到前廳要過兩重門，狄青只聽到單單重重地關了下門，然後這屋內就靜了起來。狄青掙扎著下了床，見對面鏡子中的自己有些陌生，突然發現臉上的鬍子都不見了，而身上也被換了套柔軟如絲的衣服。狄青吃了一驚，伸手到懷中一摸，發現五龍竟然不見了！

狄青汗水一下子就冒了出來，心道這五龍一直被自己貼身而放，怎麼會不見？那五龍和香巴拉有關，他絕不能失。他心情緊張，不亞於和元昊對敵之時。忍不住地向外走了幾步，想向單單詢問此事。才過了珠簾，就聽有一女子漫聲道：

「單單，你找姐姐來，有什麼事情呢？」

那聲音如水流淙淙，有種難言的風情。聲音隔門傳來，本是微弱，但狄青聽力敏銳，早聽得清楚。

狄青聽了那聲音後，身軀一震，止住了腳步，他已聽出，說話那人就是上次坐轎來丹鳳閣的那個部主。

聲音熟稔非常，更讓狄青確定了心中的猜疑。他立在屋內，想要舉步，可腿重千斤，嘴角露出絲苦澀的笑。

只聽單單道：「張姐姐，我有事求你，你一定要幫我呀！」

狄青暗想，張姐姐？唉……原來她果真是元昊的人，元昊處心積慮將她派到京城去做什麼呢？哦，她接觸的都是達官貴人，自然可以刺探些大宋的消息……元昊早有心與大宋為敵，在這幾年來，派出的細作當然不止她一個了。

正琢磨著，狄青聽張姐姐笑道：「單單，你大哥就是帝釋天，這裡還有他不能解決的事情嗎？」

單單急道：「不行，我不能讓他知道這件事的。」

那女子哦了一聲，半晌才道：「那是什麼事呢？」

狄青聽單單道：「張姐姐，我喜歡上一個人，可我大哥不喜歡他，還讓人重責了他。眼下他帶傷在身，我把他藏在了房中，可怎麼弄他出去，就沒辦法了。我知道你比我聰明百倍，你得替我想個主意呀！」狄青心頭一震，心中道：她是說我嗎？這丫頭滿口謊言，信不得。

張姐姐沉默良久，方才道：「單單……你也知道你大哥的脾氣，他若知道你瞞著他做這些事情……只怕不好交代。」

單單立即道：「你放心，若真的事有洩露，我會承擔一切後果，絕不會說你幫手了。張姐姐，你最疼愛我，這次一定要幫幫我。」

張姐姐調侃道：「原來單單也長大了，也有中意的男子了。不知道到底是誰呢，能否讓姐姐也看一眼？」

單單推搪道：「這人黑不溜丟的，有什麼好看呢？」岔開話題道，「姐姐，你到底有沒有辦法呀？」

張姐姐輕聲道：「辦法嘛……其實簡單得很。」她故作遲疑，單單喜道：「那……快說呀！」

狄青在屋內聽到，心中不知何等滋味，暗想單單比起那張姐姐，可算是個天真的孩子。那張姐姐若真知道救的人是他狄青，會不會翻臉無情？

張姐姐笑道：「我若冒著風險幫了你，你如何謝我呢？」

單單道：「怎麼都行啊！可你是八部部主乾達婆，大哥也很器重你，要什麼都有呀！」

張姐姐突然歡口氣，「可單單妹子都有了意中人，我卻沒有呢！」

單單直爽道：「那好辦，你看中了哪個，和我說一聲，我立即讓大哥把那人綑起來，送到你面前。」

張姐姐忍不住噗哧一笑，「原來單單妹妹中意的男人，現在也是被綑起來的，所以不敢讓我見一面啊！」

單單卻沉默起來，良久才幽幽道：「我恨不得把他綑起來。姐姐……可是……我又一定要讓他走。姐姐……你快把主意說出來吧，不然我就另找他人了。」片刻後，張姐姐笑道：「好了，我就不逗你了。最近兀卒登基在即，要在戒臺寺持齋禮佛，命我重整禮樂，說什麼『王者制禮作樂，道在宜民。』你大哥覺得，唐宋之繁節繁音，不適合在西北推廣，因此要我將國樂改得簡單些。每隔幾日，姐姐我都

張姐姐道：「他人？那是哪個？」屋外突然沉寂下來。

我……不想讓大哥殺了他。姐姐……你快把主意說出來吧，不然我就另找他人了。

要去戒臺寺見兀卒稟告進程。明日你可藉口和我去戒臺寺禮佛還願，將你的意中人裝在轎子中帶出去，豈不名正言順嗎？」

單單欣喜道：「姐姐果然聰明。」

張姐姐歡喜道：「其實妹妹當然也想得出這種辦法了，你若帶著他出去，誰敢阻攔呢？你非要扯上姐姐，又是為什麼呢？」

單單苦惱道：「唉……你不說我還不氣。我最近每次出門，都有不少侍衛跟在身邊，我罵也罵不走。我只怕單獨出行，他們會有疑心。」

張姐姐道：「因此你扯上我了？單單……兀卒也是擔心你的安危……」不再多說，輕聲一笑道：

「好了，姐姐要走了，明日清晨就來，也不耽誤你和情人話別了。」

狄青聽到這裡，轉身又到了床榻前。不多時，聽到外邊門聲一響，單單已走了進來。見狄青坐在床榻旁，單單冷冷道：「你起來了？想逃跑嗎？」

狄青岔開話題道：「我的東西在哪裡？」

單單故作詫異問道：「什麼東西？」

狄青直接道：「是個黑球。上面有五龍兩個字。」

單單漫不經心道：「那是什麼呢？」

狄青望著單單，誠懇道：「說實話，我真的不懂那是什麼。但它對我來說……是十分重要的東西。」

「可你知道那東西有何用處嗎？」單單手一攤，五龍已在掌心。黑色的五龍在凝脂般的掌心上，滿

是幽幽。

狄青並沒有伸手去取，望著五龍的眼中已有了痛苦之意，搖搖頭。單單眼中閃過絲奇異的光芒，把五龍拋給狄青，「你的東西，我不稀罕。」狄青接過，心中困惑，單單為何要拿走五龍，為何又這麼痛快地還給他？

狄青仔細看了眼黑球，認得沒有錯，緩緩將那黑球放在懷裡。

單單見他臉上滿是疑惑，譏誚道：「不假吧？你看得如寶，可在別人眼中，不過是根草了。」轉身要走，又止住腳步道：「明天……我就帶你出宮，讓你看看我的本事。你莫要想從我這裡逃脫去找我哥哥。哼，只要你走出這裡一步，只怕就會被斬成肉醬。」可說完後，單單又有些後悔，暗想這黑不溜丟的狄青看起來倔強得很，若真不信邪，那可如何是好？

年華改變了狄青的面容，卻改變不了狄青的抑鬱堅韌之氣，單單早在沙漠的時候，就已經知道了狄青的性格。但話說出口，她又不想更改，出了房間後，難免惴惴。幸好狄青沒有什麼舉動。

單單一夜無眠，擁衾靠在床邊，也不知想著什麼。等到天明之時，單單見晨光照入，這才從恍惚中驚醒，不聞內室狄青的動靜，有些吃驚。赤足跳下床榻跑過去，推開房門，見狄青正望著自己，他手裡，還握著那五龍。

單單有些訕訕，隨即又有些得意道：「狄青，今日我就送你出宮，你不是一直覺得我沒能力救你嗎？」

狄青心道：我什麼時候說過這種話？本想再問「香巴拉」一事，可想到昨晚單單的表情，終於忍住不問。單單雖時而冷漠，忽而故作惡毒，可狄青只覺得她還是個不懂事的孩子。那香巴拉如此神祕，單

單又能知道多少？

單單見狄青沉默，感覺他是輕蔑，忍不住叫道：「我送你出去，不過是因為你在沙漠救過我。你給我水喝，我給你解毒。你把我帶到綠洲，我就帶你出宮。我這輩子，從不想欠別人情，你也別以為我是喜歡上了你。」

她說完最後一句話，臉色通紅，眼中彷彿還有著凶意。但渾身顫抖，竟再也說不下去。

狄青良久才道：「我懂的。」

單單氣地跺腳，「你懂得什麼？你什麼都不懂！我就討厭你這自以為是、狂妄自大的傢伙。你這次出了皇宮，滾得遠遠的，莫要再回來，不然我第一個就殺了你。」

狄青不待回答，丫環進來低聲稟告，「公主，她來了……」

單單臉有喜意，立即帶著丫環衝了出去。又過片刻，那丫環走了進來，說道：「這位……公子，這邊請。」

那丫鬟不敢正視狄青，可眼中嘴角滿是笑意，顯然覺得單單和狄青之間的關係古怪有趣。

狄青不知是福是禍，橫下心來出了房，到了廳堂的時候，見到有兩頂轎子停在那裡。一轎子旁，站著個風華絕代的女子。那女子輕紗罩面，可更顯無雙的風情。她就那麼靜靜地望著狄青，雖沒有隻言片語，但那雙眼自從見到狄青的那一刻，就充滿了迷惑和訝然。

狄青鎮定地走過去，緩緩站在轎旁，一聲不吭。他雖改變了容顏，但只怕一說話，就被那女子聽出是誰。他和那女子，本來就是認識的。那女子竟然也沒有出言，只是用春蔥般的玉手指了其中的一個轎子。狄青掀開轎簾，才待坐進去，身形一凝。

轎子中坐著的是單單。

狄青雖知道單單肯定也會出宮，但見轎子不寬，上轎後只怕要坐到單單的腿上去，如何還能舉步？

單單臉上掠過絲紅暈，見狄青躊躇不前，冷笑道：「你怕了？」側了下身子道：「你坐我後面去。」狄青這才發現轎子設計得巧妙，從外面看來，略有局促，但轎子後端竟還有個空間，尚能坐下一人。可若是單單不讓開身子，狄青也發現不了轎子的奧祕。

狄青心中微動，暗想那張部主真是想幫單單嗎？她到底是什麼心思？不再猶豫，狄青側身到了單單的身後，坐了下來。轎子設計得雖是巧妙，但空間畢竟有限，二人前後而坐，雖不是耳鬢廝磨，但呼吸可聞。轎中頃刻間靜了下來。二人均是沉默，以免尷尬。可要命的是，轎中實在太過安靜，就算心跳都能聽得到。

狄青這輩子，也從未面對過如此難以應對的局面。放緩了氣息，只怕一口氣吐到單單白玉般的脖子上。驀地發現單單秀髮有些抖動，然後見到她玉頸微紅，喘息漸急。狄青垂下頭來，不再去看。可幽香細細，卻是不由得傳到了他的鼻端。

轎子抬起，那轎子搖呀搖的，如在雲端。單單坐在前面，一張臉紅得有如山花燦爛，一顆心慌亂地跳動著，好像都要跳到嗓子眼。她雖竭力裝作天不怕、地不怕的樣子，但這輩子，亦是從來沒有和哪個男子這般親熱過。但不知為何，眼淚卻沿著臉頰流淌下來。到底傷心什麼，只有她一個人知道。幸好，狄青看不到她的表情。單單暗想，可內心深處，卻不知道這是幸運還是不幸？

那路途如綢緞般地光滑，流水般地逝去。不知過了多久，轎子頓了下，竟然停了下來。狄青心中一凜，聽到轎外有人問道：「你眼睛不瞎，當認得部主的轎子。」

有人喝道：「轎中可是張部主嗎？」

前面那人顯然是宮中侍衛，又問：「可後面的轎子坐的是誰呢？」

張部主的聲音響了起來，「是單單公主。她今日……要和我去戒臺寺燒香還願。」

那侍衛忙道：「部主，你可以出宮，但公主不行。兀卒有令，為護公主的安全，這段日子，絕不能讓公主出宮。」

狄青心頭一沉，發現不妙，不待多想，就見身前坐著的單單已躍了出去！

攔住張部主和單單的，正是宮中御前侍衛。他倒是一片忠心，只聽兀卒的命令，本還在想著如何勸單單回去，不想轎簾一晃，單單已站在他的面前。

那侍衛駭了一跳，見單單公主滿臉通紅，退後兩步，單膝跪地道：「殿直吳昊參見公主。」

單單公主玉臉帶紅，也不知道是羞是氣，突然道：「你真的很聽我大哥的話呀！」

吳昊賠笑道：「卑職得兀卒賞識，當鞠躬盡瘁。」

單單公主嘴角帶笑，又道：「你的腰刀不錯呀，給我看看好嗎？」

吳昊怎敢拒絕，忙解下腰刀雙手奉上道：「公主要看，儘管拿回閣中去看。這裡風大，還請公主起駕回閣。」他倒還不忘記自己的職責，只想著刀沒有了，再去領就好，能把單單勸回去，就是大功一件。

單單公主咯咯笑道：「原來你不但很聽我大哥的話，對我也很好嘛……」

吳昊忙道：「卑職忠心耿耿，為兀卒……和公主萬死不辭。」此人口才倒好，一副諂媚的樣子。

單單緩緩拔刀道：「好呀，那你……就死去吧！」她的聲音突然變得尖銳淒厲，竟一刀向吳昊砍了

過去！

吳昊駭了一跳，慌忙跳開。只不過單單砍得太過突然，他雖身手不差，還是被一刀劃傷了手臂，鮮血淋淋。

吳昊大呼道：「公主請住手。」

單單雙手握刀，呼呼又砍了幾刀。吳昊急避，單單叱道：「你不是為我死不辭嗎？還不停下來讓我砍了腦袋，你這個騙子！我告訴大哥，說你對我們不忠，將你千刀萬剮！」

吳昊又驚又怒，心道元昊冷酷無情，就算老婆孩子都照殺無誤，但一直對這個妹妹極為疼愛，單單若真的讓元昊殺他，也是大有可能。但此時此刻，他又如何能伸著脖子等砍？

旁邊的侍衛早就看直了眼，可誰也不敢上前，只怕惹禍上身。萬一這刁蠻的公主刀鋒一轉，砍到他們身上，豈不是天大的冤枉？

張部主竟然只是坐在轎子中，也不出來解圍。

吳昊已忍不住大呼道：「部主救我。」

單單冷笑道：「就算天王老子來了，也救你不得了。」話未說完，刀鋒已被一人夾住。單單大怒，雙手用力，可那單刀已如砍入了岩石中，竟紋絲不動。

夾住單刀的那隻手枯瘦如柴，但手指根根如鐵。而那隻手的主人神色寂寥，一雙眼眸滿是灰白之色。

單單望見那人，居然是個瞎子。

夾住那單刀的人，不驚反怒，叫道：「野利斬天，你莫要多管閒事，不然我連你一塊砍！你別以為救

了我回來，我就得聽你的！」

狄青心中又是一凜，這才知道，原來龍部九王之一的羅睺王野利斬天，竟也來到了這裡。

野利斬天沒有死！原來單單能從大漠回來，是被野利斬天救回。野利斬天的確有這個本事，那飛鷹、石砣眼下又怎樣了？狄青雖和野利斬天只交鋒一次，但知道此人極為詭異，只憑單單公主，恐怕不能奈何他！

野利斬天沒有回話，只是鬆開了五指，單單又待持刀砍去，旁邊一人和聲道：「公主息怒，何事發這麼大的脾氣呢？他們若得罪了公主，本太師為你做主。」

狄青一聽那聲音，更是凜然，外邊那人，竟是元昊手下的太師、兼中書令——張元！

張元怎麼也會到此？

狄青嘴角滿是苦澀的笑，他身上餘毒未清，眼下無法發力，若被這些人發現了行蹤，只能坐以待斃。

聽轎轎外的單單道：「這個狗侍衛不讓我出宮，中書令，你幫我斬了他。」

吳昊額頭盡是汗水，忙道：「太師，卑職只是奉命行事呀！」

張元微笑道：「這命令是死的，人可是活的。兀卒不想公主出宮，不過是擔憂她的安危，有張部主在，你又何必阻攔呢？公主，請上轎，臣請你出宮。」他緩步走到了轎子前，竟主動伸手為單單掀開了轎簾。

轎中無人！

單單的一顆心幾乎停止了跳動。

張元似乎有些錯愕，卻還是掀著轎簾不動，心中暗想，那個天和殿的刺客，如今到底在哪裡呢？原來天和殿叛亂，野利旺榮自盡，餘黨悉平，可唯獨那個從殿梁縱落、刺殺元昊的人沒有下落。依照宮中護衛的森嚴，那人想混出去，絕非易事。張元方才只怕刺客藏匿在單單公主轎中，脅迫公主，這才掀開轎簾一看，但轎中無人，雖讓他失望，但也讓他放下了心事。

單單公主卻等了會兒，這才上轎笑道：「能讓太師親自掀轎簾，這種榮耀，只怕大哥都沒有的。我今天，可有些受寵若驚了。」

張元含笑道：「公主若是喜歡，臣天天為公主掀轎簾，又有何妨？只怕再過些日子，臣就算肯，只怕有人也不肯了。」

單單臉有些發紅，暗想這老不正經的，竟然敢拿本公主開玩笑？可見到張元老狐狸般的一張臉，心中有些發虛，忙道：「好的，我先出宮了，就不勞太師遠送了。」

轎子抬起，急急地離去，張元一直含笑望著轎子，可待轎子走遠後，臉色又陰沉起來。野利斬天一旁道：「太師何故憂心呢？」

張元差點兒想伸手到野利斬天眼前試試，看看這人是否真的是瞎子，不然為何比明眼人看到的還要多？可終於忍住了這個衝動，張元又浮出微笑道：「老夫坐過轎子。」他說的簡直是廢話，可野利斬天還是寂寥如舊，只是哦了聲，野利斬天似乎從來不把什麼事情放在心上，就算他弟弟當初死，他都沒有太多的悲慟。

張元歎氣道：「老夫最近有些發福，因為走得少了。」

「太師雖少動，但觀察的更細了。」野利斬天不明不白的接了一句。

張元皺了下眉，可見到野利斬天灰白如死的眼睛，又強笑道：「不錯，那抬轎的四個人顯然身子骨都不錯，就算抬我，腳步都不見得會那麼沉。更何況……單單公主並不胖。」

「太師是想說……轎子中另外還有一個人嗎？」野利斬天突然道。

張元乾咳幾聲，「老夫的確有這個疑惑。」

野利斬天問道：「在下雖是個瞎子，可太師無疑不是。轎中若另外還有人，那你方才掀開轎簾，怎麼會看不到呢？」

張元皺眉道：「老夫也正疑惑這件事情……」

野利斬天淡淡道：「我聽說汴京繁華，知道那裡的瓦舍中有種戲法，箱子中明明藏人，卻讓你可能看不到。那種戲法，和西域諸國的一種障眼法大同小異，可利用光線、顏色和箱子的結構，讓你以為看到的是箱子的全部，但其實你看到的只是箱子的大半。而剩下的那點空間，足夠人來藏身了。」

張元眼中發光，卻故作恍然道：「難道說……那轎子也和箱子一樣，內有夾層嗎？那裡面若真的藏了人，是誰呢？會不會對公主不利？」他語氣中滿是焦灼，可一雙眼盯著野利斬天的臉，沒有半分擔憂的樣子。

等了半晌，不見野利斬天應聲，也看不到野利斬天臉上有半分變化，張元終於忍不住道：「難道老夫說的不對嗎？」

野利斬天道：「太師是華陰人吧？」

張元不想野利斬天突然問出這麼一句，半晌才道：「不錯，羅睺王為何有此一問？」他本來一直是

祥和安寧，頗為儒雅，可聽到「華陰」二字的時候，眼中有了分惆悵。

野利斬天道：「我聽人說，太師本來是中原人，當初年少氣盛，頗有才華。負氣倜儻，自詡有蘇秦、張儀之才，而且擊劍任俠，頗做了幾件讓人稱頌的俠事。不過入京幾次應試，總不能及第，後決定棄筆從戎，又被宋邊帥質疑，這才遠走西北，遇到兀卒後，抒胸中之策，才被兀卒重用？」

張元緩緩道：「如老夫這般遭遇而來西北的，數不勝數。兀卒用人唯才，宋廷用人唯親居多。」張元這句話是有感而發，因為元昊建官制，除了軍權外，其餘職位倒有大半數是漢人充當。這些漢人，很多都是當年在宋廷不得志之人。而宋廷此刻賄賂成風，蔭補買官現象嚴重，雖有憑應試中舉，得躍龍門之人，但很多轉瞬也入染缸之中，終究難改靡靡之氣。

野利斬天道：「太師既然也去過汴京，又心細如髮，對這種箱子藏人的戲法當然不會陌生，不然方才也不會特意和我提及轎子重量不對一事。可太師既然發覺了，為何不直接說出來呢？」

張元臉色微變，這才發現野利斬天眼雖瞎了，可一顆心玲瓏剔透。

野利斬天又道：「太師當然也明白轎子中還有一人，也怕那人威脅單單公主，所以才親手為單單公主掀開轎簾，企盼伏魔？」

張元歎了口氣，「有羅睺王在此，老夫才有這膽量呀！」

野利斬天淡淡道：「可太師發現轎中無人，卻有暗格，很快就明白過來，單單公主不是被威脅，而是想要藏一個人出去。依照太師的想法，這人肯定不會是刺客，因為單單公主沒有必要保護一個行刺兀卒的刺客。而轎子是張部主那面的，這件事顯然也得到張部主的默許。公主長大了，說不定正在私會情郎，你若是當場揭穿，只怕惹怒單單公主，還連累你的升遷。因此你言語暗示，想看看單單公主的反

第十三章　單　單 262

應。單單臉紅，自然也中了太師的猜測。」張元已說不出話來，更懷疑這野利斬天是不是瞎子。他若是瞎子，怎麼會把眾人的表情都看得一清二楚呢？

野利斬天續道：「你不想得罪公主，可又放心不下公主的安危，所以故意把這件事話於我知。想我還有點兒頭腦，說不定能聽出你的言下之意，衝出去保護公主，看看轎中還有哪個？這樣你不用擔責，也保護了公主，誰以後知道此事，都會豎起拇指讚一聲中書令了。」

張元儒雅的一張臉，如同被打了一拳，強笑道：「不聽羅睺王一說，老夫還不知道有人有這種複雜的心思呀！」他明褒暗貶，暗指野利斬天以小人之心度君子之腹。

「是嗎？」野利斬天不鹹不淡道，「我是瞎了，也不聰明，辜負了太師的期待，明白不了太師的君子之心。既然如此，太師還請將這份心思給別人聽吧，在下先行告退。」他轉身離去，也不施禮。

張元盯著野利斬天的背影，直到消失不見，這才喃喃道：「你既然都不擔心，想必也認為轎中的人絕非刺客，那我操心什麼呢？」拍拍衣襟，像是把煩惱全部拍掉，臉上又露出淡淡的笑。這時有兵士急匆匆地趕到，低聲道：「太師，那面來人了。」

張元精神一振道：「帶我去見。」他面色又轉凝重，隱約又帶著分振奮，隨兵士匆匆離去。張元本是老謀深算，喜怒不形於色之人，這次對來人如此慎重，旁的兵士見了，都難免猜測，來人是誰呢？

兩頂轎子出了宮，出了城，直奔城南郊的戒臺寺。

如果說大相國寺是大宋的國寺，那戒臺寺也無疑是黨項人心目中的國寺。

眼下黨項人東有大宋，西南有吐蕃，南有大理，西面更有回鶻等國，這些國度都是信奉佛教，黨項

人也不例外。党項人的佛教本分禪宗、密宗兩派，禪宗流傳雖廣，但密宗影響也是不容小覷。元昊本人也是信佛的。這樣一個極負大志、雄心勃勃之人，在党項人中，不但崇信佛教，而且精通浮屠之道。元昊掌權以來，為了發展佛教，不但廣搜舍利妥善安置，而且大修佛窟、佛塔和佛寺，在元昊的推行下，党項人信佛風氣極為濃郁。

戒臺寺因是元昊常去之地，這些年經過發展壯大，若論輝煌絢麗，或比汴京大相國寺稍遜，但論氣勢恢弘，寶相莊嚴，可和大相國寺分庭抗禮。

出了城南，前方有群山連綿，轉過山腳，只見到碧空洗練，青霄萬里。樓臺亭閣虎踞半山，戒臺寺已現出佛跡。兩頂轎子停了下來，張部主先行下轎，輕聲道：「單單，是時候了。難道你還想把他帶到戒臺寺去嗎？」

轎簾挑開，單單坐在轎中，神色像是扭捏，又夾雜著幾分傷感。她身後……一塊隔板倏然閃開，露出了暗格裡的狄青。張元猜得不錯，轎子中果然有暗格。在張元挑開轎簾之前，狄青按了下轎側的按鈕，就有面隔板無聲無息地滑出，擋在了狄青的面前。狄青知道轎子的設計，只因為單單躥出去的時候，還對狄青說了一句，「轎子有暗格。」狄青見單單躥出去的時候，臉紅得如熟透的蘋果。誰也不知道，單單到底是因為憤怒臉紅，還是因為別的原因。單單既然知道轎子有暗格，為何不一開始就讓狄青藏起來？狄青不願多想，很快就找到了那個按鈕。那隔板不但設計巧妙，色澤也和轎子後面的擋板一模一樣。從正面望過去，絕看不出轎內別有洞天。可狄青還是很擔心，他早就看出張元和野利斬天都是心細如髮的人，單單若論機心，絕不是那兩人的對手。

可讓狄青奇怪的是，張元和野利斬天竟像什麼都沒有發現。狄青總覺得有些古怪，但他既然出了

城，也就暫時將疑惑放在一旁。

出了轎子，狄青見秋高霜早，花草已敗，可遠山綠樹仍有那難洗的蒼鬱。張部主舉眸望了狄青一眼，那眼中似乎也藏著秋意閒愁。可她很快地移開了目光，轉身走遠。她似乎想給單單些告別的時間，也像不想再看狄青。抬轎子的人，均是沉默，這些人都是張部主的手下，懂得什麼應該知道，什麼必須裝作不知道。

單單終於下了轎子，滿是紅暈的臉，又變得和秋霜一樣地白。她靜靜地向南走了片刻，聽到一聲雁鳴，忍不住抬頭望去。那是一隻離群的孤雁，空中徘徊，終於還是向南飛去。「這大雁南去，終究還是要飛回的。」單單突然道。

狄青就在單單的身後，聞言抬頭望天，雁聲飛天，蒼穹極遠。他沒有說什麼，單單好像也沒有對他說話。他只想等單單轉過身來，然後向單單告別。

單單霍然轉過身來，眼中又露出惡狠狠的凶意，「可你這次走了，就一定不要再回來了。你救過我一次，我也救過你。你帶我出了荒漠，我也帶你出了宮中。自此後永不相欠，再無瓜葛！」

狄青心道：我或許會回來，但那時……只怕你我再難有今日的情形。

單單臉色又開始發紅，嘴唇卻被貝齒咬得微白，握緊了纖手，渾身都有些顫抖，「你是我大哥的敵人，我這輩子就欠過兩人的情，一個是我大哥，另外一個就是你。我還了你的情，但對不起我大哥。因此你下次若是敢來，我說不定……會第一個讓人殺了你！」狄青終於開口道：「我明白。」

「所以你最好趕快走，走得遠遠的。你現在餘毒未清，還有幾天才能用力，這些天若是被人宰了，可不關我的事。」單單的聲音有些顫抖。

狄青微笑道：「你既然都能從飛鷹的手上逃出來，我當然也要自食其力。天涼了……你早些回轉吧！」

單單冷冷道：「我不用你關心。」

狄青無話可說，轉身想走，可突然又道：「單單，無論以後如何，我總記得你的相救之恩。你是個好姑娘，我應該謝謝你。」

單單蒼白的臉上突然泛起分光輝，如驚浪浮霜，又像夢醒燈暈……

狄青並沒有留意，已轉身要走，可才邁了幾步，單單突然叫道：「喂！」狄青止步，卻沒有轉身，問道：「還有什麼事嗎？」

秋風冷，秋風凝。狄青望著秋意濃晚，秋雲悲風，有如紅顏憔悴，豪情夢碎，心中只是想：羽裳，我沒有死。郭大哥，我沒有給你報仇。單單望著那蕭索的背影，臉色又變得白皙非常，指甲都嵌入了肉裡，也不覺得疼痛。

靜寂良久，感覺那秋風都凍凝了，心跳都要停了，單單這才用了全身的氣力說道：「狄青，我問你！這世上，若……有．人，可以為你不當什麼公主……什麼都不要，只想跟著你，跟著你死也好、活也罷。去荒漠、天涯……你是否會為了她，捨棄一切？」

第十四章　伏藏

秋風蕭蕭，吹起滿地枯草殘葉，凌亂地舞動。可就算所有的凌亂加起來，都不及女兒的心思。

單單說完後，嬌軀已如風中落葉般，抖個不停。她的秀眸一霎不霎地望著狄青的背影，一望有如千年。

狄青身形僵硬凝了良久，方才道：「我⋯⋯」

單單眼中突然有了哀傷和恍然，不等狄青的答案，已大笑道：「你不要以為那個人是我！這世上的男人都死光了，我也不會喜歡你的。」

誰都想不到單單會這麼肆無忌憚地笑，可那笑聲也如秋風吹舞，其中總帶著那麼點兒蕭瑟的味道。

單單不等笑完，已轉身跑開，逃命一樣。

狄青回過頭來，見那紫色的身影在黃葉中跳蕩，很快地鑽入了轎子。轎子移動，轉過山腳，陽光照耀下，如秋晨的霧氣一樣，消失不見了。

狄青怔怔望了半晌，搖搖頭，舉步向南走去。他知道只要繞過眼前的山，再走幾里的話，就離黃河很近。他如果取道西平府，轉去夏州的話，就可從夏州過橫山前往宋境。路途雖遠，但狄青自覺這裡無人識得他，走這條路，應該不會有什麼波折。

主意已定，狄青立即動身，他渾身上下還有些發軟，但這阻擋不了他回返的決心。翻過個山坡，狄青已有些氣喘，撿了個有溪水的地方稍洗了下臉。見溪水照著的那張臉，黝黑沉鬱，不由苦笑。現在飛雪不見了，他臉上的年華洗不去，難道這輩子都要如此？他以前極為俊朗，這次變黑了，卻更顯堅

毅。他不介意自己長什麼模樣，可如何對別人解釋這件事情？

狄青正望著溪水，突然感覺水面起了層波瀾，心中警覺突生。他雖然暫時不能動武，但警覺仍在，一人不知何時，已如幽靈般靜靜地立在了狄青的身後。狄青渾身繃緊，緩緩地直起身子，轉過頭來，望著身後的那個人。狄青已認出那人不是幽靈，而是修羅——阿修羅！

他身後之人竟然是野利斬天！

野利斬天為何會來這裡？是不是已發現了狄青的祕密，特意來取狄青的性命？

狄青沒有驚惶之色，靜靜地看著野利斬天。野利斬天一雙灰白的眼睛，卻在望著天空。他是個瞎子，可無疑比很多明眼人看得還清楚。

風動，溪水上微波粼粼，陽光照在上面，水面上有如凝著薄薄的冰。

良久，野利斬天開口道：「狄青？」

狄青沉默片刻，知道在這敏銳的瞎子面前，謊言無用，沉聲道：「是。」

野利斬天臉色寂寥，「方才你在轎子中的時候，我就知道那裡面的人是你！」

狄青皺了下眉頭，知道野利斬天不必講大話。但這瞎子為何比有眼睛的人還看得準？驀地想起當初他見野利斬天的時候，聽他說過，「你終於來了！」不由一陣心悸。狄青當初以為這句話是妄語，可現在想想，總覺得其中大有深意。

他和野利斬天，雖天各一方，但總像有種連繫……

「其實張元也知道轎中有人，但他沒有揭穿，你知道為什麼？」野利斬天突然問道。他竟不提以往

的恩怨，無疑更是件讓人費解的事情。

狄青搖頭道：「不知道，你說為什麼？」他本來以為野利斬天不會答，可野利斬天立即道：「他知道轎中還有人，但絕對想不到會是刺客。他還想當他的中書令，自然不想因為這些小事得罪了公主，阻礙了前程。誰都知道，在兀卒心目中，公主的地位僅次於他的江山。」

「張元為何會覺得轎中不是刺客？」狄青反問。

野利斬天道：「因為他不知道你認識公主，他不認為公主會保護一個刺客。」

「但你當然知道了。」狄青嘲諷道，「你能從飛鷹手上救出單單，當然知道所有的一切。元昊能知道很多事情，就是因為你的緣故！你知道我認識單單，可你為何當初沒有說？是不是因為你也怕得罪單單，因此一直都跟著我們，在單單走遠後才出現？」

野利斬天嘴角突然現出分微笑，他臉形削瘦，臉色灰敗，秋風中看起來，如同蒙著一層薄霧。狄青總以為看清了這個人，但不知為何，看到的總是他的沉寂。

「我不怕得罪任何人！我如果真想殺你的話，隨時都可以殺了你，就算帝釋天不讓，我也一樣會殺了你。」野利斬天一字字道，口氣不容置疑。

狄青沒有半分驚惶，鎮靜道：「你來這裡，當然不是要殺我。你要殺我，不必這麼多廢話。」

野利斬天還是在望著青天，淡淡道：「你說對了，我來這裡，是想替飛雪傳一句話。」

狄青臉色陡變，失聲道：「你……抓了飛雪？」他突然又感覺到什麼，扭頭望過去，見到山腳處竟來了幾人，均是陌生的臉孔。狄青心思被飛雪的下落吸引，不管那幾人什麼來頭，喝道：「飛雪現在怎麼樣了？她與行刺元昊一事沒有什麼干係。」

野利斬天緩緩道：「你怎麼知道她沒有關係呢？你可知道她要去哪裡？」

狄青微愕，皺眉道：「你難道知道嗎？」

野利斬天淡然道：「我當然知道。她要去的地方就是——香、巴、拉！」

狄青心頭一震，只覺得耳邊有如雷鳴，失聲道：「香巴拉？她要帶我去香巴拉？你怎麼知道？」狄青那一刻震驚非常，他只知道飛雪堅持要帶他去一個地方，哪裡想到那個地方竟是香巴拉！飛雪到底是什麼來頭？為何會知道香巴拉？野利斬天說的是真是假？飛雪為何能認識野利斬天和飛鷹？飛雪要野利斬天傳什麼話？所有的謎團太多太多，狄青雖接連三問，但問不出心中疑惑的十分之一。

野利斬天也聽到有人向這個方向走來，可全不介意。狄青的問題，他一個也沒有答，只是冷冷道：「你走吧，『你已不必和她去香巴拉了。』」

「為什麼？」狄青苦澀道。他不想再次接近香巴拉的時候，竟又失之交臂。

野利斬天淡淡道：「因為你不配！」他灰白的眼珠仍舊漠然，可灰敗的面容突然有了分振奮和激動。不聞狄青的動靜，野利斬天嘲弄道：「你不信飛雪說過這些話嗎？」狄青眼中突然有分古怪，盯著野利斬天道：「我不信你方才說的一句話。」

「哪句話？」野利斬天還是平平的口氣。只有在說及「香巴拉」的時候，他才有分激動。除此之外，他永遠是如蒼穹一樣淡漠，從不把什麼放在心上。

「你說可以隨時殺了我，我不信。」狄青慢慢道。

野利斬天終於不再望天，灰白的眼睛盯著狄青，像是譏誚，又像是思考，「我知道你不怕死，但你真的想用自己的命來驗證我說的話嗎？」

狄青挺直了腰板，一字一頓道：「你若不信我的話，為何不試試？」

野利斬天淡漠地笑著，「以前我盼你來，是因為你有用。可有了飛雪，我殺了你又何妨……」他話音未落，臉色微變，灰白的眼眸有了分僵凝，突然不再多言，向一旁看去。一人大步從那個方向走過來。

那人穿得和尋常商賈沒什麼兩樣，就算是九王之一的野利斬天，都無法輕視。那人走過來的時候，如同一柄出鞘的利劍！那利劍的鋒銳森然，嘴角有兩撇讓人討厭的鬍子。可走過來的時候，和狄青並肩而立，冷望野利斬天道：「野利斬天，我不信你說的話！狄青沒有那麼容易死的！」

狄青見到那人前來，顧不得再琢磨野利斬天言語的深意，眼中閃過絲激動，也帶著分溫暖，可鼻梁卻有些酸楚。他當然認識來的那個人，他從未想到過，這人也到了興慶府。可看到了這人，他就想到了郭遵，想到了飛龍坳，想到了太多太多。往事如煙亦如刀。

野利斬天恢復了平靜，灰白的眼珠翻了翻，突然道：「葉知秋？」

秋風起，秋葉黃，秋葉知秋！來人雙眸的寒芒如淬厲的劍鋒一樣，只應了一個字，「是！」來人正是葉知秋。開封名捕——一葉知秋！

葉知秋也有些奇怪，實在不明白這瞎子怎麼會認出自己來。但他並不畏懼，他一生中，從無畏懼。

野利斬天抬頭望天，歎口氣道：「你不是我的對手。」

葉知秋微微一笑，坦承道：「是！可不是對手，也要出手！」

葉知秋沒有多說，但狄青明白。狄青明白，因此熱血沸騰。

人這一生，只找弱者出手，未免過於無趣。人這一生中，有些事情註定要出手了。

野利斬天還是神色寂寂，但衣袂獵獵。良久，他才點頭道：「好！」他說完後，別人本以為他要出

手，不想他轉身舉步，緩緩地離去。

葉知秋並沒有出手，因為他的目的並不在野利斬天。狄青等野利斬天走得遠了，這才記起一事，叫道：「飛雪如今在哪裡？」

野利斬天人已不見，餘音隨風傳來，「她不想再見你！」

風冷，狄青僵立在那裡，滿腹疑雲。許久後，感覺到葉知秋還在望著他，狄青扭過頭來，低聲道：「葉捕頭，郭大哥去了。」

他本想岔開話題，可一提到郭大哥三個字的時候，立即連香巴拉都忘記了。

葉知秋眼中有淚，淚中帶笑道：「誰能不死？只要死後，還有很多人記得，已不枉此生了。狄青，你不該傷心的。」他雖是這麼安慰狄青，可自己都要落淚。

狄青視郭遵為兄為父，葉知秋孤傲平生，何嘗不把郭遵當做是一生知己。

二人互望，都見到彼此眼中的唏噓感慨。狄青重重點頭，悵然道：「可是⋯⋯我沒能為郭大哥報仇。」

葉知秋拍拍狄青的肩頭，沉聲道：「你可知道，如今有多少人想要元昊的腦袋？夏竦花五百萬貫要元昊的腦袋，這錢豈是這麼容易賺到的？」本想開個玩笑，但心頭沉重，葉知秋岔開話題道，「先離開這裡再說事情。」

葉知秋為人謹慎，擔心野利斬天會帶人去而復返。狄青點點頭，見不遠處還站著幾個人，一人臉帶微笑，一人面如死灰，另外有一人背負長劍。

狄青見那三人均是陌生的臉孔，忍不住問道：「葉捕頭，這是你的手下？」

葉知秋搖頭，「不是。是……种世衡的手下……或許可以說……是你的手下。」

狄青正奇怪，那臉帶微笑的人上前，含笑道：「狄將軍，在下韓笑。」指著那臉如死灰的人道：「他叫李丁……那個背劍的叫做戈兵，我們最近被种老丈招入了軍。狄將軍大鬧興慶府的事情傳出去後，种老丈立即命我們幾個來找你……不想我比較沒用，一直找不到狄將軍。」

狄青想起去年种世衡曾說過，「我這些年來，著實認識了不少有志之士，不如我們把他們都編入廂軍中讓你指揮，有些人性格可能怪些，但我想你能鎮得住他們……」狄青暗想，轉眼又過了近一年，我是一事無成，但种世衡從未放棄他的念頭。見韓笑三人都是風塵滿面，狄青歡然道：「我一直躲在宮中，你們當然找不到我了。」他將這幾個月的事情大略說了一遍，只是沒有提及單單。

眾人聽了，都是訝然，韓笑一旁道：「种老丈一直想要除去野利王和天都王，這次党項人內訌，我等聽聞野利旺榮身死，本以為是种老丈的離間計起了作用，不想還有這種內情。」

狄青道：「其實种老丈的離間計還是很有效果，若不是元昊和野利旺榮彼此猜忌，野利旺榮也不會這麼快地行動。」

眾人均是點頭。談話間，一行人已出了群山到了官道，韓笑雖自謙無能，但諸事已準備妥帖。狄青等人才上官道，就又有人前來策應，送上馬匹衣物。幾人為免波折，換了差人的裝束，一路東歸。

狄青一路上聽韓笑介紹，才知道韓笑等人早到了興慶府，沒有找到狄青，可碰到了葉知秋。葉知秋憑直覺認為，狄青絕非這麼張揚之輩，更認為狄青前往玉門關不過是聲東擊西，因此建議眾人不必前往玉門關，還是留在興慶府打探消息，眾人因此這才碰到狄青。狄青對葉知秋的判斷很是欽佩，忍不住問道：「葉捕頭，我已易容了，為何你還能認出我來？」

葉知秋伸手從懷中取個圓筒遞給了狄青，笑道：「這個東西叫做千里眼，是我從西域商人手中購得……我在城外的山上，碰巧見到有八部的轎子出來，也就稍加留意。你臉色雖黑了，但身形未變，我遠遠見到，感覺是你，就帶人跟了過來。」

狄青拿著那千里眼湊到眼前，見遠景倏近，倒吃了一驚，感慨世物之奇，也明白葉知秋早就見到他和單單了，葉知秋不問狄青和單單的事情，自然是因為信得過狄青。狄青還了那千里眼，問道：「葉捕頭，你怎麼會來興慶府呢？」

葉知秋見狄青略有尷尬，笑道：「郭遵託我去吐蕃，我才從那裡回來，知道你可能在附近，就留了幾天。」

狄青心頭一顫，回憶往事，心中難過。他當然猜到，郭遵請葉知秋前往吐蕃，肯定是和香巴拉有關。

葉知秋勒馬，凝望遠山連天，霄空袤廣，感喟道：「你可知道，郭遵生平很少求人？」

狄青半晌才點頭道：「他素來都是在幫人的。」

「但據我所知，他最少求過三次人。」葉知秋扭頭望向狄青，目光如炬，「三次都是為了你！」

狄青身軀顫抖，低聲道：「是哪三次？」

葉知秋悠悠道：「當年夜月飛天在大相國寺擊毀了彌勒佛，五龍遺失，太后震怒，命我緝捕盜五龍的竊賊，格殺勿論……」

狄青霍然而悟，失聲道：「你早知道是我拿了五龍，可你一直沒有抓我，就是因為郭大哥請你莫要抓我？」他早知道郭遵為了他做了許多事情，但從未想到過，郭遵竟然會忤逆太后的意思，而葉知秋竟也答應了郭遵。

葉知秋點點頭，感慨道：「不錯，這是他求我的第一件事。他知道你喜歡五龍，也認為五龍才能讓你振作。可是……」他眼中有分異樣，嘴唇動了兩下，但終究什麼都沒有說。狄青熱血激盪，沒有留意到葉知秋的異樣，只是喃喃道：「我欠郭大哥太多太多……」

葉知秋舒了口氣，自語道：「你欠他的的確不少。他還一直幫你在找尋香巴拉……無論生死。他去了，但他知道我肯定還會幫你找下去。」

狄青早猜到郭遵第二次求人是為了幫他找尋香巴拉，但聽葉知秋親口說出，還是忍不住地感動。

「你也相信香巴拉？」狄青忍不住問。

葉知秋目光本是銳利中帶著唏噓，但突然間帶了分惶惶困惑。他望著蒼穹，低聲道：「這世上，有很多事情，是不可理喻的。」他原本極有個性的一張臉，突然帶分畏懼和神祕。良久，他才夢囈一般說道：「你知道什麼是迭瑪？」

狄青臉色微變，驚詫道：「你也知道迭瑪？迭瑪到底是什麼？」他只以為郭遵去了，就不會再有人告訴他迭瑪的消息，沒想到葉知秋竟又提及這兩個字。

「欲尋香巴拉，必找迭瑪。」葉知秋喃喃道。

狄青一震，急道：「葉捕頭，到底什麼是迭瑪？」

「迭瑪和香巴拉一樣，都是藏語。」葉知秋吐了口氣，眼中熠熠生輝，「迭瑪的真正意思，就是伏藏！」

「伏藏？安樂之土？心中的日月？」狄青聽了解釋，還是不懂。

葉知秋看出了狄青的疑惑，苦笑道：「當初我聽到了這些，也是很迷惑。但你知道《桃花源記》

吧？」狄青緩緩點頭，他雖書讀得不多，還是知道東晉陶淵明寫的這篇名著的。

「晉太元中，武陵人捕魚為業。緣溪行，忘路之遠近。忽逢桃花林，夾岸數百步，中無雜樹，芳草鮮美，落英繽紛……」寥寥數語，勾勒出一個太多人心目中的世外桃源。所有人心目中，豈不都有個桃花源？只是有些人已忘記，有些人夢中記起……葉知秋為何會提起《桃花源記》？

葉知秋抿著嘴唇，終於道：「在藏人心目中，香巴拉就是他們的桃花源。不過……桃花源好像也不足以形容香巴拉的萬分之一。傳說中，香巴拉四處雪山，其中溫暖如春，綠樹成蔭。那裡是修行聖地，聳立著壯闊輝煌的宮殿，一個人到了那裡，不但能無憂無慮，還能得償所願！」

狄青一旁道：「葉捕頭，你說的和太后說的差不多，但怎麼才能找到香巴拉呢？桃花源？安樂之土──心中的日月？這是不是說，這種地方雖有人嚮往，卻沒有人找得到？」他嘴角已有苦澀的笑，以為葉知秋所知也是有限。

葉知秋霍然望向狄青，搖頭道：「你錯了，有人找得到！」

狄青吃驚道：「是誰？」

葉知秋一字字道：「伏藏可以找得到香巴拉！」

「伏藏？迭瑪？那是什麼人？」

葉知秋如劍刃般的眼中，也有了分輕霧，「那到底是不是人呢？」他說得奇怪，見狄青一頭霧水，又低聲道，「藏邊多亂，遠勝中原。當很多佛傳經典或咒文在無法流傳下去的時候，佛就會將這些經典藏在一個地方……藏在一個極奇特的地方！」

「藏在哪裡？」狄青雖然不明白葉知秋為何又扯到藏邊動亂上，還是忍不住問。

葉知秋手指指向自己的腦袋，半晌才道：「佛將這些經典藏在一些人的意識深處，也就是藏在人的腦海中，以免經典失傳。等到時機成熟，神靈就會開啟這些人的意識，取出這些經典流傳於世。」

晚秋的風吹來，葉知秋的聲音有些飄忽。遠山輕霧，落葉繽紛，如同跳動的精靈。狄青打了個寒顫，不為了深秋，而為事情的匪夷所思，良久才強笑道：「這很難讓人相信。」

葉知秋眼中彷彿藏著根針，「那五龍呢？不也讓人很難相信嗎？」

狄青無言，他只能承認，五龍的神祕的確也是匪夷所思……

這世上，本來就有太多無法解釋的事情。

「人總是不經意地拒絕承認不可知的事物，因為他們驚怖，驚怖那些不可控制的神祕之力，人妄想把一切都掌控在手中！」葉知秋突然笑了，笑容中帶著無奈，「可人能控制什麼？人甚至連自己的情感都無法控制！我在初次聽到這些傳說的時候，和你的反應也一樣。」

狄青默然片刻，問道：「那是什麼改變了你的觀念？」

葉知秋悠悠的反問，問道：「你可知道格薩爾王？」

狄青搖搖頭，遲疑道：「我見識少，沒有聽說過這個人。」

葉知秋歎口氣道：「那不是個人，是個神。藏邊一直流傳著他的神話。在很久很久以前，藏區天災人禍遍地，妖魔鬼怪橫行，於是老天為了普渡眾生出苦海，就派下了格薩爾王。老天給了他神、龍、念三種能力……」

「神、龍的能力還好理解，但什麼是念？」狄青問道。

葉知秋沉吟了片刻，說道：「念是藏邊的一種屬神，比修羅要凶悍。一個人要剷除邪惡，肯定要有

神的神通，龍的本領，還有念的凶悍。格薩爾王仗著這三種神通，東伐西討，南征北戰，擊敗了入侵國土的妖魔，又戰勝了霍爾國的白帳王、姜國的薩丹王、門域的辛赤王、大食的諾爾王……他的事蹟，你就算說上幾個月，都不見得說得完。」

「那格薩爾王和迭瑪有什麼關係？」狄青問道。他最關心的，不是格薩爾王，而是迭瑪和香巴拉。

葉知秋緩緩道：「格薩爾王的神跡天威難以盡數，藏邊滿是他的故事，所以有信徒開始給格薩爾王做傳。那傳有幾百萬字之多，少有人能全部記誦，而且動亂頻繁，傳說也會失落。但我在藏邊之時，碰到了一個孩子。那孩子不到十歲，不識字，傻傻的，什麼都不會，我知道那不是裝出來的。」

狄青相信葉知秋的一雙眼，不解道：「那孩子又和格薩爾王有什麼關係？」

葉知秋微微一笑，可笑容中藏著無盡的不可思議，「那孩子有一天發了高燒，整整昏迷了三天三夜。等醒來的時候，突然變聰明了。」

狄青也笑道：「一個人總有變聰明的一天。」

葉知秋淡淡道：「可你知道他有多聰明？他連說帶唱地彈著琵琶，把數百萬字的格薩爾王傳說了一遍。」狄青怔住，眼皮忍不住地跳，他知道葉知秋不會騙他。那孩子呢……當然也不可能騙過葉知秋。

葉知秋感慨道：「我之後的日子中，跟了那孩子幾個月，發現他彈唱得自然圓潤，絕沒有半分背誦的痕跡。那是他骨子裡面的記憶，由心而來地傳唱……」

狄青腦海中像有閃電劃過，終於恍然，叫道：「那孩子就是迭瑪？也就是伏藏？」

葉知秋點頭道：「你終於明白了。可他不過是一種伏藏而已，這世上有很多種伏藏……」

狄青已將很多事情連繫起來，沉思道：「這麼說，伏藏代表神藏，只等有機會去觸發……能夠傳誦格

薩爾王傳的人是伏藏，知曉香巴拉在哪的人，也是伏藏。只要找到特定的伏藏，就能找到香巴拉？」

葉知秋眼中露出讚賞之意，「你說得很對。」

狄青笑笑，可笑容滿是苦澀，心中也有懷疑，但這種伏藏，甚至可能比香巴拉還難找！他懷疑葉知秋所知不過是傳說，也不過是要安慰他狄青。

葉知秋淡淡道：「這世上，豈不是艱難的事情，才值得人去找？若太輕易了，反倒不會被人珍惜。我今天對你說了這些，只不過是還想對你說三句話。」

「請說。」狄青心中歎息。

「第一句就是，郭遵從來沒有騙你，他對你說的每句話，都是他血淚凝聚，你不應該懷疑！」

狄青有些愧疚，半晌才道：「葉捕頭，我不該懷疑你。」

葉知秋笑笑，「我知道你經歷了太多的磨難和失望，難免對很多事情有疑心，我不會怪你。」他雙眸發亮，滿是執著，「我要說的第二句話就是……郭遵不能就這麼死了，他為我們做了太多太多……你應該換種方式為他復仇！」

狄青沉吟許久，重重點頭道：「我明白！」郭遵戰死疆場，他狄青就應在疆場上為郭遵報仇雪恨。

葉知秋眼中滿是欣慰，「我想說的第三句就是，郭遵去了，但我還活著！守衛邊疆我不行，但查線索你不如我。所以我去查伏藏，為你找尋香巴拉。而你要做的事情，就是為了郭遵和我，為大宋、為西北百姓，擊敗元昊！」

狄青垂頭半晌，終於抬起頭來，目光中滿是堅定之意，「我會盡力。」他知道這很難，但他沒有退縮的理由。

有些事情，是有些人必須要做的。

葉知秋這才舒了口氣，神色輕鬆了很多。

狄青還在想著香巴拉、伏藏、迭瑪幾個字，突然想到野利旺榮也曾提及「迭瑪」二字，當初宮變諸事電劃而過，那五色羽箭、軒轅巨弓、黑冠白衣浮到了眼前……

這些事情，串起了他埋藏許久、塵封多年的記憶。不知為何，他竟想到了永定陵。他為何從天和殿想到了永定陵？狄青不解，苦苦思索，陡然一震，失聲道：「我想到了。」

葉知秋微怔，疑惑道：「你想到了什麼？」

狄青臉色激動，急道：「五色，五種顏色，五龍？黑白，這其中有什麼關係？肯定有關係的，不然他們不會都這麼選擇！」

葉知秋更是不解，低喝道：「狄青，你冷靜些，到底怎麼了？」

狄青一震，額頭已有汗水，神色激動中還帶著困惑，「葉捕頭，你去過永定陵的玄宮，見過玄宮朝天宮內有七道門。」

「那又如何？」葉知秋皺眉道。

「那七道門入口是玉門，去先帝靈柩停放的地方要經過五色門。除此之外，其餘的五道門，是金、白、黃、黑、灰五色。據太后所言，永定陵就是真宗心目中的香巴拉，是真宗仿心中的香巴拉而建……這麼說……香巴拉肯定和這五色有關。」

葉知秋歎口氣道：「這不過是真宗一人的想法……」他本想說做不得準，但不想狄青失望。

狄青叫道：「不是。這絕非真宗一人的想法。元昊也是這麼想的。」

葉知秋一震，忙問：「你為什麼這麼說？」

狄青將在天和殿所見又說了一遍，見葉知秋還有些迷惑，分析道：「元昊有五箭，像是金、銀、銅、鐵、錫五種材質製成......」原來他方才心思飛轉，想起在見元昊的五色羽箭時，曾有種奇怪的感覺。這刻再想起那五箭的顏色，突然明白他困惑什麼，忍不住心頭震撼。

葉知秋點頭道：「聽說他那五色羽箭又叫做定鼎箭，有定鼎江山之意。他手持軒轅弓，使用定鼎箭，不言而喻，就是胸有雄心，想要一統天下......」霍然明白過來，葉知秋失聲道：「按照你所言，元昊也知道香巴拉，他那定鼎五箭的顏色和朝天宮五門的顏色相同，這說明，元昊心目中的香巴拉和真宗的彷彿，最少可以說......香巴拉和那五種顏色有關。因此先帝建了五色門，元昊持有五色羽箭。」

狄青連連點頭，又道：「不僅如此，元昊好著黑冠白衣，而朝天宮地面的地磚，也只有黑白兩種顏色，這兩種顏色不謀而合，似乎說明，元昊和真宗對香巴拉有很多相同的認識。」心中想到，黑白，五色......又說明了什麼？

葉知秋眼露讚同之意，隨即又失望道：「但這好像對找尋香巴拉，也沒有什麼太大的幫助。」狄青如同被潑了盆冷水，呆呆地望著天際，突然又道：「葉捕頭，你沒有發現元昊很像一個人嗎？」

「像誰？」

狄青神色古怪道：「元昊是不是很像格薩爾王呢？」見葉知秋有些不屑，狄青解釋道：「元昊創八部，天龍二部就是他的神、龍之力。他其餘六部之眾，就是他的念力，助他為惡！」

葉知秋本對元昊不服，但聽到這裡，臉色已變。他覺得狄青所言，不像無稽之談。元昊創建八部，原來也大有深意！

狄青又道：「格薩爾王擊敗外敵入侵，又不停地南征北戰，東討西殺。元昊祖輩從西北硬生生地搶出一塊地域，這幾年元昊擊回鶻、高昌，戰吐蕃，和我們大宋相抗……」

葉知秋截斷道：「我知道你想說什麼，你想說元昊所為和格薩爾王彷彿。但你說錯了最重要的一點，元昊是為禍百姓，而格薩爾王最終功德圓滿，和母親、王妃重返了天庭。再說他自稱帝釋天，建八部，不過是故作神祕，愚民之道。」

狄青暗想：你這麼認為，但元昊不見得這麼想。可不想同葉知秋爭辯，狄青道：「香巴拉和迭瑪有關，迭瑪又和格薩爾王有關，那香巴拉和格薩爾王會不會有關係呢？」

葉知秋忍不住也陷入苦思中，狄青更覺得所有的一切交雜錯亂。一想到這裡，狄青振作道：「眼下最少可以確定幾點，香巴拉和五色，亦和黑白有關，香巴拉並非虛幻。元昊和真宗心目中的香巴拉很是相似，但元昊顯然比真宗知道得更多。最少元昊看起來，知道香巴拉在哪裡。我們要找香巴拉，已有兩條路，一是去尋伏藏，還有一條路，就是找元昊！」

葉知秋點點頭，見狄青躍躍欲試，歎道：「但你現在要走第三條路，快些回延州！」他沒有多說什麼，狄青早已明白，猶豫片刻，緩緩道：「你說得對。」

葉知秋精神一振，笑道：「你明白就好。既然如此，你回延州，我去走另外兩條路。狄青，就此別過。」

狄青知道葉知秋多半也會從元昊身上入手，一想到元昊的武功，狄青擔憂道：「那……你小心。」

葉知秋看穿了狄青的心事，微微一笑道：「這世上，武功並非解決一切的法子，你也保重。」話

畢，他已撥轉馬頭，再向興慶府的方向奔去。

蹄聲遠去，風沙又起。狄青望著葉知秋的背影，喃喃道：「葉捕頭，多謝你。」他今日得知了香巴拉的事情後，其實迫不及待地想要親自去尋。但郭遵、葉知秋、种世衡均是無怨無悔地為他奔波勞累，他擔負的已非一己恩怨。

他唯一能為這些人做到的事情，就是征戰疆場、擊敗元昊，不負眾人的厚望。

突然想起，葉知秋說過，郭遵為他狄青求了三次人，但葉知秋沒有說第三次是什麼。葉知秋是忘記了，還是刻意沒有提及？狄青不再多想，他只知道，郭遵為了他做的事情，是數不過來了！他也忘記了告訴葉知秋關於飛雪的事情，狄青一念及此，想要追過去，轉念一想，還是作罷。那如飄雪一樣的女子，飄忽不定，神祕非常。要找飛雪，也絕非容易的事情！

狄青撥馬，已向東行去。馬嘶遠山，塵沙催老。

狄青過橫山時，望著那天闊山高，心中道：郭大哥，你放心，總有一日，我會帶兵打過橫山，方不負你的一番苦心。

淒風起，吹起了一地的凌亂。有枯葉飄零，如同風影。一片葉子迎面而來，帶著分愴然。狄青見那枯葉黃中帶白，彷彿也如自己，有了鬢角的白髮，忍不住伸手接住。

觸手清涼，原來非白髮，而是葉上凝霜。

狄青這才驀地察覺，此生如葉，恍惚迷離，難料霜冷。他人雖未老，但天已深秋！

山河寂寂，唏噓悲歡。不知哪裡的羌笛悠悠吹起，蕩起那風葉憂獨，如白髮癡纏，似水流年……

第十五章　螢　火

狄青等人穿青崗峽過了橫山。

過了青崗峽，眾人又快馬奔了一天，已入了慶州，近了柔遠砦。柔遠砦乃慶州對抗党項人的重砦，守砦的人仍舊是武英。狄青想起武英，心中有分暖意。正琢磨著是否前往柔遠砦和武英見面時，有一騎從遠處奔來。

韓笑迎上去，說了兩句就回轉道：「狄將軍，种老丈在柔遠砦等你，他請你務必去柔遠砦一趟。」

這一路行來，狄青已知道李丁、戈兵和韓笑三人各有所能。韓笑武技不行，但打探、傳遞消息的本事一流，有韓笑在，狄青行在路上，倒是知曉了許多事情。狄青很是奇怪，暗想种世衡不在青澗，來柔遠砦做什麼？

見狄青困惑，韓笑微笑道：「狄將軍……」

「莫要叫我什麼狄將軍。」狄青擺手道：「我不過是個尋常的指揮使，擔當不起將軍二字。」

韓笑笑容不減，可眼中滿是誠懇，說道：「狄將軍，或許你不過是個指揮使，但你這幾年來，做的一切，無愧將軍二字。說實話，李丁冷，戈兵狂，我呢……看多了尸位素餐之人，感覺西北也沒有幾個值得尊敬的人。但我們三人前去興慶府找你的時候，都是真心真意想跟你。种老丈說過，狄將軍是西北唯一可能抗衡元昊的人，只是一直難得盡展才能的機會。种老丈信你，我們信他，我們也信你。」

他笑著說出這些，眼中滿是蕭然之意。

狄青看看韓笑，又望向冷漠的李丁，負劍的戈兵。李丁只是點點頭，示意韓笑說得不錯。戈兵沉聲道：「狄將軍，不用看了，我們聽了你的事情後，都服你。自從你為新砦丁善本申冤的時候，自從你獨擋鐵鷂子的時候，自從你破後橋砦，戰野利斬天、殺菩提王的時候，我們就服你了。在西北，你若當不起將軍的稱呼，誰能擔當？」

狄青見三人不同的表情，一樣地真誠，歎道：「狄青何幸，死裡逃生後，竟能再認識你們。好，你們信我，我狄青就不能辜負你們的信任！總有一日，狄青要讓党項人知道，有狄青在，胡馬再不能肆虐中原！」他這句話，是對韓笑三人所言，也是向种世衡、葉知秋、郭遵等人所言，更是對楊羽裳承諾——此生不變的承諾！

韓笑三人都是精神振奮，神采飛揚，齊聲道：「我們就等著狄將軍的這一天！」

秦時明月漢時關，萬里長征人未還。但使龍城飛將在，不教胡馬度陰山！狄青不知為何，突然想起這四句詩來，心中熱血再起，一掃頹唐。生也好，死也罷，既然老天不收他狄青，他總要痛痛快快地戰一場。

狄青策馬向柔遠砦行去時，忍不住問韓笑，「种老丈為何到了柔遠砦？」

韓笑搖頭道：「我也不知道。狄將軍離開的近一年來，种老丈總是長吁短歎的，說你不會死。聽你又在興慶府出現，他比誰都高興，立即命我們來找你……他那高興勁，好像是……」韓笑忍不住地笑，沒有再說下去。

狄青追問道：「像什麼？」

韓笑神色滑稽，說道：「就像是債主終於找到欠債的了。」

狄青哈哈一笑，眼前卻浮出种世衡帶著菜色的臉龐、微禿的額頭、市儈中夾雜著憂愁的一雙眼。

他和种世衡之間，嘻嘻哈哈像是沒有個正經，但彼此的情誼，早如春雨潤物。

已近柔遠砦，狄青突然雙眸一凝，催馬奔去。遠方也有一匹馬跑來，快如風火，馬上那人微禿的頭頂，深秋還穿著個破爛的草鞋，可不就是种世衡？

二人幾乎同時翻身下馬，走到一處，又是不由得止步，看出彼此眼中的唏噓之意。种世衡眼圈已紅，用滿是油膩的衣袖揩了下眼角，喃喃道：「你小子沒死，太好了。」狄青笑道：「我既然還沒死，你著急哭什麼？」

种世衡感慨道：「你當然不能死，你還欠我很多錢沒還呢！」說罷想笑，可劇烈地咳嗽。狄青見种世衡身軀都佝僂成弓，幫他拍拍後背，關切道：「你沒事吧？你也不能死呀！」

种世衡終於忍住了咳嗽，歎口氣道：「你都沒死，我當然也不能這麼早就去……」狄青道：「那是那是。你不能死，我還指望你給我賺錢呢！」

二人對視，想起當初在青澗城的合作無間，忍不住又笑，笑中滄桑如沙。一旁的韓笑見到，笑容中已有淚，戈兵昂著頭，只有李丁還是死灰的一張臉，可眼中也有溫情閃動。有些人，有些情，不必驚天動地，可當多年後回顧時，永銘心間。

「是誰？」狄青詫異道。

种世衡不再說笑，拉著狄青上馬道：「快跟我去砦裡，我帶你去見一個人。」

种世衡有些神祕道：「你見了自然就會知道了。」种世衡不說，狄青也就不問。种世衡和狄青並轡

而行，到了柔遠砦前下了馬，突然道：「狄青，我知道迭瑪是什麼意思了。我還以為……這輩子不能告訴你了呢！」言罷，很有些感慨。

狄青有些感激，悵然道：「葉捕頭告訴我了，說是伏藏的意思。」

种世衡點頭道：「原來葉捕頭也查到了。唉……狄青，這段日子，我沒找到地圖，也沒有找到香巴拉，我……對不住你。」他神色很有些歉然。

狄青歎口氣，搖搖頭道：「要找香巴拉，看起來真要靠緣了。我知道……你也無從下手啊！」

种世衡像是想到了什麼，喃喃道：「要尋香巴拉，必尋伏藏。唉……這伏藏也不好找，誰知道別人腦袋裡面想什麼？再說伏藏自己也不見知道自己是伏藏，要靠特定環境激發的。我聽說，這種人總是在夢中得到啟示……」

不等說完，已瞥見狄青臉色蒼白，种世衡吃驚道：「狄青，你怎麼了？」

狄青那一刻，好像想到了很重要的東西，感覺和香巴拉有關，但一時間無法確定。

就在這時，砦中已衝出一騎。馬上之人到了狄青面前，飛身下馬，稍有猶豫，問道：「狄青？」那人正是武英，見狄青變了模樣，難免困惑。

狄青點點頭，武英再無遲疑，照著狄青就是一拳，激動喝道：「狄青，你沒死，很好！」

狄青亦是一拳打出，雙拳相抵，感慨道：「你放心，我不會那麼容易死的。」

二人對視而笑，胸有豪情。武英更是興奮非常，並不多問，立即帶狄青入砦，說道：「有人要見你，快跟我來。」

柔遠砦從外看，已如刺蝟般讓人頭痛。狄青進入後，才發現砦中更是軍容蕭然，鬥志高亢。

磨，狄青顧不得讚歎，已和武英、种世衡二人到了中軍帳。狄青見中軍帳雖簡陋，但規模不小，心中琢

「种世衡要帶我見一人，武英也是這般急切，想必那人就在這裡。可那人是誰？」

武英並不通傳，掀開簾帳徑直而入，施禮道：「范大人，狄青已到。」

帳中坐著兩人。可狄青第一眼見到的就是那席地端坐、舉目望過來的那人。那人方才正凝望著案幾上的地圖，聞眾人入內，這才抬起頭來。他無疑是那種混在人群中，也能被人一眼就見到的人。

那人有些胖，坐在中軍帳中，並沒有將軍的威嚴。他沒有威嚴，也沒有刻意地板起臉，他看起來不像是個將軍，而像是個商人。但誰看到他的第一眼，都知道他不是商人，那是因為他有著商人沒有的一雙眼。他吸引別人的正是他的一雙眼。那人的眼角，已有了不少的皺紋，每一條，似乎都寫著他的沉浮不屈，磨難艱辛。但他的一雙眼，卻總有種釋然。那雙眼告訴所有人，他沒有因為磨難而意志消沉，沒有因為打擊而折服於命運。他反倒因為不幸更加地明朗執著，溫柔多情。他本是個多情的人，多的是憐惜天下蒼生之情。

寶劍豈非是因為磨礪才更見鋒利？梅花不正是因為苦寒才有沁香傳來？那人見到了狄青，嘴角露出絲微笑，如春風拂柳，給這蕭瑟的秋意帶來抹亮色，他只輕聲說道：「你來了？很好，我一直在等你。」

「回來就好。」

「回來就好」，那人不必多問，因為他堅信該來的終究會來！聲音中滿是欣慰，如同早已約定重逢的摯誠好友，雖平淡若水，卻情誼深重。他和狄青只見過一面，但他們註定要再次相見。兩類不同的人，一多情一專情，一歷經浮沉，一百經磨難，若是攜手，會不會撞擊出世間最璀璨的光輝？

那人就是范仲淹！范仲淹來到了西北！

狄青臉上也有了尊敬之意，范仲淹——值得他尊敬！

可狄青還是有些奇怪，他的臉上還有「年華」，早

青回來的路上，早聽韓笑提及了西北眼下的情況。三川口之戰後，天子震怒，不但范雍難辭其咎，西北

邊防的官員也幾乎全部被撤換。眼下夏竦為陝西經略安撫使，全權負責西北防務。夏竦不知兵，使氣好

色，但他聰明的是，他將所有的事情交給了范仲淹和韓琦處理。范仲淹和韓琦眼下均為陝西經略安撫副

使，范仲淹兼知延州，韓琦兼知涇州。這二人如今的地位，和范雍彷彿。

范仲淹身為安撫副使，眼下知延州，為什麼悄然跑到了柔遠砦？狄青琢磨間，范仲淹指指身邊的席

子，示意眾人坐下。

范仲淹並無客套，望著幾案上的地圖道：「狄青，你離開久了，很多事情不知曉，我略微和你講

講。」他像是同狄青合作多年的樣子，並沒有半分生疏，指著地圖道，「當初党項人以橫山為制高點，

攻擊我朝。而我們則依據環、慶、延三州加上保安軍、土門等地，組成弓形防禦對抗党項人。三川口一

戰後，我們被元昊取了金明砦，破了土門，又被他們攻佔平遠。再加上他們當年插進來的白豹城、金湯

城兩地，延州左近的邊防，可說是千瘡百孔。」狄青見延州地域已有數支箭頭穿進來，心有戚戚。

范仲淹扭頭望向狄青道：「你對此有什麼看法呢？」

眾人都有驚奇，不想范仲淹竟會詢問一個武夫的看法。只是這一問，已打破了大宋的慣例。想大

自立國以來，文臣就開始高高在上，每逢出戰，都會騎在武將的頭上。文臣雖不知兵，不會用兵，但所

有的計謀，素來都是文臣所定。范仲淹竟然會向一個指揮使問策？

狄青沒有留意眾人的詫異，只是望著地圖沉吟道：「元昊連取大宋數地，以金明砦、金湯城、白豹

城等地為弓背，以整個橫山為弦，箭在弦上，延州已處於全面被動的局面。」

范仲淹旁邊還坐著一人，白淨的面龐，聞言問道：「那眼下怎麼辦？」

見狄青目光帶有詢問，范仲淹微笑道：「還忘了給你介紹，這是慶州經略判官尹洙尹大人。」

狄青倒也聽過尹洙的名字，知道此人是范仲淹的好友。當年范仲淹數次被貶，尹洙一直站在范仲淹的身邊，跟隨被貶，也算是個正直之士。

經略判官主要負責協調各州事務，也有參與軍機職責，官職遠在狄青之上。

狄青抱拳施禮，尹洙道：「不要客氣了，我和范公一樣的脾氣，你有本事，得罪我無妨，你沒有本事還占個位，我就難免得罪你了。快說說我們現在要怎麼辦！」

尹洙斜睨著狄青，隱約有考問的架勢。

原來范仲淹到了西北後，曾向种世衡求將，种世衡毫不猶豫地推薦了狄青，說狄青有勇有謀，可堪大用。正逢范仲淹回轉，种世衡立即帶狄青前來相見。

尹洙為人直爽，雖不算知兵，但好論兵，聽种世衡誇獎狄青，難免不服，才有此一問。大宋素來崇文輕武，尹洙為人雖算是不差，但內心對狄青還是有所輕視的。

狄青見尹洙如此，倒有些好笑，略作沉吟道：「常言說得好，『知己知彼，百戰不殆』，眼下我方積弱，首先要明白元昊想做什麼，才能針對用兵。」

范仲淹眼中多了分讚賞，又問：「你認為元昊下一步會如何做呢？」

狄青毫不猶豫道：「元昊之計，無非盡取隴右之地，據關中，東取汴京！」狄青說這幾句的時候，倒是底氣十足，因為這是他在梁上聽張元、元昊所言，不會有錯。

眾人均是悚然，只有种世衡嘴角帶笑，若有深意地向范仲淹看了一眼。

范仲淹眼中有分奇異，似乎沒想到狄青竟有這般想法。只有尹洙嘿然不服道：「要盡取關中，他把我們當做死人嗎？」

范仲淹輕輕歎口氣，突然道：「最近朝廷有令，要我等積極備戰，可又在潼關設防……」他岔開話題，尹洙詫異道：「潼關尚遠，在那裡設防做什麼？」

狄青悚然，省悟道：「難道說……朝廷對党項人已有畏懼，想放棄關中之地嗎？」

尹洙愕然，本待反駁狄青，可見范仲淹臉色肅穆，知道狄青所猜不假，也是變色道：「這……這怎麼可能？最近朝廷不是讓我等招募兵士，收購驢馬，多修築要砦嗎？朝廷積極備戰，怎麼會有這麼消極的念頭？」

范仲淹憂心忡忡道：「三川口我軍慘敗，朝野震驚。他們當然也不願意放棄關中，但朝中沉痼已久，西北這次備戰，無疑耗費巨大。我們如今只能勝，不能敗！若我等再敗，朝廷喪失信心，放棄關中也是大有可能。」

眾人沉默下來，這才發覺肩頭責任重大。見眾人神色肅然，范仲淹反倒笑道：「但元昊絕非不可戰勝，只要我等小心再小心，讓他無機可乘，自然不敢輕易出兵。他沒有機會，就是我等的機會。」狄青咀嚼著范仲淹的話，覺得大有道理，心中希望已生。尹洙卻領會成另外的意思，振奮了精神，說道：「不錯，他是人，我們也是人，不信鬥不過他！」

范仲淹不經意地皺了下眉頭，似乎對尹洙所言並不贊同，可終究沒有多說，轉望狄青道：「可常讀書嗎？」

狄青不想范仲淹忽有此問，汗顏道：「卑職戎馬多年，少讀書。」他懷中其實有本書，是本已快被

他翻爛的《詩經》。

范仲淹輕聲道：「將不知古今，匹夫勇爾！」略作沉吟，從身邊拿了卷書遞過去，「我這有本書，你若有暇，可以讀讀。」

范仲淹是商量的口氣，絕不想強人所難。狄青立即接過了書，沉聲道：「謝過大人。」他看了書頁，見上面寫著《左氏春秋》四個字。

「那這幾日，你先留在這裡吧！」范仲淹輕聲道，「狄青，你一路奔波，也很辛苦，暫時休息一下，我明天再和你談些事情。种大人，尹洙，你們留下，我有事說。」

狄青知范仲淹多半要和种世衡等人商議軍機，告退出帳。才到了帳外，見天色已晚，寒風蕭冷，柔遠砦已升起了堆堆篝火。火堆旁，站著兩人，卻是葛振遠和廖峰二人。狄青揉揉眼睛，驚喜道：「你們怎麼會來到這裡？」

葛振遠鬍子還是濃密，可整個人看起來瘦了幾十斤，雙眸深陷，有著說不出的憔悴。見了狄青，葛振遠眼中有淚，撲過來一把抱住了狄青，叫道：「狄指揮，你可算回來了。」他忍不住地淚下，又是疲憊、又是欣喜。廖峰在一旁，興奮中隱約有著內疚。

狄青瞥見廖峰有些不安，奇怪道：「廖峰，你怎麼了？」他詫異葛振遠迥異的激動，也好奇廖峰的表情，總覺得這二人間有些事情發生。

廖峰才待開口，葛振遠已抹掉眼淚，笑道：「沒什麼事。狄指揮，你回來了就好。」他從懷中掏出一小包藥粉丟給了狄青，「狄指揮，她當初帶走你的時候，說你回來後，肯定會變了模樣。這藥叫做時

輪，可以洗去『年華』，還你本來的面目！」

狄青接了那藥粉，奇怪道：「時輪？她是誰……是飛雪嗎？」

火光中，葛振遠臉色好像變了下，喃喃道：「你說那個腰間有條藍絲帶的……姑娘嗎？她叫飛雪，我……不知道的。」

狄青更是詫異，「你不認識飛雪？那你怎麼會讓飛雪帶走我呢？」他只是隨口一問，不想葛振遠陡然變色，後退一步，盯著狄青道：「狄指揮，你不信我？」

葛振遠目光灼灼，眼中滿是委屈和失落。

狄青見狀，心中微顫，誠懇道：「振遠，我們是兄弟，我怎麼會不信你？但我知道你是個辦事穩妥的人，你既然把我交給飛雪，肯定有你的道理。我只以為你認識飛雪，因此問了句。你若不方便說，當我沒問好了。我還沒有謝你救了我！可是……司馬他……」

狄青神色黯然，暗想司馬不群因他而死，有空要去司馬的墓前拜祭。葛振遠嘴唇蠕動，不等說什麼，廖峰一旁大聲道：「老葛，一切都是我的錯，請你原諒我。」

狄青一驚，忙問：「廖峰，到底怎麼回事？」

廖峰臉色發紅，愧疚道：「狄指揮，我實話對你說了吧！當初司馬死了，老葛負責將你帶回青澗城的人，你說他回到城中後，說你被人帶走了。他說不出那人到底是誰，也不說你去了哪裡，只說那人肯定能救你，結果我們都很擔心，自然……自然……」

狄青見廖峰支支吾吾，皺眉道：「你們自然就懷疑他出賣了我？」

廖峰長歎口氣，說道：「正是這樣。我一時氣憤，還和老葛動了手。兄弟們甚至要殺了老葛為你

報仇呢……後來多虧种世衡一力擔保，才將老葛暫時看押。後來聽說你又大鬧興慶府，知道你沒事，种老丈忙派人去尋你，兄弟們知道葛振遠誤會了老葛，這才把老葛從牢中放出來……」狄青已熱淚盈眶，才知道葛振遠為何這般憔悴，原來葛振遠為他狄青竟平白坐了半年多的牢。一把抓住了葛振遠，狄青自責道：

「振遠……我對不住你。」

廖峰也道：「老葛，我們都對不起你，你若打若罵，儘管由你。但是……」

「但是我們是兄弟。」狄青握緊葛振遠的雙臂，接道，「你救我的時候，就預料到以後的事情，但你還是要如此。振遠……此……」

「你若真的把我當兄弟，就莫要再說對不起了。」

葛振遠突然開口，雖然眼角還有淚水，但嘴角滿是真誠的笑，「做兄弟的……不但是有福同享，還要隨時準備分享痛苦的，不然還算什麼兄弟？」他見狄青信他，已覺得一切付出都值得。他不怕委屈，可只怕別人不理解。

有時候，兄弟的信任，他看得比什麼都要重要。或許他們本是一類人，這才能聚在一起。付出真心的，才能期盼有真心回報。

「我老家人曾說過，這輩子做兄弟，不知道修了幾生才能修得，一定要珍惜！人活著，誰沒有一點兒委屈！這次狄指揮沒事，我也沒死，一切都過去了，好不好？」葛振遠問話的時候，望的是廖峰。廖峰手足無措，摸摸腦勺，半晌才道：「好，當然好！」

「不過你冤枉了我，總得有點兒補償才對。」葛振遠故作嚴肅。

「你說，你說。」廖峰忙道。他見葛振遠受了這麼多的委屈，竟肯一筆勾銷，當然什麼都肯去做。

葛振遠望了望狄青，又看看廖峰，沉聲道：「我要你們今晚……陪我喝酒，不醉不歸，你們可有膽

答應？」

廖峰沒想到葛振遠竟是這個要求，半晌才道：「好，誰不喝，誰是孫子！」扭過頭去的時候，差點

落下淚來。

狄青望著葛振遠，也是感慨萬千。或許相處容易，但瞭解，總是太難！

三人在柔遠砦找家酒肆坐下來，秋夜中，酒肆堂中燃起一堆大火。三人圍著火堆開懷痛飲，葛振

遠喝酒如喝水一樣，像是要一洗多日的心境。狄青滿懷心事，本想問問飛雪的事情，可見葛振遠喝得痛

快，不想打斷他的興致，也就將念頭壓了下來。

不想葛振遠喝了幾碗酒後，對著火堆，突然喃喃道：「我真的不知道她叫飛雪，我可以說認識她，

但只是偶遇，我不想她還記得我。」

狄青一震，不知道葛振遠是有心還是無意說及往事，留心傾聽。葛振遠低聲自語，像是在追憶著什

麼，「那時候，她還是個孩子。有一日，我們葛家集有一個婆婆病了，奄奄一息。村裡最有名的大夫都

搖頭說沒救了，讓那家人準備後事……那姑娘突然來了，她當時還是個小姑娘，在老婆婆的床榻前，突

然哭得很傷心，好像那老婆婆是她的親人……」

他說得恍恍惚惚，像是在述說一個夢。火光跳躍著，如同黑暗中跳動的精靈。

葛振遠神色迷離，讓人分不清醉醒，又道：「當時我在旁邊看著，不由問道，『小姑娘，這是你的

親人嗎？』那小姑娘看了我一眼，那一眼……讓人如同墜入夢中……」

狄青追憶和飛雪相見的場景，也有些唏噓。他對飛雪有印象，也是因為她那雙清澈、似不沾人間煙

火的眸子。

葛振遠神情恍惚，低聲道：「那小姑娘只望了我一眼，就又轉過頭去說，『你們莫要哭了，我能救她。』那婆婆的親人自然不敢相信，又見她年紀尚幼，紛紛喝斥。我在旁道，『反正左右都是個死，讓她試一試又能如何？』那時候我在村裡還有點兒聲望，他們這才勉強讓那小姑娘試試。那小姑娘拿出塊石頭模樣的東西。那石頭本是瑩白色，可其中好像有螢光流動，就如茫茫草原中……飄動的螢火蟲。」

他說到這裡，微微一頓，想起了那個雪夜，飛雪也拿出了那塊石頭，是以他才相信了飛雪，讓飛雪帶走了狄青。

狄青暗想：「這種石頭，倒也少見，怪不得葛振遠一見難忘。」

葛振遠又道：「小姑娘打了碗井水，將那石頭泡進去。等了片刻，取回石頭，將那碗水給那婆婆喝了，不想……」他臉上露出不可思議的表情，「那婆婆很快就醒了，還能下地走動了。」

廖峰一直忍住不出聲，這時候驚詫萬分，失聲道：「世上還有這種事情？」

葛振遠並不理會廖峰，又灌了一口酒，喃喃道：「我若不是親眼目睹，真的也不相信這種事情。我也知道……說出來後，很多人也是不信，反倒會覺得我是在編謊言。」

廖峰有些慚愧，一時無言。

葛振遠嘿然一笑，喃喃道：「那婆婆家的人自然對小姑娘千恩萬謝，可那小姑娘反倒冷冷道，『我自救她，不關你們的事。』她說完就走了，竟不再看那婆婆一眼。眾人都很奇怪，但不敢追上去，我卻看到村中有兩個遊手好閒的漢子嘀咕兩句，尾隨那小姑娘而去。」

狄青皺眉道：「這二人不懷好意，只怕看上了小姑娘懷中的石頭。」又在想，「飛雪嬌弱，肯定不

敵兩壯漢，難道是葛振遠出手救了她嗎？」

葛振遠點頭道：「是呀，誰見那石頭如此神奇，肯定都有了佔有之意。我見那兩人鬼鬼祟祟，就跟在他們的後面。才出了村，即失去了那兩個地痞的行蹤。我不由急了，大聲呼喝道：『你們莫要胡來，小姑娘，你在哪裡？』我到處亂找，等到天黑的時候，到了葛家集村外的墳地前，突然發現有兩人跪在那裡，我壯起膽子走過去，竟發現那兩人就是尾隨小姑娘的地痞，而那小姑娘，早不見了。」

狄青一震，「那兩人……怎麼樣了？」

葛振遠臉上突然現出驚怖之意，握著酒碗的手劇烈地顫抖，似乎遇見鬼一樣，半晌才啞著嗓子道：「那時候是夏日，螢火蟲飛來飛去，好像墳地的磷火。那兩人跪在那裡，有如死屍般。我心中害怕，喝道：『你們做什麼呢？』不想一聲喝後，那兩人倏然跳起，一人大哭道，『我該死、我該死。』他一掌掌地打在臉上，打得臉皮破裂，鮮血飛濺，都不覺得。另外一人卻大笑道，『嘿嘿，石頭。嘿嘿，滿天都是石頭。』他指著天上的螢火蟲，狂笑不停，竟然和瘋子一樣。那兩個白天還好好的人，竟然突然瘋了！而且自此以後，再也沒有清醒過！」

秋風吹過，焰火明滅，狄青和廖峰見葛振遠竟也神色瘋狂，不由背脊都泛起寒意。那兩漢子為何會瘋，難道是因為飛雪的緣故？陡然間一陣疾風吹來，吹動了火堆上的一根柴火，呼的一聲，火星飛舞。

葛振遠驀地跳起，伸手一指天空的火星，叫道：「是了，就是這種火。漫天都是這種火……」他表情駭然，像已發狂。當年的情形，顯然給他極大的刺激。

狄青心中驚凜，倏然握住葛振遠的手，喝道：「振遠……你醒醒！」他一聲斷喝，葛振遠身軀一震，軟軟地坐下來，額頭滿是汗水，有些茫然地望了眼狄青，說道：「狄指揮，我怎麼了？」

狄青滿是詫異，見葛振遠神色恍惚，只怕他再失控，搖頭道：「沒什麼。」他遞過一碗酒，葛振遠一口喝下去，半晌才有些清醒，後怕道：「我方才是不是有些瘋了？」見狄青和廖峰滿是錯愕的表情，葛振遠身軀又顫抖起來，低聲道：「我每次回憶起那事，不知為何，都會如此。我找你們喝酒，是想用酒壯膽，我才敢說這事。」

葛振遠又喝了兩碗酒後，這才鎮靜下來，自語道：「我那之後，驚駭過度，大病了一場。可那兩個地痞，再也沒有正常過。到現在，有時夢中，我還能夢到墳地那一幕，總是心驚。後來我就混跡軍營，也就沒有再見到飛雪。」

狄青緩緩道：「飛雪後來到了新砦。是那裡打鐵老漢的孫女，難道你從來不知道？」

葛振遠一驚，「新砦只有一個林老漢嗎？他的確有個孫女，但那……不像我遇到的那小姑娘呀！那小姑娘一張臉和雪一樣地白，林老漢的孫女，好像臉色發黃，真的是一個人嗎？」他皺起眉頭，苦思不解。

狄青見葛振遠滿是苦惱，安慰道：「是不是她都無妨了……」

葛振遠不再思索，歡口氣道：「她總是這般神祕，讓人難解。指揮使，你在平遠受傷，我帶你回潤城的路上，碰到了那小姑娘。當然，她已長大了。我伊始並沒有認出是她，她說能救你，但必須帶你走，我真的很為難。但她後來拿出塊石頭，那石頭……就是當年那泛著螢光的白石頭，我記起了往事，才知道是她。我知道，或許還有人能救你，但那時候，只有她能救你，我只能賭一次！」

廖峰羞愧道：「可我們當時問你，你為何死也不說這些事情？」

葛振遠澀然道：「我說了，你們會信？」

廖峰怔住，無言以對。當時狄青失蹤，眾人都對葛振遠大起疑心，這件事又是這麼詭祕，葛振遠就算如實說了，廖峰捫心自問，也是不信的。

廖峰說了，廖峰捫心自問，也是不信的。

葛振遠突然哈哈一笑，事實也是蒼白無力。「指揮使，一切都過去了。就和這喝醉酒一樣，第二天雖頭痛，但酒總是沒有了。你不必為他們擔當責任，我也不會再怪什麼。當初我就賭一次，你死了，我也要死。你活了……嘿嘿，我得償所願，無愧於心。好了，酒盡興了，該休息了。」言罷，他站起來，踉踉蹌蹌地離去，卻一個跟頭摔在地上。

狄青忙過去扶起葛振遠，見他已醉醺醺的不省人事，臉上滿是水滴，也不知道是酒水還是淚！

狄青將葛振遠背回營帳，廖峰主動要求照顧葛振遠。狄青不知為何，想起了當年的張玉和李禹亨，心中感慨，讓廖峰留在葛振遠的身邊。出了營帳後，狄青想著飛雪的古怪，無心睡眠。

飛雪那塊石頭怎麼會那麼奇怪？飛雪如何讓兩個壯漢發狂？為何當年的場景，葛振遠過了這多年來，回憶起來還這般震駭？飛雪到底還有多少祕密？她真的知道香巴拉在哪裡？她若真的知道香巴拉，那裡是桃源聖地，她為何不留在那裡，反倒一直四處飄蕩？狄青想不明白，伸手入懷要取時輪。那是飛雪留下的藥，可以洗去年華的。

時輪，很奇怪的名字，狄青暗自想到。狄青伸手入懷，沒有掏出藥物，卻碰到了范仲淹給的那卷《左氏春秋》。狄青心思微動，掏出那本書，隨手翻了下，見一頁寫道：「聲伯夢涉洹，或與己瓊瑰，食之，泣而為瓊瑰，盈其懷……還自鄭，壬申，至於狸脤而占之，曰：『余恐死，故不敢占也。今眾

繁，而從余三年矣，無傷也。』言之，之莫而卒。」

狄青粗通文，倒也看懂了這些話，知道這文是說有個叫聲伯的人做夢渡過洹水，有人將一種叫做瓊魂的珠寶給聲伯吃。聲伯吃了後，哭出的眼淚都變成了珠玉。本是人死後才有的葬禮，這多半是不祥之夢！三年後，聲伯回轉鄭國，對身邊人道，他害怕死，所以不敢占卜，但如今已過了三年，應該沒事了。不想他才說了這件事，當晚就死了。

狄青心道：不想古書也記載這般荒誕不稽的說法，可是……發生在我身邊的事情，豈不很多都很怪誕？目光流轉，見那頁紙旁又寫了幾個字的評語，字體端莊雄秀中又帶著意境逸飛。

那幾個字是，「無愧於天，何懼死？」

狄青不知寫評語的是誰，但已想到了那雙執著多情的眼眸。若非那樣的人，也寫不出這樣浩蕩的評語。

「無愧於天，何懼死？」狄青望著那七個字良久，這才輕輕地吁口氣。合上了書，想著聲伯的那個夢，狄青只感覺腦海中朦朦朧朧有些思緒，像是想到了什麼重要的事情，一時間又琢磨不透。篝火熊熊，狄青也有些倦意，緩緩地閉上了眼。火光漸暗，星光亦暗，天地間陷入了無邊的沉寂。不知過了許久，狄青霍然睜開眼眸，長身而起，額頭上已有汗水流淌。

他做了一個夢。一個讓他忍不住心悸的夢。夢境是個石窟，石窟四壁滿是古畫，他記得來過這裡，他夢中來過這裡。

他還記得，那些古畫本來應該是畫著無面佛像的。可這次那些古畫不是無面佛像，而是一團光！光芒極其豔麗，竟有七彩，光芒的下方，是蒼茫的大地。他見過這團光，但不是在夢中，是在永定陵彩雲閣的那道石門上。他本來以為已經忘記，但夢中卻是那麼的清晰。

那團光，是什麼意思？狄青夢中錯愕間，突然見四壁起火，有五箭射來。箭分五彩，是五色神箭，元昊的定鼎五色羽箭。狄青大驚，正要閃避時，霍然驚醒。將醒未醒之際，他聽到了一個如天籟傳來的聲音，「來吧！」

狄青驚醒，眼角不停地跳動，甚至耳朵都在抽搐。

「來吧！」去哪裡？他第四次聽到了這個聲音，陡然間腦海中有白光閃動。狄青心口痛楚，不知為何，想起葉知秋說過，「當很多佛傳經典或咒文在無法流傳下去的時候，佛就會將這些經典藏在一個地方……藏在一個極奇特的地方！」

狄青身軀已顫抖，不解自己為何做夢都是和永定陵元昊有關？

難道說，這些夢不過是日有所思，夜有所夢？

「佛將這些經典藏在一些人的意識深處，也就是藏在一些人的腦海中，以免經典失傳。等到了時機成熟，神靈就會開啟這些人的意識，取出這些經典流傳於世。」

陡然間又想到了种世衡的一句話，「聽說伏藏自己也不見得知道自己是伏藏，要靠特定環境激發的。我聽說，這種人總是在夢中得到啟示……」

狄青身軀一顫，腦海中如紫電劃過，額頭滾滾汗水流淌，心中只有一個聲音在叫喊，「我為什麼總做這個怪夢？難道說……我是伏藏，我就是伏藏！那夢，是引導我去香巴拉嗎？」

一念及此，思緒繁遝，不可遏制。

狄青霍然想到什麼，伸手從懷中掏出五龍，見五龍幽幽沉沉，似有光芒流動。陡然抬頭，晨光破曉，曉霧輕寒，原來……已天明。

第十六章 城 破

天已明，葉上霜寒，征衣帶冷。

狄青一想到自己可能就是伏藏，激動不已，但又不能肯定。不待多想，突聞有腳步聲傳來，扭頭望過去，見到范仲淹正望著他。

狄青記得范仲淹說要找他，但沒想到范仲淹這麼早就來找他，總忽視范仲淹的身分，如朋友般招呼。

范仲淹若有所思地望著狄青，點頭道：「我想出砦轉轉，你可以與我同行嗎？」見狄青點頭，范仲淹翻身上馬，策馬出了柔遠砦西。

范仲淹在范仲淹身邊，他在范仲淹身邊，

「找我有事嗎？」他在范仲淹身邊，

武英知曉范仲淹出砦，不便阻攔，命手下人帶兵跟在范仲淹的身後。

東方曙破，西方黛青。狄青和范仲淹並轡而行，雖心事重重，見范仲淹向西北行了十數里，還是忍不住提醒道：「范大人，前方不遠就近後橋砦了。」

當年狄青、武英、高繼隆等人大破後橋砦後，就焚燒了此砦。如今後橋砦雖已荒蕪，可党項人和宋人均是留意此地，范仲淹孤身前來，很是危險！

范仲淹勒馬，凝望西北，問道：「你怕了？」

狄青沉默無言，范仲淹扭頭望向了狄青，微笑道：「你當然不怕，就算元昊的天和殿，你都敢孤身前往行刺，這世上估計也沒有你怕的事情，你是怕我有事。」

狄青知道這些事多半是种世衡說的，沉吟道：「范大人若真想偵察敵情，讓我等去做好了，不必以身犯險。」

范仲淹遙望遠山，許久才道：「我不親自看看，總難體會你們的苦。其實我這點危險算得了什麼？你們出生入死，才是真正的凶險。」

狄青心下感慨，第一次見大宋文臣對武將這般看待，沉默無言。

范仲淹又道：「你或許還不知道，元昊又出兵了，兵出鎮戎軍！」狄青心頭一跳，聽范仲淹又道：「這次是天都王野利遇乞領兵，党項人兵勢凶猛，眼下已破宋境獅子堡、趙福、乾河等砦，轉而進攻鎮戎軍城。韓琦韓大人，親自在鎮戎軍坐鎮。」

狄青突然想到元昊曾說過，「西北還有個韓琦，此人性剛，雖有大志，但難聽人言。書生用兵，終有缺點，這一次，就可選他為突破口了。」

他忍不住地心悸，想將此事說說，但終究無法開口。他只是個指揮使，有什麼資格評點韓琦呢？歐朝廷從未給予足夠的重視。」范仲淹神色悵然，雖不屈但有疲憊，若有沉思道：「依你之見，如何抵抗元昊的進攻呢？」

狄青略做沉思，回道：「不可盡守，可適當地以攻為守！」

范仲淹眼中掠過分期待，問道：「那具體如何來做呢？」

狄青見范仲淹眼中滿是鼓勵，沉聲道：「出兵貴攻其不備、出其不意！元昊急攻鎮戎軍，就是要打得我們不能喘息，疲於奔命。這是他慣用的法子，充分利用党項騎兵馬快的優勢，分散我們的兵力。

每次他一出兵，我們總是毫無例外地去支援，事倍功半。這次……若依我的想法，党項人雖馬快，但不

擅攻城，不如讓涇原路的宋軍死守鎮戎軍，閉城門不戰，以長擊短。我們若有多餘兵力，可暫攻白豹城……如下白豹城，無疑給党項人以重創，逼迫党項人回縮兵力。若能圍城打援，遠比奔援要有效的得多。」

范仲淹神色訝然，半晌才道：「可白豹城是党項人的要地，把守森然。」

「後橋砦不也把守森嚴，還不是被我們攻了下來？」狄青突然笑了，「後橋砦已廢，白豹城突兀而出，加上安定許久，党項軍已有大意。范大人到了邊陲這麼久還沒有動靜，這次突然到了柔遠砦，難道不是為了白豹城嗎？」

狄青一直在琢磨范仲淹來柔遠的用意，自料范仲淹必有行動。

范仲淹撫掌大笑道：「好你個狄青，果然不差。」他笑容甚歡，壓低聲音道，「种世衡說你有勇有謀，我還有些不信，可你竟一眼就看出我們的用意，實在不簡單。我來西北許久，總感覺缺少像你這樣的一個人，你來了，很好。」

狄青聽出范仲淹話中有話，沉吟道：「你們的用意？」問話的時候，他已明白，范仲淹要打白豹城，肯定已和一些人策劃過。

范仲淹並不隱瞞，點頭道：「攻打白豹城，是我和韓大人共同商議的結果。我們決定一改以往死守的弊端，以攻為守，突襲白豹城，減輕涇原路的壓力。可若能攻下白豹城，以後應該怎麼做呢？」他像是徵詢，又像是看看狄青到底有何本事。

狄青立即道：「下白豹城後絕不能和當年破後橋砦後一樣的做法，打蛇要打死，我們絕不能總是給元昊不停騷擾我們的機會。要想他不反覆地出兵，我們就要打過去，打金湯、戰葉市、衝過橫山去，把

戰場放到党項人的地盤上……逼他們不得不守。」

「大舉進攻?」范仲淹不經意地皺了下眉頭。

狄青搖頭道:「現在絕非大舉進攻的時機,但可小規模地騷擾。西北不缺兵,但少精兵!以眼下我軍的作戰能力,十萬不如一萬。只有改其弊端,增其銳氣,強其裝備,才能以一當十,以少勝多……只有精兵強將,才能削減朝廷的花費,亦可增西北作戰之能。」

范仲淹大為讚賞,喜道:「狄青,你不過是個指揮使,卻有這般想法,實在是西北之福。若人人都如你般,何愁不平西北?」轉瞬歎口氣,說道,「可惜你戎馬多年,難展將才。」

他目光深邃,遙望天際。那裡秋意連天,寒煙凝黛,有如女子彎彎的眉,又像壯士沖天的氣。狄青也有些落寞,轉瞬道:「但有范大人在,我想我們邊將的機會也就來了。范大人,若攻白豹城,狄青請為先鋒。」

范仲淹略有猶豫,半晌才道:「狄青,機會有很多,不必急於這一次了。」

狄青一聽,已知道攻打白豹城的任務早有分派,范仲淹也不好改派,微有失落。

范仲淹見狄青失望,換了話題道:「你的說法和种世衡倒是不謀而合。對了,他這一年來,倒是開始著手訓練十士……」

「什麼是十士?」狄青不解道。

范仲淹臉上突然有分光輝,眼中也滿是期望,「十士是精兵……」話未說完,遠處有馬蹄聲急勁,那騎飛身下馬,單膝跪地道:「范大人,環慶副都部署任福已領兵趕到,請見范大人。」范仲淹望

狄青回頭望去,見到一騎飛奔而至。

了狄青一眼，點點頭，已跟遊騎回返柔遠砦。

才入了營砦，就見一人大踏步地走過來。那人極高，竟比身邊的武英高出一頭有餘；那人也很壯，每走一步，地面好像都要顫顫。最讓人矚目的還是那人背負的一把鐵鐗。那是一把四刃鐵鐗，就像四把長劍拼出，泛著極冷的寒光。

那人見到范仲淹，單膝跪倒道：「環慶副都部署任福，奉韓大人之令，帶部將趕來柔遠砦，見過范大人。」

范仲淹微笑道：「都說任福乃將門虎子，今日一見，果然名不虛傳。」

狄青一旁聽到，已明白這次行動是任福負責調度，因此范仲淹不好派他為先鋒。

任福看了狄青一眼，低聲道：「還請范大人入帳商議些事情。」他見狄青不過是個指揮使，自然不肯洩露軍情。

范仲淹點點頭，若有深意地對狄青道：「你白天好好休息，晚上會有事了。」

狄青點頭退下，心中暗想：范大人說晚上會有事，難道說……今晚就要攻打白豹城？正琢磨間，廖峰已和葛振遠並肩走過來。葛振遠還很憔悴，但精神好了許多。二人見到狄青都道：「狄指揮，我們什麼時候回青澗城呢？

狄青見二人再無隔閡，心中高興，說道：「恐怕要再等兩天，你們今日莫要喝酒了，只怕會有事。」

葛振遠放低了聲音道：「狄指揮，我也覺得有事呀！今天不知道為什麼，很多羌人都來到了柔遠砦，好像還都是族長的樣子。」

廖峰道：「是呀，我看砦中宰羊殺雞的，又準備了不少酒，像是要請客，不知道有沒有我們的份兒？」

葛振遠哈哈一笑，「得了吧，你夠資格嗎？」

狄青若有所思，暗想攻打白豹城在即，范仲淹為何要宴請羌人……這中間，只怕有些問題。對兩兄弟道：「你們不用管太多，晚上再說。」

葛振遠說的不錯，狄青留心觀察，發現不到半天的工夫，柔遠砦已來了數十位羌人首領。日薄西山的時候，篝火高燃。中軍帳前的平地上，已擺了幾十張桌子。可狄青也留意到，與此同時，柔遠砦也來了不少宋軍將領，只是一入柔遠砦，就進了中軍帳。明月升起之時，那些羌人首領都坐在席間，忐忑中還有著振奮，因為他們都收到了請柬，范大人今晚請他們喝酒！

那些收到請柬的羌人首領，都有些受寵若驚。誰都知道范仲淹眼下為陝西經略安撫副使，這次范仲淹說了算，那些羌人在夾縫中生存，一直都是見風使舵，這次趕來，當然是向范仲淹示好。他們知道范仲淹的大名，也信范仲淹不會對他們不利。

狄青遠遠地望著，見客人已滿，范仲淹出了中軍帳，到了席間，微笑舉杯道：「范某今日請眾位前來，只喝酒，不談其他。」

范仲淹喝了杯酒後，微笑道：「范某還有些事處理，先告退片刻。」說罷，不等眾羌人反應，又回了中軍帳。

眾羌人慌忙跟著捧杯，迎合道：「范大人所言極是，喝酒……喝酒。」

狄青倒頭一次見到這麼請客，微有錯愕。

眾羌人也是面面相覷，心中有些不滿。可見到周圍不知何時，站了不少兵士，個個手持長槍，甲泛寒光，忍不住害怕，不敢多說，低頭喝起酒來。

狄青正在尋思，突然感覺有人接近，霍然轉身，就見到一隻大手拍在他的肩頭。狄青本想躲避，但看清楚那人，驚喜道：「高大哥，你來了？」

來人竟是狄青的義兄、慶州鈐轄高繼隆。

狄青得見故人，欣喜倒多過吃驚了。

高繼隆還是豪爽依舊，見到兄弟，神色高興，問道：「這裡這麼熱鬧，我當然也要來湊熱鬧了。兄弟，你在想什麼呢？」

狄青瞥了眼那面的酒席，低聲道：「這次請客好像很有問題。」

高繼隆嘿嘿一笑，「酒無好酒，宴無好宴！走吧，范大人要你入帳議事。有好戲上演了。」

狄青知有機會出手，心中微喜。聽高繼隆這麼說，陡然省悟過來，低聲道：「每逢作戰，這些熟戶都是最先知道消息。范大人請他們過來，就是不想走漏襲擊白豹城的消息吧？」

高繼隆摸摸鬍子，點頭道：「我想你肯定能猜到的。這次請他們過來，一來呢，聯繫感情；二來呢，看看誰對大宋示好；三來呢，讓他們投鼠忌器，警告他們族人莫要出兵支援白豹城。最後當然是你說的，我們出兵要經過他們的地盤，不能讓他們先洩露風聲！」

狄青欣喜道：「范大人這招倒是妙極，一頓飯就可以束住這些人的手腳。西北有范大人，再不會像以前那樣了。」

二人談話間，已入了中軍帳。中軍帳主位端坐一人，正是范仲淹。范仲淹左手處坐著環慶副都部

署任福，右手處坐著經略判官尹洙。帳中已聚集十數將領，均是摩拳擦掌，躍躍欲試，武英也早到了這裡。

見狄青前來，范仲淹欣慰道：「人都到齊了，任大人，你可以部署作戰計畫了。」

任福見狄青入帳，本來就有些不滿和輕蔑，聞范仲淹此言，突然道：「范大人，狄青不過是個指揮使，就算能參與此仗，但不應該聽取這等軍機要密。」

帳中氣氛有些僵凝，武英神色有些不滿，才待上前為狄青說話，狄青已抱拳道：「那卑職告退。」

他轉身才要走，范仲淹突然道：「誰說狄青還是指揮使？」

任福一怔道：「難道不是嗎？難道說狄青平遠一戰落敗，被降了職位？」

范仲淹含笑道：「任大人，你說錯了。狄青平遠一戰，救了王繼元都監，間接救了平遠，殺了菩提王，立下赫赫戰功。我到延州後，已查明一切，上書將這些事情稟告給朝廷。朝廷有旨，已升狄青為閤門副使，掌延州西路巡檢一職，調令昨天才到，因此很多人不知道。這次攻打白豹城，狄青有資格，也應該參與的！」

任福怔住，甚至還有些震驚，眾人也是一臉難以置信的表情。只有高繼隆眼中有喜意閃過，喃喃道：「好，實在是好！」

狄青有些發愣，一時間不敢相信這個事實。

指揮使比起閤門副使來說，那職位差得可不是一星半點兒。他狄青幾年來在指揮使的職位不動，沒想到一躍就升了四、五級。最關鍵的是，指揮使仍是低級武官，閤門副使雖也是虛職，但標誌著狄青已是軍中高等官員。他若再立功，升為正使的話，已可免磨勘年限，憑軍功徑直升級！大宋武將高等官階分使臣、橫行、遙郡、正任四類，以正任官階最高，以使臣官階最低。每類中又有等階區別。遙郡、正

任算是官階中的美職和貴品，任福眼下除任環慶副都部署的職位，亦兼忻州團練使一職。而忻州團練本是遙郡類的官階。在陝西，除夏竦、范仲淹、韓琦外，任福可算是這裡掌實權的第四人。

任福根本瞧不起狄青，因為雖都是武人，任福出身將門，狄青卻是從行伍而上，臉有刺青！大宋文臣看不起武將，武將看不起狄青，武將看不起行伍中人。更何況，狄青從未入使臣行列，一直是個低賤的軍官。可閣門副使已在使臣之列，意味著狄青從此可脫離行伍卑賤之身，有資格和任福等人相提並論。經過這一任命，狄青雖官職還是不高，但他已有了極多的機會！

范仲淹見帳中眾人神色迥異，微笑道：「好了，打仗我本不行。任大人，人都為你準備齊全了，接下來還要看你的了。」

任福略有尷尬，再不望狄青一眼，沉聲道：「你等當然已知曉，元昊進攻鎮戎軍，我等不能由他猖狂。韓大人、范大人有令，命柔遠砦左近將士今夜集結力量，攻下白豹城！」他將韓琦排在范仲淹之上，隱約已有了不滿，范仲淹只是淡然一笑。

「此戰只能成行，不能失敗。」任福肅然道，「白豹城由黨項勇將張團練把守，依山而立，並非孤城。白豹城南向的羌人首領，這次均被范大人請了過來，我軍若輕兵快行，他們投鼠忌器，肯定不敢聲張干擾我們的計畫。因此我們若攻白豹城，只有城池西方和東方兩向的羌族部落會出兵。此次攻城，當要先切斷援兵，才能全力攻城。」

狄青忍不住點頭，任福之策中規中矩，穩中取勝，讓人無可厚非。看來這個副都部署，比起夏守贇可要用心很多。任福交代完形勢後，喝道：「都監劉政聽令。」

有一虎背熊腰之人站出來道：「末將在。」

「我命你會同監押張立，與西谷砦砦主趙福兵合一處，趁夜出發，明晨丑時前務必趕到白豹城西三十里處。等丑時進攻之令一發，全力牽制白豹城西路党項人的出兵，你可能做到？」

劉政應聲道：「末將領令。」

「都巡檢任政聽令……」

「巡檢劉世卿聽令……」

任福一道道軍令發出來，打援接援，擾亂敵兵，分派得井井有條。等安排大致完成，這才又道：

「攻城之責，重之又重，我當負責調度。可眼下當有一虎將負領兵攻城之責……」他欲言又止，目光從狄青身上掃過去，不做停留。

范仲淹一直沉默，見狀目光中有了啁然。狄青本待請令，可見任福如此態度，知道他不願意派自己前往，倒也不想去碰釘子。

武英上前一步道：「武英不才，願領此責。」

任福哈哈一笑，拍案道：「早聞武都監大破後橋砦的威名，這次主動請纓，實屬可貴。好，眼下就由你來主攻。即刻出發，由柔遠河谷北上，翻山越嶺，循小徑而行，再沿白豹川東進。丑時進攻！」原來武英這大半年來，又已升職，眼下是兼砦主一職。

武英抱拳道：「末將領令。」又看了范仲淹一眼，沉聲道，「末將若不成功，願提頭回見。」

范仲淹微微一笑道：「武英，這次不要你死，只要你勝！」

武英用力點頭，轉身出帳。高繼隆忍不住道：「任大人，這別人都有任務，怎麼就我和狄青沒有呢？」

任福皺眉道：「難道高鈴轄沒有發現，到現在為止，我還沒有派兵力去扼住金湯城就在白豹城東北，白豹城被攻，金湯城知曉動靜，肯定會出兵救援。

高繼隆哈哈大笑道：「這麼說……我就負責堵住金湯城的援兵了？」

任福點頭道：「不錯，但不只是你有責，狄青也有這個責任。華池縣是金湯城趕往白豹城的必經之地，高繼隆、狄青聽令，我派你二人帶本部人馬，即刻出發，趁夜趕赴華池縣。明晨丑時準時攻擊那裡的骨咩族，同時牽制金湯城出兵，若是放党項人的一個援軍過來，軍法處置。」

任福終於看了眼狄青，目光中滿是挑釁之意。只要金湯城有援兵到了白豹城，狄青、高繼隆就有過失！高繼隆微凜，還能大笑道：「好！」

狄青只是拱拱手道：「末將遵令。」

狄青出了營帳，見高繼隆還是笑容滿面，倒有些歉然道：「高大哥，我這次未帶一兵一卒……」

高繼隆心中暗想，任福此人雖勇，但妒賢嫉能，這次無論如何，都不能讓狄兄弟委屈。哈哈一笑道：「你把自己帶來就行。我的部下，可任由你指揮。」話才說完，种世衡已走過來，咳嗽道：「狄青，你還是有手下的。走……我帶你去看看。」

狄青只以為种世衡是說葛振遠和廖峰，出了柔遠砦才發現，戈兵已帶二百來騎在砦外集結待命。狄青有些驚喜，見那些騎兵無不是背負長弓、鞍掛羽箭、腰配短刀、手持長矛，所有人均是銳氣正酣，寒氣森然。

無論誰見到這些人，都能看出這些人戰意十足，絕非尋常的宋軍。

高繼隆見了這些兵馬，大為詫異道：「种世衡，真看不出，你不聲不響弄了這些手下……」

種世衡摸摸禿頂，輕咳道：「這些不是我的手下……」他凝望著狄青，滿是期盼道，「狄青，這些是你的手下！他們是十士，你還記得我們的計畫嗎？元昊有五軍、八部，我們就有十士和他對著幹！人雖不多，但我想……很快就要多了。」

「十士？」狄青望著戈兵的一幫人馬，若有所思，記得范仲淹也提過這個名字，不由問道，「什麼是十士？」

「十士就是十種兵。」種世衡收斂了嬉皮笑臉，正色道，「是我辛苦花錢為你選出來，供你調用的十種兵。而戈兵帶的就是十士之一……陷陣之士！」

一隊隊兵馬從柔遠砦開拔，疾馳出柔遠河谷，北上翻山過嶺。馬蹄雖急，聲息卻輕，人雖眾多，卻如幽靈。宋軍馬裹蹄，人銜枚，如洪水蓄勢般向白豹城殺過去。

范仲淹等宋軍出營後，又出帳安慰了一下羌人，擔保他們族人不會有事。羌人看出宋軍要有行動，噤若寒蟬，酒也無心再喝，紛紛散去，但還是不能出柔遠砦。

范仲淹保證，明天太陽一起，就會請他們回轉，而且交易如舊。

羌人和元昊交好，是因為被元昊的武力屈服；羌人和大宋交好，是因為被大宋的利益所誘。既然元昊還沒有打過來，大宋還和他們做生意，羌人雖心中志忐，也樂得繼續充當牆頭草的角色。羌人均已回營帳休息，范仲淹卻沒有睡，尹洙亦是如此。二人沒有入了中軍帳，只是在帳外而坐，望著東北的方向。

那裡就是白豹城的所在。

尹洙神色興奮中還夾雜緊張，范仲淹倒還平靜。可他若真的平靜，早已回去休息，但他怎麼睡得著？

尹洙端著酒杯，早忘記酒杯已空，喃喃道：「快丑時了吧？」

范仲淹望著天上的明月，明月也在望著他。他杯中有酒，酒中有月，可心中呢……只有對出征將士的牽掛。月色如銀，鋪在地面上，如清晨的新霜，已近丑時。

范仲淹陡然間目光一凝，握杯的手都有些發緊。尹洙感染到戰起的金戈氣息，霍然抬頭。只見到一道亮光從東北向沖起，刺開遠方冰冷的墨夜。雖只是短暫得如流星般，但已帶來了晨曦的希望。

「開始了。」尹洙站起來，滿面興奮，恨不能親臨疆場。

范仲淹反倒垂下頭來，慢慢地喝著酒，喃喃道：「開始了。」所有該做的，他都已經做到，結局如何，是水到渠成還是功敗垂成，是看別人的時候。

尹洙走來走去，突然坐了下來，盯著范仲淹道：「范公，你已變了很多。」

范仲淹淡然一笑，「是嗎？」

尹洙道：「你以前不是這個樣子……以前的你，為天子寧可得罪太后，為廢后一事寧可得罪天子，為公正寧可得罪朝中第一人的呂夷簡。你寧可得罪天下人，也要堅持自己。但你現在變了，你少了個倔強，多了圓和，你這次回京，甚至還去拜訪了呂夷簡。任福有些自大，若是以往的你，說不準已撤掉他的指揮權，但你今天什麼都沒有說……」他眼中隱約有了悲哀之意，是不是因為發覺今日的范仲淹，不再是從前的那個范公？

范仲淹反問道：「現在不好嗎？」

尹洙歎口氣，想要喝酒，才發現杯中無酒，只有風塵滿懷。范仲淹拿起酒壺，為尹洙滿了杯酒。

尹洙望著那杯酒，歎氣道：「范公，你還記得當年嗎？……你每次被逐出京城，很多人因為你的正直而送

你，長亭折柳，舉杯說你，『范君此行，極為榮耀』。」

范仲淹本平和的臉上，有了分激昂。但最終他不過端起酒杯，感慨道：「我當然記得。我還記得余靖、蔡襄、你還有歐陽修一幫大臣，為了給我鳴不平，隨我一塊被逐出了京城。我……一直都記得！因為有你們，我才不孤單！」

「那時候我們心甘情願！」尹洙一字字道，「如果再回到從前，我還是要為你鳴不平。」

「那現在呢？」范仲淹突然問。

尹洙目光複雜，並不直接回答，許久才道：「你可記得我們當初指點天下的時候說過什麼？」見范仲淹不語，尹洙霍然站起，激動道：「我等歷數大宋沉痼，均說變革勢在必行。只有富國強兵才能興治太平，只有先去除西北大患，才能繁盛大宋！」

范仲淹點點頭道：「你說的不錯。這些話，我從未忘記。」他說得堅定非常，雙眸中神采飛揚。這一刻的表情，有如多年前的冬夜飛雪。

寧鳴而死，不默而生！

尹洙見狀，精神一振，立即道：「如今聖上起用賢明，韓公和我等一般的想法。他也極力主張改弦易張，重振宋威。他決定先定西北，再改沉痼，是以決定五路出兵攻打元昊，但你為何上書說並不贊同？」

范仲淹沉默許久，望著一旁的大樹，突然道：「其實已入冬了……」那大樹光禿禿的沒有一片葉子，很是淒涼。

「樹上的葉子不是一夜能夠掉光的，也不是一夜能夠長出來的。」范仲淹又道，「如果我們想看

蒼翠鬱鬱，心急的會澆水，甚至會澆熱水……但這樹非但不能繁盛，很可能會凍死的。西北就像這棵樹！」

尹洙沉默下來，范仲淹望著尹洙，真誠道：「我也很急，但我們必須要等，必須要準備，培土澆水，這樣時機到了的時候，我們才能得到想要的結果。尹洙，我知道……韓琦、你、很多很多人都盼著大宋強盛，迫不及待地想要變革。但這事不能急，我希望……你能懂我！」

尹洙歎口氣，搖搖頭道：「我說不過你。」他端起酒杯，又放下，問道：「范公，此戰能否成功呢？」心中在想，范公老了，少了當年的那股魄力。元昊算什麼，一介武夫罷了！范雍是無用之人，這才導致三川口慘敗。難道說韓公、范公聯手，還對付不了元昊嗎？只要能一舉平定西北，就是對大宋改革開拓之時，到時候我等起沉痾、改弊端，開創大宋一代盛世，豈不是多年所盼？如此方不負平生！范公做事最近考慮得太多，只盼白豹城能一戰而勝，鼓舞西北軍心，到時候再勸范公支持韓琦好了。

范仲淹見尹洙臉色陰晴不定，還是平靜道：「盡人事，聽天命。你我該做的都已做了，急有何用？」

尹洙哈哈一笑道：「那不談軍情，談談詩詞可好？你初到邊陲之時，曾做過一詞的上闋，不過一直沒有下文……我一直在等。柳七的詞雖豔，總不如你的來勁。」

范仲淹微微笑道：「我都忘記了，偏偏你還記得。」

尹洙道：「我怎麼不記得？你的詞，我每個字都記得。為文章，務求古之道，偏偏汴京那些所謂的文人，除了豔詞外，再也做不出其他，讓人聽著來氣！」站起來，端著酒杯吟道：「塞下秋來風景異，

衡陽雁去無留意。四面邊聲連角起，千嶂裡，長煙落日孤城閉！好詞，好詞！」見范仲淹含笑不言，尹洙認真問，「這不是好詞嗎？你聽聽，若非真正到了邊陲之人，焉有如此眼界；如非真正大氣魄的人，也難有如此憂國憂民之心。」

范仲淹啞然失笑道：「我雖然臉皮不薄，可被你這麼一說，臉也要紅了。」原來這詞卻是他所做。

尹洙笑道：「過了這久，你總該想出下闋了吧？」

范仲淹持杯在手，望著月光如霜，突然道：「你可聽到羌笛聲了嗎？」

尹洙側耳聽去，隱有所聞。如此深夜，那羌笛之聲無疑滿是幽怨。尹洙歎道：「這時候吹笛子的人，多半……是想家了。」只有在邊陲的人，才瞭解邊陲人的苦。只有邊陲，才有這種幽苦笛聲。

范仲淹雙眉微揚，望著酒杯道：「下半闋也有了。」他緩緩吟道：「濁酒一杯家萬里……燕然未勒歸無計。羌管悠悠霜滿地，人不寐，將軍白髮征夫淚！」

范仲淹吟詞如樂，可神色滿是蕭索落寞。

尹洙隨著節奏輕拍手腕，等范仲淹念完後，輕歎道：「好詞呀，好詞。這下闋中，我最喜燕然未勒四個字。當年東漢竇憲得罪了太后，為立功贖罪，請命北伐。結果大破匈奴，在燕然山刻石記功而回，功勛炳曜。范公你也得罪過太后，也想大破党項軍，效仿竇憲之舉。只是區區四個字，盡顯胸中抱負。

范仲淹還是范仲淹！」

范仲淹吁了口氣，「尹洙，你還是……懂詞了。」

尹洙得范仲淹一言，眼珠一轉道：「只懂詞……難道不懂你嗎？你以為我真不懂嗎？竇憲為權，你為天下。他可以不擇手段，但你雖想破党項人，還憂兵士之苦。不過總是這樣瞻前顧後，如何成事

呢？」

范仲淹沉默良久，才道：「范某之功，不想用兵士之血染成。」

「可若不戰，又有別的辦法嗎？」尹洙反問道。范仲淹悠悠一歎，再不多言。

遠處的火光焚天，天欲燃。那風聲、笛聲、廝殺聲交織錯落在一起，夜無眠，天欲破曉。

近清晨之時，范仲淹眼中已有血絲，尹洙也是一夜未眠。二人焦灼地等待白豹城的消息，這時砦北有一騎飛奔而來。見到范仲淹後，立即翻身下馬，稟告道：「啟稟范大人，白豹城已被團團圍困！我軍正在加力攻打。」

尹洙急問：「那現在情況如何？」

飛騎道：「還在等消息。」話未說完，又有一騎趕到，稟告道：「到如今，周邊羌人、葉市、金湯城，暫時沒有援兵來救白豹城。」

范仲淹喃喃道：「任福向我說這些，只想讓我放寬心，攻城顯然並不順利。」范仲淹雖聽喜訊，但已看出隱憂。

尹洙扼腕道：「難道說我等全力一擊，竟還下不了一個白豹城？」

「白豹城屹立西北多年，党項人狂傲是有，但警覺仍在。這次我等是出了奇兵，可誰都不能擔保，他們沒有戒備。」范仲淹緩緩道，「任福此人狂傲，只盼他莫要一意孤行。若真的攻不克城池，又逢敵援兵至，可暫時退回，再圖打算。」

尹洙道：「那如何能行？區區一個白豹城都攻不下，以後何談踏破橫山，平定西北？」

范仲淹微微皺眉，才待說什麼，又有飛騎趕到，「啟稟范大人，武英已殺入了白豹城。」

尹洙哈哈大笑，終露喜意道：「范公，你一直說武英勇而乏變，但他這次卻不負你的厚望。」

范仲淹終於也舒了口氣，可還是望著白豹城的方向。

消息絡繹不絕地傳到——「白豹城城南被破！」「白豹城城西被破！」「宋軍已燒了白豹城的太尉衙署！」「武英生擒了白豹城的最高統領張團練！党項軍沒了指揮，爭相逃命。」「任大人縱兵廝殺，屠戮白豹城。」「宋軍斬殺党項軍統領七人，捉敵官五人……搜獲牲口、戰馬難以盡數！」

宋軍大獲全勝！范仲淹聽到這裡的時候，這才終於放下心來，命人前往通知任福，燒城後，儘快回轉，莫要貪功，提防党項軍援兵趕至，那就得不償失了。

尹洙已去安排慶功宴，范仲淹突然發現，這些消息中，竟然沒有狄青的。

狄青那面如何了？范仲淹很有些憂心，他只聽過狄青的事蹟，畢竟沒親眼見過狄青作戰。但一想到狄青那剛毅的臉龐，范仲淹已不再擔心。范仲淹信自己的判斷，認為狄青不會辜負他的厚望。

黃昏之時，任福終於帶人趕回，本是肅然的柔遠砦因為大勝沸騰了起來。白豹城所藏甚豐，宋軍繳獲兵甲戰利品難數，帶回的牛羊馬駝竟有近萬之多。任福背負四刃鐵鐧，趾高氣揚地回轉，見范仲淹就道：「下官未負范大人所託！」

范仲淹笑容滿面道：「很好、很好。」聽著任福不停稟告戰績，瞥見武英已周身是血，忍不住道：「武英受傷了？」

武英咧咧嘴道：「一些小傷，不妨事。」

任福重重拍著武英的肩頭，贊道：「武英負傷不下七處，可還活捉了張團練，此次攻城，當記頭

功。」

「那狄青現在如何了？」范仲淹問。

任福撇撇嘴，「他嘛……應該和高繼隆還在堅守華池，不過我已撤兵，已傳令讓他們回來了。不聞太多的消息，想他們撿了個便宜，沒有和党項人交手吧！」

范仲淹見任福身為此次戰役的部署策劃，可竟對手下狄青、高繼隆如此漠不關心，心中不悅。但見眾人轟然叫好，不想打斷他們的興致，終於道：「諸君此戰辛苦，我已擺下慶功酒，還請入席。」

眾人興高采烈，不想打斷他們的興致。酒菜擺上，范仲淹陪眾人喝了幾杯，可不時地看看砦北。酒過三巡之際，終於有飛騎來報，「高繼隆、狄青已帶兵回轉。」

范仲淹欣喜，靜等狄青上前。見狄青塵滿面，血染征衣，關切問道：「狄青，可曾負傷？」

任福一旁道：「他這人……聽說好負傷。平遠之時，一傷就有半年之多。」說罷大笑，旁將均是跟隨而笑。

狄青只回道：「此次未曾受傷。」

任福問道：「那收穫如何？不知斬了多少敵兵？」

狄青皺了下眉，搖頭道：「末將不知。」

任福一拍桌案，喝道：「狄青，你無論如何，已是個巡檢，怎麼連戰果如何都不知？」

范仲淹不待多言，一人已哈哈笑道：「他是不知道戰果如何，他顧不上數呀！」高繼隆從狄青身後走出，對范仲淹施禮道，「范大人，華池一戰，狄青以逸待勞，等骨咩族出援之際，力斬骨咩三熊，大破骨咩族兵！」

尹洙驚詫道：「都說骨咩三熊是骨咩族極勇的鬥士……竟被狄青一起斬了？」

高繼隆道：「管他白熊、黑熊還是灰熊，都擋不過狄青的一刀。」

任福心中微顫，暗想早聽過骨咩三熊簡直比熊還凶惡，他這才把活兒交給了狄青，可狄青恁地凶惡，竟然連斬三人？

心中雖凜然，任福還故作淡靜道：「殺熊一事，不過是匹夫之勇罷了。」

高繼隆笑了起來，滿是得意，「下面的那件事，絕非匹夫之勇了。」

范仲淹雙眸中已有欣賞之意，微笑問，「後來如何？」

高繼隆道：「若是別的將領，擊敗骨咩族後應該如何做呢？」他雖像在詢問旁人，可只望著任福。

他早就當狄青是他的兄弟，狄青可以沉默，可他不想。就算任福是他的上司，他也不怕。並非所有人都看重自己的官位！

任福心思飛轉，故作不屑道：「那還用問，當然是伏兵在側，請君入甕了。」

高繼隆摸摸鬍子，歎息道：「狄青就沒有這麼聰明了，他做了件很多人都想不到的事情。」

尹洙忍不住道：「狄青怎麼做了？」他向狄青望去，狄青還是沉默平靜，彷彿聽著別人的故事。

高繼隆緩緩道：「他一時間殺不盡骨咩族人，既然如此，若坐等對手前來，說不定党項軍有防備，如此一戰，勝負難料。因此他主動請纓，換了骨咩人的衣服，裝成骨咩人的敗軍，反倒向金湯城行去。」

范仲淹眼已亮了，尹洙拍案叫好道：「出其不意，先發制人，好計！」

高繼隆嘿嘿嘿一笑，「金湯城果然出了近千兵士來援，那領軍的軍主見到狄青的人馬，只以為是自己

人，還待詢問情況，就被狄青衝過去砍了。党項人大亂，被殺退數十里，丟盔卸甲，城門緊閉，已不敢開城。狄青就帶著二百來陷陣之士在城門前守著，可歡滿城党項軍，不知虛實，大半天不敢出戰。」

眾人血已沸騰，想像狄青橫刀立馬，傲立在金湯城前，竟讓敵手不敢出戰的豪情，不能自己！

尹洙滿了兩杯酒，端到狄青的面前，真誠道：「好一個狄青，竟讓敵人不敢戰。只憑此一役，我敬你一杯。想當年郭遵五龍川橫杵立馬，也不過如此。」

狄青聽到「郭遵」兩字，心中一痛，接過酒杯，黯然道：「尹大人過獎了，我如何能和郭大哥相比呢？」

尹洙轉問高繼隆道：「那後來呢？你們就這樣安然地回返了？」

高繼隆笑道：「哪有那麼簡單？金湯城終於看破了狄青的虛實，竟傾兵和狄青一戰，由守城的團練親領人馬，圍剿狄青。」

尹洙失聲道：「那如何是好？」

眾人也是臉上色變，心道狄青帶領不過兩百騎兵，如何來抗？

高繼隆道：「他還能怎麼辦？當然是逃了。」

任福冷冷道：「我還以為他是神，原來也會逃的。那傷亡多少？」他不關心狄青的戰績，只關心狄青的損失，有如個嫉妒的婦人，看不得別的女人好。

范仲淹一旁見了，不由憂心，暗想這任福是涇原路的領軍第一人，怎能這樣意氣行事？

高繼隆歎口氣道：「他一路逃命，党項人就一路地追。然後，狄青就逃到了鳳池縣南的雲天崖……」

范仲淹突然問道：「那時候高鈴轄在做什麼？」

高繼隆嘿嘿一笑，知道瞞不過范仲淹，說道：「那時候我正帶著兩千人馬在雲天崖喝風。」

尹洙恍然大悟道：「原來狄青故意敗逃，引敵入伏！」

高繼隆鼓掌，刺了任福一句，說道：「還是尹大人聰明呀！老夫見他們殺來，心道和狄青總算有點兒交情，就幫他一把。」

狄青第一次露出笑容，眼中暖意融融。那本是他和高繼隆定下的計策。

「那千餘人一殺來，老夫先用大石，後用滾木一砸，狄青又反殺了回去。若不是那團練跑得快，只怕也被狄青砍了腦袋。」高繼隆捋髯大笑道，「這幫孫子，竟然小瞧我們，結果被我們斬了四百多人，又抓了他們百十來人。而我們呢，傷了幾十人，未折一兵。」

眾人悚然，尹洙難以置信道：「你們殺骨咩三熊，屠骨咩族，斬一軍主，擊敗金湯城援軍，一日三戰，竟然未折一兵？」

高繼隆淡然道：「當然了。狄青只管殺，老夫只管數，因此他不知道戰績，但老夫我……還是一清二楚的。」

眾人默然，就算任福一心找碴，一時間也是無言以對。

范仲淹終於歡口氣，卻沒有再說什麼，他已不必多說什麼。武英一旁聽到，霍然站起，激動道：

「狄青實乃西北宋軍第一英雄！」

眾人就算有不服，心中也早被狄青之勇震撼，沉默無言。

只有狄青還是表情寞寞，突然感覺臉上微涼，抬頭望去，原來天已落雪。望著天空飄的雪，有如冬

的承諾，狄青耳邊像是有一聲音道：「狄青，好好活下去，讓我知道，我不會……看錯我的英雄！」

狄青望著飄雪，嘴角帶笑，但掩不住眼中的相思。

雪無聲無息地下，落在枝頭，層層疊疊，有如思念；落在臉頰，融化成水，好似淚。

淚凝雪飄中，有朦朦朧朧，那白皚皚的盡處，有風旋，旋起一地的雪，有如舞者。雪在舞，接天連遠，雪在落，絳河星落。

原來……相思如雪。

第十七章 大 順

雪落無聲，蒼穹同色。可無論再冷的雪，也有消融的那一刻，就像再冷的冬，也有被春天取代的時候。地上的雪，漸漸地薄了。

馬蹄聲急響，踏破長街，翻起殘雪，帶出分新綠。那馬兒奔得極快，轉瞬衝到長街的盡處。盡處有一府邸，是慶州知州府。騎士飛身下馬，有兵士才待阻攔，見到那騎士塵染衣、鬢已秋，滄桑的外貌掩不住俊朗的那張臉，都是不約而同地施禮道：「狄巡檢，范大人正在等你。」

來人正是狄青。

狄青點點頭，大踏步入了知州府，他要見范仲淹。范仲淹是陝西經略安撫副使，知延州，可他好像很少在延州。范仲淹和范雍都姓范，但有很大的不同。范雍好像只知道吃飯，范仲淹卻是飯都顧不上吃；范雍自從知延州後，就很少離開延州，誰都看得出他等著回京城，范仲淹自從知延州後，就很少待在延州，但誰都覺得，范仲淹好像準備扎根在邊陲。

范仲淹眼下沒有吃飯，他在看著酒杯，杯中無酒。見到狄青前來，范仲淹第一句話就是，「元昊稱帝了。」西北元昊終於建國，國號夏，自此後，和契丹、大宋分享天下。

狄青其實已知道這個消息，但聽范仲淹提及，眼皮還是跳了下。他眼前不由閃出元昊的身影，黑冠白衫，手持巨弓，壺中五箭。元昊的一雙眼，帶著幾分熾熱，數點譏誚，滿是壯志豪情。狄青知道元昊肯定會稱帝，自從他見到元昊的那雙眼後，他就知道，誰都阻擋不了元昊前進的步伐。

元昊十月稱帝。那時候，野利遇乞還帶兵和韓琦在鎮戎軍鏖戰；那時候，范仲淹、任福正在全力攻打白豹城；那時候，京中覺得三川口之戰過去了近一年，已可忘卻悲痛，趙禎正準備冬日大典，朝臣也在準備稱功頌德，歌舞昇平。那時候，事情很多很多，但元昊只做了一件事，就是稱帝！宋廷震怒，立即宣布全面停止和黨項人的交易往來，拒不承認元昊的地位。

兩國來往的文書，最多只肯稱夏國為西夏。那不過是區區蠻夷，怎能稱作大夏？只有大宋才是正統中原之邦！宋廷雖自欺欺人，但事實已成。宋廷震怒，想著如何制裁元昊……當然這種制裁，要經過太多人的辯論商議，最終可能才會得出一個結果。元昊沒時間商議！他做的事情，就是不斷地進攻。

狄青回想著發生的一切一切，覺得這個冬天果然熱鬧，熱鬧得看似飛舞的雪，又和雪一樣寂寞。范仲淹望著狄青，輕輕地歎口氣道：「朝廷有對西夏用兵的打算，但是否一戰，還在商議……無論商議的結果如何，我們都要先做好準備。十士現在如何了？」十士是廂軍編制，但戰鬥力遠勝廂軍。這隊人馬是在种世衡的謀劃下，經范仲淹大力支持，由狄青親自率領！

狄青道：「如今种世衡已建五士，分為陷陣、死憤、勇力、寇兵和待命五隊。總共有三千多人馬，已到了我統兵的極限。」狄青眼下是延州西路巡檢，領兵不能過三千。

范仲淹笑了，「你錯了，還沒有到極限。你眼下是鄜延路兵馬都監，最少可統帥五千兵馬了。」

狄青一怔，錯愕道：「你錯了。我是鄜延路的兵馬都監？范大人，你記錯了吧？」

范仲淹微微一笑，搖頭道：「沒有錯，你協助任福破了白豹城，功勞不小。西北缺將，因此我奏請天子，請破格提拔軍將對抗元昊，天子竟准了。破白豹城的諸將都有提升，天子有旨，特旨升你為鄜延路的兵馬都監，調令前天才到我手上。」

狄青心中不知何等滋味，他數個月前還不過是個指揮使，哪裡想到才到了初春，就已升到兩州兵馬都監的地位。雖說他有功勞，雖說趙禎和他有些關係，但若沒有范仲淹，他也不會如此迅疾地升遷。

「對了，天子還挺想念你的，令我讓人畫了你的像回去。」范仲淹感慨道，「他說你心在西北，也就不勉強你回去了。他還說，讓你莫要忘記彼此的約定。」

范仲淹眼中，有分感慨，顯然也知道狄青和趙禎的關係。

狄青道，難得趙禎還記得當年的盟誓？可我哪有李靖、霍去病之能呢？

范仲淹見狄青神色惆悵，並不以升遷為喜，知道他志不在官位，話題一轉道：「好了，出發吧！」

狄青也不多問，知道該說的范仲淹自然會說。他幾天前得范仲淹調令，命他帶兩千兵馬來慶州聽令，范仲淹到底要做什麼，他暫時不知曉。

二人出府，在百十名兵士的護衛下出了慶州城。才到城北，就見到平野上蕭然立著兩千驍騎。人如冰，馬似鐵；人禁言，馬無嘶。那鐵騎如龍，經過嚴冬的洗禮，已要傲嘯九天。

城北立著的正是狄青統領的十士，亦是鄜延路、甚至是整個西北，最強悍、最有衝擊力的驍騎。領軍之人有四，一人面如死灰，正是李丁；一人背負長劍，卻是戈兵；還有一人手持長錘，拳頭如缽般大小；第四人坐在馬上，輕飄飄的沒有什麼分量，像是隨時要被風吹走的樣子。

范仲淹的目光從這四人身上掃過，微笑道：「我知道李丁統領死憤之士，戈兵帶陷陣之士。那個拿錘子的叫暴戰吧？他好像帶的是勇力之士？」

狄青回道：「范公說的沒錯，暴戰帶勇力之士，寇兵之士由張揚帶領。」

「那只有四士呀！」范仲淹眉頭一軒，恍然道，「待命是由韓笑統領吧？」

狄青點頭道：「不錯。但待命不入編制，只負責消息傳送等責。」

范仲淹舒了口氣，喃喃道：「很好。」說罷已策馬向東北行去。

眾人出慶州東北，馳了半天的工夫，已奔出百十來裡。略作休息，繼續疾馳。那兩千鐵騎不緊不慢地跟在狄青身後，如同雪地群狼般──堅忍、沉默、等待嗜血。

日頭西歸之時，范仲淹勒馬不前，遠處平原將盡，群山如蒼龍般蔓延。雪已消融，露出山上青色的石頭，有如蒼龍的骨，褐色的泥土，宛若蒼龍流的血。

前方突然有飛騎來報，在狄青耳邊低語幾句，狄青有些詫異，到了范仲淹近前道：「范大人，近馬鋪砦東北、西南二十里外，竟都有一千多宋人向馬鋪砦的方向聚集，那些人少武備，大車多，暫不知道他們的用意。」馬鋪砦本是宋人的營砦，不過自從党項人在附近建了白豹、金湯兩城後，馬鋪砦因為年久失修，兵力稀少，只能放棄。

范仲淹笑笑，神色有分振奮，說道：「狄將軍，那是我們的人，我叫他們來的。走吧，去馬鋪砦。」狄青有些奇怪范仲淹跑到荒蕪的馬鋪砦做什麼，但他聽從命令，一揮刀，向西南、東北向點了下。兩千立在寒風中的騎兵就像被刀劈開一樣，分成兩組，如待發的怒箭！

范仲淹見了，暗自點頭，心喜狄青自有主張。狄青雖聽來人是范仲淹所招，但不明真相，還是積極防備，以防不測。狄青如此做法，雖對范仲淹有些不敬，但范仲淹更是欣賞。眾人策馬，黃昏之際，已到了馬鋪砦。

這時西南、東北兩向的宋人同時趕到。兩千多人，趕著數百輛大車，車上裝滿了各種材料和工具，好像要蓋房子一樣。兩向各走出一人，到了范仲淹面前，施禮道：「范大人，屬下如約趕到。」

左面那人長得一表人才，滿是書生氣息，讓人一見之下，就心生好感。右邊那人卻長得沒有人樣，他臉上挨了一刀，鼻子都被削去了一半，瞎了一隻眼，瘸著腿。黃昏的時候，看起來就像是鬼，若是到了晚上，只怕要把鬼都嚇死。那殘廢之人似乎也知道自己面容太過恐怖，始終垂著頭。范仲淹望著那殘廢之人，眼中只有憐憫，向二人介紹道：「這就是鄜延路的兵馬都監狄青狄將軍。」

那二人都向狄青行禮，狄青回禮。范仲淹拉著那殘廢人的手道：「狄青，這本是藩部的統領，叫做趙明，當初曾鎮守過馬鋪砦。那個……是犬子范純佑，眼下是延州主簿。」狄青見范純佑和范仲淹倒是很像，只是朝氣蓬勃，少了范仲淹的滄桑，有些奇怪范仲淹為何要找這兩人前來。

范仲淹道：「趙明，純佑，你們做事吧！」那兩人應了聲，已喝令手下趕車入山。趙明更是一瘸一拐地在山中打量地形，指揮眾人卸車取料。

狄青見眾人這般舉動，心中一動，問道：「范公，你要重建馬鋪砦嗎？」

范仲淹笑了，「我就知道你能猜到。」突然問道，「我們雖破了白豹城，為何不趁機佔領那裡呢？」

狄青不想范仲淹有此一問，沉吟道：「暫時沒有兵力去守。」他說的不無道理，眼下大宋無論是陝西、山西或者是河北，都無險可守。這就導致一個很嚴重的後果，大宋什麼地方都想守，但一交兵的時候，很多地方都守不住。大宋號稱擁兵百萬，但太過分散，結果導致當初三川口一戰時，兩個副都部署加上郭遵等人所率的兵馬，不過萬人，大宋調兵之弊端，可見一斑。

范仲淹微微一笑，「說得有道理。那地方對西夏人很便利，我們能趁其不備斬斷他們的枝葉，卻不能挖出他們的根。既然如此，只能放棄。我們對抗橫山的夏軍本就處於不利，三川口一戰後，又丟了土

門，失了金明砦，更沒了地利。延州那裡，我們只能死守青澗、延州，等待機會。」

狄青立即道：「延州暫時沒有機會，但慶州有！我們破了後橋砦，燒了白豹城，眼下金湯城只是孤城一座。馬鋪砦若重修起，就如尖刀般，插在白豹城和金湯城的中間，不但可直逼夏人的葉市，還能伺機攻打金湯城！」

范仲淹眼中滿是欣慰，點頭道：「你說得一點兒不錯。我們進攻一直難以為繼，是因為我們缺少根。馬鋪砦地勢極好，可做我們的根，我們以後就依據這裡生根發芽，不停地修下去，總有逼到橫山的時候。這個法子雖慢，但眼下只有這個法子！以前我們守不住馬鋪砦，但現在不同了，現在……我們有你！」范仲淹回望狄青，凝聲道，「夏人不久後就會知道我們的行動，他們不會容忍一把刀插在這裡，也很快會派兵來攻！」

「范大人儘管建砦。」狄青一字字道，「有狄青在，他們奈何不了這裡。」他字字如同刻在了岩石上，不容半分修改。

范仲淹舒了口氣，欣慰道：「很好！對了，我決定給馬鋪砦換個名字……」略作沉吟，范仲淹緩緩道，「就叫做大順……大順城，好不好？」

又近黃昏，夕陽晚照。冷風中的暖陽撒下了金黃色的光芒，斜飛千峰，最終落在范仲淹的臉上。

那張臉上已有皺紋，鬢角早染霜花，但那雙眼，依舊明亮多情，滿是希望。狄青望著那張臉，眼中也充滿了期冀。這兩個一樣命運多舛的人，也一樣地堅強不屈。不屈命運的安排，竭力地抗爭，心中又有希望……希望終有順行的那一天。

狄青移開目光，望著太陽一點點西落，喃喃道：「大順城？好，好名字！」

日頭落了升，升了落，天道循環。兩千多的人手，晝夜不停建砦。山上的雪融了，草綠了，黑石褐土上，開始盤旋著一條新的巨龍。巨龍雖粗糙，但已成型，只待春風夏雨，就能霧化飛騰。

這一日，紅日東升，狄青坐在山腰的方向，遠望西方，若有所思。他的征衣上黑褐夾雜，已分辨不出本色，黑的是塵，褐的是血。塵也好，血也罷，都掩不住他堅毅的臉龐、憂鬱的眼。金燦燦的光線落下來，給那偉岸的身軀帶來幾分漢家陵道的滄桑……他望著西方，心中在想，為何我沒有再次做那個古怪的夢呢？難道說，我不是伏藏？伏藏到底是什麼樣的情形？

相思如麻，戎馬倥傯，他這段日子堅守大順城，疲憊的夢都難做一個。無夢相思濃，有前塵往事，紛遝雜亂。飛雪、元昊、飛鷹、野利斬天、還有那如神龍見首不見尾的葉喜孫……這些人都好像和香巴拉有些關聯，眼下他們如何了？是否找到了香巴拉？他們離狄青雖遠，可狄青總覺得，他們終究還有相見的那一天。

收回了遠望的目光，狄青望向了盤旋在山間的大順城，嘴角浮出分微笑。他是看著大順城兀立而起，一點點地雄偉偉大的。他沒有辜負范仲淹的期望。數月五戰，斬將七人，殺敵兩千餘人，他甚至沒有讓夏軍接近大順城。他狄青已開始向元昊宣戰！大順城，就是他的戰書！一直以來，都是夏人蠶食宋人的領土，只有這個大順城，建在了夏人的地盤中。

遠望韓笑向這個方向行來，狄青拍拍身上的塵土站起來。山間殘雪早盡，一朵不知名的花兒，悄然綻放。花兒如雪，山風中瑟瑟抖動。狄青蹲下去，望著那朵花兒，又想起那個夜，那雙淒婉的眼眸，那不捨而又深情的聲音，「你在我心中……本是天下無雙的……蓋世英雄！」他輕輕伸出手去，卻沒有攫

取那花朵，只是用指尖輕觸花瓣。花瓣有露，陽光下閃著亮，有如淚光。終於直起了腰，狄青回望韓笑。韓笑到了狄青的身邊，低聲說了幾句。狄青不經意地皺了下眉，韓笑又道：「狄將軍，范大人找你有事，請你過去一趟。」

狄青點點頭，前往范仲淹的營帳。才到了帳外，就聽帳內有人厲聲道：「范公，你變了！」狄青一怔，不解這裡有誰會對范仲淹這麼無理，聽那聲音有些熟悉，猶豫片刻，還是掀開簾帳走了進去。

帳中有兩人，一站一坐，站著的是尹洙，坐著的是范仲淹。尹洙已臉紅脖子粗，范仲淹還是神色平淡，但雙眸中，已有了幾分無奈。范仲淹見狄青前來，眼中有分暖意，看了眼尹洙，商量道：「尹洙，我和狄青有事商議，你先休息幾天再談好不好？」

尹洙道：「不行，我辛苦地趕赴京中，又從京城趕到你這裡，就要聽你一句話。」

狄青見這二人竟有點兒劍拔弩張的味道，心中奇怪。正要圓場，帳外警聲遽起，大順城的人都知道，有敵來襲！尹洙怔了下，一時間忘記了爭吵，范仲淹揚眉望向了狄青，問道：「怎麼了？」

狄青倒還鎮靜，微笑道：「無非是夏軍又來轉轉，估計送貨來了。范大人，我去看看。」見范仲淹點頭，狄青不慌不忙地出了中軍帳，消失不見。

鼓聲急，戰意橫空。大順城外，風雨狂來。尹洙聽那鼓聲緊密，有如敲在胸口，忍不住問道：「夏軍常來騷擾嗎？」

范仲淹輕歎口氣，說道：「也不常來，一月幾次罷了。」

尹洙瞠目道：「一月幾次還少嗎？我軍損失嚴重嗎？」他這一問，其實很有深意。

范仲淹搖搖頭，「沒什麼損失，反倒收穫了不少。他們每次來，都送來了不少戰馬、盔甲……」嘴

角帶分欣慰的笑，「有狄青在，不用擔心了。他已連斬党項人七員大將，想不到夏軍還敢來。」心中忍不住地想，「夏人看來已把大順城視為眼中釘，不拔不快了。」

尹洙明白了送貨的含義，眼珠轉轉，贊道：「狄青真英雄，范公得此虎將，可說是天意了。」他說得微妙，范仲淹已聽出尹洙還沒有放棄說服他的念頭，岔開話題道：「京中現在……比西北要暖些吧？」

范仲淹一旁有個火爐，上面清水才沸。范仲淹親自提壺，為尹洙倒茶，心中又想：「怎麼才能讓尹洙、韓琦打消大舉進攻夏人的念頭呢？如今時機未到，西北軍備早荒，兵力積弱，在這時出兵，根本沒半分勝出的把握啊！再說朝廷頹靡，廟堂之人只享安樂，不知西北之苦，錢糧調撥總不及時。大宋無精銳之軍，前方要對虎狼之師，後面有廟堂牽扯，這樣出戰還不是送死？」

原來前些日子，和范仲淹同赴西北的安撫副使韓琦，仗著在鎮戎軍擊退了野利遇乞、又大破白豹城之功，信心高漲，想畢其功於一役，竟建議宋廷五路出兵進攻夏國。范仲淹並不贊同，上書反對。夏竦雖統領陝西，見手下有分歧，舉棋不定，又不想擔責，就讓韓琦、尹洙親自前往京城，對聖上分析形勢，再作定奪。

范仲淹雖未聽尹洙述說京中詳情，但察言觀色，也知道尹洙此行不利。尹洙一到大順城，就期盼用情面說服范仲淹，讓范仲淹上書支持韓琦出兵，范仲淹斷然拒絕，尹洙這才憤怒，指責范仲淹變了。

尹洙滿腹心事，知道范仲淹故意轉移話題，憤憤道：「范公錯了，京中只比西北要冷，因為西北還有熱血，但汴京只有冷血！」

范仲淹沉默無語，他久經浮沉，早明白朝廷的心思，知道呂夷簡這些人為求穩妥，就算天子有心興

兵，呂夷簡和兩府中人也不會贊同韓琦出兵的。

要出兵，絕非是某個人能定下的事情，就算趙禎都不能！

尹洙見范仲淹只是望著茶杯，問道：「范公為何不問問我京城之行呢？」

范仲淹帶無奈道：「不知你京城之行如何？」

尹洙道：「此行倒還順利。朝廷決定出兵了。」

范仲淹心中一緊，有些訝然道：「當真嗎？如何出兵呢？真的要兵分五路進攻西夏嗎？」他一連三問，心中沉重。

尹洙凝視范仲淹的表情，回道：「非五路，而是兩路出征。朝廷建議……由韓大人的涇原路和范公的鄜延路聯合出兵，伺機進攻西夏。」

范仲淹敏銳道：「是建議？並非是決定？」

尹洙見范仲淹目光灼灼，不想騙他，終於長歎一聲，「不錯，是建議范公酌情與韓大人聯手出兵。眼下西北惶惶，國威不振。國事至此，唯有一戰才能平民怨、振國威，想范公定不會放棄這個千載難逢的機會吧？」

范仲淹也歎口氣，搖頭道：「你錯了，這絕不是機會。」

尹洙憤然又起道：「范公，你怎能這麼說？我蹉跎多年，還能有多少機會？你早知大宋危機重重，一直對我說，不惜此身，也要拯救大宋於危難。你生平最具鬥志，和太后鬥、和皇上鬥、和兩府鬥，只因你憂國憂民，為國為民！眼下大宋北有契丹虎視眈眈，西夏又是虎窺在畔，我們一味地軟弱，只能坐以待斃。韓公憂國之心，不遜范公，期待與范公聯手，共擊元昊。本以為天下人獨棄韓大人，而

范公不會，沒想到你竟第一個反對。難道說，多年的磨難，已讓你失去了銳氣？升職西北，讓你喪失了雄心？難道說……范仲淹已不是范仲淹了？」

尹洙愈發地憤怒，范仲淹反倒冷靜下來，等尹洙住口，這才道：「說完了？」

尹洙道：「沒有！但我想先聽聽你說什麼。」

范仲淹神色無奈，但還堅決決道：「尹洙，我並非想要坐以待斃，你也看到了，大順城建起，已入西夏的境內。青澗城防禦極佳，暫可取代金明砦。我們只要慢慢地修下去，以守為攻，穩紮穩打，終有一日會到橫山下。」

「終有一日？」尹洙冷笑道，「不知我們還有沒有機會看到？」

范仲淹皺眉道：「我不知道你我有沒有機會看到，可你若執意立即出兵，肯定沒機會看到了。三川口一戰，已顯我軍弊端重重——兵調不靈，將士乏勇，隱患多有，武備不行。以這種情況，就算能讓韓琦召集大軍，但遠伐西北，長途跋涉，面對以逸待勞的夏軍，如何能勝？韓琦雖有鬥志，但可會用兵嗎？」范仲淹說得已很尖銳，「書生用兵，三年無成。韓琦雖心比天高，但素無征戰沙場的經驗，這種人領軍，范仲淹很是擔憂。

尹洙辯白道：「就算不會用兵，也比不用兵的好！」

范仲淹長歎一聲，「如此出兵，勝算可有一成？你讓我如何能夠贊同？是的，我蹉跎多年，時日無多，空有雄心，難有回天之力。若憑這一仗勝了，你我都可名垂千古，但是……若敗了呢？你我身敗名裂倒也無妨，但疆場難免會有無數屈死的冤魂，我們怎對得起信我們的兵士？」

尹洙亦是仰天長歎道：「韓公曾說過，『用兵須將勝負置之度外』。范公今日，前怕狼、後怕虎，

如斯謹慎，近於懦弱，看來真不如韓公！」

范仲淹臉色微變，怫然不悅道：「尹洙，你說我不如韓公，我倒無妨。但你若激我出兵，萬萬不能。想大軍一發，萬命皆懸。士卒之命，大宋存亡，豈能置之度外？范某就算不如韓公、就算懦弱、就算錯過這個揚名天下的機會，但也絕不能用無數兵士的性命，搏一個置之度外！」

尹洙見范仲淹態度堅決，憤然道：「既然如此，多說無益，我就去回韓大人。想韓大人就算沒有范公的協助，也會興兵西討。到時候……只請范公莫要後悔。」他雖和范仲淹交好，但意氣所至，竟翻臉相向。轉身出帳，也不施禮。

范仲淹才待召喚，知尹洙主意已定，無法相勸，又頹然坐下，喃喃道：「我會後悔？唉……韓琦只知進取，輕視元昊，自身漏洞百出，若元昊來攻，如何是好？」饒是他心思縝密，這刻也想不出個兩全之計。

正枯坐時，簾帳一挑，狄青走入，見范仲淹憂心忡忡，低聲道：「范大人……你……沒事吧？」

范仲淹這才留意到大順城中軍鼓聲已停，暫時把煩心之事放在一旁，問道：「狄青，戰況如何？」

狄青道：「殺退來敵了。」他說得倒是輕描淡寫，但身上又多了不少血跡，顯然又是身先士卒，殺退來敵。范仲淹一摸茶杯，見茶尚溫，心中喜悅，暗想狄青如斯勇猛，退敵談笑之間，實乃西北之福。

略作沉吟，范仲淹為狄青滿了杯茶，舉杯道：「祝你再立戰功，我以茶代酒，先敬你一杯。」

狄青端起茶杯，並不喝茶，問道：「范公，尹大人為何與你爭吵呢？」他早當范仲淹是朋友，因此一問。

范仲淹眼有憂愁，將方才所言說了遍，徵詢道：「狄青，韓琦氣盛，執意動兵，你覺得如何？」

狄青皺眉道：「范公，我與夏軍作戰多年，知道我軍不適宜長途奔襲，也少了夏人的剽悍之氣，再說……邊陲因『更戍法』導致將不知兵，兵不知將，五路進攻西夏？只怕難以調度，勝負難料。」

范仲淹點點頭，心想狄青都明白這個道理，為何韓琦不知呢？難道說，壯志雄心有時候真能衝昏頭腦，還是說一些經驗教訓，必須用鮮血才能銘記？

他神色中有些疲憊，「你說得好呀！其實不但西北有這個問題，整個大宋在我看來，也是沉痾已久。當年太宗有大志，禁軍還是太祖的底子，也曾三路進攻燕雲，五路圍剿李繼遷，但結果均是不妙。自澶淵之盟後，又逢真宗信神，太后當權，朝中一直委靡不振，賦稅日重，百姓窮苦。官員冗餘，武備不修。大宋內憂重重，眼下絕非大舉出兵的機會。」

沉默片刻，范仲淹突然道：「可若小股出兵，倒還可行。狄青……大順城自建起之時，就屢受夏軍進攻，你可有應對之法？」

狄青放下茶杯道：「夏軍出兵，多是兵出橫山的賀蘭原，過葉市來攻大順城。若不讓他們出兵，不如我們殺過去！」

范仲淹欣慰一笑，暗想狄青果然膽大心細，這時候亦能忙而不亂，「你倒是和我的想法差不多。只是聽說野利遇乞已到賀蘭原……你主動出擊的時候要小心。」這幾個月，他早知道狄青用兵謹慎，領軍竟有天賦，數戰告捷，仍是不驕不躁，已值得他重用。

狄青點頭道：「不錯。根據我的消息，天都王野利遇乞已到葉市，多半是在籌畫再次攻打大順城……不過……先下手為強，我們也在準備對付他了！」

范仲淹眼內光彩閃爍，微笑道：「你們？你和种世衡嗎？」見狄青點頭，范仲淹問道：「元昊手下九王，以野利王、天都王權勢最大。這兩人鎮守橫山，一直是我們的心腹大患，我聽說种世衡曾以離間計除去野利旺榮，不知道這次，他會用什麼辦法對付野利遇乞呢？」

狄青眼中有了狡黠的光芒，低聲道：「這次……我們要用一把刀來對付他。」

「什麼刀，這麼犀利？」范仲淹有分好奇。

狄青一笑，一字字道：「刀是好刀，刀名『無滅』！」

第十八章 殺青

葉市地處白豹城、金湯城之西，近橫山，北望白於山。夏人每攻延州之時，均從白於山賀蘭原而出，經葉市，或分兵北上去取土門，或徑直東行來攻大宋的保安軍。

如果說白豹城、金湯城是夏人進攻大宋的利刃，那葉市無疑就是利刃的刀柄。

葉市因有白豹城、金湯城在前，又經營多年，極為安定繁榮。若論交易規模，早遠超大宋邊陲的權場。

是以西夏和大宋交兵後，雖權場交易斷絕，但這裡還是繁榮依舊，吸引了四方來往的客商。

葉市最繁華的一條街，叫做葉落。能在這裡經營的人，可說是終日刀頭舔血，彪悍非常。元昊好武，也不禁在這裡交易的人動武，是以在這條長街死去的人，就如落葉般尋常。

馬蹄聲急如驟雨，踏破了葉落街的繁華。只見長街盡處，突然馳出一隊騎兵，雖不過十數人，但眾馬疾馳的聲勢，有如千軍。長街兩處的買賣人見狀，紛紛蕭立兩旁，買賣都不敢做了，看他們的神色，就算白天見鬼都沒有這般驚怖。

來的不是鬼，而是葉市團練保旺羅。誰都知道最近保旺羅不開心，前幾個月，骨咩市三熊竟同時斃命，葉市幾次出兵攻打大順城均是損兵折將。所有的不順都是因為一個人，那人叫做狄青！

保旺羅不怕狄青，他只想找到狄青，痛痛快快地戰一場，一解怨氣。不過他身為葉市團練，不能輕離，只能將一腔憤怒發洩在旁人身上。保旺羅身後跟著十數個手下，每人的戰馬後，均拖著一個宋人。

那些人被一路拖過來，早奔得筋疲力盡，有幾個已跟蹌栽倒。只要一倒下，就再也沒有爬起來的可能。

百姓卻早就司空見慣。党項人每次若逢戰敗或者發怒，均會玩這種把戲，號曰「殺鬼招魂」。傳說中，這種方法能夠磨礪勇氣，保佑下次作戰順利。保旺羅行到長街正中，陡然勒馬，他的十數個手下也齊齊勒馬，有幾個宋人還在勉力奔行，馬勢一停，徑直被拋了出去，重重地摔在青石街上，多數被摔得腦漿迸裂。

但那些宋人中，竟還有一人掙扎站起，就要逃命。不想一箭飛來，刺穿了他的背心，將他釘在了土牆上。一抹豔紅的血，順著土牆流淌而下，觸目驚心。保旺羅手持弓箭，雙眸通紅，看起來還沒有殺過癮。淬厲的目光一掃，長街兩旁的人紛紛低頭。保旺羅嘴角帶著分獰笑，叫道：「誰告訴老子狄青在哪裡，我就賞他一百兩銀子。誰敢幫助狄青，我就要他的命！」

無人應聲。保旺羅還待再吼，長街對面馳來一匹快馬，看其行裝，是夏兵的打扮。那人高喊道：

「團練大人，王爺讓你立即前往通化樓。」

這裡只有一個王爺，那就是龍部九王之一的天都王野利遇乞！龍部九王，八部至強。天都無界，山訛守疆。

夏軍五軍中，以騎兵中的鐵鷂子和橫山的山訛軍最為犀利。天都王野利遇乞領山訛軍鎮守橫山多年，就算元昊見了，都要給幾分面子，保旺羅再是囂張，聽到野利遇乞相召，亦是不敢怠慢，忙道：

「好，我馬上就去。」通化樓是葉市最大的一個酒樓，保旺羅暗想野利遇乞找他去那裡，多半是要商議攻打大順城一事。

那騎已到保旺羅的面前。保旺羅突然有了種心悸，察覺到有些兒不妥，厲喝道：「你是誰？」他驀地發現，那兵士只是葉市尋常夏兵的打扮，並非野利遇乞身邊的親兵。若非野利遇乞身邊的親兵，如何會

被派出來傳訊？

那馬上騎士低聲道：「這是……王爺……的令牌……」他說得斷斷續續，手一伸，掌心上多了面令牌，金光閃閃。

保旺羅定睛望去，看不懂那是什麼。

陡然間，一道寒光從那人的袖口打出，直奔保旺羅的咽喉。

眾人大呼，不想那騎士竟是個刺客。變生肘腋，保旺羅怪叫聲中，奮力向左避去。那刺客暗器打得急，但保旺羅身手矯捷，竟避開了這必殺的一擊。

可那刺客暗器才出，人已騰空而起，手臂急揮，單憑手中金光閃閃的令牌，就劃破了保旺羅的咽喉。

保旺羅摔落馬下，眼如死魚般，盯在刺客的臉上。他到現在為止，還不明白那人為何要殺他。保旺羅只見到對手面如死灰般的臉。

那人空中翻身，已騎到保旺羅的馬上，高喝道：「殺人者——狄青！」

長街眾人聽到「狄青」二字，悚然驚呼。那人高喝聲中，策馬前奔，一騎絕塵。保旺羅的護衛這才清醒過來，驅馬急追，不想前面長街處，左右各衝出兩人，橫端巨木撞過來。那巨木碗口粗細，長達數丈，橫過來，已塞住了長街。

狂呼聲中，馬兒慘嘶，竟被那巨木擊折了四肢。那些護衛躲避不及，紛紛落下馬來。一護衛身手不錯，還待翻身而起，就見到有缽大的拳頭擊過來。砰的一聲巨響，那護衛慘叫聲中，竟被一拳擊飛了出去。

那護衛人在空中，鮮血狂噴，只見到一人拳頭帶血，嘴角帶笑，輕聲道：「我……就是狄青！」落葉街已亂，那護衛暈過去的時候，還想不明白，為何又冒出個狄青？

持巨木的四人連殺數人，止住了追擊，紛紛閃身進了附近的店舖，不知所蹤。這時長街上示警號角長鳴，紛亂四起。拓跋摩柯快步走出府邸時，正聽到號角長鳴，不知發生何事。他本是嘉寧軍司的監軍使，奉命從宥州過橫山前來葉市，隨時準備進攻大順城。

野利遇乞方才讓人傳令，命他急赴通化樓。拓跋摩柯聽王爺相召，不敢怠慢，早就命手下準備軍馬。他到了府外，身邊的十二勇士已整裝待命，神色肅然。

那十二勇士有如標槍般戳在那裡，冷酷、鎮靜。拓跋摩柯很滿意，知道這十二勇士到了哪裡，都有領軍的資格。他有這些人的護衛，可謂是高枕無憂。任何人想要擊敗這些勇士，衝到他的面前，都要付出慘痛的代價。更何況，就算有人衝過了那些勇士的防衛，也擋不住拓跋摩柯的開山巨斧。

拓跋摩柯身為監軍使，勇力無敵，一把巨斧，也不知道要了多少人的性命。

遠遠處，長號響聲不停，竟似有敵來襲。拓跋摩柯到了馬前的時候，皺了下眉頭，心道保旺羅在這裡坐鎮，出了事情，怎麼不趕來知會一聲？拓跋摩柯沒有多想，認為這是葉市，就算有敵，人也不會太多；就算有敵，保旺羅肯定也能搞定。拓跋摩柯上了馬，在十二勇士的簇擁下，沿著青石長街向通化樓的方向行去。

馬兒輕嘶，拓跋摩柯正在琢磨天都王用意的時候，感覺到微風蕩漾。抬頭望過去，見到樹上很有幾分綠意。

原來春已到了。

拓跋摩柯不待再想下去，就見到高樹上突然飄下了一片落葉，遮住了日頭，向他飛了過來。拓跋摩柯一驚，隨即已發現，那不是落葉，而是一個人！

一個身著灰衣的人。那人衣著顏色和枯樹彷彿，一直就攀在樹上，若是不加留意，只以為那是段枯枝。

那人轉眼間已掠過拓跋摩柯的護衛，到了拓跋摩柯的頭頂。

拓跋摩柯大驚，喝道：「抓住他！」

十二勇士呼喝連連，紛紛向拓跋摩柯湧去。可那人從空而降，繞過護衛，十二勇士一時間鞭長莫及。

拓跋摩柯見那人已到頭頂，怒喝一聲，揮斧劈去。巨斧極重，足有五六十斤的分量，這一斧頭下去，就算石頭，都能被他砍成兩半。可抽刀難斷水，巨斧難克柔。空中那人如片樹葉，只是一盪，已避開巨斧。手一揚，一張大網倏然張開，竟將拓跋摩柯罩在網中。拓跋摩柯身經百戰，可從未經歷過這種過招。大叫聲中，已被大網束縛得不能動彈。這時候寒光一閃，一柄短刃已透網而過，插在拓跋摩柯的胸膛。

拓跋摩柯雙目凸出，怒嘶道：「你是誰？」

那人踢落拓跋摩柯，站在馬背上，冷然道：「我就是狄青！」

話音未落，那人手腕翻轉，一根繩索飛出，搭在牆頭之上。他借繩索之力，身形縱起，已上了高牆。

十二勇士驚得目瞪口呆，不信世上還有這種身手。

手中繩索再飛，纏住樹枝，翩翩而起，盪得遠了。

拓跋摩柯死，十二勇士不能免責，一想到這裡，眾勇士硬著頭皮去追。才過了街口，就見轉角巷口

處衝來十數人，個個手持短槍，犀利扎來。那十二勇士猝不及防，竟被扎翻了半數，餘眾一聲喊，紛紛退後。手持短槍那些二人並不追趕，身形閃動，已再藏身巷中，消失不見。

不知多久，才有勇士壯著膽子去看，巷中早沒有了人跡。那巷子的白牆上，塗著幾個鮮紅的血字——殺人者、狄青！

殺人者狄青！狄青來到了葉市！這個消息風一樣地傳遞，雷一般地鳴響，只用了半天的工夫，已傳遍了整個葉市。

狄青威震西北，大鬧興慶府，甚至殺到了玉門關，夏人對他竟無可奈何。狄青協攻白豹城，殺骨咩三熊，橫刀金湯城前，竟無人敢出城一戰。狄青守大順城，數月五戰，斬七將，大破葉市來敵。這段日子，狄青這個名字早就傳遍西北，如日中天。

夏軍三川口的大勝，似也掩不住狄青兩字的光輝。狄青這個名字，在西夏人心目中，已越來越沉，越來越神祕。誰都聽說過狄青，可見過狄青的卻少之又少。有人說他玉樹臨風，有人說他面獠牙，有人說他身高丈許……每個人說的版本都大不相同。而傳到野利遇乞面前的狄青版本，也有三四個之多。

已黃昏，野利遇乞正在通化樓。野利遇乞的確傳令讓葉市眾軍將趕來，可傳令一個時辰後，所召的七人中，竟然只有三人趕過來。

不聽天都王的號令，後果只有一個，那就是死！不過那不聽號令的四人顯然已不必害怕，又過了一個時辰，他們就被橫著抬了進來，四人已死。每一人眼中都是惶恐難以置信的表情，當然是不信會有人在葉市殺了他們。

屍體中有葉市團練保旺羅，有嘉寧軍司的監軍使拓跋摩柯，另外兩人，衣著華貴，顯然也是葉市的要人。

野利遇乞坐在高位，冷漠地看著那四具屍體問道：「教練使，你可查出凶手是誰？」野利遇乞額頭突兀，雙眸深陷，鼻子顴骨高聳起來，整個面容如天都山般，很是奇特。

但沒有人敢笑他，甚至沒有人敢看他一眼。所有人都知道，野利遇乞本性殘暴，自從野利旺榮死後，他更是陰冷非常。若有半言觸怒野利遇乞，說不定就會惹上殺身之禍。

野利遇乞問的是左手處的一個藩人。那藩人身材彪悍，臉色蠟黃，聞言喏喏道：「卑職已在查。凶手……好像是狄青。」

「好像？」野利遇乞笑了，淡淡問，「你好像也快死了？」

天已冷，可那教練使汗水不停地流淌，顫聲道：「凶手就是狄青！」

野利遇乞歎口氣道：「我聽說，這四人幾乎同一時間死的，有的在葉市東，有的在西。狄青恁地厲害，竟可分身四處殺人嗎？」

教練使抹汗道：「那就不是狄青了。」

野利遇乞譏誚笑道：「我是讓你捉賊呢，還是讓你在猜謎？你累了，該休息下了。蘇吃囊……將教練使拖出去砍了！」話音落地，一人從野利遇乞身後閃身而出，一把抓住了那教練使。

蘇吃囊……將教練使……

站出那人臉若刀削，身上黑衣剪裁得極為妥帖，襯得身軀如長槍般挺直。眾人都認得，此人就是野利遇乞的近身侍衛蘇吃囊。

教練使也算魁梧，可不知是畏懼，還是根本無法抵擋，竟被蘇吃囊抓小雞一樣地抓住。

教練使被拖出去時，慘叫道：「王爺，卑職冤枉，只求你再給我個機會。」

野利遇乞不語，無人敢言，只怕惹禍上身。

片刻後，蘇吃囊已端個托盤入樓道：「王爺，請查驗。」盤上盛有一顆血淋淋的人頭，正是那教練使的腦袋。

眾人想著方才還是鮮活的一個人，轉眼間只餘個腦袋，不由胃中作嘔。可在野利遇乞面前，他們哪敢嘔出來？野利遇乞望著那人頭，突然一指不遠處的一人道：「你現在什麼官職？」

被指那人聲音微顫道：「卑職是軍中侍禁。」教練使職位在監軍使之下，侍禁又比教練使低了一級。

野利遇乞淡漠道：「你現在就是葉市的教練使，負責緝拿凶徒。去吧！」

那侍禁又驚又喜，喜的是莫名被提拔，驚的是，若找不到凶徒，是不是也會和方才那個教練使一樣的下場。可這時已沒有選擇的餘地，那侍禁飛奔下樓，呼喝人馬，開始在葉市全力緝凶。

野利遇乞端起酒杯道：「來……喝酒。」

他下手處，只坐著三人，個個面色如土，紛紛舉起酒杯道：「謝王爺。」

野利遇乞喝了杯酒後，問道：「頗超剌史，群牧司那面，有何消息了？」夏國群牧司主要負責馬匹供給，頗超剌史在群牧司，眼下負責戰馬調配一事。

頗超剌史身材稍矮，膚色黝黑，聞言起身道：「王爺，日落後，就會有兩千匹戰馬送到葉市。」

野利遇乞點點頭，問道：「都押牙，各溜的兵力分派得如何了？」夏國都押牙和大宋的兵馬都監職責彷彿，主負責集兵。

都押牙神色冷峻如冰，沉聲道：「軍令已傳，明日當可聚齊萬餘兵馬。」

西夏全民皆兵，地方出兵，均是由當地的部落首領來指揮。一個部落的兵士就稱為一溜。軍令一

下，各部落必須回應，若不跟從，將有重罰。

如此一來，夏人負擔遠較宋廷為輕，糾結兵力的速度更是遠勝宋軍。

野利遇乞聽都押牙回復俐落，滿意地點點頭道：「你們辛苦了。」

那二人齊聲道：「卑職本分所在。」

野利遇乞淡淡道：「可有些人，就連本分都做不好了。」他斜睨下手的第三人，輕聲問，「藩落

使，馬已運齊，人已積聚，不知你可有了必勝的準備？」

藩落使詫異道：「王爺，眼下狄青為亂葉市，我們真要出兵攻擊大順城嗎？」藩落使又是各部落聯

合的首領，羌人多部，統禦困難。元昊立國後，在夏境各要害之地設十二監軍司，由都統軍鎮守。都統

軍之下，又有藩落使，都押牙負責指揮召集各部軍馬，以供夏人最快出兵。

當年三川口一戰，元昊能迅疾集結十五萬騎兵入侵大宋，就是得益於這種調兵策略。這藩落使本名

拓跋守峴，已是葉市左近的最高統領。野利遇乞道：「你可知狄青為何要在葉市作亂？」

拓跋守峴搖頭道：「下官不知。」

野利遇乞冷笑道：「范仲淹興建大順城，已把刀子捅到夏境。宋廷西北邊防雜亂，難以糾集大軍，

因此大順城最多也不過一兩千人在守著。范仲淹知道我絕對不能容忍有這樣一座城池立在面前，也知道

我肯定要大舉出兵，他明白大順城堅守困難，這才讓狄青過來搗亂。他們的目的，就是不想我們出兵。

既然如此，我們就偏要出兵！」

拓跋守岷又驚又佩道：「王爺心智非凡，想那范仲淹是萬萬比不上了。下官……雖沒有必勝的把握，但絕不會辜負王爺的厚望。」

野利遇乞冷哼聲，望著酒杯沉吟不語，心中暗想：大哥作亂被殺，兀卒最近對我很是冷漠，只怕已對我有了疑心。我這次帶兵攻打大順城，必須成功，不然的話……不然怎麼樣，他已不敢想下去。

野利遇乞不語，眾人更不敢多話。

夜已臨，酒寒風冷。華燈初上，從通化樓望過去，只見到長街燈火若星，但這星光下，卻是死一般的沉寂。今日葉市凶殺四起，就算再想買賣的商人，都早已回轉宅中，閉門不出。

拓跋守岷自從來到通化樓後，大氣都不敢多喘，只喝了幾杯冷酒，又冷又餓，小心翼翼道：「王爺，夜已深了。捉拿狄青一事，自有他們負責。王爺操勞一整日，也該早些休息了。萬一……」他見野利遇乞臉色不善，終於不敢再說下去。

野利遇乞雙眸斜睨，「萬一如何？」

拓跋守岷壯著膽子道：「萬一狄青前來行刺，王爺千金貴體，怎能不小心提防？」

「大膽！」蘇吃囊喝道，「王爺怎會畏懼狄青？王爺在此，就是想讓葉市的人看看，狄青不過是個鼠膽之輩。」

拓跋守岷心中不滿，心想你不過是王爺身邊的近衛，怎能對我大呼小叫？可見野利遇乞一言不發，拓跋守岷心中發毛，賠笑道：「下官明白了。原來王爺在此，就是要等著狄青前來！他若不來，不過是個無膽鼠輩；他若來了，還能逃脫王爺的掌心嗎？」他越想越對，自己都有些佩服起自己來。

野利遇乞突然道：「我餓了。」

拓跋守岷一愣，半晌竟不知如何作答。野利遇乞道：「你這麼聰

明，難道不知道餓了就要吃飯嗎？」

拓跋守峴終於省悟過來，忙喊道：「快上酒菜來，王爺餓了。」話音未落，樓梯上已有腳步聲響起，拓跋守峴心道：怎麼這菜上得這麼快？蘇吃囊臉色微變，已閃身到了野利遇乞的身前，神色戒備。

有人未經通稟就上樓！

聽來人腳步，慢慢騰騰，絕不是侍衛，侍衛怎敢如此怠慢？可若不是侍衛，進來的難道是刺客？可若是刺客，怎麼會走得不慌不忙？蘇吃囊想不明白，手按劍柄，眼露殺機。無論來人是誰，他都以保護天都王為重！

眾人見蘇吃囊緊張，不由駭然變色，紛紛站起。

只有野利遇乞神色不變，緩緩道：「退下。」

蘇吃囊微愕，但不敢違背天都王之意，閃身到了一旁，還是全身貫力，虎視眈眈。樓梯口，終現一人。那人身材不高不矮，不胖不瘦，衣著簡樸到寒酸的地步。春寒料峭，那人卻只穿了件長衫。他臉色紅潤，嘴角似笑非笑。最讓人奇怪的是，他的一張臉很是年輕，可一雙眼已很滄桑。這人就站在那裡，可沒有人能看出他的年紀。

蘇吃囊鬆開握劍的手，倒退半步，眼中竟露出分驚懼之意。方才他殺人取首級，眼皮都不眨一下，可見到這個平和的人，不知為何，手都有些顫抖。

那平和的人斜睨眼蘇吃囊，嘴角還是帶著笑，轉望野利遇乞道：「我來了。」

野利遇乞握著酒杯，皺眉道：「你來做什麼？」

那人微笑道：「我來告訴你幾件事情。」

野利遇乞如山一般的臉，開始變幻流動，如同被雲層覆蓋，讓人看不出心意。

那人還是在微笑，就在靜靜地等野利遇乞回話。野利遇乞眼中帶分警惕，開口道：「請坐。」他在這通化樓中，終於說出個「請」字，可看他的表情，覺得理所當然，這人值得他用個請字。

那人也不推讓，含笑坐下來道：「有酒無菜，算不上好主人。」

野利遇乞一拍桌案，喝道：「菜呢？怎麼還不上來？」

酒菜如流水般上來，卻沒有任何人動筷。那人看了眼酒菜，突然扭頭對蘇吃曩道：「你為何怕我？」

那人微微一笑，不再言語。頗超刺史和都押牙都是一驚，不想這平和帶笑的人竟也是龍部九王之一。

蘇吃曩臉色蒼白，強笑道：「般若王說笑了，我不是怕你，只是敬你。」

來人竟是般若王！龍部九王，八部至強。般若悟道，智慧無雙！般若本梵語，意為智慧。眾人當然都聽過般若王的大名，但很少有人見過般若王。這人本來就少在邊陲活動，聽說般若王一直在藩學院出沒，這次怎麼也到了葉市？這也難怪野利遇乞也說個請字。蘇吃曩見般若王不語，彷彿也鬆了口氣。

野利遇乞知道最近龍部九王中，菩提王被狄青所殺、野利王自盡、龍野王死在三川口一戰。若說以前，和元昊最近的當然是野利兩兄弟。自從野利旺榮死後，野利遇乞就知道，元昊再不可能和野利家親密無間。眼下和元昊走得最近的，卻是這個般若王。

野利遇乞每次想到這裡，心中都不舒服。見般若王如坐禪一樣，野利遇乞終於忍不住問道：「你說來這裡，要告訴我幾件事？」

般若王笑容不減，「狄青大鬧葉市，殺了我們幾個領軍的人，天都王當然憤然，就想守株待兔，看看狄青有沒有膽量來殺你。「狄青雄風不減，可喜可賀。」

野利遇乞面沉似水，「那依你的看法，狄青敢不敢來呢？」

般若王微笑道：「他好像從來沒有不敢的事情，據我們後來推測，當初從天和殿橫梁躍下的那刺客就是狄青。你想他連帝釋天都敢去刺殺，這世上還有他不敢的事情嗎？」這本是尋常的一句話，野利遇乞聞言，眼睛瞇縫起來，琢磨著其中的深意。當初天和殿叛亂，為首之人就是野利遇乞的兄長，般若王舊事重提，所為何來？

野利遇乞心思飛轉，還能冷靜道：「如果他敢來，不知會在什麼時候到呢？」

般若王瞇縫著眼睛，突然望向那個端菜過來的夥計，一字字道：「現在！」

野利遇乞已變了臉色。

通化樓殺氣邊起。

眾人被兩個王爺之間的對話吸引，都明白般若王來這裡，絕非為了說閒話。可誰都想不到，還有人敢在龍部兩王的面前出手。

出手的是那個端菜的夥計。

夥計端著一個托盤，上面扣著個銀光閃閃的蓋子，裡面也不知道是蒸魚還是蒸雞。天都王要上菜，通化樓的老闆當然就在不停地上菜，有些菜根本動都沒動，就已原封端了下去。王爺吃的菜，當然不能涼，因此有夥計悄悄換菜，好像也正常不過。

但就是這個正常的夥計，霍然掀開托盤蓋子，取出了短刀。刀光閃亮，已壓得四壁燭光失色。

那夥計一定是狄青！所有人都是這麼認為，只有狄青才有膽子混入這裡，只有狄青才敢這時亮刃。

所有人都認為狄青要殺的是天都王野利遇乞……可轉眼間，眾人大吃一驚，刺客出手，一刀竟刺向了般若王的喉間。短刀獨舞，刀意橫行！

刺客要殺的竟是般若王！刀光耀得野利遇乞臉上變色，他目光中也有了驚恐之意。那人不殺他，他應該慶幸才是，他驚恐又是為了什麼？

般若王笑容竟然還在，他喉間突然多了個酒杯。那酒杯本在桌案上，他一伸手就取了酒杯擋在喉間。短刀刺在酒杯上，叮的一聲響，酒杯四裂，刀勢微頓。碎裂的瓷片不等落下，倏然電閃而出，直奔刺客的喉間。那刺客出手突然，但般若王反擊更是犀利。轉瞬間，刺客已陷窘境。他若退，四面受圍，樓上的侍衛在刺客出手那一刻，已倏然衝過來。他若進，就要先挨那瓷片。瓷片若刀，尖嘯銳利。

刺客陡然倒仰，一腳踢在桌案上。桌案倏然而起，不但擋住了瓷片，還向般若王兜頭砸到。桌上碗筷瓷碟齊飛，呼嘯而出，不亞於飛刀利刃。野利遇乞身形一縱，已到了空中。他人在空中，只聽到波的一聲，就見短刀飛穿桌面，取的仍是般若王的咽喉。刺客踢飛桌案時，短刀脫手飛出，刺破桌面，仍要擊殺般若王。

般若王笑容一僵，倏然倒翻而出。那短刀幾乎擦著他的臉龐，刺在了酒樓的梁柱上。刀鋒冷厲，已吹得他遍體生寒。樓上兔起鶻落，一切不過是在剎那之間。

野利遇乞見般若王閃過那一刀，吐口氣喝道：「抓住他。」他已瞥見刺客急衝而出，就要奔下樓去。他空中一個轉身，飛撲而去。

一擊不中，當求全身而退，那刺客果斷離去，再無停留。

頗超刺史正守在刺客逃竄的方向，拔刀喝道：「哪裡……」他「走」字未說，單刀已到了刺客之手。

刀光一閃，頗超倒地，刀光再閃，脫手而飛，向半空中的野利遇乞斬去。

野利遇乞一凜，閃身躲避。不待再追，就聽到酒樓轟的一聲大響，火光四起，濃煙滾滾。眾人皆驚，已察覺通化樓搖搖欲墜，晃動起來。再是一聲巨響，碎屑橫飛，通化樓竟然塌了下去。眾人大呼小叫，已顧不得再抓刺客，紛紛跳下樓去。那個都押牙和幾個侍衛躲避不及，慘叫聲中，竟被埋在了樓裡。

野利遇乞落在樓外時，眼角跳動，鼻尖已有冷汗。

這場刺殺來得突然，去得突然，塵煙滾滾中，守在樓外的侍衛紛紛圍過來。一時間火把如林，照得樓外已如白晝般。眾人驚懼中，見王爺沒事，紛紛舒了口氣。有一人衝過來問，「王爺無恙吧？」那人也是野利遇乞的貼身侍衛，只想討好野利遇乞，不想野利遇乞霍然抽出他的腰刀。

那人一怔，不等再說，只見到眼前刀光一亮，已倒了下去。那人臨死也不明白，為何會觸怒了王爺。

單刀帶血，天無月。夜黑風高。野利遇乞斬一人後，眼中驚懼更濃。誰都看出他眼中有驚恐，刺客已去，他驚怖什麼？

眾人悚然，一人微笑道：「招是快招，刀是好刀，可還不如兀卒所賜的無滅刀。」這時候還能笑出來的人只有一個，就是那平凡沖和的般若王。般若王手中拿著一把刀，刀光不滅，黑夜明火中，熠熠發光。

刀是寶刀，亦是刺客所用的刀。般若王還在笑，好像刺客要殺的不是他，而是旁人。這裡就他不該笑，但他彷彿笑得最開心。

野利遇乞眼皮有些跳動，盯著般若王手中的那把刀，竟沉默起來。

般若王緩緩道：「阿那律，本意無滅。阿那律，亦是釋迦牟尼的弟子。此人本是釋尊的表親，從佛

後，為佛守夜，晝夜不眠，以致雙目失明，卻得釋尊器重，修得天眼神通。」

他在這時候，突然說起佛教的一段典故，旁人均有些奇怪。野利遇乞臉色漸趨平靜，只望著自己手

上的那柄刀，刀身上鮮血已滴盡，刀身色澤黯淡，這只是快刀，並非好刀。好刀殺人是不留血的……

「天都王鎮守橫山多年，兢兢業業，若論辛勤，可比阿那律。是以兀卒賜天都王無滅寶刀，以示嘉

許。這寶刀削鐵如泥，又是兀卒所賜，天都王素來都是奉之若珍，旁人不能輕易看到……」般若王慢慢

地說，眾人都是奇怪地聽，搞不懂般若王為何不關心刺客，只關心一把寶刀。般若王還是在笑，可笑容

在森森夜色中，多少帶了分早春的冷，「我很奇怪，這麼珍貴的一把無滅刀，怎麼會在刺客的手上？」

眾人臉色皆變，再看般若王手上的刀，表情已各不相同。

原來刺客拿的竟是無滅刀！刺客拿著野利遇乞的無滅刀到了通化樓上，要殺的卻是般若王，這裡面

的深意，讓人聽著都驚悚。

般若王繼續道：「自從野利王死後，天都王好像就很少回興慶府，常年在宋境出沒，久久不歸。知

道的人都明白，天都王是為國盡忠；可不知道的看到了，難免會想，天都王會不會不滿兀卒賜死他的兄

弟，想要聯繫宋人造反呢？」

野利遇乞竟然還不言語。眾人見了，皆是心中凜然，暗想天都王性子狠惡，脾氣躁厲，如今這般沉

默，難道說刺客真是他派出來的？

般若王含笑道：「按理說，今日葉市殺機四起，狄青下一個目標很簡單，那就是刺殺天都王，徹底

斷絕夏軍出兵攻打大順城的念頭。可奇怪的是……他要殺的人，不是天都王，而是我！」

野利遇乞開口道：「他不一定是狄青，他就算對我出手，也不見得殺得了我。」

般若王問道：「我只是疑惑一點，我來這裡，是奉兀卒之令，這之前，只有王爺才知道消息。為何那刺客會來對付我？難道說……有人知道我對他不利，所以提前安排人下手除掉我。方才通化樓突然倒塌，讓我們追不到刺客，若沒有精心的策劃，怎能如此？事後，有人就可把一切都推在狄青的身上？」

眾人都明白了般若王的言下之意，通化樓無端被毀，恐怕也只有野利遇乞有這個本事。話如刀鋒，風捲火愁，通化樓外，已靜得呼吸可聞。

眾人都在望著野利遇乞，等待他的授意。這裡畢竟還是野利遇乞的天下，跟隨他的人不在少數，只要他吩咐一聲，般若王就算再智慧，恐怕也會被亂刃分身。

野利遇乞只是望著手上的刀，衣袂顫抖，也不知是風吹，還是心動……

葉市雖然繁華，但也有廢地。就像陽光再明耀，也能照出暗影一樣。離葉落街幾里處，有個廢園，當年曾極為繁華，可自從那家主人因得罪了保旺羅，被斬殺殆盡後，那園子就變成了鬼園。冷風吹，如幽靈嗚咽。葉落街經常死人，很多人都說，那屈死的亡魂都匯聚在廢園，因此就算在白天，都無人敢進園。

深夜的時候，廢園寒風呼嘯，枯葉四飛，有如無數幽靈徹夜狂歡。園中一棵大樹下，佇立個黑影。就算萬千幽靈在狂歡，那黑影也是孤寂的。狂歡是一群人的孤寂，但孤寂豈不也是一個人的狂歡？那影子雖孤寂，可那雙眼卻是雪亮熾熱……園外突然傳來幾聲貓叫，甚是淒切。傳

枯葉寒風中，凝然不動。

言中，貓也是通靈之獸，甚至可以見到幽靈出沒。那貓兒悲鳴，難道是因為見到鬼怪的緣故？

那影子聽到貓叫，只是擊了下手掌。一黑影浮上高牆，有如幽靈般閃現。樹下的黑影還是紋絲不動，只是冷冷地盯著那前來的人。黑影縱下高牆，忍不住地四下張望。樹下那人道：「這裡除了我，並無旁人。」

狄青只能見到那人長槍般挺直的身軀，一身衣衫裁剪得不差。

那人輕咳道：「今日之事，很成功。」

狄青哦了聲，回道：「你放心，种世衡答應你的事情，肯定會辦到。現在野利遇乞如何了？」

那人舒了口氣，低聲道：「般若王中計了，他開始懷疑起野利遇乞。這次野利遇乞縱有十張嘴，只怕也解釋不清。再說前段時間，因野利旺榮叛逆，兀卒亦對野利遇乞有了戒心，恐怕也不會聽他的解釋。眼下般若王逼野利遇乞回返興慶府，向兀卒交代一切。只要他離去，就是你們攻打橫山的機會。」

那人氣中隱約有了分得意，但聽他所言，顯然與狄青並非一夥。

狄青點點頭，眼神有了分古怪，突然沉聲道：「你很好……我們攻打橫山、再戰宥州一事……」

那人並沒有察覺到狄青的異樣，急聲道：「野利遇乞走了，我肯定也要跟隨他離開。攻打橫山的事情，和我無關。我來這裡，只是要告訴你，這是我為你們做的最後一件事，你們莫要忘記自己的承諾。」

狄青長吸一口氣，目光陡然變得如針尖般犀利，「你不用跟隨他走了。」

那人一驚，失聲道：「你要做什麼？難道說……你們言而無信？」

「你不用跟隨天都王走了，因為你哪裡都不用去了！」一個聲音從遠處飄來。

那人遽然而驚，長槍般的身軀劇烈顫抖起來。黑暗中走出一人，面帶笑容，如閒庭信步般走到狄青身前不遠處，止步道：「這位……就是赫赫有名的狄青將軍嗎？」

狄青瞳孔暴縮，還能沉靜道：「般若王？」來人正是龍部九王之一的般若王。

般若王點點頭，微笑道：「狄青，我早聽說過你的名字。一直想見你一面，可要見你，不是那麼容易的事情。」

狄青目光從般若王移到蒙面人的身上，見蒙面人如風中落葉般的抖，緩緩道：「你現在不是見到了？」他表面平靜，可早聽出廢園四周有細密的腳步聲傳來。

腳步聲雖輕，但逃不過他的耳朵，在般若王現身的那一刻，最少已有百十來人包圍了廢園。狄青伊始覺得是細作出賣了他，可見到那細作的舉止，就知道不是。顯然……般若王並沒有中計，中計的是他狄青。

「見你一面，真花了我不少工夫……」般若王還在笑，可目光如針，盯死了狄青的舉動。狄青已見過般若王的武功，知道平手交戰，自己不見得勝不了他。但他眼下四面為敵，已失地勢，更何況……般若王若沒有上當，天都王當然也來了。

他以一己之力，如何能抗得住龍部兩王、加上百十名高手的圍剿？最要命的是，他的五十均已化整為零地撤離葉市，他是留在這裡的最後一個人。他本來已決定，無論事成與否，他都必須要走。

他用無滅刀偷襲般若王，本是一計，嫁禍給野利遇乞的一計。种世衡收買細作偷了野利遇乞的無滅

刀，他若能用無滅刀殺了般若王，野利遇乞百口莫辯。就算不能得手，般若王如何能放過野利遇乞？他能順利逃走，得益於霹靂。李丁等人在狹青一發動進攻的時候，就動用了霹靂，毀了通化樓。計畫很是周詳，但可惜的是，般若王比狹青想像中要聰明得多。般若王見狹青不語，又道：「最近你們的消息得到得太快，我們數次攻擊大順城，都被你提前得到了消息，我們就有懷疑了，懷疑我們黨項人中有了內奸！」他若有意若無意地看了一眼蒙面人，蒙面人額頭已有汗，般若王續道：「你這次一出手，就殺了葉市領軍最要緊的四人，阻撓我們出兵攻擊大順城，當然是提前知道消息了。我一到這裡，你就轉而殺我，你心機很巧……」

不等般若王說下去，狹青已道：「你來葉市，不是為了野利遇乞，而是為了我，你早知道我會對葉市下手，對不對？」

般若王撫掌微笑道：「不錯。」

狹青冷冷道：「你想殺我，但一直抓不住我。因此你故作中計，你當然知道，你們中已有了細作！你只要做戲逼天都王回興慶府，那細作肯定會向我請功說明情況。通化樓倒塌，我雖逃了，但你並不急於抓我。你只要盯著細作，知道他必定會引你前來，因此你們就可以將計就計地圍殺我，對不對？」

一人拍掌道：「聰明，狹青，你果然是個聰明的人。」那人走了過來，一步一個腳印，步步如山，來人正是天都王野利遇乞。

蒙面人更是哆嗦得厲害，恨不得化成一片枯葉飄去。

野利遇乞根本不望蒙面人，因為他的大敵是狹青，一百個蒙面人，也抵不過一個狹青。更何況，他早就知道蒙面人是誰！

「幾日前，有人偷走了我的寶刀，我一直在想，他到底是什麼目的？現在事情簡單了，原來你們要用寶刀誣陷我。幸運的是……這件事我已經提前告訴了兀卒。狄青，你很聰明，你知道就算蓄力一擊，也不見得殺得了我，因此在知道般若王到來時，轉而攻擊他。你想讓般若王以為，我有反心，你想挑撥我們自相殘殺。」

狄青冷風佇立，半晌才道：「你現在不想殺般若王，不意味著以後不想。」

野利遇乞臉色微變，般若王已笑道：「狄青，你到現在，還不放棄挑撥之心嗎？方才你猜的很多都對，只說錯了一句話。」

「是哪句？」狄青問道。

般若王道：「你以為我們想殺你，那是大錯大錯。」

狄青嘲諷道：「你們不想殺我，布置百十來人到這裡捉鬼嗎？」

般若王道：「我們不想殺你，可也不想放了你。你是我們需要認真對付的敵人。」他笑容仍在，語氣真誠道，「兀卒已覺得，你是大夏最可怕的威脅。你很可能成為曹瑋之後，對夏國最有威脅的一個宋將。但你受制於那些庸才，不能盡展所能，戴著鐐銬作戰，何其痛苦？」狄青沉默無言，心中歎息。

般若王留意著狄青的表情，眼中發光道：「兀卒雄才偉略，任人唯能，志在一統天下，成就王圖霸業。狄青，你若投奔兀卒，我以人頭擔保，你可直升龍部九王之位，掌控党項千軍萬馬，一展生平抱負，何其痛快？你眼下雖有范仲淹賞識，但宋廷已朽，范仲淹自身難保。范仲淹若倒，你還能再找個范仲淹嗎？」

狄青輕歎口氣道：「大宋只有一個范仲淹。」

般若王哈哈一笑，「說得好。你若明白這點，就應該過來幫手兀卒⋯⋯不然⋯⋯縱然武功蓋世，還是和郭遵一樣的下場。」

狄青聽到郭遵的名字，霍然抬頭，眼中已有怒火一樣的顏色。般若王自悔失言，暗想聽說郭遵和狄青關係極好，自己本想舉例，如今倒有些弄巧成拙。不等再說，狄青已一字字道：「大宋只有一個范仲淹，但大宋也只有一個狄青！」

般若王笑容已很淡，他聽出了狄青的意思，緩緩道：「這裡好手如雲，夜叉部好手多半在此。你要想清楚，我們雖不想殺你，可絕不會放你回去！」

狄青微微一笑，「我何必回去？」

他言畢，已拔刀。

春風冷、相思濃，刀光起，斬不斷風中情思，卻斬得下大好的頭顱。刀聲清越，刀聲如歌，單刀孤獨，在淒涼的夜色中唱起如火的歌⋯⋯

第十九章 高 手

狄青發動了第一攻。

他沒有逃，他不想逃，他也逃不了。狄青錯算一次，就不想再算錯第二次。

般若王很狡猾，說的話當然不可信，但般若王有一點肯定沒說錯，廢園外已遍布好手。狄青雖駭然般若王的調動能力，但他不懼。

若是貿然突圍，只怕會入圍，所以狄青攻，第一攻取的就是天都王！

野利遇乞雖勇，但已老。在通化樓行刺的那一刻，狄青就已看出野利遇乞凶悍的外表下有些懦弱。

這本來就是無可奈何的事情。年輕人受得起挫折，因為不知道挫折的痛，但等到老了，傷痕累累，只能回憶挫折的痛，而沒有經歷的勇。野利旺榮被殺，野利遇乞竟還能安之若素，甚至爭取元昊的諒解，狄青在通化樓出刀，野利遇乞先行自保，這都可看出，野利遇乞並沒有拚命的勇氣。可狄青有拚命的決心！他必須拚，不拚就死！死也要拚！

野利遇乞身為九王之一，武技高強，反應仍在，見狄青拔刀，已躍躍欲試，可見到狄青出刀，臉色已變。他見到的不是狄青的刀，而是一道閃電。閃電橫行，閃電後，有沉雷的氣魄，犀利的雙眼。

狄青刀法厲，氣勢更勝，殺氣漫天。他使的本是千軍百戰，橫行睥睨的刀法。當年殘唐十三太保李存孝就是以橫行刀立世，打遍天下未逢敵手。橫行刀法固然犀利，但要使出刀意，卻要憑一腔橫行天下的霸氣。狄青少霸氣，但有悲意、有血氣！

野利遇乞在通化樓時，見狄青一擊不中隨即就逃，只以為狄青本事不過如此，只以為他最少可以接住狄青的幾招。但他立即發現自己錯了，大錯特錯！橫行刀下，他一招都接不下來。狄青可以不要命，他能嗎？

野利遇乞退、暴退、竭盡全力地退，轉瞬已退到了高牆之下。刀光追斬，如暗夜明炬，燃到了野利遇乞的近前。野利遇乞臉色已白，退無可退，厲喝聲中，出刀勁斬。可他氣勢已衰，刀光在如火炬般的光亮下，顯得那麼蒼白無力。

火焰中突然加了一種耀眼的紅色。

鮮血狂噴。

野利遇乞一隻手臂飛到半空，孤零零地舞動。

如斯絕境，狄青反擊，一刀砍斷了野利遇乞的手臂！

刀光終於弱了下來，長刀嗜血，唯有血氣才能暫制。就像寶劍難成，終究要以人血淬鑄。但人血融入那一刻，寶劍亦是鋒芒最弱之時。

嗖的一聲響，一物已刺到了狄青的身後。那物先及狄青身後，再聞尖銳的嘯聲，可見出招之急厲。

出招也是恰在好處，適逢狄青氣勢已弱之時，出手的人，正是般若王。

般若王智珠在握，但還少算了狄青的勇氣。他以為狄青會逃，他在廢園外，早就布置了圍殺的人手。狄青一逃，就正入他的陷阱，他準備等到狄青氣力衰竭的時候出手。可般若王沒有想到，狄青搶先進攻，而且一攻就斬了野利遇乞的手臂。

般若王一直在追，他身手雖敏捷，仍不及野利遇乞逃命的速度。一個人在逃命途中，豈不也能將體

力發揮到巔峰？

只是在野利遇乞手臂被斬斷的一霎，般若王方才拉近了和狄青的距離，他果斷出手。他用的是飛

錐，錐後有鏈，鏈錐就已到了狄青的背心。

狄青閃身急避，一道血光飛出，鏈子錐釘在了高牆上！般若王一凜，不想狄青反應竟如此迅疾。

飛錐聲雖後發，但疾風早至，狄青提力之際，感官已到巔峰的境界。他在感覺風聲靠近之時，已竭力閃避。他躲得開要害，卻還被鏈錐傷了肋下。

狄青已負傷，般若王嘴角帶笑，但已是猙獰的冷笑。高牆上人影幢幢，顯然是伏擊之人等不及，已準備入園進攻。既然狄青不逃，索性就將他剿殺在廢園內。般若王手臂一振，嗤的一響，鏈子錐已帶血而回，其快如風。但般若王笑容未畢，已僵凝在臉上。比風更快的卻是刀光，刀光又起，如紫電丹焰，炳煥沖天！

般若王急退，不敢擋。

長刀經血淬化，更豔更淒，鋒銳盡顯。

淒涼的夜色中，刀聲再唱燕趙慷慨俠歌，橫行高歌！

方才般若王心中還責怪野利遇乞的懦弱，他覺得野利遇乞只要抗一下，就能牽絆住狄青，二人聯手，野利遇乞就不會受傷，說不定還能宰了狄青。

可他身臨其境的時候才明白，野利遇乞或許是懦弱，但野利遇乞真的擋不住如斯犀利的一刀。刀光如魔，肆虐縱橫，般若王也不敢正攖其鋒！

廢園早湧入了不知多少夜叉，但都追不上那紫電般的刀光。

轉眼之間，般若王已退到另外一處高牆下。對面終於迎來幾個夜叉，欲狙擊狄青，可刀光又漲，眾人躲避。

般若王終於得到分喘息的機會，厲喝聲中，嗖聲大響，鏈子錐已發。

無論如何，他都不能讓狄青就這麼攻下去，拚得兩敗俱傷，也要挽回頹勢。

般若王出招，狄青收刀，一個鷂子翻身，已上了牆頭。他這招更是變化莫測，由猛攻轉變為退守，輕巧靈動，遊刃有餘。般若王突然省悟，狄青以攻為守，以進為退，已完全調動了廢園外的人手。如今狄青已明虛實，當然要逃。

已沒人能阻擋狄青的離去。

除了一支箭——一支泛著銅黃的羽箭。錚的一聲響，弦鳴千里，箭在眼前。那箭已到狄青的背心。

黃色的羽箭如流星經天，泛著冰冷的死氣。這一箭射得不但準，而且時機掌握極佳，箭一出，就有必中的把握。定鼎羽箭豈不是素不輕發，一擊必中！

眾人都被那一箭所震撼，腦海中均電閃過一個念頭，箭是元昊的箭，元昊也到了葉市。狄青不及轉身，聽到弦響的時候，腦海中也閃過那黑冠白衣、手持巨弓的人。除了元昊，沒有誰能射出如此的一箭！

狄青已身陷絕境。就算是狄青自己，也覺得再無可能避開這一箭。他舊力才去，新力未生，只能勉強移動，希望能夠避開要害。但如斯一箭，豈是般若王的鏈子錐能比擬？狄青就算躲過要害，只怕也要被射個對穿，重傷之下的他，如何能逃脫身邊百十來人的追殺？狄青已感覺到冰冷的死亡氣息……

陡然間一物飛來，隔在羽箭和狄青的中間。那物倏然而來，如羽飄、如箭射！

叮的一聲響，羽箭射入那物，那物擊在狄青的背心。狄青飛身而起，竟從高牆上遠遠縱出，投入了黑暗之中。

遠處再傳來幾聲悶哼，暗夜血透，呼喝連連，聲音去得遠了。

緊接著噹的一聲響，擋住羽箭那物已掉在了地上，發出金屬鳴響。那物是面鐵盾，已被羽箭射穿，箭上有血。那一箭射穿了盾牌，還是傷了狄青！

般若王沒有追，野利遇乞緊捂著斷臂，亦是不動。二人都在望著高牆上站著的一人。那人黑冠白衫，凝立在高牆之上，微風吹拂，直欲隨風而去。

那人長弓在手，羽箭在壺。壺中只餘四箭，金銀鐵錫，唯獨缺了一支銅色的羽箭。牆上那人正是元昊，他望著落在地上的鐵盾，滿是大志的眼眸中，突然有股狂熱！

是誰出手救了狄青？誰能在這種時候，出手擲出盾牌，幫狄青擋住了致命的一箭？這人無疑是個高手，這人怎麼會潛伏在眾夜叉中？葉市中，怎麼會冒出這麼個高手？這人算準元昊出箭，竟能後發先至地擋住了元昊的一箭，武功之高，不言而喻。此人到底是誰？元昊弓在手，目露沉思，凝視黑暗處，手在箭壺旁，輕輕地敲擊……

黑暗寂寥，元昊一時間竟忘記了追擊狄青。元昊沒有命令，可廢園外的夜叉們，還是一路追擊了下去。狄青這才發覺，那些夜叉，在深夜中，有狗一樣的直覺。他已負傷。但比起上次受傷而言，無疑輕了很多。般若王的一錐雖是犀利，卻不及元昊的一箭。元昊那箭雖透盾而出，箭力已被盾牌卸去了七成。箭尖刺入了狄青的後背，並未深入。狄青借那一擊之力，牆上高飛，反倒輕易地躍出了夜叉們的包圍。

血在流，狄青逃命途中，也和元昊想著一樣的問題，救他的是誰？救他的人，會不會與元昊一戰？

一想到這裡，狄青倏然止步，反倒迎了回去。經過個路口，身形一閃，已到了處暗角。

東西兩方各躍出一道人影，一人道：「般若。」另外一人道：「三味。」

二人倏然而止，均搖搖頭，又再次點頭，往南北向奔去。

狄青才待起身，就見那人又停了下來，鼻翼微動。

這些夜叉，有著極其敏銳的嗅覺，可他們並不知道，若論眼力和聽力，狄青更勝一籌。

黑暗中，狄青見那人眼中有狐疑之意，好像感覺到他的存在，只是一時間無法肯定。心中微動，狄青已閃身而出，低喝道：「般若。」

那人一震，轉身道：「三味。」狄青猜得不錯，這果然是他們分辨彼此的暗號。那人聽到同伴的暗語，微有放鬆道：「你在這裡做什麼？你可聞到有股血腥氣？」

狄青壓低聲音道：「方才……」他聲音極低，吸引那人近前來聽。那人果然忍不住上前一步，狄青暴躍而出，一伸手就卡住了那人的咽喉，雙手一錯，已扭斷了那人的脖頸。

他動作乾淨利索，只是將快和力量發揮到了巔峰。

不知為何，突然想起當年在飛龍坳之時，郭遵也是用這種手段殺人。狄青心中有份傷感，取了那人的腰牌，飛快地脫下那人的衣衫，換到了自己的身上。又從懷中掏出一種藥粉摸在臉上，暫時掩蓋了刺青。感覺沒什麼紕漏的時候，這才拎著那人的屍體，找了口枯井投了進去。

他片刻間已由被捕殺者，變成捕殺的夜叉，認準方向，竟向廢園奔去。

這時候他若假裝追捕自己的夜叉，當然能輕易地離開葉市，但他不甘心。

狄青暗中觀察，多少瞭解夜叉的舉動，也裝作夜叉的樣子，躬著身子，遮遮掩掩地向廢園行去。夜叉們當然也以為狄青早就逃離，做夢也沒有想到，狄青還有膽子回來。

將近廢園牆外，狄青已止步。他不知道元昊等人是否還在，也不知道救他那人後來有沒有再次出手。

正猶豫時，牆內有人冷冷道：「蘇吃曩，我待你不薄，你為何背叛我？」

一個聲音顫抖道：「王爺……我……」只聞牙關咯咯響動的聲音，那人顯然怕得厲害。

狄青心中暗歡，那是野利遇乞的聲音，蒙面人竟沒有膽子逃命，看來只有等死了。

給狄青通風報信的不是別人，正是野利遇乞的近身侍衛——蘇吃曩。

野利遇乞猜得不錯，狄青派五十潛入了葉市，刺殺葉市的領軍之人，就是為了阻撓夏人出兵進攻大順城。多一日的準備，大順城就會牢固一分，夏人再想拔除大順城，就要花費十倍的氣力。除了待命不停地給狄青傳送消息外，狄青能迅疾地得到對手的消息，還倚仗著蘇吃曩通風報信。這世上，很少有錢買不到的東西！种世衡認為，夏人可以收買宋人做內應，那宋人一樣可以收買夏人做奸細。

利遇乞的行蹤。眼下蘇吃曩有難，他是救還是不救？

暗夜中，只聞野利遇乞粗重的喘息，良久，野利遇乞突然道：「我可以饒你一命。」

蘇吃曩大喜道：「王爺，只要你肯饒我的性命，我可去青澗城為你刺探消息。我就說拚命逃了出來，求种世衡收留，他必定沒有疑心。王爺早就想破了青澗城，到時候我做內應，破城把握大增。」

种世衡用重金收買了蘇吃曩，讓蘇吃曩偷了野利遇乞的寶刀，狄青因為蘇吃曩的緣故，才能掌握野

狄青本來還在猶豫，一聽蘇吃囊這般乞命，已準備宰了蘇吃囊。

野利遇乞緩緩道：「好計，好計！」

蘇吃囊賠笑道：「只要王爺肯……」話音未落，遽然一聲慘叫。

狄青一凜，又聽蘇吃囊的聲音從牆內傳來，「你……你……」

砰的一聲響，好像有人倒地，牆內再沒有聲息，狄青吃了一驚，暗想難道野利遇乞殺了蘇吃囊？蘇吃囊的計策雖卑鄙，但對夏人來說是好計，野利遇乞為何要殺了蘇吃囊？

廢園內滿是靜寂，不知多久，有人道：「天都王，活著的蘇吃囊，顯然比死了有用。」

狄青皺了下眉頭，聽出那是般若王的聲音。原來般若王也沒有走，那元昊呢？是否還在這裡？狄青一想到這裡，更是屏氣凝神。他面對般若、天都二人都不畏懼，可對於元昊，實在沒有半分大意的理由。

野利遇乞冷笑道：「我若不殺他，何以解心中怨氣？」

般若王道：「王爺殺他，不見得是為了發洩怒氣吧？」

野利遇乞突然靜了下來，牆外的狄青都感覺到沉寂中有不同尋常的憤怒。

「那你說，我是為了什麼？」野利遇乞一字字道。

般若王一字字道：「王爺手臂斷了，也累了，掌控橫山本是件耗神的事情……王爺當然明白，兀卒這次來，是讓王爺休息休息了。王爺既然明白了這點，有些功勞，也不想讓別人領了。」

野利遇乞驀地爆發出來，嘶聲道：「沒藏悟道，你真的以為自己無所不知嗎？」般若王就叫做沒藏悟道。狄青明白了野利遇乞為何要殺蘇吃囊！野利遇乞既然不再鎮守橫山，就不想把破青澗城的功勞白

送給旁人。

党項人內部，當然沒有表面看起來那麼和睦。這裡沒有宋廷的勾心鬥角，但若論血腥殘忍，只有過之。

般若王淡淡笑道：「我並非無所不知，但我知道一點，兀卒並不會責怪王爺。他甚至……還想把王爺派往沙州呢！」

野利遇乞失聲道：「此事當真？」

般若王道：「當然不假。」

狄青聽野利遇乞口氣中滿是激動，甚至還有分喜意，不由大為奇怪。沙州遠在玉門關，地處夏境最西，土地貧瘠荒涼。野利遇乞如果去那裡，可說是被流放，為何野利遇乞還很高興的樣子？

野利遇乞呼吸漸漸沉重，終於歎道：「好，好！」他沒有再說什麼，腳步聲響起，聽聲音，已行出廢園。

狄青暗自沉思，心想元昊多半已不在此地，可元昊前來葉市，絕非無因，他到底盤算著什麼念頭？

攻大順城，抑或是取青澗，或者再攻延州？

突聞不遠處衣袂帶風，有數人已向狄青藏身的方向奔來。狄青一驚，幾乎以為野利遇乞和般若王方才聯手做戲，趁他不備的時候折返殺來。待見到為首之人也是夜叉的打扮，狄青才知道猜得不對。那人身著黑衣，神色冷漠，見到狄青道：「跟我來。」說罷向西奔去。跟在那人身後的還有幾個夜叉，均是沉默無言。

狄青知道那人並沒有認出他的真容，只憑衣衫進行判斷。猶豫一下，終於還是跟這幾人奔去。野利

遇乞和般若王還在附近，狄青不想打草驚蛇。

一路上，為首那人又召集了幾個夜叉，到了葉市西的一座庭院前，吩咐道：「你們守在這裡，不能讓旁人靠近。擅離者，殺無赦！有靠近這裡的人，殺無赦！你們若讓樓中人發現了行蹤，一樣殺無赦！」

那人連著三個殺無赦，表情好像天經地義。沒有人反對，眾夜叉紛紛隱到暗處。狄青見狀，也找個暗角藏起來。為首那人滿意地點點頭，轉身離去。

狄青莫名其妙地來到這裡，心中奇怪。很顯然，那人把眾夜叉調集到這裡，是為了保護院中人，但為何保護院中人，又不想讓院中人知道？院裡的人是誰呢？狄青想到這裡，手心已發熱，眼睛已發光。

無論如何，夏人重點保護之人，他殺了總是沒錯。他這次來葉市，豈不就是要擾得夏人風聲鶴唳、草木皆兵？

狄青想到這裡，已準備有所行動，抬頭望去，望見院中閣樓一角。閣簷斜挑，閣內突燃起了一盞燈。燈照殘夜，風亂燈影。狄青見到那盞燈的時候，一時間竟打消了行刺的念頭。孤燈一盞，暗夜中只有寂寞。狄青凝望燈光良久，不準備再動手，已有了要離去的念頭。

就在此時，閣樓處有腳步聲響，到院中停下。沒多久，院中有聲音傳來，「公主，你總要吃點東西呀！」那是個女子的聲音。狄青微怔，公主？哪個公主？是單單？單單為何也來到了葉市？腦海中閃過那性格多變女子的身影，狄青微有恍惚。半晌後，一個聲音才道：「我什麼都不想吃。」初春中，那聲音還帶著餘冬的冰冷，但又帶著些春愁。狄青已聽出，果然是單單的聲音。

先前那女子勸道：「公主，你若不吃東西，兀卒會殺了我的。求求你，吃點兒東西好吧？」

單單怒道：「殺了你就殺了你！與我何干？」狄青皺了下眉頭，又聽單單道：「我想吃麻魁豆腐了，你給我做一盤上來。」

先前那女子喜道：「謝公主。」

狄青聽單單主意轉換得快，心想：這個單單，口硬心軟，只是個不懂事的姑娘了。陡然間一個聲音傳來，「單單，這麼晚了，你還在庭院做什麼？這裡冷，小心著涼了。」那聲音平靜中自有威嚴，狄青聽了那聲音，心中一凜，那是元昊的聲音！

單單半晌才道：「大哥……我睡不著。」

元昊問道：「你為何睡不著？」

狄青隔牆聽元昊向單單問話，言語雖還是平靜淡定，但多少還有些感懷的味道，不由心中困惑。

狄青雖只見過元昊兩面，但聽過太多關於元昊的事情。這人有壯志雄心，這人也是極為殘忍冷酷，這人根本是沒有什麼感情的。當年衛慕山風等人躲避到橫山東的宋境，就是因為族長衛慕山喜陰謀叛變事敗。衛慕山喜本是元昊的親舅舅，但元昊平定衛慕家族的叛亂後，不但殺了親舅舅，還把妻子衛慕氏和剛出生的兒子一塊殺了。因為母親也是衛慕氏族人，元昊隨後竟將母親也毒死。

元昊殺妻殺子殺母之事傳出，聞者無不動容，難信世上竟有如此狠辣殘忍之人。這樣的一個人，為何對妹妹還有幾分關懷？狄青琢磨間，聽單單低聲道：「我每次……到了陌生的地方，都很難睡得著。」他看不到單單的樣子，但聽單單的口氣中，滿是苦悶。

院中的元昊並沒有攜帶巨弓，也沒有帶五箭。他依舊黑冠白衣，眼中少了分大志和譏誚，正盯著妹妹道：「你既然知道自己有這個毛病，為何還要到葉市來？」

庭院裡的單單一襲紫衣，如同夜裡盛開的紫丁香。丁香多愁，單單秀眉也似丁香成結。似此星辰非昨夜，為誰風露立中宵？單單風中夜立，又是為了誰？

單單並沒有回答元昊的詢問，突然道：「這段日子，葉市人心惶惶，是什麼緣故呢？」

元昊皺了下眉頭，不答反問道：「你來這裡，是不是為了狄青？」

狄青心頭一跳，聽院中沉寂。單單的聲音良久才傳來，「是！」她答的只有一個字，斬冰切雪般。

狄青一時間滿是茫然。

許久，元昊才道：「我今日不想殺他，只想擒他。可惜……有人出手擋了我的箭！」

單單吃驚道：「那他受傷了嗎？」她聲音雖冷，可就算高牆厚土，都難以隔斷其中的關切。

狄青心中只是想……她……為何對我這般關心？元昊可知道是誰出手嗎？

元昊沉默良久才道：「他肯定死不了，他若這麼容易就死，也就不是狄青了！」頓了片刻，元昊低沉問道：「單單，党項人勇士無數，為何你只喜歡這個漢人狄青呢？」

風停了，夜凝了，狄青牆外聽到元昊發問，身軀微震，不知道是什麼感覺。

單單喜歡他？怎麼可能？他們只見過幾面！但這話是經元昊親口說出，又不像有假。驀地想起當初在興慶府外離別之時，單單曾問他，「這世上，若有一人，可以為你什麼都不要，死也好，活也罷。去荒漠、去天涯……你是否會為了她，捨棄一切？」當初聽這句話的時候，狄青根本沒有多想。可如今想起來，含意萬千。

自從楊羽裳為他跳城後，狄青心中就再也容不下第二個女人。在他心中，單單不過是個任性的孩子，他只是在沙漠偶然救了單單一命，還沒有救得徹底，可單單為何會喜歡他？牆內牆外一樣地靜寂，

不知多久後，單單才道：「我就喜歡！」

喜歡就喜歡，愛就愛，很多時候，本是不講理由的。

又過了良久，元昊這才道：「你喜歡了一個不該喜歡的人。狄青不為我用，就為我殺！」狄青心頭一震，知道元昊說的不假，到現在，他和元昊，根本不可能共存。聽元昊又道：「單單，整個西北党項人，均在我的腳下。無論貴賤、無論出身，你喜歡哪個，只要和哥哥說一聲……」

單單截斷了元昊的話，「你大權在手，可掌控天下人的生死，可怎能掌控天下人的感情？你可以讓我離開狄青，但你如何能讓我不想他呢？」她說得輕淡，但其中蘊含的決絕，讓牆外的狄青忍不住地震顫。

元昊雙眉一豎，才待說什麼，單單又道：「大哥……」元昊聽到「大哥」兩個字，見到妹妹夜色中淒婉的面龐，心中一軟，輕聲道：「你要說什麼？」

單單凝視著元昊，目光淒然，低低的聲音道：「我知道……我和他不可能在一起。可我請你……讓我保留那份想念，好嗎？」

元昊一怔，見到單單臉色雪一樣地白，目光水一樣地清，歎了口氣，再無言語。

院中再寂。

不知過了多久，狄青聽到院內有腳步聲響再起，單單上了閣樓，不由抬頭望過去。見夜黑燈青，有孤影落在紗窗上，說不出的蕭索淒清。

狄青望著那窗前燈影，一時間思緒繁雜。

春已暖，可在高牆內外，似乎凝結著一層冰。

就在這時，庭院中又有腳步聲響起。狄青微凜，收回思緒，凝神傾聽。就聽元昊道：「查出救狄青的人是誰了嗎？」

狄青精神一振，側耳傾聽。

般若王的聲音響起，「兀卒，此人武功極高⋯⋯而且肯定和狄青有瓜葛⋯⋯」

「我不想聽廢話。」元昊冷冷道，「你這麼說，是不是想告訴我，你還查不出那人是誰？」

般若王沉默良久，終於道：「是。」

元昊並不動怒，喃喃道：「這天底下能擋我一箭的人，屈指可數。但和狄青有關的人，據我所知，只有葉知秋和飛鷹兩個人武技不差⋯⋯餘子皆不足道。」

狄青微凜，不想元昊竟對他這般熟悉。

般若王謹慎道：「葉知秋雖不差，但若說輕易地替狄青擋住兀卒的一箭，還不可能。飛鷹一直深不可測，出手的倒有可能是他。但到如今，我們還沒有查出飛鷹的底細，這人就像憑空蹦出來的一樣！飛鷹制服石砣，聯繫野利旺榮造反，去抓公主，手段詭異惡劣，用意不明⋯⋯」

元昊嘴角有分哂然，不置可否。

般若王話題一轉，突然道：「但眼下這高手是誰並非最重要的事情⋯⋯依臣來看，狄青下一步怎麼做才值得我們留意。狄青曾和蘇吃曩提及，要攻過橫山、戰宥州⋯⋯」

元昊不待沒藏悟道說完，已截斷道：「蘇吃曩算是什麼東西，狄青怎麼會把真實用意向他透露呢？」

狄青又驚，心道元昊目光恁地這般毒辣？原來狄青發現被圍之時，故意對蘇吃曩提及要戰宥州，不

過是對般若王施放迷霧，不想元昊一眼就看破他的心意。

般若王沉吟道：「元卒認為，狄青那句話，是對我們說的？因此他絕不會攻打宥州了？可據臣方才得知的消息，宥州左右，已有宋軍出沒。」

元昊冷靜如常，「眼下橫山之事由你負責，自有你來主斷，如何應對，不必對我多言了。」他手指輕彈，突然嘴角有分哂笑，問道，「阿難王那面可有什麼消息了？」

狄青皺了下眉頭，留心傾聽。

元昊手下的龍部九王，是為天都、野利、羅睺、龍野、菩提、般若、阿難、迦葉和目連九人。

這九人在龍部中沒有高下，只是職責不同。

眼下天都王野利遇乞斷臂被派往沙州，野利王野利旺榮叛亂自盡，羅睺王野利斬天仍是詭異飄忽，龍野王龍浩天被郭遵擊殺在五龍川，菩提王卻被狄青扼斃在平遠砦。據种世衡所知，般若王、迦葉王和目連王三人，本在藩學院出沒，似乎在做些翻譯佛經之事。野利王死後，般若王沒藏悟道開始逐漸接掌野利王的職責，迦葉、目連兩王應該還在藩學院。龍部九王中，唯一讓种世衡費盡心思，也打探不到半分消息的只有一個人。

那就是阿難王！

龍部九王，八部至強。龍王有跡，阿難無方！

這就是种世衡打探出來的，關於阿難王的唯一的一句話，除此之外，狄青等人對阿難王一無所知。

故狄青聽元昊突然提及阿難王，大有興趣。

般若王緩緩道：「據阿難王所言，吐蕃王啷厮囉一直沒有放棄奪回沙州的念頭！」

元昊平靜道：「唃廝囉就算不來找我的麻煩，我也會找他的。當年他派不空前往汴京，想和劉太后圖謀共擊大夏，事後分得瓜、沙兩州時，我就知道他一直還賊心不死，還想奪回沙州。後來他派金剛印行刺於我，當然是想要事成後佔領沙州了。」

狄青聽元昊提及沙州，心中模糊地想到了什麼。

陡然間身軀微震，臉色已變。他聽到元昊清晰地說道：「唃廝囉要搶沙州，就是想去香巴拉，嘿嘿……可我就不讓他成行，我看他能奈我何來？」

狄青腦海轟鳴，一時間心緒起伏，難以自已，他探尋多年的地方終於有了下落。

原來香巴拉就在沙州！

第二十章 金 湯

香巴拉在沙州！

狄青突然想起當初和種世衡探討過一件事，曹賢英為何會有香巴拉的地圖？後來二人可以肯定一點，如果那地圖是真的，香巴拉應該在河西十一州。狄青甚至大膽地推測，歸義軍死守瓜州和沙州，那香巴拉就可能在這兩地。

不想今日元昊就證實，香巴拉果然在沙州！

更多的疑惑湧上心頭，狄青愈發覺得香巴拉神祕中還有分詭異。香巴拉既然就在沙州，曹姓人為何不親自找尋，反倒流傳地圖出來？聽元昊所言，原來哂斯囉也一直在找尋香巴拉，可香巴拉若真如傳說中那麼玄奇，可得償所願，元昊控制了沙州，為何不去香巴拉求願呢？

狄青很想元昊繼續說下去，偏偏元昊已岔開了話題道：「我等出兵在即，你命洪州、靈州兩州太尉開始準備調兵。我若出兵，三日內，兩州必須各出五萬兵馬聚在賀蘭原。」

狄青微凜，暗想元昊每次出兵，均從洪、靈、夏等州抽調人馬，這次出兵，目標要攻大宋的哪個地方？

夏國全境，眼下不過五十萬兵馬，而大宋號稱百萬禁軍，若論兵數，大宋當然超過夏國。但若論兵力聚集之速、發力之猛，夏國遠超宋廷，此中優劣只憑三川口一戰就可見端倪，元昊輕易聚集了十五萬鐵騎，而西北宋軍全力召集，不過才萬餘之眾⋯⋯夏軍以快打慢，以眾擊寡，宋軍焉能不敗？

本以為元昊會說出兵何處，不想般若王應令後，元昊只是又道：「你下去吧！」

腳步聲響起，般若王退下，庭院內再沒有半分動靜。誰也不知道元昊立在院中，到底想著什麼。

狄青心亂如麻，只是想著兩個問題，第一就是——夏軍再次出兵寇境，目標是哪裡？第二個問題當

然是，沙州說大不大，說小不小，香巴拉到底在沙州的哪裡呢？

抬頭望，夜黑無月，那閣樓燈火如星。星光一點，照天地皆靜，不知哪裡羌笛再起，悠揚中帶分淒

涼，似乎低歌著亂世烽火……

「洪州太尉」……狄青想到這四個字的時候，心中已有了主意。他悄然地來，悄然地離開，卻沒有

見到閣樓處的單單正望著他的這個方向，手中捧隻簡陋的藤鞋，潸然淚下……

馬踏長城，殺到了宥州！

兵，從未想到過宋軍會大鬧葉市。更讓人驚奇的是，宋軍大鬧葉市後，竟不回返，而是悄然穿過橫山，

宥州，人心惶惶。宋軍亂葉市、攻宥州、屠羌人，聽說天都王都傷在了狄青的刀下。野利遇乞受傷，因

宥州已深入夏境，遙望靈州，而靈州就是夏國的心腹之地。宋軍屠歲香一族，殺人無數。宋軍為亂

歲香甲奴是金湯城的團練，眼下也是夏軍進攻延邊的前沿鋒將。他一直躍躍欲試，等著元昊再次出

宥州有宋軍出沒，這個消息傳到金湯城的時候，歲香甲奴有些不敢相信。

剿殺宋軍不利被調離橫山。般若王接掌山訛軍，鎮守橫山一線，放棄了進攻大順城的念頭。

這些消息真假難辨，已讓歲香甲奴失去了理智。他鎮守前沿，聽族人被屠，如何能耐得下性子？歲

香甲奴想戰，偏偏般若王沒藏悟道命宥州全境圍殺狄青，又命金湯城的歲香甲奴閉城不出，留意宋軍大

順城的動向。

歲香甲奴閉城數日後，終於得到確定的消息，他的家人兄弟，已被宋軍殺得一個不剩！歲香甲奴狂怒，恨不得立即出城與宋軍一戰，但城外根本沒有宋軍，也沒有敵人。他空有一腔怒氣，卻是無從發作。

這一日，歲香甲奴站在城頭，雙眸噴火，見紅日正懸，突然道：「打開城門，我要出去打獵！」眾人都明白打獵的含意。歲香團練每逢心中有怒火的時候，都會打獵洩憤，獵物不是動物，而是宋人。既然狄青屠了歲香族，歲香甲奴就要以牙還牙，反殺宋人洩憤。雖說邊陲多戰，但也有不少人還在夾縫中生存。或因為不捨故土，或因為躲避苛稅……歲香甲奴就要找到這些人，以血來洗刷心中的憤怒。

金湯城內有一將領好意上前道：「團練大人……」般若王吩咐，讓我們閉關守城就好。這些日子……」話未說完，慘呼聲中緊捂著小腹，臉色蒼白。

歲香甲奴緩緩地將長刀從那人肚子裡抽回來，撒了一地的血，問道：「這裡誰主事？」

眾人都道：「是團練大人。」

歲香甲奴命令道：「開城，等我回來。」

沒有人再敢反對，城門打開，歲香甲奴已帶著百十來騎兵出了金湯城。早春時節，空山寂寂，歲香甲奴出城數里，竟連個活人都見不到。眾兵士見歲香甲奴臉色沉如冰，皆是心中忐忑。歲香甲奴冷聲發令，「去找獵物，找不到的人，都自己抹脖子吧！」百十來人呼哨聲中，已衝出去了半數，向四方擴展搜索。

可連年征戰，再加上前段日子，狄青曾橫刀金湯城前。眼下就算羌人都怕殃及池魚，紛紛向葉市、

橫山方向移動。金湯城旁，羌人都不駐紮，更不要說是漢人。雖有數十人出去搜索獵物，可一炷香的工夫後，仍沒有趕獵物前來。

歲香甲奴心躁不已的時候，有一騎遠遠奔來，歡喜道：「團練大人，南方有幾處人家。」眾人齊聲歡呼，歲香甲奴眼前一亮，已策馬奔去。兵士呼嘯跟隨，捲起一地煙塵。來報兵士說得不假，再向南行數里，林木扶疏處，幾戶人家，炊煙渺渺。

聽聞鐵騎之聲，那幾戶人家中已有人影躍出，見到黨項軍衝來，知道不好，問也不問，就沿著林子向山中奔去。歲香甲奴如何肯放，鞭馬急追，只是那幾戶人家多半早已習慣這種陣仗，腳程飛快，繞過山腳，已入了長嶺。有兵士見那裡地形崎嶇，林木森然，想要提醒歲香甲奴小心。可想到提醒的下場，又都把話嚥了下去。

眾人繞過了山腳，歲香甲奴見人跡不見，微有錯愕時，隱約聽遠遠處有人歡聲叫道：「宋豬在這裡。有很多人。」歲香甲奴聞言大喜，催馬又過了一個山坳，只見前方不遠的高坡籠出一谷，谷中坐著數十人，都是中原人的打扮。

那些人見到有騎兵進入，紛紛振衣而起。歲香甲奴雙眸放光，殺心已起。可瞥見那些人臉上少有驚慌之色，心頭一沉，才待挽弓搭箭，就感覺氛圍不對。

鑼聲一響，歲香甲奴停箭不發，舉目望去，只見到山坡上遽然伏兵四起，已將他們團團圍困。弓上弦如滿月，箭矢上閃著寒星般的光芒，只要一聲令下，就能將入谷的幾十騎射得和刺蝟一樣。黨項人大驚失色，不敢稍動。

伏兵揚聲道：「下馬棄了兵刃，降者不殺。」

党項人稍有猶豫，歲香甲奴厲喝道：「誰敢下馬，我就先殺了誰！」党項人正遲疑時，對面的那些

宋人中走出一人，微笑道：「來者可是金湯城的歲香團練？」

歲香甲奴見那人臉有刺青，本應是宋軍中的低等軍人，但見此人在眾人中，竟有著說不出的威嚴，

心中驀然想到個名字，咬牙問道：「狄青？」

那人點頭道：「正是。歲香族是我派人屠的，我知道你肯定會出來。」

狄青不在宥州，原來已到了金湯城左近。他命潛入宥州的宋軍單屠羌人歲香族，就是要讓歲香甲奴

心浮氣躁。只要歲香甲奴浮躁出城，狄青就有機會。

狄青雖勇，但一向等得！歲香甲奴一聲怒吼，策馬上前，揮刀就砍。能過橫山、統馭党項軍的團

練，均是武技超凡，歲香甲奴也不例外。

砍刀劈下，有開山之威。

羽箭未射，狄青未動。

狄青就站在那裡，看著砍刀落下，宋軍無聲，党項人的心全都提了起來。歲香甲奴心中大喜，已感

覺砍刀切開了狄青。

狄青陡然不見。歲香甲奴眼前一花，才發現砍刀落到了幻影，緊接著背心一痛，跌落馬下。不等起身，

脖頸已被人踩住。狄青冷冷道：「你這身衣服，比你的命值錢。」他腳一用力，就聽到喀嚓一聲，歲香

甲奴的眼珠子已凸了出來。

谷內再無聲息，党項軍人在馬上，已抖得如風中落葉。他們見到歲香甲奴出刀，然後就見狄青鬼

魅一樣閃到了歲香甲奴的身後，飛腳踢他落馬，隨後一腳踩斷了他的脖子。歲香甲奴雖勇，但在狄青面

前，有如木偶般笨拙。

狄青踩死歲香甲奴後，回頭望向其餘的党項軍道：「下馬棄了兵刃，降者不殺。」

還是同樣的一句話，對党項人心中造成的震撼，不可同日而語。噹啷聲響，有桿長槍跌落在地，一人翻身下馬。一人屈服，數十人紛紛跟隨拋了兵刃，不敢再行抵抗。狄青一擺手，已有宋軍上前將党項人按住，先扒了衣服。

那些党項人紛紛叫道：「狄將軍，我等已降，你們說了，不殺的。」他們心中惶惑，見宋軍扒了他們的衣服，然後將他們綁起來，一時間不明白宋軍想做什麼。

方才谷中那數十人，此時已換上了党項軍的衣服。狄青向一人說道：「李丁，剩下的事情，就看你的了。」

李丁就是死憤之士的領隊，臉色死灰，眼睛也是死灰之色，聞言只是點點頭。他早已扒下了歲香甲奴的盔甲穿在身上，又戴上了頭盔。乍一看，李丁已變成了歲香甲奴。狄青打量了半晌，感覺沒什麼破綻，沉聲道：「李丁，我需要你堅持到大軍趕來。」

李丁簡潔道：「卑職絕不負大人重託。」他翻身上馬，帶著那數十手下出了山，向金湯城的方向行去。

金湯城城門閉緊，守軍望眼欲穿地等著歲香甲奴回來。日已西歸，斜照城頭旌旗；旌旗獵獵，掩映著城頭的劍戟寒光。党項軍畢竟久經陣仗，這時候，仍是不敢大意。

陡然間，城頭有兵士喊道：「團練大人回來了。」眾人舉目望去，只見到夕陽盡處，已奔回了一隊兵馬。為首那人，看盔甲穿戴，正是歲香團練。

守軍紛紛舒口氣，都道：「打開城門。」眾人明白歲香甲奴的脾氣，知道他若奔回時，城門還是關的，說不準會將脾氣發洩到旁人身上。城門咯吱吱地緩開，歲香團練已到了城門前，他稍微壓低了頭盔，遮擋住了半邊臉，進入城門的那一刻，有兵士迎上來道：「團練大人，太尉召你……」話未說完，已見到歲香團練死灰一樣的臉，那兵士駭然驚呼道：「你是誰？」

與此同時，城門樓處，傳來守軍的驚呼聲，「快關城門，有敵來襲！」

伴隨著驚呼之聲，天際處，蹄聲如雷，滾滾而至。城牆垛後的守軍只見一道黑塵直沖霄漢，那本是晚霞明豔的雲空，驀地黑雲凝聚，風雨狂來。城上旌旗已顫，劍戟齊暗。党項軍見來敵氣勢磅礴，一顆心已被壓得難以跳動，駭然想到，「宋軍怎麼會有如此氣勢的騎兵？」

風聲、馬蹄聲、呼叫聲夾捲在一起，城上的人聽不到城下的尖叫，城下的兵士難以明瞭城上的動靜。李丁已出招。出招見血。一招就要了那個兵士的性命。

眾人只見到他袖口中飆出一道銀線，刺入那兵士的咽喉中，拔出的時候，帶出一蓬血花。李丁身後的兵士已下馬，或拔刀、或挺槍，頃刻之間，已將城門洞中的守軍斬殺殆盡。城門樓上已有人奔下來，喊道：「快關上城門。」可見到城門洞內已如血洗，不由呆住。嘶的一聲，銀光刺入那人的咽喉，毒蛇一樣的地抽回去。

外圍的党項軍這才發覺不對，大喊道：「有細作。」党項軍蜂擁湧來，刀槍並舉，就要將李丁等人逼出城去。早有人大開城門，取出錘子楔子等物，乒乒乓乓聲中，將城門卡死。人潮洶湧，李丁擋在最前，轉瞬肩頭就中了一刀，血濺了一臉，可党項人又有十數個倒了下去。

蹄聲更緊，党項人更急，但那先入城的數十人，就如海岸崖岩般屹立，雖也有人倒下，可隨後就

有人補上。血流成河，沖刷不垮人牆防禦。城門洞不寬，党項軍雖有兵力，但受限於地勢，數次進攻無果。眼看對手悍不畏死，党項軍心中有了驚懼之意。他們並不知道，眼前這些人人數雖少，卻是狄青手下的死憤之士！他們也不知道，就是這面如死灰的人，殺了葉市的團練保旺羅。

這些死憤之士，本也是軍中子弟，可還和尋常軍中子弟有所不同。他們的親人兄弟，已多死在疆場，死在党項人的手上。他們入死憤行伍，目的不是功名、不為財利，只為親人報仇而已。他們只求一戰！一洗積怨！

夏軍這些年來在邊陲沉凝的怨意，就在這些死憤之士身上反擊了出來。

馬蹄聲已到城池前。夏軍顧不得再喊，隨著軍主一聲號令，長箭紛紛射下。但宋軍這次來得實在太快，來得實在突然，夏軍兵力遠沒有集結，那羽箭如雨，淅淅瀝瀝，少了分強悍犀利。

宋軍鐵騎終於到了城下，領兵衝在最前的是一戴青銅面具的人。那猙獰的面具，那不屈的刑天……夏軍心已震顫，震驚來攻城的竟是狄青。狄青居然不等到天黑、不用圍城打援、不憑諸呰聲援，就這麼帶著數千兵馬，要踏破金湯城？

狄青已到城前，飛身而起，眼看就要撞到了城牆，不想腳尖點動，又沿牆壁奔行數步。城上夏軍已看直了眼睛，想不到世上還有這般人物。狄青奔行勢盡，離牆頭還有丈許的距離，驀地刀鞘探出，插在城牆之上。

狄青借力再上，裂了刀鞘，拔出了單刀，連刺兩下，借力間已站在了城頭之上。

夏軍驚駭交加，一時間均忘記了放箭。那城頭的軍主搶步上前，揮鞭就打，試圖將狄青逼落城下。

這時夕陽獨舞。半空中驀地劃出一道亮色，凝聚了天空晚霞、千軍殺氣，凌厲中帶分感傷，決殺中

還夾雜著滄桑。殺是為了不殺。以血還血，以牙還牙。

那道亮光甚至掩蓋了夕陽的最後一抹光亮，集萬箭千刀於一身，高歌獨舞，橫行無忌！

狄青出刀，橫行一刀。一刀斬殺了衝來的那軍主！鮮血飛濺，潑墨般地灑在城牆上。夏軍本還蜂擁上前，驀地被那一刀的威勢所震撼，望著那夕陽下泛著清輝的面具，不由後退一步。

宋軍又有數十人上了城頭。那些人沒有狄青的身手，但如猿猴般敏捷。狄青憑巔峰的快捷，他們憑藉的卻是飛抓。飛抓拋出，抓住城垛，他們趁狄青吸引了眾多目光的時候，無聲無息地上了城頭。這些就是狄青手下的寇兵之士。

寇者——凡兵作於內為亂，於外為寇。寇兵，亦是入侵如寇的兵士。這些人本來是延邊死牢中的盜匪，經种世衡反覆甄別，悉心開導，豁免死罪，允許他們在疆場戴罪立功。這些人均有逾高絕遠、輕足善走之能。當初，就是這些人殺了拓跋摩柯。

這些人上了城頭，毫不猶豫地衝向了夏軍，逼得夏軍節節後退。他們以攻為守，以最犀利的攻擊，博得更多人上城的機會。雲梯輕便，迅疾搭在城牆之側，無數人奮力攀爬，無數人衝過城門樓。這本是策劃許久的計謀，要憑雷霆一擊，湧入最多的宋軍，然後趁金湯守軍立足未穩之際，痛擊金湯城的夏軍。

人流如潮，攻勢若浪，夏軍見慣了宋軍的懦弱，從來不知宋軍有如此威猛之勢，被連環痛擊打亂了陣腳。夕陽未落之時，雙向進軍的宋軍終於合在一處，滾滾洪流般向城中衝去。攻勢若箭飛，狄青就是飛箭中的箭矢。他下了城樓，搶了匹快馬，奮力鞭馬，已向城中衝去。

竟還有數十宋軍能跟得住狄青。那些人無不例外地負長弓、配利劍，銳氣正酣，緊跟在狄青身後的

就是戈兵，帶領的正是十士中的陷陣之士。這些人個個都有衝鋒陷陣之能，本是銳利若箭。狄青一馬當先，雖有夏軍上前攔阻，卻皆擋不住他兜頭的一刀。

塵煙滾滾，到太尉衙署條然而止。白豹城、金湯城乃夏軍的軍事重鎮，隸屬夏國洪州管轄。夏國本在白豹城設了太尉衙署，但當初白豹城被破，洪州太尉正在鎮戎軍指揮作戰，因此免於被俘。夏國隨後將洪州太尉衙署置在了金湯城。

狄青這次得到了確切消息，洪州太尉慶多克用就在金湯城。狄青雖殺了金湯城團練，斬了守城的軍主，破了金湯城，卻並不知足，他一定要抓住慶多克用。只有慶多克用才可能知道元昊下一步的用兵意圖！

太尉府前有兵士上前，才待呼喝，戈兵一揮槍，狄青身後的陷陣之士羽箭齊發。

弓強箭厲，上前的兵士，轉眼間就變成了刺蝟。有人大驚想逃，狄青身後的那些人長矛刺出，森然凜列，已了結了那些人的性命。頃刻之間，數十條生命已被奪去，狄青身形一展，已衝入了府中，喝道：「搜！」

太尉府前的守軍雖也不差，但在陷陣之士的猛攻之下，竟不堪一擊。

狄青已在太尉府內，身形急掠，只見到府中亂作一團。有不少女人大呼小叫，披頭散髮，還不知道到底發生了何事。狄青腦海中閃過種世衡給的地形圖，已衝到了太尉府的政事堂。

慶多克用不在政事堂。狄青立即奔向慶多克用的居所，他這次突襲，看似突然，卻早已準備了許久。

種世衡更是在幾年前，就對金湯城內的布局瞭若指掌。

可種世衡知道，只是瞭解還遠遠不夠，他需要個實施的人。種世衡等了這些年，終於等到了狄青。

狄青沒有辜負种世衡的期待，一舉擊破了金湯城。但這還不夠，狄青一定要抓住慶多克用。

衝到慶多克用的住所前，只聽到腳步聲起，一兵士衝出來道：「是誰……」話未落地，那兵士已被狄青一腳踢飛，遠遠地落地，眼看不能活了。狄青衝入了臥房，就見一人驚呼，緊接著噹啷一聲，一個托盤摔在地上。托盤上的青瓷碗摔裂在地，撒了一地的湯水。托盤旁站著一個胖子。那胖子很肥，眼睛很小，穿著僕人的衣服。見狄青衝入，叫道：「莫要殺我！」

狄青喝道：「太尉在哪裡？」

那胖子眼珠一轉，立即道：「我也不知道，我是個廚子，過來給太尉送燕窩湯，可來的時候，他已經不在了。」哆嗦道，「他想必是在最寵愛的女人那裡，就在出院後的第三個房間。」話未說完，狄青人已不見。

那胖子吁了口氣，慌忙走到桌案前，取了卷書信，喃喃道：「這人是誰呢？」他已顧不上多想，就要掀開床板。他知道床榻有個暗道，可供他逃離太尉府。

不想手才伸出，一把刀已架在了他的脖頸上。那胖子渾身僵硬，顫聲道：「好漢饒命，我只是個廚子。」

狄青淡淡道：「慶多克用，你為何不編個好點的身分呢？你身上並沒有廚子的味道。我方才故意裝作被騙，就想看看，你想拿什麼離去！」廚子總在廚房，身上難免有油煙的味道。狄青鼻子很靈，一嗅可知。更何況，他早就看過慶多克用的畫像，故意裝作受騙，是知道慶多克用必帶重要的信件離去。他在葉市聽到元昊要進攻宋境的時候，就一直想著如何進一步打探夏軍的消息。對狄青來說，攻陷金湯城還在其次，取得對手的消息才是迫在眉睫。

那胖子身軀一震，突然跪倒在地道：「我⋯⋯」他才說出一個字，突然就地滾去，已抽刀在手。宋

廷能當上太尉的人，詩詞歌賦可能不會差。夏國能當上太尉的人，身手一定不會差。那胖子就是慶多克

用。他知事態嚴重，扒了僕人的衣服穿在身上，本想蒙混出府，不想還是瞞不過狄青。

慶多克用這些年雖養尊處優，貴為太尉，但昔日的剽悍還剩些二。他還想拚一下，只見到光

亮一閃。狄青拔刀，收刀，沒有人看到他出刀。噹啷一聲，慶多克用的刀已落地，手腕上鮮血淋漓。那

一刻，他的表情有著說不出的滑稽可笑。

狄青一刀劃破了慶多克用的手筋，微笑道：「你還可以拚拚。」

慶多克用一屁股坐在了地上，勇氣已隨鮮血流出。

狄青道：「你可以不用死。我知道⋯⋯元昊最近肯定會出兵。你身為洪州太尉，一定知道他的出兵

方向！」

狄青的用意很簡單，慶多克用可以用消息換回性命。見慶多克用還在沉默，狄青歎口氣道：「看來

你把性命看得很卑賤，我可以滿足你。反正你手上的卷宗，也有足夠的消息。你雖沒什麼價值了，但身

上的肉還有價值，可以割下來烤著吃，想必滋味不錯。」

這時戈兵帶人趕來，狄青一揮手，吩咐道：「把他帶出去⋯⋯」

宋軍才一上前，慶多克用已咬牙道：「冗卒這次要攻打的是⋯⋯涇原路⋯⋯」

狄青心頭一沉，想起當初元昊所言，「更何況⋯⋯西北還有個韓琦，此人性剛，雖有大志，但難聽

人言。書生用兵，終有缺點，這一次，就可選他為突破口了。」

元昊果然要對韓琦開戰。元昊主意早定，一直沒有改變！

韓琦不也一直想要對元昊征伐？

這次交鋒，勝負誰主？

狄青怔怔地出神，良久才道：「將慶多克用押回去，燒了金湯城。」

火光四起，夏軍群龍無首，已失去作戰的能力，紛紛逃竄。狄青所率鐵騎只有兩千人，帶走所能帶走的東西，然後一把火燒了金湯城。

金湯城已廢。

狄青沒有那麼多兵力鎮守搶來的地盤，只能搗毀它！這時夕陽已落，狄青回轉大順城前，忍不住回頭望了金湯城一眼。

火光熊熊，染紅了半邊的天，紅如血⋯⋯

狄青趁夜色趕回了大順城。聞狄青大破金湯城，擒了洪州太尉，大順城中歡聲雷動。

這段日子來，宋軍仍是奮戰不休，大順城沿著長嶺依次蔓延，規模已起，眼下雖尚未成城，但戒備森然，夏軍已不敢輕易挑釁。

慶、延兩州的宋軍在范仲淹的指揮下，終於一改以往閉關不戰的姿態，挺入了夏境，更由狄青操刀，又給了夏國要害一刀。

雖不致命，但宋軍士氣高漲。

狄青回到大順城，見了范仲淹，將卷宗交給他。范仲淹當下命范純佑犒勞三軍，按功行賞。他卻親

自提審慶多克用，問過話後，又拿著狄青取來的卷宗詳細查閱。

狄青並不打擾范仲淹沉思，才出中軍帳，就見种世衡迎了過來。狄青對种世衡的稱呼，自然也更親熱許多。

這段日子來，狄青和种世衡一前鋒、一幕後，合作無間。狄青對种世衡有些驚喜，問道：「老种，你怎麼來這裡了？」

种世衡肚子還大，臉卻消瘦了些，見到狄青，老臉發光，豎起大拇指道：「狄青，你小子幹得好。任福花費那麼多心力，打個白豹城後就趾高氣揚的，你帶不到三千人，就一把火燒了金湯城，不枉我燒這麼多錢呀！」

狄青笑道：「這也靠你找的兵好啊！兵雖少，但精明強悍，突襲完全在行。」狄青絕非違心之言，他雖勇，但沒有十士的支持，還難以打擊夏軍。种世衡知人善任，精選十士，十士各有擅長，交錯使用，充分發揮奇襲的效果。攻打金湯城一役中，种世衡的貢獻不言而喻。

种世衡摸摸腦門，說道：「好了，你我吹捧完畢，正事要緊。對了，我又打聽到一些關於香巴拉的事情了。」

狄青心中微動，只餘悵然。他知道种世衡是為他好，种世衡信狄青，也就信香巴拉存在，為狄青打探消息可說是竭盡全力。可香巴拉實在過於神祕，种世衡也始終難以找到香巴拉的確切地點。他只怕……這次還是一場空。

可狄青心中有些奇怪，若只是有消息，种世衡讓人傳信就好，不必親自前來。种世衡這次親臨大順城，難道還有別的事情？种世衡還是興致勃勃，說道：「香巴拉的傳說是從藏邊傳來的，你當然知道

了？」

狄青道：「哪裡傳出來的不重要，關鍵是到哪裡去找。對了……我讓你找人去沙州打探消息，結果如何了？」他早把元昊在葉市所言對種世衡說過了。

種世衡搖頭道：「你錯了……來源其實很重要。不然……南轅北轍了。」

狄青皺眉道：「那你從香巴拉的源頭查到了什麼？」

種世衡四下看了眼，倒有些神祕的樣子。狄青見了好笑道：「到現在，你不用和我裝神弄鬼吧？」

種世衡搖搖頭，拉著狄青到個無人注意的地方。

狄青雖有些奇怪，可知道種世衡如此，絕非無因。種世衡這才說道：「很多人都覺得香巴拉是無稽之談。但據我從藏邊瞭解，傳言唐初之時，蓮花生大士從北印度入藏，傳授密宗之法時，開闢了香巴拉。」

狄青心中一顫，忍不住道：「蓮花生大士？」

種世衡解釋道：「藏傳中，蓮花生大士本來是釋迦佛轉生。釋迦牟尼涅槃後，見世人疾苦，為完成度世的心願，借蓮花轉世，這才又有了蓮花生大士。傳說不知真假，但蓮花生大士真有其人。當初他到藏邊弘揚佛法，發現當地人少能理解佛法精要，機緣亦不夠，因此離開藏邊時，開啟佛教祕地香巴拉，供有緣人進入。至於某種伏藏，就負起引導有緣人進入香巴拉之責。」

狄青頭一次聽到此事，不由道：「那……這個祕地有人進去過嗎？」這始終是他最關心的問題。

種世衡點頭道：「有的，就是善無畏、金剛印和不空！」

狄青錯愕不已，「是哂斯囉手下的三大神僧嗎？」

种世衡搖頭道：「不是。善無畏三人本是盛唐時從印度而來的密宗高僧，這三人可說是藏邊密教的開創者，聽聞此三人均去過香巴拉，得香巴拉之祕後，成就一代偉業。唭厮囉的三個手下和盛唐那三個高僧同名，多半也是抱著尋找香巴拉的念頭了。」

狄青回憶當初元昊所言，點頭道：「不錯，唭厮囉也在尋找香巴拉。但很明顯，他們還沒有找到香巴拉……這世上，只怕除了盛唐那三位高僧外，再沒有人能找到香巴拉了。」

狄青正悵然間，种世衡神色變得古怪，低聲道：「你錯了，還有一人極有可能去過香巴拉，而且就在你的身邊！」狄青一震，難以置信地問道：「是誰？是誰去過香巴拉？」

第二十一章 詭 地

狄青心思飛轉，可一時間也猜不到身邊會有哪個人到過香巴拉。种世衡沒有賣關子，徑直說出了答案，「那個人叫做趙明！」

狄青怔了下，突然想起一人，急道：「是曾經鎮守馬鋪砦的藩人趙明？」他的腦海中浮出那個自卑而又殘廢的人來。當初修建大順城時，就是此人負責查探地勢。

种世衡點點頭道：「是呀，你也記得他？我多方打探，知道他的確去尋過香巴拉，而且好像還進去過。但這人性格古怪，韓笑有一次試圖接近他詢問，反倒差點兒和他打起來……我才就是怕他看見你我嘀咕，對你有戒備，因此才拉你到這沒人的地方。我覺得你去問問趙明，說不定會有效果。」

狄青心道以韓笑的為人，趙明都能和他打起來，可見趙明是不好相處的。不解問道：「我和趙明也不熟啊！我一直在作戰，他一直默默地修城。對了，他為什麼會變成現在的樣子呢？」

种世衡輕輕歎口氣道：「這個人其實也很慘。他曾在獄中待過，是范公將他放了出來……」

「他犯了什麼罪？」狄青吃驚道。

种世衡道：「聽說他在馬鋪砦的時候，因為腿瘸被宋人瞧不起，又被宋軍搶了婆娘，這才一怒之下找仇家廝殺。他臉上的那刀，就是在那次廝殺中被砍的。」

狄青想起趙明微跛的腳，不由想起大哥狄雲。

狄青一直和大哥只是書信往來。聽大哥信中說，眼下過得倒不錯，還生了兩個兒子。但這些年來，狄青想起趙明微跛的腳，

狄雲的腳終究醫不好，這件事在狄青心中，總有些遺憾。

聽聞趙明這般淒慘，狄青也有些惻然，半晌才道：「你又如何確定他去過香巴拉呢？」

种世衡在狄青耳邊低語了幾句，狄青臉色陰晴不定，良久後才道：「好了，我知道了。這件事我去處理就好，老种，多謝你了。對了，其餘五士訓練得怎麼樣了？」

种世衡愁眉苦臉道：「眼下為你訓練五士，已是很燒錢的買賣。其餘的……我盡力而為吧！好了，你自己小心。」說罷轉身離去。

狄青望著种世衡略有消瘦的身形，突然道：「老种……」种世衡止住腳步，回望道：「有什麼事？」

「天冷，記得多加件衣服。」狄青真誠道，「西北缺不了你！」

种世衡臉上露出了笑，望著狄青半晌才道：「好的，我知道了。你也是，拚命的時候小心些」，西北一樣缺不了你！」

二人的目光中，都有關懷之意。半晌後，种世衡點點頭，緩步離去。狄青佇立沉思良久，悄然向趙明住的地方行去。

天已黑，趙明住的帳篷內，無燈。狄青依著一棵大樹等了半晌，聽腳步聲傳來，扭頭望過去，見趙明一瘸一拐地走過來。

趙明並沒有見到狄青，只是走到帳前的木凳旁坐下，伸手從懷中取出饅頭慢慢地吃著。從狄青的方向望過去，只感覺趙明有著說不出的孤單。想著种世衡告訴他，「聽說此人是去香巴拉後斷的腿，很忌諱旁人提及香巴拉三個字……」

狄青望著那孤單的身影，滿是悵然。

趙明吃完饅頭，摸索著從懷中取出一個鐲子，呆呆地望著，不知為何，眼內有了淚光⋯⋯

清冷的月色照在那幽綠的鐲子上，泛著淒涼的光，映得趙明臉上滿是悲傷。

狄青默默地望著趙明許久，終於還是忍住了詢問的念頭，轉身離去。

天明時分，狄青才起身，就有兵士入內道：「狄將軍，范大人請你過去。」

狄青逕直到了范仲淹的營帳，見到他眼中有了血絲，還在看著卷宗沉吟，知道范仲淹又是一夜未眠，低聲道：「范公，你又是一夜未睡，這般辛苦？你找我有事？」他知道范仲淹忙於處理西北政事，很多時候都是通宵達旦地做事，倒有些擔憂范仲淹的身體。

范仲淹伸個懶腰，微笑道：「我這比起你們，算不了什麼。你昨日才惡戰一場，我這麼早就叫你過來，也是逼不得已。」他和狄青並不客套，開門見山道，「我詳細看了你從慶多克用那裡搜來的軍文，認為元昊的確做了很多準備，出兵勢在必行。而且夏軍這次的目標很明顯，就是要攻打涇原路！狄青，你有什麼看法呢？」

狄青略作沉吟，就道：「元昊此人雖殘暴，但做事堅忍。他當初打保安軍是試探，去年進攻鎮戎軍亦可能是試探。他的目標是盡取隴右、關中之地，三川口一戰，他蠶食了延州的大片土地，這次要攻涇原路，無非也是壓迫我們在西北的空間，為他日後進取關中之地做準備！我們必須要頂住他這一擊！」

范仲淹讚賞地點點頭，心中暗想⋯种世衡推薦得極好，狄青有勇有謀，難得的是思路清晰，大局觀極佳。從白豹城、葉市、金湯城幾戰來看，他胸中自有丘壑，我當要盡力支持他，盡展他的才華，才是

天下的幸事。

想到這裡，范仲淹道：「狄青，你分析得很好，和我、种世衡的看法相近。夏軍雖猛，但他們攻城並不在行，因此他們一直希望把我們拉到平野作戰，只要我們小心應對，應無大礙。眼下鄜延路有轉運使龐籍龐大人和种世衡、周美等人堅守，夏軍沒有機會。我在環慶路守備，有狄青你的幫手，銳氣正盛，夏軍一時間也無隙可乘。遠些的如熙州、河州，眼下有劉滬和吐蕃將領聯盟防守，元昊應不會主動和吐蕃人開戰，因此無論元昊怎麼出兵，我最擔憂的只有涇原路。」

范仲淹鎖緊雙眉，心中忖度，鎮守涇原路的韓琦心高氣傲，尹洙紙上談兵，從上次白豹城一役來看，任福也有些矜誇浮躁，這三人無不例外地主戰，這次若和元昊交鋒，只怕……他知道尹洙、韓琦二人不會聽他的勸告，眼下西北軍情若火，又無法對朝廷說起此事，因此憂心忡忡。

狄青知道，自三川口一戰慘敗後，朝廷將永興軍、秦鳳兩路細分為鄜延、環慶、涇原、秦鳳四路。鎮守涇原路的韓琦心高氣傲，尹洙紙上談兵，狄青明白他的心意，問道：「范公，既然我們知道元昊的用意，就要向韓公示警。范公找我來，是否想讓我親自將這個消息告訴韓公呢？」

范仲淹輕歎一口氣，緩緩道：「狄青，我早知道你不是個意氣行事的人了。你對戰事在行，這件事你去說說最好了。當然了，我也有一封書信，你帶著這信，立即啟程去見韓琦，將信交給他，也將今日所言委婉說一遍，盡我等職責。」心中卻想，「狄青為人沉穩，韓琦和他沒有過節，只要狄青將事情說給韓琦，想韓琦總能對元昊有所戒備了。至於我的信，不知道韓琦會不會看呢？」

狄青當下接令，心思微轉，說道：「范公，我這次前去，除了帶些二十士跟隨，還想帶一個人跟

隨。」

范仲淹問道：「是誰？」

狄青道：「我想帶趙明前往。」

范仲淹有些詫異，不解狄青為何要帶趙明一路，但他並沒有多問，只是道：「好。大順城建得已差不多了，趙明也可以稍微歇息幾日。你帶著他去，早去早回吧！」

狄青出了營砦，命韓笑、戈兵二人帶些兵士跟隨前往涇原路。

如元昊八部般，狄青手下的十士也是各司其能。死憤多是用來死戰，勇力是來鏖戰，寇兵是用巧戰，而陷陣多用來衝戰。

待命也和戰有關，卻是用來布戰。韓笑的待命一部，均是機巧靈便、善於挖掘消息的人。

韓、戈二人聽到狄青調令，很快準備就緒。趙明一瘸一拐地走來時，難掩眼中的驚詫，像是不解狄青為何要帶他跟隨，他和狄青，本來沒什麼交往。

狄青拱拱手道：「趙兄……有勞了。」

趙明回了一禮，啞聲道：「不敢。狄將軍若喜歡，稱呼我老趙就好。」

韓笑一旁見了，感覺趙明口氣雖淡漠，但對狄青也算是客氣了。要知道當初韓笑那麼笑臉問趙明香巴拉一事，差點兒被趙明報以老拳，可見趙明脾氣並不算好。

狄青點點頭道：「那好，出發吧！」

韓笑當先離去，戈兵隨後出發。他們都知道，狄青需要的不是保護，而是需要得到各種消息，作出盡可能正確的決定。

韓笑、戈兵一負責消息，一負責軍情，只為了保證狄青不走錯路，儘快見到韓琦。

范仲淹給的消息是，韓琦正在渭州，但那已是十天前的消息了。

范仲淹在擴建大順城，積極讓環慶、鄜延兩路防備敵軍的時候，韓琦只有一個目標。

那就是進攻！

韓琦雖是文人，但比武將還要崇尚進攻，這段日子來，韓琦不停地招兵買馬，就算狄青也知道韓琦還沒有放棄進攻西夏的念頭。

這樣的韓琦，又怎能在渭州待得住呢？

狄青從大順城出發，一路奔西南的渭州。果不其然，才到半途，戈兵就已接到了韓笑的消息，韓琦不在渭州，具體去了哪裡，正在打探。

狄青苦笑，心道傳信的活兒，也不是那麼好做。一路上，狄青和趙明同行。趙明似乎滿懷心事，一直低著頭，沉默無言。

這時春暖花開，繁花似錦，整個邊陲都已復甦過來。一路上，遠望青山如戟，大河似帶，狄青心中只想，這般的美景，只怕很快就要被兵戈烽煙所摧殘。我怎麼開口詢問，才能不讓趙明反感呢？

狄青雖勇，但心細如髮。他知道趙明的腿好像是從香巴拉回來後受傷的，而趙明後來一切的不幸，又和傷腿有關。昨晚見趙明滿是孤寂，狄青有些不忍舊事重提，再揭開趙明的傷疤。

不想趙明突然道：「狄將軍，你找我有事吧？」這是趙明路上說的第一句話。

狄青微有錯愕，不想趙明竟看出他的用意，翻身下馬道：「奔波了這麼久，休息會兒吧！」

趙明遲疑下，也跟隨下馬，一瘸一拐的。見狄青看著他的腿，趙明垂頭道：「我走路不利索，耽誤

狄大人的行程了。」

狄青歎口氣道：「看到你，我想到了我大哥。我大哥也瘸了腿，但我這一輩子，只有他照顧我，他從未拖累過我。」

趙明眼中閃過分暖意，轉瞬又恢復了暗暗的表情。他扭頭望向了遠山，低聲道：「狄將軍，你找我來，是不是想問香巴拉的事情？」

狄青微震，沒料到趙明這般敏銳，良久才道：「我一直在找香巴拉，你若知道些事情的話，不知道……能否說與我聽呢？」

狄青滿是志忑，並沒有抱多大的指望，暗想种世衡說趙明不想提往事，讓趙明開口很難。不想趙明點點頭道：「好。」

狄青驚喜交加，見趙明神色寬寬，只能道：「那謝謝你了。」

趙明澀然一笑道：「可我說了，也不見得對你有幫助。」狄青心頭一沉，就見趙明眼中閃過分陰霾，緩緩道，「狄將軍或許不知道，我出生在藏邊，也算是半個藏人。我母親是藏人，父親是中原人。」趙明醜陋的臉上，露出少有的追思之意。

狄青雖很想知道香巴拉的事情，可見趙明如此，只是靜靜地傾聽。

「其實藏邊，一直流傳著很多神話，香巴拉就是其中之一，但從未有人找到過它。或者說……找到的人從未回來過！」趙明終於進入正題。不知為何，提及香巴拉的時候，他身軀微顫，眼中竟有了驚怖之意。

狄青聽到這裡，望見趙明的表情，心中隱約有分不安。

「那一年，我娶了親。女人長得水靈，誰見到我，都會羨慕地讚一句，說我走了運。我也是這麼認

為。我無憂無慮地過活，本來不應該奢望什麼。但有一日……族中來了個商人，說姓曆。這個姓……比

較古怪……那人更是古怪，說是商人，可我總感覺那人壯實得很，甚至像個大鐵錘。」

狄青聽趙明突然說了些閒事，知道多半和香巴拉有關，就耐心地聽下去。他也從不認識曆姓的人，

聽趙明這麼形容一個人，感覺有些奇怪。

一個人，怎麼像個鐵錘？

趙明繼續說道：「那人出手豪闊，給了族中萬事通一錠金子，讓他幫忙找十個小夥子去做事，每人

每天給二兩銀子。二兩銀子已夠那時的我舒舒服服地過上一個月，族中的兄弟，均是踴躍上前。我『幸

運』地入選了。」

狄青見趙明說到「幸運」二字時，眼中滿是後悔，已知道這二兩銀子不是那麼好賺的。

「我們從藏邊出發，直奔沙州……」

趙明說到這裡的時候，留意到狄青臉色微變，忍不住道：「狄將軍，你怎麼了？」

狄青搖搖頭，心中驚異中帶分振奮。是沙州，香巴拉就是在沙州！可為何趙明提及這件事的時候，

眼中除了恐怖外，還有深切的悲哀？

趙明不再追問，繼續說道：「本來很多人都不願意離開族落，但曆姓那人每天支付二兩銀子，絕不

食言。為了那銀子，我們又都堅持了下來。沙州本來是歸義軍所有，後來被曹氏佔據。」

狄青聽种世衡說過歸義軍，聽趙明還特別提到了曹氏，想起曹氏關於香巴拉的地圖，感覺所有的一

切好像貫穿了起來。

沙州荒蕪，往事如那大漠塵沙，不知掩藏著多少心酸血淚。

就狄青所知，沙州被漢人和吐蕃人反覆爭奪，後來又被元昊佔領。野利旺榮是因為香巴拉而死，元昊為何把野利遇乞派去鎮

狄青疑惑的是，如果香巴拉真的在沙州，這塊土地，恁地這般多磨？

種種謎團糾纏不清，趙明已繼續說道：「我們入了沙州，就向三危山的方向行去，不久，到了敦守沙州呢？

煌！」

狄青微震，喃喃道：「敦煌？香巴拉難道就在敦煌？」

敦——大也；煌——盛也。

敦煌輝煌盛大，歷史悠久，中原歷代，不知道在這裡留下了多少輝煌、血淚和傳說。

「香巴拉在敦煌嗎？或許吧！」趙明喃喃道。

狄青又有些疑惑，不明白趙明到底是什麼意思。

「我們到了敦煌後，進入亂山之中，那裡好像靠近了三危山。」趙明神色有些恍惚，「群山莽莽，那曆姓商人對那裡異常熟悉。他帶我們鑽山越嶺，很快到了一絕壁之旁。我記得過了那絕壁東，應是蒼蒼的沙漠。那絕壁頂，有一瀑布奔騰而下，很是壯闊。我們到了一叢灌木前，曆姓商人撥開了灌木，露出其中的一個洞穴。」

狄青心跳不已，本想問趙明若再去，能否找到那地方。可見趙明神色恍惚，暫壓下這個念頭。

「我們見洞穴幽暗，都有些害怕。不想……曆姓商人當先行進去，吩咐我們跟隨。我們見他如此膽大，想那洞穴中應該沒有危險，都跟了進去。同時我們也在琢磨，曆姓商人帶我們到這裡，到底是為了

什麼？」

狄青不解道：「當時你們知道……要去什麼地方嗎？」

趙明搖搖頭，「當時不知道，後來知道了。但就算知道了，其實也不算明瞭。」

趙明神情恍惚，說得前言不搭後語，讓狄青只能苦笑。但他怕趙明不說，並不追問。

「我們順著那洞穴走了不久，前方豁然開朗，原來又入了一個很大的石窟。石窟對面，又是一個洞穴。

那石窟應該是天然形成，頂端有裂縫，竟有陽光透進來，那石窟也就不顯得黑暗。我們才進了那石窟，就聽有人道，『你來晚了。』」

趙明的聲音變得有些尖銳，狄青心頭一跳，暗想當初那情形，突然有人說話，的確讓人心驚。

「曆姓商人沒有吃驚，只是說，『來晚了，總比不來的好。』我這時才看到，對面的洞穴站著一個人，黑衣黑褲，黑巾蒙面，只露出一雙精光閃閃的眸子。那人道，『沒想到你還帶些幫手來。』曆姓商人道，『他們不是我的幫手，我豈需要幫手？』那人打量著我們，眼中的光芒和毒蛇一般，良久才道，『我該做的事情，都已經做到。你要做的事情，可曾辦好？』

狄青聽到這裡，心中已有個大致的輪廓。曆姓商人顯然和洞穴那人聯手要做某件事，這才約定在那裡相見，如果那洞穴關係到香巴拉的祕密，這二人要做的事情，當然就和準備入香巴拉有關。但曆姓商人帶趙明等人前往，又是為了什麼？

趙明已陷入了回憶，又像是夢囈般，低聲道：「曆姓商人道，『我查了很久，並沒有尋到五龍的下落。』」

狄青一震，失聲道：「五龍？」

趙明微驚，回過神來，見狄青臉色古怪，問道：「狄大人，你怎麼了？」

狄青搖搖頭道：「沒什麼。你……繼續說吧！」心中暗想，「為何曆姓商人要尋五龍呢？看來五龍

的確和香巴拉有很大的關係！」

趙明看了狄青半晌，又道：「蒙面那人冷笑道，『沒有五龍，你還來做什麼？沒有五龍，進了香巴

拉也沒用！』」

狄青現在聽趙明說的每句話，都如沉雷滾滾，啞聲道：「為什麼？」

趙明搖搖頭，「我根本不知道他們說的是什麼，但終於明白，原來這裡就是香巴拉……」他嘴角露

出嘲諷之意，「都說香巴拉美輪美奐，是人間仙境，我從未想到會在這種地方。本來以為那蒙面人是說

笑，但看那蒙面人極為慎重的樣子，又覺得不像是兒戲。曆姓商人道，『但我們總要試試。』他走過

去，在蒙面人耳邊說了幾句話，蒙面人就打量著我們，半晌才道，『無論如何，我等了這些年，總要試

試。』他對我們喝道，『這裡就是香巴拉的入口，你們都聽過香巴拉吧？只要能進去，每人都可以實現

自己的願望。』他從懷中掏出個錢褡褳，一抖，裡面竟掉出了十來塊寶石，說道，『這就是我從香巴拉

拿的，你們每人選一塊吧！一會兒進入香巴拉，還有好多寶物供你們拿！』那寶石都有鴿子蛋大小，我

們當時……眼都直了，從未想到會有這種好事。」

狄青皺眉道：「此人無端以重金引誘你們，不用問，裡面肯定有危險！」

趙明澀然一笑，歎口氣道：「狄將軍，你說的很對。但我們當時看到那些珠寶，怎麼會想到很多？

聽說洞穴中還有更多的珠寶，很多人眼都直了，不等吩咐，已紛紛向洞穴湧去。曆姓商人早就準備了火

把，給我們一人一隻，說道，『先找到香巴拉入口的，就可分其半數的財富。』」

狄青不解道：「那個洞穴難道還不是香巴拉的入口嗎？難道說……裡面還有別有洞天？」

趙明點頭道：「不錯。那洞穴竟四通八達，好像貫穿了整個山嶺。若是驀地進入，只怕會迷失其中。不過裡面竟有人工雕琢的痕跡，石壁旁還刻有箭頭，指引方向。我們一夥人，循箭頭而入，走了數里多的路程。」

狄青駭然想到，開山工程如此之巨，沙州左近，只有歸義軍的曹家才能做出此事了。

趙明續道：「走了這麼遠，我們心中都有些畏懼，想要返回，不想前方有一人叫道，『寶石，這岩壁上有寶石。』我們抬頭望過去，就見到頭頂的岩石上，赫然鑲嵌著幾顆寶石。那寶石瑰紅若血，雖是幾顆，但在火光下，也璀璨奪目。大夥譁然而叫，都和瘋子一樣。

狄青卻一直想個問題，那曆姓商人帶了這十個藏人前來，到底包藏著什麼禍心？

「曆姓商人一直跟在我們身後，見狀道，『少見多怪，前面還有大把的寶石。』這下不等他催促，那些人已經一窩蜂地趕過去。我才娶了老婆，也不算貪婪，稍微猶豫下，暗想若能取得石壁上的寶石，這輩子也夠花了。就是這轉念之間，我比他們慢了幾步……」

趙明臉上突顯出瘋狂、淒厲和驚怖之色，他本長得醜惡，如此一來，直如惡鬼。狄青見狀，心中一凜，已知道定有可怕的事情發生。

「那時候甬道中的瘋狂難以言盡，我猶豫的時候，突然腳下一軟，跌到了甬道旁的一道石縫內。前面火光忽然轉彎，突然就滅了，甬道中陷入無盡的黑暗之中。」趙明臉頰抽搐，劇烈喘息道，「緊接著……甬道中就響起了尖銳的呼嘯聲。然後我就聽到前面的那些一族中兄弟紛紛驚叫著，『莫要抓我，莫要抓我！』」

莫要抓我！

趙明幾乎是用盡全身的氣力喊出了這幾個字，那聲音如同鬼哭狼嚎，幽靈泣訴，滿是深深的絕望之意。

雖是青天白日，春風暖暖，狄青見到趙明扭曲的面容，周身也不由泛起一股徹骨的寒意。

莫要抓我？這是什麼意思？

那甬道的盡頭，究竟有什麼古怪，難道藏著洪荒怪獸，八爪章魚，片刻間將這些人統統抓住？還是那甬道中，有著無窮無盡的冤死之鬼，來抓活人轉世投生？

天地淒迷，已滿是驚悚之氣。

（未完，請繼續閱讀《歃血【卷四】香巴拉》）

國家圖書館出版品預行編目資料

歃血【卷三】無滅刀／墨武著；—— 初版. ——臺中市：
好讀, 2012.07
面： 公分，——（墨武作品集；03）（眞小說；12）

ISBN 978-986-178-243-0（平裝）

857.7   101010080

好讀出版

真小說 12

歃血【卷三】無滅刀

作　　者／墨　武
總　編　輯／鄧茵茵
文字編輯／莊銘桓
內頁編排／王廷芬
行銷企畫／陳昶文、陳盈瑜
發　行　所／好讀出版有限公司
台中市 407 西屯區何厝里 19 鄰大有街 13 號
TEL:04-23157795　FAX:04-23144188
http://howdo.morningstar.com.tw
（如對本書編輯或內容有意見，請來電或上網告訴我們）
法律顧問／甘龍強律師
承製／知己圖書股份有限公司　TEL:04-23581803

總經銷／知己圖書股份有限公司
http://www.morningstar.com.tw
e-mail:service@morningstar.com.tw
郵政劃撥：15060393　知己圖書股份有限公司
台北公司：台北市 106 羅斯福路二段 95 號 4 樓之 3
TEL:02-23672044　FAX:02-23635741
台中公司：台中市 407 工業區 30 路 1 號
TEL:04-23595820　FAX:04-23597123

初版／西元 2012 年 7 月 15 日
定價／280 元
如有破損或裝訂錯誤，請寄回知己圖書台中公司更換

Published by How-Do Publishing Co., Ltd.
2012 Printed in Taiwan
All rights reserved.
ISBN 978-986-178-243-0

讀者回函

只要寄回本回函，就能不定時收到晨星出版集團最新電子報及相關優惠活動訊息，並有機會參加抽獎，獲得贈書。因此有電子信箱的讀者，千萬別吝於寫上你的信箱地址

書名：歃血【卷三】無滅刀

姓名：＿＿＿＿＿＿＿＿ 性別：□男 □女 生日：＿＿年＿＿月＿＿日

教育程度：＿＿＿＿＿＿＿＿＿＿＿＿

職業：□學生 □教師 □一般職員 □企業主管
　　　□家庭主婦 □自由業 □醫護 □軍警 □其他＿＿＿＿＿＿＿＿＿

電子郵件信箱（e-mail）：＿＿＿＿＿＿＿＿＿＿ 電話：＿＿＿＿＿＿＿

聯絡地址：□□□＿＿＿＿＿＿＿＿＿＿＿＿＿＿＿＿＿＿＿

你怎麼發現這本書的？

□書店 □網路書店（哪一個？）＿＿＿＿＿＿＿ □朋友推薦 □學校選書

□報章雜誌報導 □其他＿＿＿＿＿＿＿＿＿＿＿＿＿＿＿

買這本書的原因是：＿＿＿＿＿＿＿＿＿＿＿＿＿

□內容題材深得我心 □價格便宜 □封面與內頁設計很優 □其他＿＿＿＿＿＿

你對這本書還有其他意見麼？請通通告訴我們：

＿＿＿＿＿＿＿＿＿＿＿＿＿＿＿＿＿＿＿＿＿＿＿＿＿＿＿

你買過幾本好讀的書？（不包括現在這一本）

□沒買過 □1～5本 □6～10本 □11～20本 □太多了

你希望能如何得到更多好讀的出版訊息？

□常寄電子報 □網站常常更新 □常在報章雜誌上看到好讀新書消息

□我有更棒的想法＿＿＿＿＿＿＿＿＿＿＿＿＿＿＿＿＿＿

最後請推薦五個閱讀同好的姓名與 E-mail，讓他們也能收到好讀的近期書訊：

1.＿＿＿＿＿＿＿＿＿＿＿＿＿＿＿＿＿＿＿＿＿＿＿

2.＿＿＿＿＿＿＿＿＿＿＿＿＿＿＿＿＿＿＿＿＿＿＿

3.＿＿＿＿＿＿＿＿＿＿＿＿＿＿＿＿＿＿＿＿＿＿＿

4.＿＿＿＿＿＿＿＿＿＿＿＿＿＿＿＿＿＿＿＿＿＿＿

5.＿＿＿＿＿＿＿＿＿＿＿＿＿＿＿＿＿＿＿＿＿＿＿

我們確實接收到你對好讀的心意了，再次感謝你抽空填寫這份回函

請有空時上網或來信與我們交換意見，好讀出版有限公司編輯部同仁感謝你！

好讀的部落格：http://howdo.morningstar.com.tw/

請填妥後對折黏貼，直接投郵即可，無須貼郵票。

好讀出版有限公司　編輯部收

407 台中市西屯區何厝里大有街 13 號

電話：04-23157795-6　傳眞：04-23144188

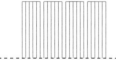

―――――――――――――――― 沿虛線對折 ――――――――――――

購買好讀出版書籍的方法：

一、先請你上晨星網路書店http://www.morningstar.com.tw檢索書目
　　或直接在網上購買

二、以郵政劃撥購書：帳號15060393　戶名：知己圖書股份有限公司
　　並在通信欄中註明你想買的書名與數量

三、大量訂購者可直接以客服專線洽詢，有專人爲您服務：
　　客服專線：04-23595819轉230　傳眞：04-23597123

四、客服信箱：service@morningstar.com.tw